現車

福島次郎

FUKUSHIMA Jiro

うつつぐるま

前篇

論創社

目次

前篇

序 章

私の父と、私の姉の父とが、別の人だと、伯母から打明けられたのは、私が十六のとしであった。

「嘘ばっかり！」

ムキになって言葉をかえした。しばらくは信じなかった。

「何を嘘云おうかい。どうせいつかは知らなんこと。早う(はよ)知ったがよか。姉ちゃんのおとっつぁんは総平さんちゅうてね、自動車の運転手だった。姉ちゃんはこのあいだも、おっかさんに、自分のおやじの墓どころば聞きよらしたがね」

これを聞いて、唯でさえ濃くなかった姉弟の意識が、更に薄く遠いものに感じられるようになった……。

私の父が、又弟の父親とも違うのだと、母から直接聞かされたのは、私が二十のとしであった。

当時、私は、幼時から私の乳母代りになって呉(く)れていた伯母と二人で、山崎町(やまさきまち)に住んでいて、唯朝夕のめしだけを、栄通りの母の家に食べに行っていた。

細い春雨が白銀色にけぶって降る日だった。

朝食をすまして出てくると、あとから母が小走りで追って来た。背の低い、肥った体を前こごみにして路地を駆けて来て、

「あたしも、ちょっとそこまで用のあるけん、一緒に行こ」

と云って、私のこうもりへ入った。

黒く濡れて光るアスファルトをふんで、二人は花畑公園前の電車通りの方へ、しばらく歩いた。

「ね、泰三。信正にゃ決して云うちゃならんばい」

母がふとこう改まった口調で云った。

私は「なんばな？」と問い返しながらも、心中とっさに（弟の信正に黙って母が私にだけ新しい服でも作ってくれるのかな）と思った。「うん、決して云わん」私は軽く頷いてみせた。が、次に云われた母の言葉は妙なものだった。

「今から、あんたのおとっつぁんのところへ連れていく」

「おとっつぁんのところて？　あの裏小路の家だろたい？

俺は知っとる」

「裏小路の家は……ね……あれは、信正のおとっつぁん」

「……」

「あんたがおとっつぁんはちがうと」

「……」

「あんたの本当のおとっつぁんの家さん、今から連れて行くけん来なはり」

母は、私の顔を見ずに、わざとしがめた無表情さで、ぶっきら棒に云った。

意外だった。急に思考が止まったようで、しばらくからっぽな頭のままの感じで、傘を母にさしかけて歩いていた。

私が黙っているのにかぶせて、母がやや焦ったような低声の早口で、又云った。

「あんたがこの頃、〝俺は脳のどぎゃんかある、グジャグジャする、おとっつぁんがアルコール中毒だったけん、そのせいじゃなかろうか〟てち心配するけん云うてしまうとばってん、あんたのおとっつぁんはね、あの卒中で死なした信一郎さんじゃなかと。北署の刑事だったと。……この事は今迄誰にも云わんで来たばってん」

電車通りへ出た。なま暖い小雨の中を、二人はチョコレート色の貯金局の前まで歩き、そこで電車を待った。子飼橋行きの電車が来た。母にうながされてそれに乗った。

電車の中に立ち、つり革をにぎってゆられていながら次第と事のなんたるかがわかり出して来た。

私の脳裏にはりつめていた氷がこわれて、解けはじめ何やらわかりかけ……その底のものがようやくわかり出して……とうとうはっきりわかってしまうと……ふしぎにホッとした気持だった。

そのころの私の胸中には〝家を呪う気持〟が強くあった。爛れた、収拾のつかない、乱脈な家の中――私は家というものに絶望していた。そのやくざな家の中で、私が血を享けたという父が、別の世界の人――刑事とかいう堅い職の――あたりまえの人間――であった事がわかって、ホッとしたのだった。

ことに、やくざものの弟と、せめて父なりとも違っていた事が、一つの救いとなって、電車のつり革をにぎってゆられている私の胸に沁みわたってゆく……。

私と並んで立っている母の頭は、私の肩のところ迄しかなかった。その肩のところで、私を仰ぐようにして「たまがったろうね。たまがったろうね」と、面映(おもはゆ)そうなほろ苦い微笑をふくんで、呟いていた。

しかし、この告白は、数年前、伯母がもらした「姉の父」の件よりも、私をゆすぶらなかった。

姉が異父兄弟と知った時、頭の中が急にねじれてゆがんだようになったが、この時は逆に、ねじれていたものが元にもどったような、安心した気持だった。

（ふーん。そうだったのか。それもよかろ）

藤崎宮前で電車を下りた。

宮の正門から、電車通り添いに北へ五十米ほど歩いたところに、私の実父の生家があった。しかし、父はそこにはいなかった。父はもうこの世にはいなかったのだ。私が母の胎内にある頃、父は母とも関係ない場所で、関係なく死んでいた……。

歩道に青桐が繁って、店口の汚れたガラス戸に、木影を一ぱいうつしていた。母がガラス戸を開けた。中の土間は暗かった。

木材商兼古道具屋であって、埃をかぶった重箱、膳、額、花びん、椅子等が、乱雑に積みかさねてあり、又土間には、床の置物の材料らしい、ねじれた木の根の塊りがいくつか放り出されてあった。

「こんにちは」

母の大声で、奥から五十位のあから顔の肥えた人が出て来た。簡単な挨拶ののち、母が「泰三ば連れて来ました」と云うと、先程から私をちらちら盗み見していたその人は、今度はそのむくんだ瞼の下の細い眼を私へ真向うに向けてしばたたき、「ほう、来たばいね」と云った。

この時、私は、この人の顔がどこか自分の顔に似ている——少くとも自分と同じ系統の顔だ——と直観的に思った。

ついさきほど迄は、（お前の伯父さんは？）と問われたなら、すぐにあの、私を小さい時から可愛がって呉れて来た裏小路の田上の伯父の浅黒い丸顔を習慣的に思いうかべるに違いない。ところが今は全く面影のちがう、大柄で四角な顔の伯父をみせつけられているのである。

母と私とは、真暗な長い土間を抜けて、奥の座敷へ通された。そこも暗かったが、唯天井に明り窓があって、そこから灰色の太陽のこぼれびが、畳の中央の部分にぼんやりさしていた。気味の悪い座敷だった。床の間には、在りし日の父の半身像の写真が額にはまって飾ってあった。額は大きくがっしりとしたものだったが、昔のままらしく、すでに古びくすんで、ところどころ上塗りが剥げ落ちていた。

この日、私を連れていくという事は、母から伯父に知らせてあったらしい。私達に御馳走がしてあった。写真には、丁度二、三日前に死去した人のように両側に灯明をともし、新しい華をもり、菓子と酒の供養物を供えてあった。その向うから、二十余年前の父が眼を細めて私をみている——初めてみる父の面影——胸の裏がわを、ふしぎな感触の羽根でくすぐられる思いだった。
大きないがぐり頭、怒ったような太い眉、角張った顎、一文字に結んだ薄い唇——が、写真はあまりに無表情だった。

私が来た事を、伯父は心からよろこんでいるふうであった。この人は、独身のまま夭逝（ようせい）してしまった自分の弟に、このような「おとし種」があろうとは夢にも知らなかったらしい。しかも、相手が人妻であった私の母であろうなどとは。

知ったのはつい最近らしい。母が打明けたのだ。しかし、たとえそれが不義のもとに行われたものであったにせよ、唯一人の弟の、生（なま）の忘れ形見を眼の前に見る事は悪い気持ではなかったのだろう。

私は昔の父の写真帖をみせて貰った。それはもうみな黄褐色に変っている古いものばかりだった。すべて二十代の写真なので父という感じがピンとこない。鳥打帽に和服。ソフトに背広。中でも柔道着をきて写っているのが最も多かった。そして、その大抵のものが、手を拱（こまね）きむっつりとしていた。

奇妙な気持で私が写真帖をのぞいている傍にあって、母と伯父は、昔を懐しむ話をしきりにやっていた。

塩屋町（しおやまち）の定期場でバクチをやっていた頃の事。祖父や母に、この伯父と私の父の「瀬戸兄弟」が非常に世話になった事。その時分いたらしい女や男の人の名前も出てきた。定期場が華やかだった頃から、母も伯父も互に知っている同志らしく、話の調子も打とけて、闊達（かったつ）に語り合っていた。

「民江さん。ああたはあの頃は、飛ぶ鳥も落す勢だったがなあ」

「そりゃ、アレばしよったけんな」

「あのバクチばわっしがすると、うちの潤次がむごう嫌いよったが、おもしれえもんな、本家のああたと……な……ばってん、早かもんじゃあるなあ。もう潤次が死んでから何年になるかい。二十う……う…と……なん年かい。とにかく二むかしたい。そんなら潤次がいくつの時の子になるどか?」

「二十六の時だろか」

「そやんたいなぁ……あれが柔道で胸打って死んだとが昭和五年の十一月だったけん……」

「時々でておいで」としきりに云う伯父に挨拶して、私と母はその家を辞した。

雨はなお降りしきっていた。電車に乗った。母はシートに腰を下ろしたが、私は立って窓にもたれた。顔を近々と寄せている窓ガラスに、雨粒があたり、それがくずれて幾筋もの線になって、つつつつと這い下ってゆく。車中にこもる蒸気で、ガラスは琥珀色に曇り、その曇った間から、蕭条と小雨の降りしきる手取本町の街角が茫とうつっては後へ動いてゆく。

（……父は平凡な一刑事だった。その性質は無口で、朴訥で、無骨な位くそまじめだったとか。よかった。まじめな人でほんとによかった。身贔屓な伯父の話かもしれぬが、父は〝曲った事の嫌いな〟人物だったらしい。この山内家のなかで、せめて私だけでも、その血が「堅気」の世界から享け継がれて来たことは……、ほんとに救われた……）

私には、雨にけむる窓外を眺めながら、こんな思いがあった。

――しかし、母の犯した不義の、その結果が、かえって私の安堵となり、救いとなるという事は。

そして、血をわけた姉弟達と、自分の父親とが違うのだという事がわかって、心の底にホッとするものを感じるこのエゴイズムは。――こんな孤独な「救い」の生れる事自体が、やはり世間一般からみると、哀しいことになるのだろうか。

母のタイトスカートから、膝小僧が丸見えだ。足が短く大きい。すりきれた下駄を履いている。濡れた傘を股にはさんで、顎とひじをその柄にのせるようにして揺られている。終戦後からやりだしたパーマと、寄る年波のため赤茶けてあれすさんだ髪、モナリザのように深い二重でおちくぼんだ眼はいよいよ近視になって、いつもしがめたような表情……五十歳にもあと幾年かであろう。その皺が多くなった横顔を私はしばらく他人のように眺めて立っていた。

（一体この人はどういう人なのだろうか。この〝母〟という人は）

あれは私が十三のとし、丁度、市内の九州学院という中学へ入学した時の事であった。

小学校での私は、殆どビリに近い成績で通して来た子であったので、六年の時の担任教師が父兄会へ親代りに出席した伯母へ「中学受験は無理です」ともらしていた。そこを強引に受けてパスしてしまったのである。

その入学式の次の日に、新入生は列をつくって、校舎内を見て回った。そして別棟になっている柔道場と剣道場に立ち寄った際の事だ。広い方の剣道場の板敷へ、全員すわって話をきく事になった。

剣道の教師がいろいろ話したあとは入れ替り柔道の教師の話だった。その教師は萩八段という、熊本市では名のある柔道家であって、その熊のような体がのっそりと道場に現れた時、新入生の中に「萩さん、萩さん」と低くささやく声がしたほどだった。太い眉のすぐ下に深く嵌りこんだ黒い隈どりのあるような円い眼。高い鼻の下に、綺麗に剃り寄せられた髭。青味を帯びた肌。ロシア人的重厚な風貌であるが、話す口調は朴訥な早口で、しかも声がかすれている。

萩八段は、この学校の昔話や柔道の思い出を語った。無装飾な話の中におかしみがあって、新入生の中にたびたびなごやかな爆笑がおきていた。が、この話の進行中にも、私は萩八段の円っこい眼がちょいちょい自分の方をみているのに気がついていた。その眼は、大勢の中の一人へ偶然に送る視線とは違っていた。

と、その話が終ったとたん、萩八段の手が私の方へのびた。太い指がこちらをさしている。

「さて……そこにいるのは山内という男だが……そうだろう？　君だったな」

私はびっくりして、瞬間ポカンとしたが、どうにか首をたてに振ることが出来た。いならぶ大勢の新入生らは一斉に私の方を見た。

「え――この男は、なにしろ成績がわるくて到底この学校へは通らん筈だった。そこを私がパスさせてやったんだ」

ここで、まだよく知り合いもしない新しい同級生たちは、どっと笑った。私はあっけにとられていた。かすれているが、張りのある萩氏の声は道場によく通った。

「私が無理に通した……というのは……こんな理由がある……昔……昔といっても十五年前の話だが、私が非常に可愛がっていた男がいた。私がその青年を見てやったと同時に、向うも私を非常に慕っていてくれたが……」

萩八段は、遠い思い出をわが心にくりだすような顔で眼を天井に向けて話し続けた。

「その男も柔道をやっていた。私はよく彼を連れてどこへでもいった。東京での御前試合の時も一緒だった。一度はハワイ遠征の話が出て、それも一緒に行こうと約束していたのだが惜しい事には、その男、今からと言う時に死んでしまったんだ。伸びる筈の男だったが。よく私に尽して呉れたもんだ。ところで、その男とそこにいる山内とが実に似ている、体つきといい、顔つきといい、他人の空似という言葉はあるが、不思議なぐらいそっくりなんだ、わたしは口答試問の時、こいつが眼の前に立った時ハッとしたな、こいつを見た時、あの青年を思い出し、よし、こいつに柔道を教えてやろうと決心した。そのため、どうにか頼んで、パスさせて貰ったわけだ」

こんな話が続いていくうち、最初は遠慮勝ちだった皆の視線が、私に集って来てニヤニヤゲラゲラして来た。私は何故この萩八段がこんなところで、こんな話を唐突にしだしたのかわからず、唯真赤になってうつむいていた。

その日帰ってからさっそく私は、その事を伯母に話し柔道部に入るから、柔道着を買って呉れとたのんだ。伯母は母にその話をしに行った。別居して、ほとんど顔も合せない母が、珍しく私のところへやってきて、柔道はあぶないから絶対に駄目だと、色を変えて反対した。

私としては、萩八段から特別言われたから、それをしようとしているだけで、殊に心から柔道部に入る事を願っているわけではなかった。で、家の者が無理に止めるのなら、それに従うつもりであったが、唯、何故母がその時、しがめかえった顔と高ぶった強い口調とで、しきりと柔道入部の事を打消したか、その不自然な力み方が一寸腑におちなかった。

が……今にして思えば、わかる。

弟の父親にあたる「田上信一郎」という人が、祖父のバクチの件で、身代りに懲役に行っていたその間に、母は、年下の刑事であった私の父と通じあったのである。

そして、その恋は、父の急死によって突然打ち切られているのだ。柔道の試合のさい、相手の肘で胸を強く打ちあげられ、それで血を吐いてしまって——それが死因だった。

中学入学後、萩八段から奇妙な事を言われてから九年後、私は母と共にはじめて実父の生家を訪れ、その古い写真帖をひもといている時、計らずも父とならんで写っている萩八段、その人の姿を数枚の中に発見したのだ。私は伯母に萩氏の事をきいてみた。伯父は眼を細め、ありがたそうな口調で、こう語って呉れた。

「ああ、ああ、萩さんだろう。この人は、もうそりゃ潤次に大変ぼんのうかけて下さったもんよ。弟のごと……。潤次が病院で死ぬ時は、萩さんは、あの太か体して、男泣きして下はったもん」

第一章

1

　黄色に濁った三日月が三ノ岳の上にあった。遠くで犬がしきりと吠えている。

　玉名郡横島村のはずれの金毘羅橋のほとりに筒袖の手をこまぬいて、頬冠りした若い男が立っていた。金毘羅堂の桃が、夜目にも白く咲いているが、その土手下にひろがる真っ暗な野面（のづら）から吹いてくる夜更けの風はうそ寒い。

　尻をからげた下から見える股引（ももひき）。その男の足は短かくて頑丈そうである。首も短く、怒り肩だ。

　近くでも、犬が急に吠えだした。土手の下のくらがりから、蝶々髷に結った娘が風呂敷包みを一つかかえて小走りに上って来た。男は娘から無理に風呂敷包みをとって、それを手にさげ、橋をすたすたと渡った。娘も銘仙の袷につつんだ、ほっそりした体を前こごみにしてついて行く。橋を渡ると、二人はならんで、唐人川に添った堤を東へ歩いて行く。

　しんかんとした小天の船着場を過ぎると、坂道にかかる。登るに従って、人が〝七曲り〟と云うこの道は、名の通りくねくねと山腹をめぐり始める。

　西方にひろがる有明海を背にして登っているかと思うと、次は海が正面にあらわれてくるのだ。樹林の間に見える凪の浦はにぶく光って、繊月（せんげつ）は、今は北西の海上に眠る島原半島の上にある。

　野出（のいで）の峠の一軒茶屋は戸を鎖して寝静まっている。いさめるような高声で男が云った。

「峠の茶屋だけん、あとは下り道たい」

　頭上に樹のおいしげる道を、梟の声をききながら、しばらく下りて行くと、正面の濃紺の空に、悪僧のような大きい山影がぬっとあらわれた。

「金峯山が見えた」

「……あるが金峯山ですかいた?」

疲れ果てた女の小さい声に、男は優しく、

「休もか？」

と云ってみる。

　金峯山の麓を、西から北へとめぐる頃は、午前も三時すぎ頃か、手足に未明の風が冷たく沁みてくる。

　原倉の村を急ぎ足で行くとき、めぐる水車のきしみの音が、女には、路傍で人がすすり泣いているのかと思われ
「鶴松っあん」と思わず駆け寄ると、男は笑って女の手を握った。鎌研坂に近づく頃には、鶏の声が聞えた。

　山腹に添った崖の上の道が、幾重にも曲りながらつづく。と、ある角を曲ったとき、男が立ちどまって指さした。山壁が重なるだけだった眼界が、そこで広い平野となって急にひらけたのだ。

　遥かな正面の、大阿蘇の峯に夜が白々と明け染めていた。山の端が藍色にくっきりと浮んで美しい。すぐ足許には、椀をふせたような祇園山（花岡山）が坐っている。その足下から彼方の阿蘇の峯までの間にある平野は、あけきらぬ薄紫のもやの中に、静かに、渺々とひろがっている。その中の南寄りの一角に、一筋の川が、冷たい曙光を受けて、にぶい銀色に光りながら流れているのが眺められる。その川の流れと、祇園山との間は、黒々とした森になっているのだが、よくうかがうと、その森の蔭になって、青々とした夜明けのもやに包まれて、ぎっしり家並のつまった町が、横たわっているのがわかった。

「ほーら。シモさん。熊本の町の見えたばい」

「あら――」

「左手見なはり。その松の木の真向う……。あれが清正公さんのお城ばな」

「まあ……。ほんに」

2

　私の祖母が、私の祖父から連れられて、はじめて野出の峠を越えて、熊本へやって来たのは、明治三十二年三月の事だった。祖父が二十五歳、祖母が二十の時である。

　当時、高瀬から熊本迄の汽車はあったが、大抵の人はわらじばきで山を越えて通っていた。俗に「野出越え」と云っていた。

　――祖母の家は横島村の京泊にあり、祖父の里は隣部落の栗能にあった。

　祖母は、裕福な中農の娘として畑仕事よりも行儀作法を重んずるような家風の中に育って来た。手足も田舎育ちには珍しく、きめ細かく白かった。そんなしなやかな体を懸

命に動かして、一晩中かかって峠を越え、未知の町へ来たのも、相手の男を信じていたからの事であった。が、京泊の部落の人々は、みんな、祖父が祖母を攫って行ったように噂したものである。

夜中に突然祖母がいなくなったからであり、又〝熊本から時々栗能へ来る暴れん坊で道楽者の鶴松〟という祖父の事は、村中の者の殆どが知っていたからだった。祖父の評判はよろしくなかった。

三日してから、祖母がしたためたハガキが京泊の家に来た。それは簡単な文句だった。

〝父上様、母上様、兄上さま、御心配かけてすみません。わたしは今、熊本の鶴松さんという人のお世話になっております。〟

――祖父の父は、栗能の本家から分家して、熊本市の木戸組町で大きな米屋をしていた。祖父の兄弟は五人いた。吾平、鶴松、ラク、モト、仙松、という順で、祖父は次男であった。

真面目一方の長男末男の中で、次男だけが親の悩みの種だった。学校が嫌いで、小学校は一年行っただけでやめてしまった。修行のつもりで、十五の時、他家の米屋へ丁稚奉公にやったら、そこでバクチをおぼえてしまった。丁稚仲間が屋根裏部屋でやっていたバクチに加わって、続けて儲けたのが、病みつきになった。妙に勝負運が強かった。あちこちの奉公も長くは続かず、十九のとしに、とうとう人力車夫になった。

強い体にまかせて稼ぎ、それで入って来る金は、酒とバクチに次々と費してしまった。二本木町の遊廓にも行くようになっていた。

長男の吾平さんは、米屋という家業を継いで、地道にやっていたのだったが、そこへ祖父は無心に行った。親にも弟にも金を借りた。酒とバクチと二本木で無くなれば、そのままかえさなかった。

とにかく、二十代の祖父の評判は、熊本の身内の者からも、高瀬の親籍からも、芳しくなかった。親から勘当を云いわたされたのも、一度ではない。兄弟達も大分尽したが、一こうに道楽をやめる様子もない祖父と知ってあきらめてしまっていた。

妹のラクおばさんも、末男の仙松さんも、一つには祖父の横暴な無心を避ける気持もあって、満洲へ行ってしまったのだ。

「鶴松はもうわからん。なぐれものが。金借りに来ても一切貸さんがよかぞ」

親籍の者も、こう口をそろえていい合っていた。

が、こんな祖父が、妻と家とをもち、どうやら落ちついたのが、明治三十二年の秋であったのだ。
――祖父母は、通り町の一角に新世帯を持った。今で云うなら、鶴屋デパートと新世界映画館との間あたりの「土地の上」であろう。南の駕町へ抜ける小路があってその角が米屋、その隣の家を貸りて住む事にした。人力車三台を置き、一台は自分で引いて、あと二台は通いの車夫を雇った。

祖母を連れて来た当座は、宝物のようにあつかった。バクチで儲けた時は傘や反物（たんもの）を買って来てやった。が、それも始めのうちの事で、だんだんと祖父の持病が出て来た。酒とバクチ、そして金があれば、二本木へ通う事も忘れなかった。しかし、大人しい祖母は、それに文句を云うような人ではなかった。

祖父は、少年の頃から喧嘩早い方だったが、妻帯したのちも、その点は全く変らなかった。喧嘩ときけば、天秤棒をもって走るのが癖だった。車夫同志のいさかいの時は、必ず顔を出した。ことに車夫と他の職業の者とのあらそいでもあれば、いかり肩のずんぐりした体にはまった、その太い猪首（いくび）のあたりを上気させて、助太刀（すけだち）に走り出た。「通り町の鶴松という車引き」と云えば、そんな事で知られていた。

大きないがぐり頭。浅黒い顔に横幅の広い口が一文字に締っている。がっしりした獅子鼻にクワッとひらいた大きな眼。それにかぶさる濃く太い毛虫眉毛がよく動くところは、無細工に作ってしまった淡路人形のような感じだった。

春竹町で馬芝居が催されていた時、大喧嘩があった。家へ帰って来た祖母は、この喧嘩に夫もむこうばちまきででかけて行ったという事を、隣りの人から聞いた。春竹での喧嘩はいつも刃物が出るときいて、急に心配になり、まだ熊本の隅までは知らない祖母は、隣の米屋のかみさんにたのんで、そこへ連れて行って貰う事にした。手をひかれて春竹まで駆けつけた。黒だかりがしていた。その中で、十数人の男達の乱闘が始まっていた。大人しい祖母にかわって、かみさんが「通して下さい、通して下さい」と叫んで、その群集の中をかきわけて行った。

蝶々髷を結った二人の女が手をつないでゆく姿をみてわきで噂し合う声がした。

「あ、今来らしたとが通り町の鶴松さんの嫁さんたい」

「どれ、どれ」

「ほら。あとから行かす、若っか人。黒繻子（しゅす）の襟（えり）をかけた……」

「ふーん。あの人がなあ」

まだ二十を二つ三つ出たばかりの祖母は、自分の夫の名が、こんなところでもよく知られているのが骨身にこたえ、この時、目の前の騒ぎもぼうとしてわからなくなって、泣き出してしまったのだった。

――祖父母の間に、丸三年経っても、子供が生れなかった。

丁度、この頃、祖母の実姉が、高瀬の立願寺へ嫁に行き、夫が甲斐性無しのため、幾人かの子供をかかえて、大そう苦労している事を知ったので、その子供の一人を貰い子する事にした。

祖母が、立願寺まででかけて行って、その子を連れて来た。生れて五ケ月目の女の子だった。春枝と云った。

ところで、祖母にとって姪にあたるその子を養女にして半年も経たぬうちに、皮肉にも、祖母は身籠ったのである。

「やっぱショノミ（羨望）子てちゃ、よう云うてある」

隣の米屋のかみさんは、そんな事を云った。

が、一旦貰って来た子を返すわけにいかなかった。

立願寺の家には、また女の子が生れており、いよいよ貧しさがひどくなっている模様だった。

当時「耶蘇教」というと、下層庶民の間では「捨て子を拾うところ」ぐらいに思っている者が多かったが、祖母も、それをどこからか聞いてきて、祖父へ相談した。

「耶蘇教じゃ、子供ば貰うて、その胆ばとって食うとか昔は云いよったが」

「否。そやん子ばかり一緒に育ててやらすそうですばいた」

話し合った結果、祖父母は、春枝を、近くにあったカトリック教会へやってしまったのである。

――祖母が、通り町の家で、母を生み落した夜も、祖父は二本木の遊廓に泊っていた。

祖父はバクチで金が入ると、家へは帰らず、そのまま二本木へ行く日が多くなっていたのだ。

その蔭で、祖母は黙々と貧しい家計のやりくりをやっていた。

ある時、祖父が四、五日も家をあかして、二本木に入りびたりになっているので、祖母は思いあまって、赤ん坊だった「母」を抱いて、夫のいきつけの廓まで出掛けて行った事がある。

着飾った女郎達のいならぶ玄関さきに、髪を乱した、世帯やつれの祖母が、赤ん坊を抱き、眼を光らせて入って行った。

そして、そこにいた仲居に、ふるえる声で聞いた。

「今、ここに通り町の山内鶴松っあんちゅう人がおりなはるですど？」

途惑いながらも、肯定した表情になった仲居に、祖母はいきなり、

「どうか、その人のおりなはる部屋に、この子ば置いて来て下はりまっせ」と云って、赤ん坊を、その朱塗りの欄干のわきの玄関に置くなり、外へとび出して、あとふりむかず、帰ってきた。

火のついたように泣き出す赤ん坊を、仲居が抱いて上って、階上の間の酒色の中で悦に入っていた祖父の腕へ渡した。

祖父は、その赤ん坊を抱いて、いく度も舌打ちしながら夜更けの二本木土手をあちこち歩きまわって、あやした。

通り町の家には、明日の米もない時がしばしばだった。祖母は、母を抱いて、途方に暮れてしまう日が多かった。が、そんな極貧の中を、丁度その頃家が車夫連の溜り場になっていたので、彼等に寿司など売って、いくらかの糊口（ここう）にするのだった。

祖母が、高瀬からとりよせた着物もすっかりなくなってしまった。

母が三歳になった時の正月の晴着は、祖母がまだ使っていなかったおこしをほどいて、つくりなおしたものである。

そんなに苦労する祖母に、高瀬京泊の祖母の兄から〝麦飯喰うてでも、俺が養うてやるけん、横島村さん帰ってこい〟と幾度も言伝（ことづて）があったが、やはり祖母は、祖父と別れてしまうほどの決心はつかなかった。

3

祖母は小学校を出ていた。が、祖父は一年しか出ていない。それで祖父は、母が小学校に入るようになった頃は「女（おなご）の学問なんかせんでもよか」と云っていた。

祖母は、小学校だけはと思って、ナンナット屋を、車置場のわきに開いて、いくらかの稼ぎにしていた。（ナンナットとは、行けば何かあるだろうという意味で、子供相手の駄菓子など売る店をナンナット屋と云った）

祖母は又、一方、夕方から夜の一時頃まで、九州日日新聞社（現在の熊日）の西側角でアンヤキの屋台を出していた。そのアンヤキとは小豆のつぶし餡を入れた焼万十の事で、色々な鋳型（えびす、大黒、浦島太郎、勲章をつけた兵隊、自転車乗りなどの姿など）に入れて作るものだった。

昼間、餡ねりなどの忙しい日は、祖母に手伝ってつい学校へゆきそびれてしまうので、母は、小学二年の時、とうとう赤字面（落第のしるし）を貰ってしまった。

今は熊日前の電車通りは、市の中心として、自動車の流れが絶え間ないが、この頃は、瓦ぶきの家屋がならんだその間の、草の生えた大路を、人力車がのんびり通っていたもので、母はよく新聞社のわきの鎮西館の石門から入って、奥の空地で遊んだものである。初夏の頃は、そこに一ぱいになる梅の実をちぎって、祖母へもって帰ってやった。

家のわきに、仁丹の広告を四角にふちどった高いネオンサインがあった。当時の熊本市には、これが唯一のネオンだった。この辺一帯の少女らの遊びは、このネオンのまのびした明滅を仰ぎながら「赤なれぇ」「青なれぇ」「赤なれぇ」と、声をあわせて歌うように云ってみたり、赤から青に光りが変る瞬間に早口で願い事を云ったりする事だった。その少女の中におさげして、木綿の着物に桃色の唐ちりめんの帯をした母の姿もあった。

高目の洋館は殆どなく、みな低い屋根ばかりの市中では、仁丹の広告塔ネオンが、随分遠く迄見えたので、二十三聯隊の原っぱ（現在の新市街北側一帯）まで行って遊びほうけた灯ともし頃も、母はこのネオンをめあてに帰ってくる事が出来た。

（今日も又、父（つと）さんはいないのか）と、車置場の方をのぞき、用意してある冷や飯をかきこんで、路向うの祖母のいるアンヤキ屋台へ駆けてゆく。

「母（かか）さん、今日は売れたな?」

母はまずこう聞いた。このアンヤキの売り上げが、次の日の糊になる事は、子供ごころにわかっていた。


酒ばかり飲んで、他（よそ）ばかり出掛ける祖父が、祖母を苦しめている事も漠然と知れたが、祖母が愚痴一つ云わずに働いている様子をみて、自分も唯一個でも多く売れるように手伝おうと思うのだった。万十が焼けると、祖母が袋に入れる。それをもって、母は注文のあった家へ走って行った。

バクチの現場を押さえられ、祖父が警察へ拘引された事は一度ではなかった。

それは、バクチで「カマ」ってしまった祖父が、十二日目に釈放されるという日の——その一日前の夜更けの事であった。十二時すぎて、むし暑かった七月の夜気もやや涼しさを含んで来た時である。あきないにいそしんでいた母と娘が、もう今夜は仕舞おうかと云っていた時、上通りの北の方のくらがりから、突然若い男が走って来た。

ざんぎり頭で、浴衣を着ていた。母達の屋台を通りすぎようとして、又ひょいともどって来て「おう、おばさん、それを袋一ぱいつつんでくれ」と、せわしげに云った。

祖母が十個ほどのアンヤキを紙袋に入れて渡すと、ひったくって「そら」と一枚の紙幣を投げだして行った。一円札だった。そのまま男は、新聞社の角を東へ曲って消えた。驚いた祖母は、母に釣銭をもたせて、跡を追わせた。が、もうその男は闇の中に失せてしまっていた。

祖母は、どうしたものかと困ったが、ふと明日祖父が懲役から帰ってくるという事を思い出して、娘にこう云った。

「ははあ。このお金は、あんたが親孝行者だけん、きっと神さんの下はったもんばい」

　そして、大事そうにふしおがみ、懐へおさめた。一円札など見た事もない母だったから、

「どうら母(かか)さん、もう一ぺん見せなっせ」と、それを手に、提灯の蔭で撫でたりさすったりして眺めていたら、本当に〝神さまからの授りもの〟という気がして来た。

　悪事を働いて逃げる矢先の男だったかもしれないが、神様のように思われて、母のその夜の眠りは、大そう快かった。

　次の朝、その一円札は、さっそく出所する祖父の丹前(たんぜん)、帯、褌(ふんどし)などに変ってしまった。

4

　大正時代のはじめは、まだ新市街の北側の一帯の二十三聯隊跡は、草もまばらな空漠とした原っぱであった。

　唯、南側の方は、無声映画をかけたいくつかの小屋がならび、娯楽街としての軒並をつらねていた。

　この通りを、花岡山の下から桜町を通って来た「軽便(けいべん)」が、先きのでっぱった煙突から黒い煙りを吐いて、ポーポーポーと警笛ものどかに市民をのせて走っていた。機械油で光った浅黄色の服を着た機関手が運転してゆく車は、今から思えば、おもちゃのようで、人が走るよりは少しは早い位のものだった。

　この「軽便鉄道」以外に、市民の足と云ったら、やはり人力車だった。

　市中の数多くの車夫の間では、祖父はふしぎと人気があった。

　親兄弟からそっぽ向かれた祖父も、他人には親切だった。バクチで儲けた金を、哀れと思う人間にそっくりやってしまったりした。家に物乞いなど来ると、必ず自分で立って行って、金か物かを手渡した。よく、通り町附辺をうろつく盲の親の手をひいた少年の乞食に、衣類など与えていた。暮の餅つきには、余計について、もろぶたを人力車につんで、洗馬橋下に住んでいた大勢の乞食達にわけに行っていた。

　妻子が苦労しているのは気にもかけず、外に向って、思い出したようにオトコギを見せる人だった。

　道楽はする一方、車夫仲間にあと押しされて、通り町の家の間口をひろげ、そこを大勢の車夫のための車置場にするようになったのは、祖父が四十に近い年齢になってから

である。

　バクチ運が強く、ときには一挙に金儲けしてくる。と金が足りずに車まで売ろうとしている車夫の車を買ってやって、それをその車夫に引かせて、くらしを助けてやったりした。こんな気性があったためか、案外の人望を得て、四十の時は、人力車夫の組合の理事になった。

　年に二度、北署の前で行われた人力車の検査の時は出かけて行って、並んだ車の一つ一つを見て歩く。危くないとなれば、車夫のハッピの襟裏に、祖父が許可の印を押す役目をした。

　新しい車を使用する時も、祖父を通して警察へ申出る事になっていた。祖父は、貧しさにまつわる人情にからまれると、大抵の事は許してしまう方だった。

　又、年に一度の車夫組合の運動会の時など、賞品を渡す役を買ってでて、悦に入っていた。

　どちらかと言うと「威張りたい」ところもあった。相手が素直に感謝すれば、ねんごろに尽してやるものの、一寸(ちょっと)でも横柄な態度をとれば、如何なる者もガンとして受けつけない。貰うにしても、借りるにしても〝当然だ〟という顔つきで来れば、絶対に金をださぬ人であった。

　が、誰も相手にしなくなった文なしの人間をみると頼まれもせぬのに、金を届けたりした。

　車の輪がそろそろ鉄の輪から「東京式」というゴムの輪に移っていた頃、祖父は口癖のように「うちの車を全部、早(はよ)、ゴムに変えなん」と言いながら、まとまった金がなかったため、せずにいた。

　と、ある金持が、祖父にこうすすめたのである。

「鶴松さん。ああたが家(え)の車の輪は、ゴムに総替えしなはり、わしが金貸してやるけん。もう鉄の輪は熊本でもはやらん。はやらん」

　ところが、この耳よりな話を、祖父はつっぱねたのであった。と、言うのも、相手のものの言い方が、如何にも金を出してやるぞという、見下げた口調だったからだそうである。

　母が十三歳になった頃、祖父に連れられて、方々へ雇われに行ったが、大抵は断られて帰って来た。

　旅館へ上女中(かみじょちゅう)にと言って行くと、先方は、母の容姿を見るなり、すぐに断った。

　上女中は、お客を圧倒しない程度の小柄なのがよく、又表情にはふくよかな愛嬌、立ち振舞いにも上品さがなくてはならないが母にはそんな少女らしいしなやかな素質は全くなかった。肩が張って、ずんぐりした体つきは、祖父ゆずりだった。色は白かったが、大柄の顔は顎がはって、眉のすぐ下に大きな二重の眼がおちこんでいて、小鼻が横にひじをはっていた。日本美人の概念から全く離れた、垢ぬけのしない少女が、羞らいも微笑もなく、股をひらき加減に玄関さきにつったっている様子を見て、上女中ではないと見たのも当然だろう。

仕立屋に弟子入りしたが、あまりに不器用なため、見込みがないと、一日で帰されて来た。

髪結いにと祖母が連れて行った。が、日本髪を結う時の元締のひもを歯でパッチリと切るための、糸きり歯がないため、断られた。

女らしい仕事は何もむかなかった。そこで強い体をもとでにと、煉瓦(れんが)女工を志願したのだった。

女工になるため八幡まで出かけて行ったのが十五の春だった。が、これも一年半位で、熊本へ帰ってきた。

祖父母にとって、唯一人の娘であるため、どうしても手許におきたく、無理によびもどしたのであった。

5

新市街一帯は、大正時代も市の歓楽の中心であった。ここに、現在の辛島町(からしまちょう)の電車停留場あたりは、五米(メートル)ほどの狭い道幅であって、そこにはぎっしりと、いろんな店が並んでいた。うどん、そば、「非人助け(ひにんだすけ)」と言われた甲斐之屋(かいのや)の大万十(まんじゅう)、それらの匂いがたちこめ、金魚売りの水槽の上に水をはじく金の車がめぐり、飴売りの背の藁の棒にさされた風車が日に輝いてくるくるまわり、活動写真館から流れ出る華やかな楽隊の音は、そこにたえず流れている人の波の上に、賑やかに注がれていた。

この通りの一角に「相撲館」という活動写真館があった。出来た最初は、相撲を見せていたが、やがて活動写真に変り、その頃全盛であった弁士つきサイレント洋画を上映していた。国技館を擬した丸屋根洋館で、中は畳のマス式でなく、当時としてはハイカラな椅子が並んでいた。

電気館では林長二郎や柳咲子が登場して、市中の子女をわかせているのに対抗して、ここではリリアン・ギッシュやグロリア・スワンソン、ジョン・ギルバードらが、スクリーンに活躍して、学生らの人気を一館に集めていた。とくに人気の高かったメリー・ピックフォドという女優がいたが、私の母は「相撲館のメアリ」というふれこみで館の看板茶子（案内嬢）として働いていたのである。母が十八の時だった。

案内嬢募集のビラを見て、お浜さんという友達と二人で行ってみた。祖母にだけ言って、祖父には秘密だった。と、雇ってはくれたが、お浜さんの方が母よりも数倍美人だったので、お浜さんは特等席の二階の係り、母は一階の一般席に配置されたのである。

　ところが、ここは洋画を見にくる客ばかりなので、おちょぼ口のきれながまなこのお浜さんよりも、母の容貌の方が、かえって評判になってしまったのだ。

　母のは二重瞼でも、普通の二重と違っていた。外国の絵にあるようなマリアとか、マドンナとか、モナリザとかいう女達のもっている、眼を薄く閉じると卵のような半円型に上瞼が眼球にかぶってくる、あけるとパッチリと深く窪んでしまって凄味さえある大きな眼だった。それが愛嬌の微笑も含まず、ひそかに思案するようにひそめられている。真白な肌や、横に大きい唇、やや天を向いた鼻の頭などとあいまって、洋画ファンの趣向にあうような「北欧系美人」であった。

　母は起きぬけのようなグシャグシャ髪に、幅広の白布をしめ、尻のあたりが「ゾンベンダラリン」とした黒のドレスを着せられ、席を案内して歩いた。今の時代から見れば、尻が太くて足の短かい、ずいぶんとスタイルの悪いピックフォドぶりであっただろう。

　が、これも半年ぐらいしか続かなかった。

　（活動写真館で娘が西洋人のマネばしよる）と知った祖父は、すぐさま相撲館にでかけて行ったのだ。

館主にいきなり「うちの娘は今日からやめますけん」と申出て、すぐ連れて帰って来た。派手好みと言っても「西洋人の真似」は嫌いな母だったから、案内嬢をやめる事には未練はなかったが、こんな祖父の唐突な行為に少々腹が立った。

　（自分が月々まとまった金を母さんにやるよりばしするごて。こやん時、自分勝手に決めてしもうて。うちの父さんはどうしてこやんあったとだろか）

　だが、表だって父親に言葉をかえすような母ではなかった。

　夢も多かったであろう十七、八という娘時代の母の胸に、どんな男の影が去来したかは知らない。しかし、外面的には、いたって淡白だった。いろんな男達が言い寄って来ても、かまわなかった。

　今日の母はこんな風に言うのである。

　（あたしはね。どうしたものか。向うから好いて来るような男は、ちっとん好かんだった。相撲館に居った時なども、学生なんかが〝キッチャ店〟に行こうて言いに来よったばってん、一回も行かんだった。つけ文ば貰うても、気色の悪うして、捨してよった）

　母は向うから好かれるのでなく、こちらから好いてゆくのでなければ、嫌だったのである。

　母は相撲館をやめてから、専売局に入った。束髪(そくはつ)の上に看護婦のような帽子をかぶり、着物の上からエプロンをして行く、所謂「赤レンガの中のパッパ女工」である。

　ここで働くようになってからも、男工達がよく母に言い寄って来ていたが、母は無関心を装うていた。

　母に気のある若い工員が、作業中に、母が落した手拭をひろってもってきた。

「民江さん、ああたが手拭でっしゅ？」と差し出したと、母は眉をつりあげて「拾わんでよかてかり！」と言って、腹立しげにその手拭をひったくって、横の汚水の流れる溝に投げ捨ててしまった。

　そんなに自分に言いよって来る男の嫌いな母の前に、女から話しかけられても、顔をあからめるほどの気弱な青年があらわれたのだった。

　専売局での母の仕事は、タバコの葉についた塵や虫をホースの水で洗い落すのであったが、その前に、タバコの葉は、根をきれいに切られて、母の前に投げだされる。そのタバコの葉の根を切る役目の青年を初山と言った。

　仕事場には、中年をすぎたオバサン女工が多かったが彼女達から何かと言われては、少年のようにテレながら真面目に、無口で働いている男工だった。痩型で、整った面長の浅黒い顔に、長髪をたらしていた。頬の真中にほくろがあった。大きい眼がいつも淋しそうだったが、それなりに澄んでいた。

　休憩時間に他の男工が母に話しかけて来たが、彼だけは一こうに話しかけて来ない。休みの時は大抵、本をひろげて熱心に読んでいた。うかがうと、それは大そう難しい機械の本のようである。

（勉強家ばいね。この人は）

　母の方から、話しかけていった。

　男の瞳の色にも、母に対する熱い好意が浮かんでくるようになってきたものの、やはり口数の少い相手だった。

　母は、十九歳の正月、はじめて「島田」というものを結ってみた。

「思う人」にみせたいばかりにである。大晦日の夜は髷を崩さぬようにと、大変な苦労をして寝た。そして、次の日、仕事場の一向が初顔合せの宴に、いそいそとでかけて行った。

　ところが、相手はかたくなって、真向うには見て呉(く)れず、老女工連からはさんざん冷かされた。

　帰ってみると、祖父から「なんか、その頭は！」と叱られ、とうとう元旦の夜に、もとの髪に戻してしまった。

　がそんな意地悪だった老女工連も、二人の仲を知って闊達なとりもちをやり、やがて仕事場でも二人は誰もが許す仲となって行った。

そして祖父母にもとうとう「あたしはこれこれという人と一緒になろうごたる」と、はっきり打明ける事の出来るところまで行った。

祖父は大いに立腹し、祖母は心配した。どうも、この恋人に不満があるらしかった。

「あの人は専売局の工員で終らす人じゃなかてち思います。暇の時は、いつでん本を読み、東京さん出て勉強もしたいと言わすごたる人だけん……父さん達が知っとる朝市の若っかもんとは、ちょっと違うとるとよ」と、よろしく宣伝したが、

「そこ、そこ、本なんか読んで、東京さん行くのなんのと、そこが気に喰わん。どだい、商売向きの男じゃなか。体つきも品のよすぎる。よう考えてみい」と祖父は反対した。学問もなく、たたき上げの祖父の気性としては、もっと自分の世界に近い、稼ぎの力の大いにある、精力的な男が望ましかった。この娘の恋人は、あまりにひ弱く、あまりに真面目すぎた。

だが、祖父母の反対も遅かった。もうその時は、母の腹は「太く」なっていたのである。

名を初山総平さんと言った。

通り町の家の座敷で十九歳の母と、二十二歳の総平さんとの祝儀が、内輪ばかりのオミキで終った。

三ケ月目に女の児が生れた。その女の児は七月子で、母の胎内から出たあと、三日位生きていたが、やがて死んだ。

七月子の常で、ほぼ目鼻立ちもわかり、それは実に綺麗な子であった。ひきつけを起しつづけて、その果に死んだので、眼がクワッと開いた儘、空をみつめていた。その瞳が黒く、生き生きとしているので、近所の人がやってきては、

「民江さん、こりゃ、生きとんなはっとじゃなかな」と呟きながら、のぞきこんだ。

座敷に死んだ児が寝せてあったが、そこへ酒に酔った祖父が帰って来た。

祖父はその枕もとにしばらくあぐらをかいて、冷たくなった初孫の顔をじっと眺めていた。そして、ふと「おい、シモ！　白粉と紅ばもって来え」と、祖母をよんだ。

それがもってこられると、自分で子供の顔に白粉をぬりはじめた。おぼつかない手つきである。祖父の心を察した祖母は、横から、「どら、どら、わたしがしてやりまっしゅ」と、白粉と紅とを取り上げ、丁寧に赤ん坊の死顔に化粧した。

出来上ると、「おう、美しか。美しか」と言いながら祖母はうるんだ眼を指先で押えた。化粧された小さい顔は、座敷の暗い裸電灯のせいか、丁度、夜市のアセチレンガスの火影に凝然と空ろな眼をひらいている、ベンタ人形のようだった。

祖父は酔眼でじっと眺めていたが、何を思ったのか「どら、かせ」と、祖母の手許から乱暴に赤ん坊を抱き上げた。

「あら、何ばしなはると？」

祖母がとめるのも聞かず、丁度、浄瑠璃（じょうるり）の人形使いが人形をつかうように、黒い眼を生きたようにぱっちり開いて死んでいる子の小さい手足を動かしながら、そこにいた母の方へ向けて、踊り出したのである。

「ソリャ、ソリャ、親にそむいて、よか事ばやったけんで、こんな事になりました。なりました。なった。なった。なったばい」と節をつけ、酔いにまかせた奇妙な表情でスッチョイ、スッチョイと狭い座敷を踊り回った。

早月（はやつき）の死産の次は、生れが早いとかで、母は翌年、二十の夏に又一人の女の児を生んだ。総平さんの整った顔立と、浅黒い肌とを受けついだ子だった。これが姉である。

祖父が菊子と名づけた。と、言うのも、満洲に行っていた弟の仙松さんに二人の息子があり、その次男の六つになる子の名が規久男だったが、それにあやかったものだった。

姉が生れる前に、仙松さんがその子等を連れて、しばらく満洲から内地へ帰って来ていたが、その折、祖父はその甥二人を家に置いて面倒を見てやったのだが、規久男の方が祖父にふしぎとなついて、どこでもついて歩いていた。

彼等が満洲へ引きあげる時、祖父は、この規久男を離したくなくて、自分の養子にするとまで言った。なんとしても、祖父は「男の子」が欲しかったのだ。

6

祖父は、四十も半ば過ぎてからは、自分では殆ど人力は引かなかった。人に引かせていた。通り町（とおりまち）の他に、辛島町にも家を借りて、車置場をするようになっていた。

昔の熊本市では、新市街はまだはずれの方で、中心と言えば新町一帯であった。職人町（しょくにんまち）、唐人町（とうじんまち）、呉服町（ごふくちょう）、万町（よろずまち）等が、商人の町として隆盛をきわめていた。見番、朝市場、米市場等が、この界隈に集まっていた。

祖父は前々から、この地域に車置場を持ちたいと思っていたが、その望みが達せられたのが大正十一年の春だった。祖父が四十八のとしである。

定期場のななめ向う、明十橋の際の空地だった。黒塗りの長い車置場を作り、そのわきに小さい出店の家も建てた。新市街の賑わいも及ばぬ人の波の寄せ返しが一日中しているのが、当時の定期場界隈の姿である。祖父は置場をするかたわら、橋の際の家で、昼弁当を作って定期場内に売るような才覚をして、金儲けしていった。生活の本拠が、車よりも、定期場内での食べ物商売の方へ移って行って、やがて通り町の家も人に譲った。そして、祖父母が明十橋際の出店に、母夫婦が辛島町の家に別れ住むようになった。

母は辛島町から、赤ん坊の姉を背中にゆわえつけて、定期場の店へ手伝いに行くのが仕事だった。

夫の初山総平さんは、新市街の「肥後タクシー」の運転手をしていた。タクシーの数など非常に少ない時分である。その運転手に総平さんがなれたのも母と一緒になる前に、東京へ二ケ月ほど出て運転を習って来たお蔭だった。

専売局勤めの時、母が感心して眺めていた総平さんの読書のそれは、自動車の解説書であり、〝東京の学校〟というのは自動車学校の事だったのである。

総平さんは、夜は辛島町の家に置いてある祖父のおふるの人力車を引いた。

祖父のように、頑丈なずんぐり型の熱血男とは違う、華車で、内気で、商売下手の総平さんが、馴れぬ人力車を引くのは、母としては心配だった。しかし、祖父の手前、車を遊ばせておくわけにもいかなかった。

総平さんは、タクシーにしても、人力にしても、非常に真面目に勤めていたが、時々は悪い客から車賃をごまかされたり、負けろと言われて、仕方なく負けてしまって来るような人だった。気が弱く、欲の少ない律気者だった。

母は、好きで夫婦になった相手だから、文句一つ言うわけではなかったが、たたき上げの商売気の強い祖父にとってはそれがとても歯痒く思われた。

その頃、山田権八さんという朝市のやり手の旦那がいたが、その名を引っぱってきて、祖父は母に「民江、ぬしが婿どんにゃ、権八さんの爪の垢でん煎じて飲ませなんね」と言っていた。

――辛島町の家の近所の小間物店に、ある夜泥棒が入った。翌朝、その店の前に、起きぬけ姿の人だかりがしていた。一騒ぎも過ぎて、さて次の夜の事だった。

母は丁度用事があって家には居ず、総平さんだけが、車客もなくて、ぽつねんと留守番をしていた。

と、ふと二階の部屋あたりで物音がする。耳をすましていた総平さんの心臓は、急に冷たく凝結した。（昨夜の泥棒が、今夜はうちの二階にしのびこんでいる！）……と思ったものの、二階へ上ってゆく勇気は全くなかった。近所の人ともあまり顔見知りしてない総平さんの事だから、あたりの家人にも言えなかった。

　総平さんはこのあと、二階の泥棒に気づかれぬような抜き足で土間へ下り、表へ出て、一目散に夜の町を駆け出した。明十橋まで走ったのだ。十分近くかかって、息せき切って、祖父の店へ駆け込んだ。

　丁度、祖母がいた。

「おっかさん。今ですね。賊が辛島町のうちの二階にしのびこんどります！」

　あわてて祖母は、定期場の方へ遊びに行っていた祖父へ知らせに行った。店にもどって来るなり祖父は聞いた。

「警察に知らせてあっとか?」

「いいえ、まだ」

「馬鹿が、早知らせんでどぎゃんするか！」

　祖母が傍で言った。

「わたしが警察には知らせとくけん。ああた達は早う辛島さん行ってみなっせ」

　こうやっているうちに物でも盗られて逃げられたら大変だと、二人の男は精一ぱいの力で、塩屋町一丁目の通りを北へ、そして洗馬橋を渡って東へと走った。辛島町の家へつくと、祖父は土間においてあった、壊れた古車のかじ棒をにぎり、二階へ上って行った。一薙ぎにと思ったが、賊の影らしきものはない。

「総平、誰もおらんじゃなかか」と、下へ声をかけると、やっと二階へ上って来た総平さんは「いや、たしかに居た筈ですがね。この耳ではっきり音をききました」と、あたりを見廻す。祖父はかじ棒の先で、押入れの襖をあけたり、衣桁の衣を払いのけたりして見廻ったが、結局誰もいない。ただ、猫がいた。音の犯人は猫であった。隣は空家になっていたが、その二階部屋――母の家の二階とは薄い壁一重でへだてられた――に、家主さんが鼠取りをかけておいた。それへ大きな野良猫が足をはさまれてどうする事も出来ず、音をたてていたのである。

　祖父は怒る事も出来ず「この臆病者が」というなり苦笑していた。祖父が明十橋へ帰ったあと、やって来た二人の巡査に、総平さんは身の縮む思いで弁解した。

　一方、この夜、母が用を終えて、洗馬橋のたもとを通りかかると、二、三人の中年の女が立話していた。何かあったらしい。その中の一人は、母の知人だったので「何かございましたか」と物好きに聞いてみると、その女の人は、今他の人から聞いたばかりのところらしく、こう教えて呉れた。

「今な民江さん。ここの道ば、どこかのオッサンの、泥棒ば追いかけて行かしたてったい。泥棒は角刈りして、浴衣(ゆかた)着た、やせて若か男。追いかけて行かした人は縞の銘仙のごたるとば着た、丸坊主の、脊(せ)の地低(じびいっ)か爺さんだったて。どこの人だろか。下駄の打ちわるるごて、ジャンジャン辛島町の方さん追うて行きよらしたそうですばい」

（今時分から、物騒さ）と思いながら、母は帰ってきたが、あとで、その泥棒とそれを追う爺さんとは、自分の夫と父親であった事がわかった。

総平さんが若いので足が早い。しかも火事でもないのに、いい年の男二人が、下駄を鳴らして、必死に夜の道をつっ走っているのだからきっと、泥棒とその被害者の追いつ追われつの図だと、街ゆく人は立って眺めたに違いない。

7

熊本市にはじめて電車が開通する事になるのは、大正十三年の夏である。これは、人力車夫に致命的な打撃を与えた。市に千五百人の車夫がいたが、彼等の殆どは、廃業同然の憂目を見る事が明らかだった。生業をおびやかされる事になった彼等は、団結して、市へ自分らの死活問題を陳情した。電車開通は時代の流れで仕方がない。押し止める事は不可能なので、これを潮時に車夫をやめて他の職業へ移るための資金を要求したわけである。

これが一時難行したので、車夫は総員一挙に、市役所を取りまいた。続いて、九州日日新聞社や電気会社の前をデモストレイションしたのだった。

祖父は、すでに生活の道を他に見出していたあとなので、資金を要求する理由もなかったが、昔仲間に押されてその先頭に立った。仕舞ってあったハッピや江戸胸掛を着て、白いハチマキをし、例のむこう見ずで大暴れした。大勢の車夫連もめいめいの車に白い旗をゆわえつけ白いハチマキで、群がり走った。当時はまだ「赤い旗」など、むやみに世間の眼を刺激し、逆効果だったから、白いのにしたのであろう。

これが効を奏し、進んで車夫をやめる者には、多額の失業手当が市から与えられた。一日の労働賃が、わずか一円五十銭だった車夫連は、その金を受けとって喜び、中には白いハチマキをしたままそれへ時代劇映画の手裏剣のように新しい紙幣を立てならべ、屋台酒を飲みあるく姿もあった。

こんな時に騒ぐのが好きな祖父は、又酒を飲むと大声でやたらと「シャカイ」の事を「ヒフンコウガイ」しはじめる気性でもあった。而して「ヒフンコウガイ」して何かと世間のために尽そうと奮発してみるものの、その酒の果てはバクチであり、二本木であった。

総平さんが、ある日、タクシーのつとめから帰って来て、家の畳の上にあがるや、

「俺は足のふらふらする……」と、よろめいて、わきの柱にしがみついてしまった。

その前から、足の具合が悪いとは言っていたが、無理を押して、隈府通いのタクシーを受持ち、忠実にやって来ていたのだ。

その日は全く力が抜けて立てない。医者にみせた。脳脊髄炎のあらわな兆しだった。

総平さんは床についた。致命的な病気だった。母は夫の衰えた手足を朝夕もんで、看病に心を尽した。

が、母でなくては出来ぬ定期場内の弁当運びの仕事などもあるので、昼間は、祖母が辛島町へ交替で看病に来て呉(く)れた。

祖父は、ある時、母にこう云った。

「民江、これだけの事は云うとくぞ。もう、ぬしは自分の婿どんを、婿どんてち思うちゃいかんぞ。総平はもう婿どんじゃなか。赤子ぞ。一生、赤子と思うて、看てやらんといかんぞ。菊子もおるけん、二人の子供ばもったと思え」

（父(つと)さんは何ば云いよらすとだろうか？）

最初母はそう思ったが、やがて意味がわかった。総平さんの病気は、生きている間、もう二度と体を働かして働く事の出来ぬものだったのだ。

（……自分の選んだ人だもね。一生、大事に養って行こう）

二十一歳の母は、こう心に決めた。

母は懸命に働いた。そして心をこめて夫を看病した。

しかし、昼間は仕事のためにでかけていなければならないので、その間は祖母が病人と子供をみるために、明十橋からやってきていた。孫のお守りはいいが、さきの見込みのない娘婿の世話をさせられるのは辛かった。祖母の口から、しぜんと愚痴も出た。

近所の人が立ち寄って茶飲み話をするついでに、つい祖母は「ほんとに困った事になってなあ」と云ってしまう。

ただでさえ、自分の病気の事を深く気にやんでいる、気の小さい正直者の総平さんが、障子越にそんな話を耳にしてしまうと、いよいよ肩身の狭い思いになるのだった。

寝ついたままの状態が長びくと、肉親の間でも、看病が惰性的になってしまうものだが、まして、祖父母にとっては「招かざる客」の入婿である。総平さんは、何につけ気を使い、病人特有の鋭い神経で、わが身を細めていた。

総平さんの実家は春日町にあった。母親にあたる人は盲目だった。その母親が、十六になる末の娘から手を引かれて、辛島町の母の家を訪ねて来た。息子の病状をみに来たわけだったが、そこに居合せた祖母と母とに挨拶し、しきりと気の毒がっていた。

母と祖母が座をはずしたあと、この盲目の母は総平さんの枕もとに坐って、何やら話していたが、やがて開かぬ眼を開くようにしてつりあげ、寝ている息子の額に手をおいて撫でながら云った。

「総平。あんたもいろいろ心配するどね。ここにいて……」

実母のこんな言葉に総平さんはほろりとして、涙が目尻から二、三条流れた。と、母親の手が偶然そこへ触れた。母親は息子の心のうちが読めて胸をつかれた。

「うちに帰ってこんかい。帰って来てよかつばい。来なはり。ね。うちが心配なしに養生さるる」

その夜、祖母が明十橋へ帰ったあと、総平さんは遠慮がちに、母へ云った。

「俺がいつまででん、ここにこうやって世話になっとるのも何だけん、一寸(ちょっと)、うちさん、いっとき、行っとこうかと思うとるばってん……」

母は叱るように打消した。

「世話になっとるてちあるかいた。夫婦でおって。何にも心配入りまっせん。ここではああたが大将どんですばい」

しかし、総平さんは、口調は大人しいが、心のうちは決心しているらしく言った。

「あんたは仕事をしっかりやって呉んなはり。少し体に折合のついたなら、又、世話になりに来るかも知れん」

総平さんは、とうとう春日町(かすがまち)の実家へ、一応身を養いに帰る事になった。

総平さんの実家は大そう貧しかった。

父親はタワシや箒(ほうき)の行商人であって、実際の家主は総平さんの兄になっていた。みすぼらしい菓子店であったが、その経営は兄のもので、盲目の母も、行商の父も、やや遠慮がちに同居しているという風(ふう)だった。

そこへ、なお重病の総平さんを連れもどす決心をした母親の気持には、よほど思いつめたものがあっただろう。

総平さんの家は天理教を信仰していた。母は、せめてその「ミコト」にでもすがって、夫の病気がよくなるようにと、つけやきばではあったが、熱心に信仰した。祖父にかくれて、蔚山町(うるさんまち)の教会に詣りにも行った。

ある時、母が家へ天理教の幹部の女の人をよんでおいたら、折り悪く、祖父が来た。金ぶちの眼鏡をかけ茶の袴（はかま）をはいて、おごそかに座敷に坐っていたその信者は、祖父から座敷用の長箒で、たたき出されてしまった。

辛島町の家も、総平さんがいなくなり、車を引くものもいなくなったので、引き払い、母は、四つになった姉と一緒に、祖父母の居る明十橋きわの店へ移り住む事にした。

定期場では、親子三人でいろんな食べ物を売って商（あきな）いした。ことに、絣（かすり）の着物に筒袖の黒い上張（うわっぱ）りを着、手拭を首にまき、頭は「ひっくるめ髪」で、場内にもろぶたをもちこんで、精力的に売り歩く母の様子を見ては、人々は「よう体の動く子ねィ」と感心した。朝は牛乳を一わたり売り、昼は祖母の作った折づめ弁当、又昼から夕方までは、籠に果物、ゆで卵、菓子などを入れて売り歩く。

店でつくる飴湯も場内に始終運びこみ、それらの客の煙草の走り使いも気易くしたので、可愛いがられた。定期場に出入する商人の婆さん達から、嫉（そね）まれ、悪態をつかれ、いい場所を取られたりする事もあったが、そんな事にめげず、甲斐々々しく働いた。

こんな間にも、暇をみては、春日町の総平さんの家へ姉を連れ、薬をもって、でかけて行った。あとでは商売の方が忙しいため、一週間に一日と決めて、見舞った。

祖父母が総平さんに何となく冷ややかに接したように、又、春日町の総平さんの方の父親や兄にあたる人は、母に対して冷たかった。姉を連れて行くと、姉はきまって店にならんだ菓子を指さして欲しがった。姉の眼に触れさせまいとしたが、姉は必ずダダをこねた。盲目の母はそれを知って、

「ああ菊ちゃんかい。好きなものを取りなはり」と云い或る時は見えぬ眼でガラスびんを手さぐりし、中から飴玉など取り出しては、孫の手に握らせた。

が、総平さんの長兄は、これを嫌って、一度母へ直接嫌味を云った。

「民江さん、すんまっせんばってんが、あんまりそこば通らんで下さい。ああたがそこさん菊子ば連れてくるもんだけん、すぐそう言う事になる。これはうちの商売道具ですばい」

こんな頃からだった。母が春日町の家に行くのが、うとましくなりだしたのは。母は次第に足遠になっていった。

正直に云えば、母は、春日町の家そのものをうとみはじめたばかりでなく、夫たる総平さんを、いつとはなしにうとみはじめていたようである。

――と言って、（こんな夫をもって一生苦労するよりも）というようなはっきりした打算はなかった。だから祖母が

「別れた方があんたの為。別れるなら今のうちばい」と言った時、（まあ、母さんの冷たさね）と、心から思ったものだ。

しかし……人からはっきり言われれば、そうなるが……やはり、自分にもわからぬ位、病人の総平さんをうとましく思う心は、古井戸の底の水のように、いつの間にか湧いて来ていたのだ。

母は自分の心に「ショウジキ」だった。ふっつりと総平さんに逢わなくなってしまった。

8

まる二ケ年の養生のため、総平さんは床から起き上って外へ出る事の出来る身体になった。足の途絶えた母の事を心配して先ず明十橋の店に現れ、それからあとも母を訪ねてはちょいちょい姿をみせるようになっていた。

母はそんな時は屹度店の食べ物を馳走した。だが、定期場内で働いている最中などは、話す暇もなかった。

総平さんの使らしい子供が走り寄って、

「おばちゃん。今、橋のきわで待っとるけんで、すぐ来て下さいて」と言う。母は「ええかい。今ね、おばちゃんは、どこにもおらんて言うてこなんばい。あとで何かやるけんね」と言って子供を追いやった。

そのあと、母が定期場の入口のわきの石塀の上の鉄柵の間からこっそりのぞいてみると、まだ病気の気のぬけきらぬ元気のない痩身を着古した浴衣でつつみ、帯のしっぽを長くたらした恰好で、明十橋の上を唐人町の方へとぼとぼと去ってゆくうしろ姿が見えた。

総平さんが、春日町の家で、ぽっくり死んだのは、母が二十四歳――二人が一緒になってから五年目のとしだった。と言っても、二人が辛島町の家で起居を共にしたのは、わずか一年半ほどではなかろうか。

それは総平さんが死ぬ前の年の、ある秋の夜の事だった。

総平さんがひょっこり明十橋の店へ訪ねて来た。しばらくいてから、やがて帰ると言うので、母は「そんならその辺まで送りまっしゅか」と一緒に出て、夜の町を散歩した。

総平さんは、相変らずの風態で、下駄は焼杉のすりきれたのを履いていた。総平さんはいつになくしんみりと自分の現在の気持などを述べ、自分が元気になってから後の事、将来への希望、姉に対する父親としての夢などを、語りつぎ、語りつぎして歩くのだった。

「今夜はうちにはおっかさんだけしか居らっさんけん、来んかい？」

母がいつまでもついてくるのを、その気持だと早のみこみしているらしかった。

母は本当は、昼間の働きでくたびれてしまって、総平さんとは早く別れたかった。

高麗門の方へ歩き、小沢橋の近くまで来た時に下駄屋があった。母は「今日は儲けがあったけん」と言って、その下駄屋へ入って行き、一番上等な空気草履（今のスポンジ入りのぞうり）を買い求めた。その店からもって出て来て「これ履いて行きなっせ」と、優しげに総平さんの前にならべた。

「すまんな」と言って、その空気草履をはいた総平さんに対して、母は「あたしゃ、むごう疲れた。昼、あんまりあっちこっちしたけんだろう。今夜はこれで失礼します」と言った。暗闇で顔は見えなかったが、しばらく沈黙があってのち、何もかも、のみこんだらしい総平さんの声がぽつりと聞えた。

「そうかい……。そんならば……」

母は朝市場の方へひきかえし、総平さんは新しいぞうりを履かせられた足を、ぽとりぽとりと動かして、暗い小沢町の方へ帰って行った。——これが最期であった。

ぞうりでだまされるような総平さんではなかったろうが、いざとなると、やはり押しのない気弱な性格が、母のはっきりした気性をのりこえて、自分の意を通す事が出来なかったのだ。

母は、総平さんがいつ死んだのかは知らぬ。その頃、母の気持は、苦労しつづけの祖母を少しでも喜ばせたい一心から、定期場内の商い（あきな）の事で一ぱいだった。

大正十三年の暮から、大正十四年にかけて、熊本市には赤痢、チブスの大流行があった。次々と患者が出て、市民を恐怖に包んだ。患者は皆（みな）白川病院に隔離された。母も又、隔離される身になってしまった。明十橋の家から、担架にのせられて運び出される時は、祖母は母がもう死ぬものと決めて「わたしも死ぬ。わたしも死ぬ」と、担架にとりすがって泣き崩れた。さすがの祖父も、一人娘が伝染病にかかったというのだから、大いにおろおろして、言葉もなかった。母は、そんな両親の様子も熱のためにはっきり意識せず、病院へ運ばれた。

——どの位経（た）ったのか。なにやら喧（やかま）しい音がすると思って眼を醒ました。寝ている病舎の、すぐ隣の空地に、又も新しい臨時の隔離病舎が建てられていて、その材木を打ちこむ音で目がさめたのだった。ベッドの傍で見守っていた祖母の言葉によって、発病してから十五日間もすぎていた事を知った。

祖母の看病は懸命だった。もう医者からも見込みがないと言われた母を、どうにかして助けると意気ごんで、うまや橋の白鬚（しらひげ）稲荷大明神に（十五日の間、帯をとかずに寝ます）という願をかけ、母の平癒に心を砕いた。

母は意識が回復した。医者も驚くほどだった。次第とよくなって、二ケ月半めには家へもどる事が出来た。

母は病床にあった時、祖母が家からもって来た古い蒲団を着ていたのだが、熱にうかされながらも、身に沁んで母が思った事がある。（なんちゅうこの古蒲団の綿の重かっだろか。右の人も左の人もみんな軽々とした美しか蒲団ば着とらすてかる。ああ、これもみな貧乏から）

この蒲団のやりきれない重さに（お金、お金、すべてがお金）という考えが、熱っぽい脳裡をかけめぐり、深くしみこんだために、体がすっかりもとにもどると、母はすぐさま何もかも忘れて働きだしたのだった。

別れた夫の総平さんの事なども、殆ど思わなかった。思い合すれば、母が赤痢の熱にうかされて、隔離病舎のベッドに横たわっていた丁度その時分、総平さんの魂は春日町の盲目の母のそばから、遠くあの世に飛び去っていたのであった。

退院してから半年位たった、その十四年の秋の風の立つ頃――金儲けに一心の母が、一日の仕事を終えて、定期場前の出店の前をせっせと掃いていると、ある知っている人が通りかかった。久し振りだったので、一寸立話をしたのだが、何気ないその人の口から、初めて総平さんはもうこの世に居ないという事を知った母である。

総平さんが、母の夫だったとは知らないらしいその人は、唯漠然と一片の噂話としてこんなふうに言ったのだった。

「去年あたりまで、よう、お宅のおっさんの家に出入りしょんなはった、若か自動車の運転手の人のおらしたでしょう。痩せて、色の浅黒か、家は春日だった人。覚えとんなはるか？　あの運転手さんは今年の二月、なにかの病気で死んなはったそうですばい」

9

母は裁縫や炊事は全く出来なかった。たとえ、やってみても一度としてうまくでかした事がないので、祖母が殆どそれをやっていた。祖母は、娘時代に横島の田舎で女の子の躾（しつけ）を身につけて育った人だったので、万事よくやった。

不器用な母も、力は強かった。金儲けとなると頑張りがきき大きいリンゴ箱の二つ位背にのせて、それを定期場まで売りに運んだ。定期場内に出す屋台のその下に入れる支え石を動かす時、屋台の主から「民江さーん。加勢して下さーい」と、声をかけられた。

例の筒袖上張りを着、頭に手拭をまいて、藁草履で、遠い在まで、唐きびを一人で買い出しに行く。荷車に山ほど唐きびをつみあげて帰り、それから親子三人で、煙で眼が見えなくなるまで焼いて、それを定期場で売る。定期場が閉ったあと、夜は夜で、玉子、果物を荷い籠に入れて、方々へ売り歩いた。

米の現物を売買していたのをやめ、農家は米を倉庫に納めて、その代り「米券」を貰う。その米券でもって取引が始まったのが、熊本県では明治四十年前後である。

熊本市にも、米穀取引所が出来た。大正六年に米屋町一丁目に創立され、二年後の大正八年に塩屋町裏二番丁に移された。祖父の店の丁度なため向うの角に当った。

米の価格は日々に変っていくのであるが、それがこの塩屋町の定期場の中で競られて発表される。それも今月と翌月と翌々月の予想の米価が一度に発表される。今月の末の予想を「当限」といい、翌月の末のを「中限」といい、翌々月の米価の予想をたてたものを、「先限」といった。

で「スンカキ」というのは、この米券の価格のはげしい数字の変り具合を利用して行われた一種の勝負事である。

例えば「当限一五四」「中限一八三」「先限二〇〇」と出るとする。と、その最も下の数を加算すると七となる。その下の合算した数を目あてに、夫々金を賭けるのである。合算の数がもし十八になったら八と数え、二十三であったら三と数える。十銭の金を三に賭けておいてもし三が出たら、その十銭の金は八倍の八十銭になって返ってくる。

これには勝負事につきものの「親」というものがいて、それが定期場のあちこちに数人いる。その親へ、こっそり自分の意中の数字を言って金を渡すと、親は持っている小さな帳面に、その人の名と金額をかきつける。親が損をする場合もあるが、やはり結果的にはボロい儲けになる。それならば、誰もが親になりたがる筈であるが、やはりこのスンカキは、おおやけの眼をのがれて行われるものだから、よほどでなければやれない。金もいる。それに縄張りのようなものがあって、顔がきいていなくてはならなかった。

定期場を中心とする塩屋町の界隈は日もすがらあわただしい人の波を渦まかせていた。裏二番丁の角一帯には米の仲買人の出店が軒を並べていた。みな格子づくりの家で、「東雲楼の茂七さん」の店をはじめ、小川店、田尻店、丸岩店、その他合せて凡そ四十三軒もの出店があった。そこには米を買う客が、どの店にも絶えず出入するため、人力車や自動車が青桐の木陰にいつも並んでいた。この店の奥に米穀取引所の大きな建物があるわけで、そこで米価が競せられる。そこの取引役人をはじめ、仲買人、お客等が入りみだれて、定期場の中も外も混雑していた。

それに加えて、その米の定期に便乗し、形に影の添うように、一種の寄生木やどりぎのように生えて行われているのがスンカキというバクチであるが、桁けたが大きいのに「カッサカ」「ジキ」というバクチもあった。これに集ってくる人間の数は多く、その種の遊び人から、商人、職人、農家のもの、魚市場の男達、月給取り、車夫、労働者、老隠居、芸者等、さまざまだった。これらの者が定期場の界隈にまぎれこみ、親よ子よと、一日中わいわい言い合って勝負事をするのだ。

発表が十五分ごしに、日に十五度あった。定期場内にさげられた鐘が合図として鳴り響く。その鐘と同時に自分の買う或いは売るところの米価を見んものとして行く公おおやけな人々と、それに混って自分の賭けた米価の数字を見んものとする蔭の人物達、その二千人程の人間が一度にわっと定期場の門内へなだれこんでゆく状態が絶えずくりかえされていた。その活気は新市街の盛り場をしのいでいた。数字が出て、当ったスンカキの連中は、夫々の親をさがして又一さわぎである。

大体これは警察で取締っているのであって巡査は時々やってくるのだが、一体誰を捕えていいのやらわからないのであった。紙片に数字をしるすだけのものなので、確実な証拠にはならない。

又胴元になるため、米券の株主をわざと兼ねて抜道を作っているものもいた。

年に二度の一斉取締りで、南署から自動車が横づけになる時は、もう連絡があっていて、くもの子を散らすように逃げさる。又、たとえ、数珠じゅずつなぎに連行されて行っても、誰やら金持の賭博師の手によって、みな二、三日間で釈放され、相変らず、この好きな道に、蟻のように集ってきていて、スンカキバクチは何の衰えもみせなかった。

母はものを売るかたわら、このスンカキの数字を親迄申込む走り使いをよくさせられたのである。自分で親のところ迄行くのを臆おっくうがるのもいた。が、又親へ顔をみせずに賭けたがるものもいた。それは極秘な方法で数字発表の寸前に知る事の出来る、ある一部の悪質グループの男達である。仲買役人と共謀して、ある特別の方法でキャッチし、すぐさま、当然次に発表されるべき数字を申込む。こんな手を喰ったら親は甚大な被害をうける事になるのだった。で、何度も続けて当る人間を、自然インチキではあるまいかと怪しむのである。だからその連中は自分たちでは顔を出さず、最も素人しろうとらしい者に（当ったら何割かやる）という事で、親の所へ使いに走らせるのだ。その役目など、なんでも「はい」「はい」と腰が軽く駆けだしていく母など、使いやすかった。こういう風にして、ものを売って小銭をもうける事しか知らなかった母は、次第と定期場内でもまれてあけくれ、スンカキというものの正体を知り出したのであった。

人間は何かひょんな事で目から鱗が落ちたように、今迄見えなかった娑婆の有様が急に見えはじめて来たという事がある。父母や夫やその他たのしみにしていた者と死に別れたとか一文なしになったとか——又、何もかも人生が台なしになって、いつ死んでもいいほどの絶望の中に堕ちてしまった時とか……その事がきっかけで、急に自分でも驚くように頭の中味が変ってしまったという気持になったりする。——ところで、母は二ケ月半の赤痢との闘病生活によって、この（眼から鱗が落ちた）ようになったというのである。

「あの十五日間、熱にうかされつづけた赤痢が癒うなったあと、妾は何だか急に世の中の事がよくわかるようになったもんね。不思議だった。今迄わからん金儲けの事が、すーっと〝こやんするとよか〟と思い切るようになってねぇ」

総平さんが果てた大正十四年も暮れる頃、母はスンカキの親というものになっていた。大体に母の病気中あたりから、祖父がちょこちょこ親をやっていた。祖父が悪質の「子」にだまされて、相当損をしたなど聞くにつれ（妙なまねは止めればよいのに）と思ったりしたが、金に「眼が醒めた」のちは、祖父の親の代りをするようになり、はては祖父の株を奪って本式にするようになったのであった。界隈には祖父の顔は非常にうれていたから、その娘である「民江しゃん」が、胴元をしはじめても、そう抵抗はなかったわけで、それに母自身が自分の体験で学んだ、いろいろなスンカキのコツを見抜いていたし第一病気後は不思議な程勘がよくなっていたのだから、押しも押されもせぬ「親」になるには、さほど月日もいらなかった。

母は自分の金で、明十橋の祖父母の店の前の家を買った。そして、そこで本格的にスンカキをした。大体に胴元は男であって、それも定期場内に入りこんで、あちこちに立って子を集めるやり方をするわけであるが、母のは定期場と目と鼻の先にあるところに家一軒かまえた親なので、そこは集ってくる連中の数もちがった。

あの、手拭をくびに巻き、短か目の絣の着物に前だれ藁草履で牛のように働いていた人も、このスンカキという世界に入ってからは、一日二度も三度も着物を変えてはみる、立派な朝市姐さんの貫禄が出来上っていったのだ。母は二十五歳だった。

10

祖父は明十橋に店を出した頃から、洗馬の加来病院裏の二階の一間に、お峯さんという人を二本木から受け出して、囲っていた。馬のように長い顔に銀杏(いちょう)返しを結いいつも愛嬌笑いをたたえている、三十五、六の女だった。こんな事をわざわざかくしもしない祖父だから、お峯さんの事を知っている祖母にとって、それは何にもましての苦しみであった。遊里に一夜妻を求めて行く夫は〝仕方がない〟とあきらめても、このように一人の相手を時別に囲うような夫は、もう堪えられぬ恨めしいものだった。だが、そんな祖母の煩悶などどこ吹く風で、祖父はお峯さんの妾宅へ行った。そこが飽きれば二本木へと。すでに五十をこえた体なのに、手綱のない馬のように、好きな方に走って行った人である。心一つに納めて表に現わさぬ祖母の人柄がおとなしければ、おとなしいだけ祖父はわざと精神的横暴をおしひろめた。時には二本木から女達をタクシーにのせて、明十橋までやってきた。車の中で、下司(げす)な言葉でやりとりしている女達と祖父に眼をそむけてタクシー代を払わねばならぬ羽目になる祖母の顔は、いつも青ざめていた。

祖母の妹の子に幸子という娘がいたが、この十七歳の娘が祖父母をたよりに熊本へ出て来たのが、当時であった。三ケ月ほど新市街のある喫茶店に勤めていたが、それもやめて、母のスンカキバクチの手伝いをするようになっていた。みな彼女を「お幸さん」と呼んでいた。

頬ぶくれしながらも締った感じの長顔で、丸く張りのある二重の大きな眼が特徴的だった。肌は小麦色だったが、「癖のない真黒な髪」「富士額」「小さな口許」「なで肩」「ほっそりした体つき」等、まだ耳かくしの束髪にしていたが、これに日本髪でもさせたら、丁度「桜の樹の下で燗(かん)びんをもってにっこりしている日本酒のポスターの女」になるほどの美人だった。

が、気性の方は男勝(まさ)りだった。ものはハキハキ言い、体裁をつけず、言い寄る男に飲みかけの水をぶっかけるような気性を持っていた。陽気なところが母と大変ウマが合い、スンカキのいい助手になっていた。

母はスンカキで、貯ってくる金を、柳行李(やなぎごうり)の中に一ぱいつめていた。銀行にあずけるのも面倒であったし、どのみち〝悪銭〟と思っていたのだ。

二本木で散財した祖父から、母のところへ「金を持ってこい」という電話がかかる。そんな時母は押入からその柳行李をひきずり出し、中の金を目分量でとりだし、新聞紙に包んで、祖父の可愛いがって置いている千代吉という小僧にもたせてやった。時には母自身が持って行く事もあった。

ある時、その祖父のいきつけの遊廓「うぐいす楼」に金を持って行ったら、女達がさわいで、無理に上へあがらせようとするので、つい祖父の居る座敷迄はいった事もあった。

祖父は床柱を背に、長火鉢を前に、女二人にはさまれて酒をのんでいた。「お金の使者」とわかってか、それはもう女達は母を下にもおかぬ大事がりようだった。

日本髪に裾模様の着物をひきずっている遊女達の快い親切。ぶ厚い座蒲団三枚をかさねて、その上にすわらせられ、立派な円卓の上に大そうな御馳走をならべられ、「さあさあさあ」と朱ぬりの杯を捧げられるのだった。窓の軒には長提灯が並んでかかり、中庭の「赤い灯、青い灯」が、手摺欄干の擬宝珠(ぎぼし)の金具に映え、あちこちみても、すべて竜宮城のようだった。かたわらに響く三味線の音に、なんだかうっとりして来た母は、しみじみと思うのである。

（ほんな事、うちの父(つと)さんが帰ってこらっさん筈。こやん佳(よ)かもね。二本木ちゅうところはねぇ。――男はもうけばい）

こんな具合で、母は家で祖母に頼まれて来た祖父への小言など宙に忘れ、遊女達のすすめるにまかせて「うぐいす楼」に一泊してしまった。

――次の日も一日中歓待され、夜になろうとしていた母が、つい「今夜も、きゃ泊ろうか」と言って「馬鹿が」と祖父から叱れたりしている頃、家から電話がかかってきた。「昨夜、明十橋の店に強盗が入りました」というのだった。祖父と母は、あわてて二本木から明十橋へ帰ってきた。

が、それはおいてけぼりされている祖母があんまり可哀そうだったため、お幸さんの「気をきかした」狂言の電話だった。

而(そう)して、それから一週間位して、本当に明十橋の店に二人組の強盗が入ったのだ。祖父は二本木へ行って家にいず、千代吉は地下室に居て、ただ女ばかり、祖母と母とお幸さんと姉とが、枕をならべて座敷にねていた。その一人の強盗が祖母の蒲団の上に馬乗になって、出刃庖丁をつきつけ、金を出せと言う。全く口がきけなくなった祖母は、無言のまま枕もとを指さした。枕の下には祖母の大切な現金が袋に入れて置いてあった。強盗は手をのばして、蒲団の上から袋をひきだそうとするが、その手がガタガタとふるえて、うまく出せないでいる。庖丁をもつ手の方もひどくふるえている。

——そのとき、眼をさましたお幸さんが、はねおきて「ドロボー」と叫んだ。腰をぬかさんばかり驚いた強盗二人は、襖や柱などに突き当りながら逃げだした。お幸さんは寝巻のまま、あとを追って外まで出た。戸口のところには、強盗が出刃庖丁を取り落していた。その庖丁は明十橋の店のものだった。

——多分、バクチ出入の若い者が、祖父のいないのを見越して、強盗に化けて来たにちがいないと思われたが、警察沙汰になっても、これはどうしても警察で本気にとりあげて呉れなかった。

　女だてらに、出刃をもつほどの強盗を追うはずはないと言うのである。そして、祖父の「つい先日のお幸さんの狂言癖」という証言の裏づけもあって、とうとうこの女達の貴重な体験は嘘という事になってしまった。女三人が口惜しがっても仕方がない。母はこの時、快睡中であったが、「ドロボー」の声でさめて、お幸さんが追って出たところは、しかと見たのであったが、そのあとは腰が立たなくなっていたのである。祖父は「今度俺ば二本木からよびかえす時は、なんば作り出すもねろ？　此奴どん達ゃ」と言って笑っていた。

　なにはさて、強盗が入ろうと、夫婦いさかいがあろうと、大きい戦争というものもなかったのんびりとした大正時代は、こうやって終って行った。

第二章

1

母の営むスンカキ場へ毎日やって来る、田上信一郎という男がいた。背が高く、顔色は浅黒でどこと目だつところもなかったが、お幸さんの蔭の批評によると「一寸（ちょっと）苦み走った、男らしい」顔だった。

彼はその日のスンカキが終っても、坐りこんで、母やお幸さんへ、何かと話していった。又、向い側の祖母の居る出店の方にも、いつも現れて、慰めになるような言葉をかけて、いつ迄も店内の椅子に腰を下していた。

彼の兄で、裏小路に住む源太郎さんは「魚市場の田上さん」としてよく知られ、朝市場鮮魚組合の仲買のかしらとして、相当顔の切れた人だった。

が、弟の信一郎は、その兄ほどの信用はなく、ただ兄を手伝って、時たま魚市場へ出入する事もあるが、それも一定した職業というわけのものでもなく、いわば「朝市界隈（かいわい）の風来坊（ふうらいぼう）」なのだった。年も三十半ばまで、働きもせず、正式な妻もめとらず、ぶらぶら暮していけるのも、兄の源太郎さん夫妻の信用と、そして少しは腕に仕込んだバクチの心得のためであった。よくやってくる田上の目的は、母にも大体推察が出来た。しかし母としては、その頃は別に好きも好かぬもない、唯のスンカキお客の一人に過ぎなかった。強いてどちらかと言うと色が黒くて、体がゴツい感じで、それに顔やくびすじをよく酒で赤くして、スンカキに来ていたので最初は（好かん男）と思っていたぐらいである。向うからしかけてくる男には、心を惹かれぬ母であったし、又一方、母は心底からスンカキという仕事に打ち込んでいた時だった。

明十橋きわの駄菓子屋では、祖母と、七ツになる姉の二人が淋しく店番をしていた。祖父は、夜はお峯さんの所へ行っていて、殆ど家にはいなかった。母も忙しくて姉を見る暇もない。「母（かか）さん、これはああたと菊子の小使銭」と多額の金を、懐（ふところ）の大きな財布から抜き出して、置いていくが、姉のおかっぱに櫛を入れるわけでもなく手を引いて母子らしく、どこぞ連れていくわけでもなかった。姉のまわりの世話は、祖母が一人でやった。女道楽の夫においてけぼりにされ、たった一人の娘とも親身に相談することも出来ぬ祖母は、行きどころのない心のたけを、ただその孫である姉の上へ懸命に注いだ。姉も母より祖母の方を慕い、祖母の形に影と、ついているのであった。

　こんな祖母へ、何かと優しみのある慰めの言葉をかけてくるのが田上信一郎だった。金儲けに一身を打込んでいる母ではあっても、その一面、小さい時から貧苦を共にして来た祖母への情愛は、深く胸裏にもっている。ことにその頃は、祖父に打ちすてられて、人知れぬ口惜し涙で暮している可哀相な祖母の気持が、なんと言っても気にかかった。そこへ丁度息子のような口調で祖母へ親切にする田上は、母の一番弱いところを押していたのだ。

「どうら、おばさん、今夜、わしがいっちょ、綾太郎の壺坂をやってやるですばい」祖父がいない夜、やや酒気を帯びて、明十橋の店にあがりこみ、浪花節のひとふしを、慰まぬ祖母のために唸って聞かせた。

　田上は外見は浅黒の朝市男の野暮さがあっても、声はなかなかしぶい声をもっており、浪花節の大好きな祖母を楽しませた。又祖母の好きな明太子（めんたいのこ）を毎日のように朝市から手籠に入れてもってきて「民江さん、これをおばさんに……」とスンカキ場の土間へ置いて行った。こんな事で、祖母は田上を（親切で、ほんによか人）と思っていた、口にも出して言ったが、母も又、淋しい祖母をかまって呉（く）れる男へ有難いという気持があった。母一人でやっているスンカキ場には、いろいろな男達が出入し、ことが「金」に関するものだけに、やはり一寸とした「因縁熊五郎」がいて、荒れる事もある。こんな時には女である母としては、スンカキ場の中に、田上のいる事はなかなかにたよりになった。

　一度、損をした男が〝涙銭〟を多く貰おうと思って、しつこくねばっているのを田上がつまみ出した事もあった。とは言え、勿論、これ迄は母は田上を（好きな人）などとは思っていなかった。

　祖父が例の懲役にカマってしまった。母が二十六になった、夏の事である。壺と賽子（さいころ）を使った本バクチをしたのが、バレたからだ。二ケ月の懲役。――母は差し入れに行き、面会所で祖父から或る事をたのまれた。

「民江、前うちに来よった野尻という男知っとるど？」

「はい知っとる」「あれに俺が三十円の金ば貸しとるもん

ね」それを受取ってきて呉れというのだった。

担保に日本刀が二本とってある。その刀をもって行って、ひきかえに金をとってくる。相手がどこかよその土地へ行くと言っていたので、早く金をと、祖父は手もちぶさたの懲役の中で、ふと思い出したのだった。

祖父の出所の金もいる折から、母は行く事にした。その野尻という男の家は小島村である。祖父から住所をきいたもののよく判らない。そこへもってきて、田上が「野尻の家なら、わしがよく知っとります」と言い出した。

「あの家はバスで下りてから、大分歩かんといかんし、わかりにくして……、教えますけん、明日(あした)でん、行きまっしゅ。米(よね)しゃんも連れて三人で」

大体、田上は前から母へ、ちょいちょい「どこそこに日がえりで遊びに行きまっしゅう」とさそいかけていたのだが、絶対に承知の色をみせなかった母であったのに、この時は不思議と一緒に行く気になってしまった。米しゃんとは、田上の朝市友達だった。

その次の早朝、三人は小島行きのバスに乗った。米しゃんがその肩に日本刀二本を風呂敷包にまいて持っていた。野尻の家での交渉が無事終った。そのかえりの夕ぐれどきである。この三人組は、小島村のはずれらしき、海岸にほど近い、背の高い葦が一ぱい生えた沼地の中に一本通る、淋しい土手の上を、うろつきまわっていた。日はもう落ちるばかりの西日であったが、頃は九月のはじめだったので、大気の中には残暑が強くこもっていて母は袖でいくども額ににじむ汗をふいた。どうも道を踏み違えたらしかった。案内役の田上が、こうも不案内では困るが、邪推すれば、こんな人家もない、見渡す限り葦の一ぱい生え繁った、ひょんな辺(あた)りへ、わざわざ迷いこんだのではあるまいか……。どうしても、今晩熊本へかえらねばという気持で、母は度のひどい近視の眼を懸命に動かして、うす暗くなりかけた中で、かえりの道を捜した。とうとう三人が、人家のならぶ村内に出る事が出来て、バスの停車場に来たときには、もう最終の熊本行きのバスは発(た)ったあとだった。

三里も四里もある道を夜歩きするわけにもいかぬのでその夜は海岸べりの、ある宿屋に泊らざるを得なくなった。宿は行商人などが一泊していくような態のもので、横に長いつくりで、それは襖で一つ一つ区切ってある二階建の粗末なはたご屋だった。

田上と米しゃんとが、その二階の一番きわの間であったから、母はその反対のきわの間に帯もとかず横になった。聞きなれぬ海のざわめきが、遠く近くひびいてくる枕もとである。母は昼間のつかれもあって、いつの間にやら眠ってしまったのだが……。

それは夜明けに近い頃でもあったろうか。

雨戸が明け放されているため、青蚊帳のあたりは、もう闇がうすらいでいるその中で、まどろんでいた母の体の上に、何やら大そう重たいものがのしかかって来た。

2

いよいよ田上は、母のスンカキ場へ足繁く通ってくるようになった。母ももう観念してその気になっていた。やがて明十橋の家へ泊ることもあるようになっていた。

野尻からとって来た金の効きめもあって、祖父は早目に懲役から帰って来た。が、バクチの方は一時ひかえても、悪所通いの癖はそのままで、出所した次の夜は、もう二本木へ行ってしまった祖父である。お峯さんという権妻さん迄ありながら、やはり祖父の遊里出入は続けられた。

祖父が家をあけたら、その留守の夜に、明十橋の母の所へ泊りに来るのが田上だった。祖母は田上に対しては何とも言わなかった。

たのもしいという点では田上は、他のスンカキ出入りの男達よりマシだった。なで肩で痩せてはいたが、朝市で生れ、朝市で育ったところの、ある種のきっぷがあった。盃こそ交さぬが、もう母と田上とは夫婦であった。知らないのは祖父だけであった。

祖父が、ある朝七時頃、突然明十橋の家へ帰ってきた。外泊の時は、必ず日が昇ってからのちに帰宅するはずの祖父であったのに、この日だけは、ひょっこりタクシーで、昨夜でかけたままの恰好で帰って来たのだ。

外で、タクシーから下りたつ夫の気配を知った祖母は、あわてて田上に知らせ、裏戸口からでるようにせきたてた。真白に霜の置く寒のきいた朝だったが、田上はジバンのまま、衣服は手にまるめ持って、裏庭にころがりでた。が、その瞬間はもう祖父は、その前の廊下のところ迄来ていた。

わざと寝ぼけ顔して「あら、今朝は早かったな」と寝巻のまま立ち上ろうとする母をみつめる祖父の顔色がジワッと赤らんでいた。と、思うや、母の寝巻のえりくびは、祖父の手でにぎられ、再び蒲団の上にすわりこんだ体がおそろしい力でぐいぐいと座敷から廊下へひきずり出された。

祖父はそれから板敷の上にうつぶせになっている母の背を、右の足でのるようにして、二、三度蹴り、そのあとてウエーブを施した束髪の毛を上からわし掴みにして「ええも、もう、もう、ぬしは……、俺ばだましとったね！」と、こねるように、ひっぱりまわした。

母は顔をおうて口惜し気に泣いた。（自分は毎晩二本木にでかけておりながら）と、祖父の普段の乱行を精一ぱいぶっつけてやろうかと思う心をおさえて、板の間に頭をつけて泣いた。

　母はこの日から三日目に、祖父の明十橋の家を出たのだった。田上と連絡のとれた家出であった。祖母にだけその旨を話し、移り住む二人の新世帯の住所を教え、祖父へはさからったような形で出た、そのさきは、新市街裏の下追（しもおい）廻田畑町（まわしたばたちょう）の一角だった。その六畳の間というのは、田上自身が住んでいた知人の家の二階という事だった。祖父にはむかって家を出るのも初めてだったし、男と六畳間など貸りて生活するのも初めてだったが、母としてはとにかく〝新世帯〟を営むつもりの改まった気持で、自分で柳行李（やなぎごうり）、金庫の金も全部郵便貯金に入れて持ってきた。

　めしを炊く道具をかわねばならぬ。蒲団をかわねばならぬ。――ところが、そんな必要はなかった。その二階の間の横の板の間には、鍋・釜・すりばち・バケツといったものが、ほとんど揃えられてあったのだ。

　最初、母は田上にともなわれて、その家の階段をのぼっていき、二人住いには丁度いいところだと、気に入った心境でみまわしていた。と、その廊下にはきちんと棚がしつらえてあって、味噌がめとか、七輪がならんでいる。障子や襖（ふすま）の破れの張り替え具合も、妙に気がききすぎて、今迄男一人で暮らして来た部屋とはうけとれぬ。母は怪しいと思った。――案の定、そのこぢんまりとした二階の間は、田上がその先（せん）のかくし妻とおきふしを共にしていた場所であったということを、二、三日してから、母ははっきりと知った。スンカキ場では、やり手の姐御でも、こんなところでは簡単にひっかかってしまう母であった。その表向きには知られていなかった田上の内縁の妻は、しかしもう、半年近く前に、働きのなかった田上と別れて、里の小倉の方へ行ってしまったあとという事だった。そのあと、田上は、この部屋で思い出したように自炊などしていたが、それもまれで、ほとんど外でめしを喰って、ここは寝るだけにしていたので、何だか、その先妻の匂いが、そのままにただよっていたのであった。

「田上さん。ああたもたいした人ね。人をバカにして」

　大いに腹も立ち、あきれもしたが、もう家まで出て来て、こうなった間柄になってしまった今とあれば仕方がない……。母と田上との世帯は、どうやらつづけられていった。

　田上は「民江さん、民江さん」と大切にした。母が馴れぬ手つきで野菜を洗おうとしていると、「民江さん、なんの、ああたがそんなことをしょうかい」と、やめさせた。炊事一切は専ら家政婦をやとってさせていた。勿論、その家政婦のやとい賃は、母がだしていたわけだったが。その他、一切合切、母の貯金から金が出た。

この下追廻田畑町の家に移ってから年も改まり、正月松の内もすぎようとする頃、お幸さんは田上と母に、春日駅で逢った。丁度、二人はならんで停った二台の人力車から、膝の赤ゲットをはずして貰いながら、降りたったところだった。田上は鳥打帽をまぶかにかぶり、大島の上からマントをひっかけ、母は結たてのちょうちょう髷に、藤色の金紗の裾をみせての、上から黒ビロードのコートを着ていた。「あら、民江さんはどこへ行くとな?」とお幸さんが声をかけると、母は眉目でしがめ、口もとで笑い、暗号のように声をひそめて「別府、別府」

――「あんたも来んかい?」とさそった。「よかろうばい。あたしが来ると邪魔になる」「金は沢山あるとばい。ほーら」母は懐から、長めの大巾着をだして、中に紙幣がつまっているのを、お幸さんにのぞかせた。母と田上とは、新婚旅行のつもりなのだろうが、こんな時、母は二人だけで行くより、お幸さんのような陽気な女をつれて、ワイワイ賑やかに出かけていくのが好きだったのだ。

勿論この時、お幸さんはついて行きはしなかったが、その様子などをあとで話した。「丁度ね、新派の芝居のごたった。民江さんの、丸髷やら、ちょうちょう髷やら結わすと、何か女形の太かかつらかぶっとるごと、派手になるもんね」

3

招魂祭も近づく生暖かい四月の夜半――母が田上からあわただしくゆすりおこされた時には、すぐ隣まで、煙がただよいはじめていた時であった。火はたちまちひろがり、やがて母達の住む二階家までなめはじめた。田上は出せるものは全部出そうと、蒲団や、柳行李のようなものを懸命に二階から外へ放り出して奮闘していたが、母は眼がうすいので、とうてい道具など出そうとしても駄目と思い切り、鏡台の前に立って、自分の一番気にいっている長ジバン、着物、帯を、火事あかりの中で身につけ、郵便貯金の通帳と印鑑とを懐へおさめ、二、三日前から結っていた夜会巻の頭には、鏡台の中の愛用の櫛やら髪かざりやらの類を全部一ぺんにつけ、指にも、持っているだけの指輪をはめ、まだおろしてなかったフェルトの草履を押入れから取り出して手に持ち、道具出しにがんばりつづける田上をせきたてて「早う、早う」と階段を下りて来た。

こんな時、盛装し、又押入れにあった新しい草履迄思い出す事の出来たのは、母が火をみて、すぐに（もうよかたい！）と思い切ったから、変に落着きが出来たのかもしれない。

外へ出れば、避難する道具の山だった。ホースのしぶきをあび、たちさわぐ人々の間をぬって避難して来たさきが、新市街電気館前の均一場であった。（均一場とは、この頃十銭均一でぜんさい・うどんその他一切を食べさせていた大衆食堂であって、昭和十年前後の安かバーの前身である。この昭和一年の新市街一帯の大火事の時には、ここが間口が広いので、裏長屋のものはほとんどここへ避難して来たわけだった）すでに子供をまじえた三十人ほどの人が焼け出されて、立ったり坐ったり、持ってきて積み上げた家財道具の間をうろうろしていた。母が夜会巻の頭に、いろいろなかざりをつけ、錦紗の晴着にフェルト草履、何やら色気狂いめいたいでたち――しかし、それが一方は帯もつけない、ねじでっぽうの田上とつれだってきたので、みな（何だろうか）と眺めていたようだった。

――電気館の西側手前に縄が張られ、黒山のような野次馬をそこでとめていた。刑事達が見張っているので、見物人もそこにかたまって騒ぐばかりだった。

「おい、ここからさきは行っちゃいかんぞ」「おい」「おい、いかんちゅうに」二、三人の刑事の怒声がきかれた。と、云うのは、そのたかる野次馬を力ずくでうしろから押しわけ「とおせとおせ、とおしてくれ」と、もがくように出て来て、縄の外へ出た男がいたからだ。手には背たけほどの金棒をもっていて、着物の尻を大きくはしおった下には股（もも）引が見え、地下足袋をはいている。

「おい、いくな！」刑事の最後の叫びも耳にはいらぬらしく、その男は一目散に消防の水に濡れた道をかけだした。電気館の角をまがり、燃えさかる火の手に向って家財をはこんでくる人々にぶっつかり合いながら、その下り坂を勇ましくかけていく男の影法師――ずんぐりした体に猪首のでっかい坊主頭――。

「あら、父（つと）さんじゃなかろうか」と均一場の中で、かがんでいた母は立ち上った。

「父さんたい！」母と田上は今度は均一場の前を警備している刑事のとめるのを、

「うちが焼けよりますけん……どうか、行かせて下はるまっせ。もう一ぺん、行ってきます」

と言って、祖父がかけて行った方角のあとを追った。祖父は金棒をもって、火の子のチラチラと舞う、燃えさかる火が真赤に映える道の上で、キョロキョロしている。（娘のいた家はこの附近の筈だがね）と懸命にさがしている風（ふう）

であった。

「父さん。ああたは何ばしよんなはっとな?」うしろから声をかけられた祖父はふりかえった。

「なんか。お前達はもう逃げとったつか!——なんか。その恰好は! 馬鹿が……」母の満艦飾を見て吐きすてるように言った祖父であったが、しかし瞬間、顔には安堵の情が走った。

「すんまっせん。御心配かけました。おっさん」と田上が頭をさげた。

「道具なんかは?」「きゃ燃えた」「馬鹿!」「とにかく父さん、ここは危なかけん、早うあっちへいきまっしゅう……」

祖父はこの日の夜半の火事が、下追廻田畑町と聞いて明十橋から飛んで来たのであった。「民江はちっとや、そっとじゃ、おきらん寝太郎だけん、焼け死ぬかもしれん!」と祖母に言いすてて——。手にした金棒は、家を崩すためのもので、火消しめ組の心持だったらしい。

怒り怒られて、一時交りをたった形の父と娘だったがこんな大事の場合、尻はし折り、気狂いじみたていたらくで、かけてくる父さんかと思うと嬉しく、明十橋の家へ帰ってから、母はとうとう「あたしが悪うございました」と、祖父に謝った。田上もまた「今度のことだけはおっさん、勘弁して下さい。民江さんとこやんなった以上は、民江さんをわっしはしっかりたてて行こうてち思います。——それにおっさんが何かという時には、こぎゃんつまらん男ばってん、一生懸命尽くさせて貰おうてち思うとります」という意味のことをのべて、あやまった。

祖母のかばいを待つ迄もなく、祖父の心は、表面はとにかく、内面は十分に溶けたようだった。こんな火事騒ぎがきっかけで、母と田上は明十橋の家へもどった。田上の古道具はみな燃えてしまったが、そのお蔭で、親の許す夫婦になる事が出来たのだった。母はそれから新しく定期場の正門の恰度前の家を自分の金で買い、そこで田上と二人暮す事とした。

4

祖父母が、一旦養女にした筈の、祖母の姉の子の春枝を通り町の教会にやってしまってから二十五年の月日がたった。

そして又今、その春枝の妹の松代という十八歳の娘が明十橋の家へ、女中として入って来たのが、この頃であった。

立願寺の家は相変らず貧しかった。女の子ばっかり次々に生れていた。その貪欲な父親によって、松代は時の金三百円で博多の遊里へ売られようとしていたのであった。これを伝え聞いた祖父母はどうにかして助けようとした。ことに祖母は懸命だった。松代を引きとるための三百円も、祖母が菓子や万十の売り上げの一部を貯めていたものから出た。祖母の心中には、春枝を人の嫌う耶蘇にやってしまった事のすまなさが尾を引いていたのだった。

祖母が松代を博多まで引取りに行った。大切に腹巻にまいて行った三百円を向うに渡し、汚ない単衣ものに田舎風の柄の下品な羽織を着、風呂敷包二つをもった少女を、いとおしい気持で手を引くように汽車にのせて熊本へ帰ってきた。

松代は明十橋の家に落着くと、こざっぱりした衣類を与えられた。無口で動作がのろかったが顔は田舎風ながらも、大きいうるんだような眼の、色の大そう白い娘だった。

明十橋の家へ入って来た松代は、女中とはいえ、祖母から大そう可愛がられた。

母が田上と一緒に、下追廻田畑町の火事で、明十橋の方へ帰って来た頃、もう松代は来ていたが、祖母が松代をつれて、たびたび門口をでて、洗馬橋の方へ行くのに気づき、母は「なんかいた？　母さん。松代さんをつれていつもどこさん行くとな？」と聞いた。

「誰にも言うちゃいかんばい。嫁入り前の娘だけん」

「はい、いわん」

「あのな。松代は寝小便する癖のあるとたい」「あら汚なさ」

「汚なさてちあるかい。可哀相なことばい。あれが、あんまり、幼ときから親爺にいじめられて育ったけんだろたい、福田先生も気からと言いなはるもんね。……そるばってん、今のところ、未だはっきりせんけん、このたびゃ、呉服町の太田さんに行き、灸据えて貰おうて思いよる」

このあと、祖母は、呉服町の鍼灸所に松代をつれて、しばらく通った。親達の昔の貰い子追出しの秘密をしらない母は、あんな田舎出で、口もろくにきかぬ女中を、祖母が何故あんなに大切にするのかわからなかった。

田上も祖母のいる前では何とも言わないが、松代がスンカキ場へ、一寸祖父のいいつけでやってきたときなど「デメしゃん、デメしゃん」と冷やかし、一度は泣かせてしまった事もあった。

松代の眼は〝出目〟と迄はいかぬが、相当に大きな眼であって、いつも潤んだように見開かれていた。そんな男好きのする眼にくらべて、鼻は低かったので、色白ではあっても、顔の感じはやはり鄙びた娘だった。

この娘を、同じ屋根の下にあって、祖父が手がけてしまったのは、祖母が彼女を博多から連れて帰って女中にしてから、半年もなるかならぬかの頃だった。

　この事を知った祖母は、怒りと口惜しさのため、総身(そうみ)にふるえが来たようになって、えたいの知れぬ発病をした。心臓を下から上へ、締めつけられるような発作をともなうものであった。祖母は、もうわが家へはいたくないという気持が一ぱいで、しばらくかかりつけの山崎町明石病院へ入院した。

　祖父が松代のため、川端町(かわばたまち)裏通りに、手頃な二階の間をみつけてやったのも、この祖母の入院中であった。あれ程の二本木通いもふっつりやめ、又洗馬の加来病院裏に囲っていたお峯さんのところへも足遠になってしまった祖父は、ただただ松代に打ちこんだ。五十五歳の祖父が、餅肌の松代に執着する様子は、壮年のそれと何変るところなく明十橋界隈で知らぬものはない位になった。しかし、そんな事に頓着するような人ではなく、もめん着の上から、長目のねじでっぽうをひっかけ、大きなステッキを持って、下駄を鳴らして、丁度、普段に朝市場へでかけるような風で、川端町へ通うのだった。祖母としても、バクチをする以外は、祖父がよくあける明十橋の店をいつ迄もほっておくわけにもいかず、よくなった体を、又明十橋へもどした。

　こんな祖母には、母も心をつけたが、忙しい仕事にかまけて、ゆっくり話すときもない。田上も、朝市から魚を、山代屋から生菓子を——と、もってきて、いろいろ祖母に親切にしたが、母と一緒になる以前よりは、何となく芯が入らぬ様子であった。

　こんな中にあって、祖母の身辺に、急に近づいてきて殊のほか親切をする女がでてきた。お峯さんであった。

　お峯さんは、祖父の変心をよほど思いつめての事か、その前さえ通るのを避けていた明十橋の店へ、自分でやってきたのである。祖父の留守を見計らい、果物かごをさげ、祖母に逢いに。

　——お峯さんは祖母へ向うと、

「旦那さんに松代というおなごができて……わたしはもう……どうしてよいか、わかりまっせん、奥さん」

と、いきなり、袖から大きな手布(ハンカチ)をとりだし、あとの声は嗚咽となった。

「奥さんも、さぞ、おつらかろうてち思います」と、自分の存在が、今まで祖母を苦しめつづけて来たなど気にもせず、涙を流して言えば、祖母も、お峯さんへの恨みは一応この場で溶けてしまって、男の我儘や女の弱さや松代という小娘のにくらしさを、一緒になって語り合うのだった。

　このあと、お峯さんは、祖父のいない時の明十橋の家へ、よく祖母と話しにやってくるようになった。

「奥さんによかろうと思うて、買うて参りました」

と祖母向きの半襟など持って来た。「菊子さんにね。おばちゃんが豆を買ってきたよ」と、懐から炒豆(いりまめ)の袋をだして、姉の小さい手へにぎらせた。——こんな事で、すっかり気持が合ってしまった本妻の祖母と、権妻のお峯さん。男というものから、振り向かれぬようになると、女同志でいろいろ、恨みやら、愚痴やらを語り合うのがせめてもの慰めか、この二人の女は、はては芝居やら、墓参りやらに、連れだって行くようになった。

お峯さんはよく体が動き、大切な主人に仕えるような態度で、祖母についていくのだった。

血縁つづきであるのは勿論、売られようとしたのを、自分のへそくりで助け出し、又その寝小便の癖をなおそうと、わが娘のように、世話をした甲斐もないどころか飼い犬に手を噛まれた以上の口惜しさに、煮えたぎる祖母は、小さい声でぼそぼそと、その愚痴をお峯さんにつぶやくのだが、お峯さんは「なるほど、なるほど、そうそう、ふーむ」と熱心に聞く。そんなお峯さんに、つい「あんたのような良か人間ば捨てて、あやん松代のような小娘にいかす人の気のしれん」

と迄、祖母が言ってしまう。

「あーら、奥さんこそですたい。こやんお方のおる身でおって、旦那さんは……」と、言い合いながら、旭座へ弁当の重箱を風呂敷にさげ、姉を中に入れて、両方から手を引いて出かける姿は、一寸妙なものだった。

しかし、こんなのも、祖父のいない時にきまっての事である。

母に言わすれば〝人間好しの女〟というのであったが今となっては、祖母の話し相手、姉の遊び相手になって呉(く)れる人になったから、祖父の留守の時は、洗馬迄使いを走らせて、お峯さんを呼びにやらせたりした。こんなお峯さんよびの使を田上がする場合もあった。

この頃の祖父の店は、もう総平さんが生きていた頃の店よりも、土間など広く、体裁も整って来ていた。家の正面入口の戸の敷居すれすれまで、店の菓子台がせり出して来ていた。というのは、木をたてよこに組合せて、上の板と下の板とに丸い穴があいている。その穴に玉子型のガラスびんがいくつもならべてはまっている。中に白飴、ニッケ玉、下駄菓子、すずめの卵、塩せんべい等が夫々入れてある。そのびんの影に祖母が坐っている。中の土間の卓上には、ガラスのふたのついた諸蓋(もろぶた)の形の菓子入れがあり、たいほう巻、つまみ、稲荷ずし、やぶれ万十、あずまだごが、いつも入っていた。

——祖父の本当の商売は、やはりバクチの方であった。バクチのてら銭があればこそ、お峯、松代を囲うことが出来たのだし、又祖母が贅沢な仕度で、芝居を見に行く事が出来たのだ。で、駄菓子屋というのは、単に祖母と姉との小遣い程しか儲けがなく、実を言えば、これも世間の眼——警察の眼をごまかす方便（ほうべん）の店であったのだ。

誰もまさか、こんな野暮な駄菓子屋の中で、バクチ場が開帳されていようとは思わなかった。が、よく気をつけてみておれば、妙な所が眼につく筈である。ある一定の時間になると、その土間一ぱいに、ひげ面（ずら）の男達があふれるようになるのである。そして、さかんに店のものをつまんで喰っている。と又すーっと誰もいなくなる。それも、彼等が店さきから表通りへでてくる事はなくただ中だけの変化なのだ。彼等の出入口は、橋のきわのすぐ横に通じる、犬しか通らぬような、細い急な坂の道を行った、そのすぐよこであった。この家は表通りからは一階屋だが、本当は川べりに添うた二階造りになっていて、三分の二地下に埋った地下室がある。ここで、昼夜の区別なく、「ニキゴソ」というバクチが、裸電燈つけっぱなしで、行われていたのだった。祖父が松代のところへ行った留守も、誰かが代理の親になって、しつづけるわけだった。しかし、いくら松代に打ちこんでも、商売を忘れるような男ではないので、客達が集った時は、徹夜してでも、親のバクチを打ちつづける祖父だった。

5

祖父がめしより好きなニキゴソとは一体どんなものなのだろうか。字は二基五増と書くらしい。先ず、畳一枚位のボール紙に、墨の線でもって、六つの区分をつくりその区分にそれぞれ1・2・3・4・5・6と、6迄の番号を書く。そのボール紙を囲んで、張子がならぶ。張子とは、金を張る人の謂で、祖父が「親」ならば、彼等は「子」である。大がかりなものではないから、多くても、二十人ほどの人だろうか。魚市場の者、百姓、大工、車夫、れっきとした問屋の主人もいれば、無職無頼の徒もいた。（しかし、大体にやくざはあまり来なかった。祖父がきらうからである。祖父の相手は殆ど職業をもった素人バクチ打ちであった）

彼等は思い思いの額の金を、現金で、自分の望む番号の枠の中へ置く。「張り」がすむと、上の座に陣を占めている親が壺（祖父は長目の茶のみ茶わんの中を、障子紙で張ったものを使っていた）をとって、一座にぐるりと中をのぞかせる。何のしかけもないことを知らせるためにである。そして、大小の賽子(さいころ)二つをその中へ投げこむ。激しくゆすられる壺の中で、二つの賽がカラ、カラカラと鳴る。と、さっとそのまま腕を伸して、ボール紙の上に、壺の口を下にして、ぴったりと置く。

「皆、張ったか！　勝負！」

親は不審・不満の顔色を示すものはいないか、強い視線で一座を一度みまわす。皆は無言で、じっと壺をみつめるだけ。壺があがるその壺の蔭の賽子の示す数で、勝負が決まる。小の賽子は問題でなく、大の賽子の数字だけが問題になる。大の賽子に3が出た。と、3以外に賭けられた金はすべて親のものである。祖父は這いつくばったような恰好で、ボール紙にのっている金を両手で掻き集める。そして、もし3に賭けていたものがあったら、それには賭けられた金の五倍の金を、その場で渡すのである。その渡す金は、最初賭けておいた現金を含んでいない。3に賭けたものが一人もいないならば、そっくり親のもうけである。

(又、親のつけめと言って、小の賽と大の賽とが同数字を示す場合、それが当っても、親は張子に二倍だけの金しか払わなくてもよいというのがある。これをゾロとかゾロメとか言った)

運がつかず、血眼(ちまなこ)であせっている張子が「早くしろ。早くしろ」と、次回をせがんだりするので、五倍の渡しは、切符制にする事も多かった。切符と言ってもボール紙を四角に切って、祖父自身がまじないのような字を書いたものである。儲けていよいよ腰のすわるもの。あとの金が足らず、誰からか金を借りようとそわそわしだすもの……中には最後の一銭迄なくして了うものもいる。やくざならとにかく、堅気の男、殊に川尻村、西里村、高橋村等の在(ざい)からわざわざでかけて来た農家の者らしいのが、一儲けして、女房・子供へ土産と思う夢は愚か、かえりのバス賃さえすってしまって、部屋の隅の柱によりかかり、魂のぬけたような顔で、人のするのを眺めている様子など、みじめである。

一つの習慣として、こんな一文無しになってしまった人間に「涙銭」を握らせて帰すというのが親のつとめになっている。この涙銭の事を「わかれ」と言った。「そら、そら、おっさん。そやんところでぼやっとしとらんばってん、こればやるけん帰りなはる。そやん、負けるときつかなら、もう来(き)なはんな。うちにゃ子供もおろうて――。こぎゃんところへ、来(こ)んが良か」

田上がこの地下室に来ている時などは、こんな役目をしたりした。祖父はワカレには、どちらかというと、ケチな方なので、母が気を使って、田上にいつも金をもたせておいて、祖父のどうもとの恥にならぬよう、しむけていた。田上は、そんな祖父、母の間にあって、なかなかためになる男だった。

　バクチで損をする事をタキわるという。タキわった堅気は、ワカレを貰う迄、しょんぼり坐っていたりするが遊び人になると自ら催促した。「大将、すんまっせん」と角刈の頭をかきながら、ペコリとやると、それが「ワカレを下さい」という意味になるのである。中には田舎の素人おやじでも、なれてくると、いかにも哀れを装うて「うちには子供が四人もおりまして、上の子は今入院しておって――」云々と、泣きついて来て、親の忙しまぎれに、自分の儲けた金よりも、かえって多いワカレの金を貰って、こそこそ帰るてあいもいた。

　壺のあけられた瞬間、ごまかす張子もいた。例えば――親の手が壺をにぎって「勝負」というとき、一座の注意はその壺の一点にある。あがる。賽の数が5と出たと間髪(かんぱつ)入れず、にぎっていた金を、丁度自分のすぐひざのそばが5の枠だったら、そこへすっと落すのである。

　又、最初、墨の枠のさかい目ちかくに金をおいておいて、出た瞬間、「何だ、何だ、何が出た」と、わざと興奮したようにのりだしながら、もう見抜いている数字の方の枠の中へ、片手のさきや、袖口で、人に知られぬよう、金をずらすのである。

　また「もちこみ」と言って、うまく当った場合、その金に「どらどら俺はいくら賭けとったかいね。忘れた」と手を出して、ついでに掌に握っている金をそっと落して、最初の金額より増しておくようなやりかたをする者もいた。

　勿論、親の方のごまかしも出来ぬ事はない。例えば壺に二つの賽を投げこむと見せて、小の賽だけ入れ、大の賽を壺をにぎった手の小指に抱かせるのである。一方の賽が入っているので、壺をふるときもカラカラとは鳴る。下へおき、「勝負」と言うとき、子が多く賭けている番号をすばやく見てとって、それでないものの数が出るよう賽を指で細工して、さっと壺をあける。あけられた時はもう二つの賽がころがっている。これも賽子の点の凹面を小指や薬指の感触で察知して、ひねり置くわけなのだが、一寸こんな曲のこまかい事は祖父には出来なかった。それにごまかしというそのものが大嫌いな人だったのだ。だから張子の中でごまかしをやるのがわかった場合、火のように怒った。真向うからタバコ盆を投げつけたり、立って行って「さあ、うせろ！」と、襟くびをつかまえたりする。或る時は、きれものを出そうとした。

　祖父のそんな多血的で、わがままな自己中心的気性をのみこんでいる母は、そんな事がおきぬよう、いつも田上にたのむのだった。

「なるだけそやん、父さんば腹立てさするごたる人間は前もってごまかしのされんごと、気配っておいてはいいような。あたしの方のスンカキは一人でよかけん」

田上は、用心棒をかねた山内家の婿殿であった。しかし、正式に山内家の養子として入籍されているわけでもないので、定期場朝市では「田上さん」で通っていたし、祖父も「田上が――」とよんでいた。祖父も酒が好きであったが、田上も更によく酒を飲んだ。朝夕の膳には酒をことかかさぬ。朝市の者達が「明十橋の小原庄助」と言うように、朝は電信町の朝湯へ行き、それから定期場前の家で、女中の清ちゃんに酌をさせて、朝酒をのんでいた人である。

しかし、こんな酒浸りも、母に実入りのあることだけに、誰からも見許るされていた。田上は酔えばスンカキ場の母へ小遣いを貰いに行き、ニキゴソの張子達に眼つけに下りて行き、そして、その上の菓子店の土間で、姉をみとりながら淋しく番をしている祖母を慰めに行く……こんな事が日課のようなものであった。

ある時はしたたか酔って、田上は祖母へ「どう思いなはるですか。おなごが働いて、しっかり金儲けてやる。亭主は酒ばっかり飲んで、養わるるばかりで何もしきらん……。反対なら良かてち思いなるですど？　お母さん、さぞ、この田上は甲斐性の無ゃ男てち思うとんなはるどな。な？お母さん、そやん思うとんなはるど！」と、言い迫ったがそれに対して、祖母は「なんの、そやん思おうかい。あああたが居るけん、うちの人も、民江も助かっとる。何のあった、そやん事言いだす事のあるかいた」と答えたところが「ああ、そうですか」と、ふっと声をつまらせたこともあったが、これも妻に養われる男の酔狂のひとくさりだったのだろう。悪銭をにぎったり、はなしたりして忙しくあけくれる祖父と母には、姉をみる暇はない。姉は同じ屋根の下に住む唯一の肉親の祖母を母より己れの身に近い人と見、親どりの翼に身を寄せる雛鳥のよう、祖母の身辺にいつもつきまとった。

夫にかえりみられぬ祖母は、そんないたいけな姉を、しっかり抱いて夜は寝た。

祖母は、祖父のバクチ狂いを良いものとは思っていなかったが、女狂いよりましだと思っていた。せめて、菓子屋の地下室で、夫が熱を帯びた眼で、壺を振っている間は苦しまずに済んだ。しかし、一旦夜になって、タクシーで松代の妾宅へ行ってしまわれたあとは、胸がもみくしゃにつぶされるように、煩悶する祖母であった。

口にも、顔にも、なるだけ心中をだしたがらぬ大人しい祖母は、その苦しみを誰に改まって打明けようともしなかった。お峯さんが聞いて呉れた。田上も聞いて呉れた。お幸さんも。――そんな時、一応は愚痴としてこぼしても、――やはり（自分以外にどれだけ、わかるだろうか）という孤独な疑いをもつ性の人だったので、ほとんどは胸一つにおさめていた。

只、ある時は母に祖母は、こんな風に述懐した。

「わたしはね。民江。この定期場で、果物や玉子を売って働きよったころ、よう他家の奥さんの芝居に行かすとば見よった。あの奥さんの亭主は権妻もっとらすとか何とか、人の噂しよっとば聞いて、あの頃は、うちの人にもおなごの一人位出来たっちゃ良かけん、一晩でん良かよか着物きて、千両芝居に行って見ゅごたる気のした。ところが、今じゃ毎晩千両芝居ば見に行かるるごたる身になった。そるばってんが今の方が苦しか。亭主におなご持たるると、こやん苦しかもんだろか。亭主は酒のみでん、貧乏人でんよか。おなご持たるるとより、そっちが良かばい。……もうわたしはよか着物も、よか家も何もいらん。貧乏ぐらしで、親子三人そろうて、果物売りしよった頃がどぎゃんよかったかしれん。……又、あの頃は一生懸命働いて、体ばいやというほど使うて……晩にゃぐっすり眠りよったもん。今は金があって、隠居さんのごと、しとるばってん、晩はね。民江。いっちょん眠らんと」

6

ニキゴソと同じく、スンカキにもワカレはある。タキわって、消沈した若い者達が、母のところへ「姐さん、すんまっせん」と、しおらしくわかれ銭を貰いにくる。

ここでスンカキの親たる者は、文句一つ言わずそれをやらねばならない。ケチくさくすると、親の格が下るのである。

でも、母のは、そんな親の人気とか格とかを計算に入れた気前のよさというより、本性からの気前のよさであった。他の男の「親」より、腹が太かった。自己の欲望には、際限なく浪費する祖父も一旦人にただでやる金となればケチな方。そんな祖父と、母とは、やや違っていた。だから、界隈の若いもんには、母の方が人気があった。

「明十橋のじいさんのためなら……」と、言っている定期場の連中も、もし母が祖父並みにしていたら、そんな殊勝な事は言わなかったであろう。母の鷹揚さは、祖父のニキゴソの方にも大いにためになった。

――ワカレを要求されて、母はがまぐちから金を取り出す。大まかな性質に加えて、ひどい近視なので、銀貨をまちがえたりする。「姐さん、こりゃ……」と言うと「あら、あたしだろ」と驚いてみせて「よかよか、このつぎのわかれはやらんから、ね、それだけ取って置きなっせ」

しかし次にはすっかり忘れている。又、出したついでに、よけいな金が下へころがりおちる。そんな一旦がまぐちからでたような金は、一切相手に与えてしまった。

朝の八時から、夕方の五時迄に、スンカキ場はあらゆる人が出入りする。その中で……毎日ではないが、時折姿を見せる三十前後の男がいた。面長で、色の白い、すらりとした体つきだった。役者顔の優男である。いかにも素人臭く、きけばなるほど職人町の菓子つくりの職人だった。

なかなかのスンカキ下手である。下手というより、運がないのか。人影に隠れるようにしてやって来、人の好さそうな、微笑をたたえてれくさい顔で、自分の思う番号を紙にかいて、母の坐っている机のところへ持ってくる。一度位、よろくがあればよいのに、いつもはずればかりだった。ある時は、ひどくタキわったのか、元気もない風で、場内の椅子に体をもたせて、まずそうに紙袋から稲荷ずしをとりだして食っていた。

「運のつかんごたるね」と母が声をかけると「はあ……もう……全く。もう、今日はうちさん帰れまっせんたい」と淋しく笑って、

「姐さん、これにゃ、何か要領のあっとですかいね」

などと、改まって、き真面目に聴いた。

「要領もなんもあろうかいた。こんなチンピラ・バクチにゃ……。運ですたい」と言いつつ、母は、そんな相手の質問が、ばかに定期場ずれしてない事に気がついていた。

この男の名は島隆というのであった。母より四つ年上の三十一。年より若く見える。職人町の黒田屋というさほど大きくはない菓子問屋の職人頭である。他の職人達も行くもんだから、自分も打ってみようかと、ここへ出かけて来たわけだった。始めてから二ケ月……店のひまを見て、時々張りに来ていたわけだ。

こんな堅気の商人などに限って一攫千金を夢見、やがて芽が出ぬまま、あせりにあせって、ずるずると沼の中へひき入れられていくのである。

今日は店の金迄、使い果したらしい。気が弱いらしく、青ざめていた。

母は十分張れるような自分自身の金が出来る迄は、ここの敷居はまたがぬがよい、という忠告をしながら、ワカレをやった。そのワカレは、店の金を埋めても、なお余りある金額だった。島は眼を見開いて「こりゃ、なんですか」と問うた。島はワカレなどのある事を知らなかったのだ。

セルの着流しに角帯しめ、雪駄(せった)をはいた島の姿が、しばらく途絶えた。……が、三週間ぐらいして、又現れはじめた。相変らず、ニコニコしている。荒っぽい口調、浅黒い角張った顔、ずんぐり背の朝市男達の中にまじって、島の顔色の血の気のない白さが、母の心を惹いた。

島も又、「今日は、姐さん」と挨拶しながら、その切れ長い細い眼で、母をまぶしそうに見、そうじっと真正面からはみきれないという、照れた様子で、眼をそらす風情を示した。

贅(ぜい)を凝らした衣裳を、一日に二度も自分の好きなよう変え、のぼり竜のような金運にのって、てきぱきとスンカキ場をきりまわしている二十七歳の母。……中年に近づいた女のあでっぽさが豊潤にあふれていた。

他の男達が母を、スンカキ場の姐御として「姐さん」とよんだのにくらべて、島が「ねえさん」とよぶ声の調子は、どこやらニュアンスがちがっていた。

三十もすぎて、なお人の家に遠慮しながら生きている自分にくらべて、年は下ながら、女でこういうバクチ場を営んでいる逞しい生活力に、一種の尊敬の念さえわいたのであろう。島が母に対して、遠くから丁寧にペコリと頭をさげて挨拶する様子には、相当こちらを買いかぶっている事が、母にもよくわかった。

母は島が賭けた十銭の金がはずれて、なにもなくなったとき、「隆さん」とよびつけて、それを三十銭位の金にして、机の上に置き「昼からの第一回は6にしてみっせ」と、自分の予想を教えてみたりした。

母の馴れた勘でもって、島に教えられた予想の数字は命中する事が少くなかった。子のあたりが多ければ、多いほど、親の損にはなるわけだが、母は一旦その気になれば、金の事など念中になかった。うまく当ったのを、定期場内の黒板で見てきて、嬉しそうな表情でそわそわ雪駄の音をたてて入ってくる島の姿をみる事は、母の中にあるものをくすぐるに十分だった。

ある時、島は人目をはばかるよう、母の坐っている机の前迄来て、そこへ何か紙につつんだものを置き「姐さんな、気に入(い)んなはらんかも知れんばってん……」と言って、すぐに「そんなら、又」と立ち去った。

開けてみると、それは桐の箱に入った、鯛(たい)を象(かた)どった鼈甲(べっこう)の帯止めだった。

この頃、お幸さんには恋人がいた。万才橋ぎわのＭＫタクシーの運転手である。日本風の美人であるお幸さんにくらべて、この運転手もなかなかの好男子であった。お幸さんが腰をかけ、彼が立ち、水前寺の庭を水墨で描いた背景の前に、神妙なおももちで写っている二人の写真が、一度富重写真館のガラス張りの中に出た事があったが、誠に人も言うとおり「お雛さん」のような男女であった。

　お幸さんは、母のスンカキの手伝いをやめてからは辛島町の兄の食堂などにでかけて行き、思い出したように手伝いに来ていた。だから、その他は暇なので、彼女はよく、その運転手の恋人の横にすわり、助手振りよろしく、一日中かせぎながら、ドライブするという、シャレたまねをしていた。

　当時は、庶民の間では、自動車にのるという事は、すばらしいことだったので、時々は、お幸さんは、姉をのせて呉れ、三人であちこちのりまわして楽しんでいた。

　――ある時、母はお幸さんから、こんな事を聞いた。お幸さんの恋人の中村さんが見て来た事なのだそうだが、ある日、彼がお客をのせて、長六橋を渡った、迎町の一帯の、一角に来ておろし、やがて車をかえそうとしていた時であるという。車の窓から見ると、丁度、前に停まったタクシーから、一人の人物が下りて、そこの露地の中へ姿を消した。それがどうも明十橋の旦那の田上さんのような後姿だった。と、又その人物は、奥の家から金を持って来たらしくひきかえして来て、運転手に代金を払っている。そこで、はっきり田上さんとわかった。着流し、下駄ばき、普段の恰好なのだ。

　お幸さんの恋人は何気なく、それをお幸さんに話した。お幸さんはさっそく、母の耳に入れた。

　母としてはひょんな事である。田上には、迎町などに知り合もいなければ、友人もいない筈だ。一体、何であろう？　ぶらりと普段着のままタクシーで乗って行ったその先で、タクシー代をすぐに貸して呉れるような、そんな近々しい家の主と言うのは？

　――仕事の忙しさに夢中になっている母は、昼間、田上がどこで何をしているのか、ほとんど知らなかった。

　そう言えば〝すっかり昨夜は兄貴のところで酒のんでつぶれてしもうた〟などと言いわけしながら朝帰りしてくる日も時々あったが。

　夫とは思え、本心から惚れこんで一緒になった田上ではなかったので、今迄、母はさほど田上の日夜の行動を見守っているような気持にはならなかった。

　そこを……利用したのか……田上は……ひょっとすると。

お幸さんは、思案顔の母の袖をにぎって好奇心にあふれた美しい眼を張って「きっと、そやんよ。そやんよ」と母の心をゆすぶった。

　母とお幸さんとは、中村の運転するタクシーにのりこんで、まだ出来たばかりの鉄筋も新しい長六橋の上を走らせていた。

田上が消えたとか言う、迎町の一角迄「偵察」にゆくのである。

他人の事について非常に関心が強く、茶目ッ気も侠気もある陽性のお幸さんは、母も知らぬ近頃の田上の一寸した蔭の行為のはしばしについて——それから又、一般男性の危険について、自動車が動いている間中喋りつづけた。あとで運転手が「幸ちゃん、そんな事まで……やめなさいったら」と標準語でたしなめる迄はずっと熱心に口を開いていたのだった。

問題の露地からややはずれた手前の所で自動車をとめ先ず、お幸さんが単身さぐりに行く事になった。

水色のアッパッパのすそをゆらめかせながら、お幸さんは露地に消えて行く。母はタクシーの中でしばらく待った。

十分位たってから、お幸さんは神妙な顔つきと足どりででてきた。お幸さんはタクシーの中に入り、母の横にすわると、お告げを言う巫女のように眼を光らせ、首を二、三回もっともらしく横に振ってみせ、低い声でささやいた。

「やっぱし、民江さん、あたしの言うたごとよ、田上さんの女ばいた」

母はハッとするより、今まで漠然と思っていた事が、ただ本当だったたという気持であった。「間違いなかろうか?」

「間違いも何もあるもんな。それとなく、わからんごと、隣の人にも聞いてみたつよ。現に妾が玄関をのぞいてみたら、田上のおじさんの絽の羽織が、ちゃんとかけてあったつよ。……もう田上さんは……本当に……出来ん人ね!」

お幸さんは母になりかわって、しきりと癪にさわる様子だった。

「そのおなご、おったかい?」

「否、今はおらんごたったばってん……な、どうすると? な、民江さん、え? どうすると?」

奥方の苦悩を半分買って出た忠義な腰元よろしく、お幸さんはさも心配気に眉をひそめて、母の袖をひっぱるのだった。

「しっかりせんといかんてかり——もう、男ちゅうもんは油断もすきも、ね。民江さん、ああたがその女ばどぎゃんかせんと……」このおませの従姉妹が喋っている途中で、母は「よか、よか、どぎゃんでんよか」といいきって、「中村さん、車ばね、かえしてはいよ。そして、新市街さんやってはいよ」と運転台へ大きく声をかけた。

タクシーは一回ぐるりと動き、方向転換して、走り出した。

すこぶる寛大で、あきらめのよいのに驚いているお幸さんに、母は「あの人も自分の好きなごとさすどたい」と、鼻をならし、「妾は、あの人が内緒でおなごを作るごたる男とは、ちゃんと知っとった。おもては利口ぐちばたたかすばってん、心はわからん。どだい、この妾が最初からだまされとったっだもんね。ちゃんと奥さんのおらすてかる……」と語りつぎ、下追廻田畑町に二人で移った時、田上が自分を先妻のいた家へつれて行ったときの腹立しさなどの事も言ってしまった。そしてはては「大体田上ちゅう男は好かんだった。一緒になったのも、しよんなかったけんたい」などと喋り出して……。

　長い長六橋をわたりきる頃「奥さん、新市街のどこまで行きまっしゅうか」と、中村が振り返った。母は大声で景気よく答えた。

「ブラジル！」――ブラジルとは新市街西側の角にあった大きな喫茶店の名である。

「ブラジルで幸ちゃんと中村さんに、いっちょ、おごろかね」と言い、「中村さんのごたる熊本一のよか男と一緒に、こやんタクシーでのりまわさるる幸ちゃんな、さぞよかろうね」などと、若い二人を冷かした。やがて車が辛島町にさしかかる頃には、母は自分に鼈甲の帯止めを呉れた「島隆」の事までもらしてしまったのである。

「下職人町の黒田屋という菓子屋におらす筈ばってん……今から、ブラジルへ、出て来なっせと、電話をかけてみゅうかいね」

　母ははしゃいだ声を出した。

7

　みずうみをふちどって生い繁る芭蕉(ばしょう)の葉に吹く風は秋を含み、藻が透いて見える深い色の水の上には赤トンボの影さえ見える。

　夏ほどの賑わいはもうないが、日中は残暑の強い日射しが差しわたり、画津湖(えづこ)での舟遊びの影も、まだまだ少くない。その中でも、めだって派手な連中をのせた二艘のボートがただよっている。二艘のボートには夫々(それぞれ)一対の男女が乗っている。とくに一艘の方の若い女のはしゃぎ声がかん高く、華やいで喧しい。お幸さんは、隣のボートの中で、今迄こいでいた島が、母と交替し、今度は母がおかしな恰好で漕ぎだしたのを指さして、腹の皮をよじらせて、キャッキャッと笑いこけているのである。

「どら、隆さん、あたしに漕(こ)がせてごらん」と、生れてから握った事もないオールを手にもってみた志(こころざし)は壮だったが、その様子は全くなっていない。両手が殆ど揃うという事もなく、力(りき)むだけで、はずみはずみでパシャリと水しぶきが飛んで、島の頭にもかかる。あたりの舟遊びの人も眺めて笑っているのだった。

お幸さんが腹をおさえ、ハンカチで涙をふいている。お幸さんと相乗りの中村も苦笑しながら「奥さん、その右手をもっとこうやって……」と大声でよびかけている。

真正面にいる島は、母の必死の態をみかねて、「奥さん、変りまっしゅう。変りまっしゅう。腕の痛うなるですよ」と言っている。

やがて夫々男達が漕ぎ、女達がそれに日傘をもって蔭をつくって……。そして、この華やいだ二対の男女をのせたボートは中之島の方へと、静かに動いていく。


母を中心とした、島、中村、お幸さん一行の楽しげな姿は、画津湖だけではなく、水前寺やら、八景水谷やらにも見られた。そんな出行には、中村の自動車が大いに役に立った。それでは中村の商売が上ったり、という事になるが、その自動車の一日の稼ぎ高位は、母の懐から中村へ出ていたのである。

「民江さん。すんまっせんね」

と恋人の代りに、お幸さんが礼を言う。で、お幸さんははりきって陽気に、しかも自然な形でなるだけ母と島がうまくいくようしむけるためのサービスは怠らなかった。

島はもうすっかり嬉しそうにして、大人しく、母につきしたがう風(ふう)だった。それがために、母はいよいよ女王然とあだっぽく、三人に振舞った。


田上が迎町に女をもっているという事を知ってから何カ月かたったが、母は別に夫に対する態度を変えなかった。只(ただ)、田上がばかに金を余計に貰いに来たり、朝がえりして、見えすいた嘘をつくとき、一応の皮肉は言ってやった。しかし、スンカキという、面白いほど実入りのある仕事と、それに島という男も出来た母にとって、好きでもなかった夫の女遊びなどに、嫉妬(しっと)をおこすほどの暇もなかった。

〝浮気するのもお互さま〟というところだった。

――だが、田上の方は、母の「島隆」の事など知らず、自分だけが女をもっていると思っていた。自分だけが結構、要領よく、楽しんでおり、自分という男が如何にも艶な秘密のある色男という心組み。奥方の方は、馬車馬(ばしゃうま)のようにスンカキの仕事にとりくんでいる、誠に健気(けなげ)な親思い、夫思いの野暮な男まさりの女位(くらい)に思っていた。

と、ある朝の事……。

迎町の女の家に一泊した朝帰りの田上は、わざわざ遠まわりし、道をちがえて、洗馬町の方から万才橋へやってきた。

と、一方、島やお幸さん達と今日一日を楽しく遊ぼうという心で母が反対の方から、急ぎ足でやってきたのだ。朝の九時だから、もう万才橋の坂の下のMKタクシーでは、中村の車が待っている筈なのだ。

藤色の手絡（てがら）の丸髷。黒地に藍色の縞の単衣（ひとえ）のお召。その肥え加減の胴に、あずき色の博多（はかた）をしめ、白足袋に雪駄（せった）の音をたててやって来た母の姿は、いつにもましての粋な晴れ姿である。

向うからくるのは、たしかにうちの人。（ああら、しもうた）と思ったが、もう遅い。一旦立ち止って迷うてみたものの、再び（かまうもんか）と決心した母は、田上には見せた事もない、黒絹張りの日本（にほん）日傘をひろげてすまし顔で歩きだした。田上には気づかぬ態で、その横を通りすぎようとする。

「おい、どこに行きよっとかい？」と田上が声をかけた。

母は振り返り、夫にはじめて気づいた風に「ああら、ああたでしたな。ああたこそ、どこさん行きなったっですか？――今朝のおかえりは早かごたる」

黙っている田上に、晴々とした調子で、

「朝めしは清ちゃんにたのんでおきましたけん、食べとって下さい。あたしゃ、今から一寸、水前寺迄でかけてきますけん。晩はおそうなるかも知れまっせん！」と言うなり、すたすたと万才橋を渡り切り、綿屋旅館の横の坂を洗場町の方へ下りて行く。

田上は苦いおももちで、万才橋を反対の方へ渡り終えようとしたが、もう一度、そこからゆっくり首をねじって、母の行く先を見た。その時、母は派手な着物につつまれた大きな尻を見せて、MKタクシーの一台に乗りこむところだった。

8

母の情事を知ったとしても、何とも口だしならぬ田上であった。母に生活の一切をゆだね、母からの小遣いで女（いろ）をこさえている人間であってみればである。

母と島とのあいびきは重ねられた。

――ところが、ある日の出合の別れぎわに、島は突然思いがけない事をもらした。島が今、世話になっている職人町黒田製菓が破産しかけている……たとえ、保（も）ってもあと三ケ月ほどだ。で、再び店をたてなおしをするためには、どうしても現在の所を人に貸して、黒田製菓の主人の兄貴さんである大阪の某氏の世話になる大阪の店での仕事でもって、きりひらかなくてはならない。だから近いうちに黒田一家は大阪へ移るから、島自身も職人頭としてそれについて行かねばならないというのである。

　小僧の時から仕込まれて、現在まで世話になった黒田の店であれば、やはりこの場合、義理でも一緒に共をせねばならぬのである。

　母は島一人位の食いぶちは自分がどうかするから、何も大阪くんだり迄行く事はないと力説した。

「うちの人なら、心配せんでよかつよ。あの人はあの人。とにかく、しばらくはああたが働かんでも、あたしがみます……」

「はあ、はあ、姐さんの気持はうれしゅうして……」

気弱なところのある島だから、返事がはっきりしない。

しかし、菓子で飯を食おうと思っている人間だし、又、心中（主人の店が栄える時は離れても、こんな左前（ひだりまえ）の時には離れるわけにはいかぬ）と思いこんでいる正直な男である。

「大阪の方は見込みがあるとです……。ね。黒田製菓が立派にたちなおったら、きっと熊本さん帰ってきます」

　これが彼の言い分であった。

　黒田屋の大阪出立の日も近づいた十一月も半ば……千徳デパートの屋上から、夕もやにかすむ丸い花岡山を遠く眺めて立っている母と島の姿があった。

「いよいよあさってばいな。何時で発つと？」「熊本駅ば朝の六時半です」「ああら、早さ。そやん早（はや）かつ？　起ききらんよ。あたしは」「姐さん、心配しなはらんでよかですよ。姐さんの好意は十分わかっとります。お達者でですな……」と、島がしんみり言うと、母は「そやん悲しか調子で言わんでんはいよ。——あたしも大阪さんついてきゃ来（こ）うかいね」と言いだした。

　大阪についていくという事が、ふっと思念にのぼればそれを本気で考えていく母である。（……スンカキは白石さんにゆずって、母（かか）さんにはこう言うて、父（つと）さんにはこう……して……ああして……こうこう）と、口の中で急にぶつぶつ独り言をいいはじめ、何か即時に胸算用する、しかめ顔だ。

「ほんなこと大阪に来なはっとですか」と、心配して島が問うと「ちょっと、待ちなっせ！」と神妙（しんみょう）に島を止めて、又口の中でぶつぶつと言いながら思案しつづけた。

　島はハラハラして「必ず、わっしは熊本さん、近いうちに帰ってきます。どうか姐さんの定期場の仕事はやめずにつづけて下さい」「あら、あたしが大阪に来るのを嫌うとね」「いや、そやんわけじゃ、決してありまっせん。ばってん……」「ばってん?」母の勢いに島は口ごもりながら「姐さんが……大阪まで……ついてきなはるなら……そりゃ嬉しかです。わっしは……」

(しかし、自分には黒田屋の職人頭としての都合もありますし……)と言いかかる筈の島にかぶせて、「とにかく、明日の昼迄はなんとか型をつけて、行くか、行かんか、あなたに知らせます」

だが、こんな島との小説のような会話も、母の頭から一時にふきとんじまうほどの事件が、その晩おそく明十橋の店の方へ帰ってみたらおきていたのだ。

祖父のニキゴソウのバクチが警察にバレたのである。単にバレたというだけならまだよい。そのバレたきっかけがと言うのが、祖父が日本刀で人を傷つけたというのである。

この日も宵の口から始まったのだが、その事件がおきたのが八時頃であった。

いつもきまってずるい事をやる浜田という男がいた。ごまかしの常習犯である。慇懃無礼(いんぎんぶれい)な猫なで声で人に話しかけ、いつもから祖父の疳(かん)にさわっていた男である。

この晩、他からもはっきりわかるごまかしをやってしまった。祖父が威高気にとがめた。浜田はムッとなったようにして、ごまかしはやらぬといい張った。二人ははげしい口論をした。最後に浜田はこんな事を言った。

「じいさんは、バクチの親で毎晩もうけているその上に、まあだ、金もたん張子から、無実の科(とが)をきせて、とりあげようとするとですか!」

気短かの祖父の頭が、燃えた。二階へと、階段をかけのぼった。荒々しく踏み鳴らす音、頭上の寝間にかけこんで、押入れから何か取り出す音がした。居合す者が一せいに眼と眼を合せたとき、

「誰か知らんばってんが、逃げてはいよ! 逃げてはいよ!」と、気狂いのようにひきつった老女の声がした。

祖母が階段のおり口の手摺にしがみついて叫んだのである。ぬき身の日本刀をひっさげて、祖父が下りて来た。

浜田は別の方の階段からかけのぼった。だが、丁度階段をのぼり切ったところで、うしろから突き上げられた祖父の刃で、右足のくるぶしを切られてしまった。傷は浅かったが、血が流れた。自分の血におどろいた浜田はいつもの落着きもふっとんで、裸足のまま外へとびだしたのだ。そして、まだ人の歩く夜の朝市大路を、帯のほどけた着物の裾を宙にひらめかせて「人殺しィ! 人殺しィ!」と叫び走った。

夢中で定期場の前をつっ切り、真直ぐ明八橋(めいはちばし)ぎわの朝市駐在所へかけこんだ。そして大息つきながら(明十橋ぎわの駄菓子屋の親爺が自分を刀できりつけた)という事を言

い、又自分もバクチを打っていた癖に、すっかりのぼせていたのであろう、あの菓子屋の地下室で秘密裡にバクチが開かれているのだという事までも、述べたてたのである。中には祖父と懇意で、バクチの件など見許していた刑事も少くなからず居たのだが、こう正面から申立てられたら、取締らぬわけに行かなくなり、遂に警察は、祖父の家を直ちに洗う事になってしまった。

祖父が南署に連行されたのが、その夜の九時だ。

島と別れた母が帰ってきて明十橋の店に一寸寄ってみたのが十時すぎであった。

事のなりゆきを知った母は、眼をしょぼつかせて、がっくりと店先にすわりこんでいた祖母に「うちの人は?」と聞いた。「田上さんは一緒に南署さんついていかした」

「ふーん。それで、そのときには何ばしようらしたっだろか。おらっさんだったつだろか?」一言、田上への蔭口がのどまで出かかったが、自分も自分だから、それ以上ふれず、

「大体、何ケ月の懲役だろうか?」と聞いた。

祖母は「今度は刃物の入っとるけん、大分長かろう」

「母さん、南署のどの人か、何ても言いなはらんだった?」

「う……ん。園井さんのね。九ケ月ぐらいかもしれんて言いよんなはったが」

「九ケ月も!」母は聞くなり、体の芯がなくなったように、上りぐちにべったり腰をおろしてしまった。

9

トバク開帳と刃傷(にんじょう)との二重の罪——それに一、二度ならぬ前科のある祖父には、八ケ月の懲役には事実の上では祖父は入らなかった。田上信一郎が「カマ」る事になったのだった。

下追廻田畑町の火事の際、金棒をもってかけつけた祖父へ「一生懸命、尽させて貰おうてち思うとります」と、頭をさげた事を忘れていなかったのである。

取調べの時、田上は刑事達の前へでて行って(このバクチの主な影の人間は自分である。義父(ちち)は自分が無理に一時的にさせたものだ。自分が主犯だから、私を入れて呉(く)れ)と中ば強迫的にまで言い張った。

男気を出して、祖父の身代り懲役を希望しているのだという意味は、大体の刑事達が気づいていた。が、こんな時、祖父のひごろの顔がきくのであって、田上の嘘の告白がそのままのまれたのである。

「ばかなまねはするな」と、祖父は田上へ言ったもののや

はり、わが娘婿からこんな世界にふさわしい義理を知った出方をされて、うれしくない筈はなく、とうとう田上の気持を甘受した。

田上が入所しても、山内家の経済には、何の影響もなかった。

「田上さんな、やっぱ男らしいしっかり者ばい」と祖母をして見なおさせたし、母も又「口先だけの利口者」とだけ思うわけにはいかない気持だった。

母はふっと次のような事も思ってみた。（あたしと島との事をちゃんと知っていて、それに悋気（りんき）し、あてつけに、こんな男気を出してみたのではなかろうか）

――なにはさておき、母はすっかり島との約束を忘れてしまった。大阪について行くどころの騒ぎではない。こんな騒動で、衝動的な夢も宙に消え、十二日の朝六時に出発する筈の島を見送る事さえしなかったのである。もはやわが前に消えかかって、さきもない恋の灯なぞ、自らの手でかき消してしまうような気性の母であった。

島は大阪へ去った。田上は十一月半ばに入所した。祖父のニキゴソウはしばらくやんだ。明十橋の駄菓子屋の店先には、珍しく祖母とならんで、いかにも堅気な老主人らしい態で坐ってタバコふかしている祖父の姿が見られた。菓子の仕入れにいそしむ祖父も。店の前をずうっと掃き清める祖父も――「やあ、おっさん、お精がでますな」と声をかけていく刑事がおれば、「あ、品川さん。どうぞ、休んで行きなはるまっせ。どうぞどうぞ」としきりにすすめるのだった。

定期場などに来ている刑事がおれば、その幾人か無理によんで来て、奥座敷へ上がって貰い、酒や料理でもって、非常に歓待した。

夜など、坪井川に面した座敷からは、数人の刑事達の元気のよい、酒宴のうた声が聞えるのも、たびたびだった。

このように祖父が刑事というものを喜び迎える態度は、なにも田上が入所したあとになっておこったというものではない。祖父と刑事達のむすびつきは前々からのものだった。

めしより好きなバクチを、どうにか大目にみて貰うために、こうやって、刑事達を集めて、いろいろな御馳走すると言う下心が、祖父にあった事は言うまでもない。

しかし、単にそれだけの理由であったろうか。もしそれだけなら、ドンチャン騒ぎのような目だつ事はせず、ひそかに贈答の箱の中などに札でも入れる知慧でもめぐらした事だろう。好悪の激しいイヒューもんの祖父には、ある特定な種類の人間に対する強い好みがあったのだ。

　祖父は〝元気のいい若い者〟が非常に好きであった。若者と言っても、それは〝堅気な〟〝まっすぐな〟若者でなければならない。バクチをするような若者。定期場あたりに、職もなくぶらぶらしている者。朝市などの、鉢巻して、妙な話を大声で雑談し合うような者。そんなのは祖父の好むところではなかった。祖父自身が、若い時分から、草喧嘩やら、賭博やら、悪所通いやらで、相当に道楽した方だったから、その反対を求める気持も混っていたのかも知れない。

　だが、祖父のような生活状況から見ると、真面目な若者など一寸縁の遠いものである。さしずめ祖父の知る範囲で最もそのタイプに属するものと言えば〝若い刑事〟であろう。

「明十橋のおじさん、おじさん」と、慕い寄ってくる自分の息子や孫ほどの若い刑事を、祖父は大いに歓待したものである。それに〝刑事〟と言えば、何も若いというだけでなく祖父の好みにあったらしい。悪を働いたものを取締る……そんな役目をもつ男の仕事には、尊敬の念さえもっていた。

　自分自身は警察の眼を恐れるようなバクチをしつづけながら、一方では刑事という職業に惚れている……これは確かに矛盾であった。しかし、そんな矛盾にかかずらうゆとりもなく、一方では（やがてそのうち、又ニキゴソウをはじめねばならない）という気持と、一方では（警察の方々よ。どうかしっかりやって下さい）という気持と一緒に持っていても一こうに平気な人だった。

　この一寸した酒宴の席に、夜は暇な母が挨拶にでる時もあった。三本指ついて、淑やかに登場するのではなく、一升びんなどさげて、「園井さん、わたしも買わせて貰いましたばい」と、笑いながら入ってくるのだ。母が酌をしようとすると「わぁー、民江さんからついで貰うちゃ――こりゃ、うまかぞ」と、彼等はよろこんでみせた。

「民江さんは、うーむ、そら、あれ、あれに似とるね」と、顔をしがめて、思い出す風で「うむ、何だったたか、とにかく西洋物の活動にでてくる女優の……名前は知らんが……よう似とる」

　すると横の刑事も「お前もそやん思とったか。俺は前から思いよったがね。その眼のくぼんどる具合が、どうも西洋の美人にそっくりばい」――顔を赤らめる年でもない母だけれど、やはりうれしそうに「あーら、あやんこと言いなはって……どうか」と、手のさきを振ってみせていた。

　こんな宴の時、やはり祖父や母に遠慮するのか、入獄中である田上信一郎についての話は誰もしなかった。

10

祖父のところへ遊びに来る若い刑事の中で、とくに祖父がめをかけていた二人の者がいた。三浦刑事と、瀬戸刑事である。年は同じ二十五であったが、三浦刑事の方が兄さん株で、だんまり無骨の瀬戸を引っぱってきて、「今日は、おじさん、おんなはるですかぁ」と明十橋の店に声をかけ、親しげに入ってきたりした。祖父はこの二人がくると「上れ、上れ」と無理にあがらせ、さっそく大阪屋あたりに電話をかけさせ、酒、肴を取り寄せるのだった。又、気が向くときは、堀端あたりの料亭に二人を連れて行く事もあった。

三浦の方は痩せ型で背が高く、才気のきいた貌であった。大そう世馴れていて、祖父や祖母や母に対する挨拶など年に似ず如才なかった。酒は好きであるが、飲み方が上手で、宴の座持がよく、唄もかくし芸もいろいろ知っている、気のきいた青年だった。

瀬戸の方は、普段は勿論、酒の座などでも冗談一つ言わず、むっつりと坐っているていの男であった。あたりがドンチャン騒ぎになると、一人で陶然とニヤニヤ笑っている。芸者から甘えた風のひざつねりされても、あんまり反応なく、只、酒が相当にまわってくると、突然小倉袴の腰帯に両手をあてがい、青くなった顔を天井に向けながら〽西郷隆盛ゃ話せる男、国の為なら死ねと言うた……と、調子の度はずれした、馬鹿でかい声で歌い出すのであった。どちらかと言うと、酒も自分から好んで飲もうというのではない。唯、人からすすめられたりすると、やたらにガブ飲みをし、正体をなくしてしまう。程度を考えない、水のような飲み方をするので、酒から呑まれてどこへでもすぐごろりと大の字に寝てしまう。——そんな性向をもつ瀬戸に対しては、母は内心心配していた。

母は、この世辞一つ口にせず、芸一つ知らない、だまり屋の、しかし書生っぽく、いかにも実直そうな瀬戸の方が、三浦より好意がもてた。祖父も、口にこそ出さぬが、瀬戸の方を、よけいに可愛いいと思っている風情だと、母は推察していた。

三浦と瀬戸とは、本当の兄弟のように仲がよかった。殆ど行動を共にしていた。二人は南署のかかりで、その署では一目おかれた柔道家であった。交際家としては三浦が上だったが、柔道の方は四段と六段で、瀬戸の方が上だった。彼等は、まだ祖父の家に出入りしない以前に一度熊本代表で、御前試合に行き、優勝して来た事もあった。今は南署で、巡査一般に柔道を教えていた。

　二人は定期場界隈に来ると、必ず祖父の店に、或いは母の家の方に立ち寄った。三浦はいつもの闊達な口調で「民江さん。今日（きょう）はですね。これが」と、横につったっている瀬戸を指さして「朝から掏摸（すり）をもう二人も捕えたつですよ。こやんヌーとしとるばってん、掏摸なんかにゃ眼の速かつですばい」と、自分の弟を自慢するようなうれしそうな表情で言うのだった。

　瀬戸は刑事という職に根っから合っているのだろうか。普段は図体ばかり太く、ぼうとしているのに、いざ腕力のいる捕物と言う時、又は盛り場の掏摸狩り、不良狩りなどの時は、いい成績をあげるらしかった。よく定期場へ二人がでかけて来るのも、この界隈（かいわい）に集って来る多数のやくざな青年達を取締るためだった。

　瀬戸は取締を離れた時でも、ぶらりと新市街あたりの映画館や、人の集る店やデパートにでかけて行き、独特な勘でもって、掏摸や窃盗者を捕えた。彼から手をにぎられると、どんな体の大きい者でも、腕をさかねじされて、動く事が出来なかった。

　ある時定期場の混雑にまぎれて、若松屋の若い者が、人の一寸置いた小金を盗んで逃げようとした。人のさわぎの中で、瀬戸がこれを捕え、手縄をかけて、定期場を連れて出た。そしてすぐ前の母の家に立寄った。母がスンカキ場からぬけて、昼食に帰っていたところだった。

　この手縄をはめられた若者を見て、「あら、良ちゃんじゃなかね。どぎゃんしたつ？」面（おもて）をふせて黙っている若者の代りに、瀬戸がひとさし指を曲げてみせて「これですたい」と示した。

「まあ……この人はそこの若松屋に働きよらす良ちゃんてかる」母は二人をしばらく眺めてから言った。

「きっと出来心ですよ。可哀相に、手縄なんかはめて……。瀬戸さん。こん度だけは見逃してやらんですか。見逃してやんなっせ」

　理とか法とかでは考えようとせず、感性でもって押したり流されたりする母の、とっさの言葉である。瀬戸はそれを聞くや、薄目にひきしまった唇をとがらし、一重の長い眼をぎらっと光らせた。自慢するつもりでやって来たのに、母から反対の事を言われ、ムッとしたのだ。

「民江さんは何を言いよなはっとですか。悪（わり）い者を取締るのが、われわれの勤めです。悪い者は悪い者です。親でも、兄弟でも、法律にそむくごたる事ばしたら、ひっぱらるるとがあたり前。ああたがごたる人のおるけんでこの定期場附近にゃ、どぎゃんもんでん出入りするとですたい」

瀬戸は命令するように言い放ち、横にかがみこんでいた良という若者へ「おい、たて、いくぞ」と、うながした。そして、のろくさと手縄かけられたまま立ちあがった良を連れて、すたすたと、母の前から立ち去ってしまった。

瀬戸の兄に当る人は、古道具屋を兼ねた材木商をやっていて、時折、祖父の註文でちょっとした骨董をもってきていたりした。その兄とか、他の刑事達の話を聞くと瀬戸は見番（けんばん）の芸者などから人気があるという事だった。警察などにも、何かとかこつけて芸者衆が立ちよる。自宅の方にも、半玉が人形とか花とか持ってくるとか言う話である。（瀬戸さんには、もう、芸者さんの中にいい人が一人位いるのかもしれん）と、母は思ってみた。しかし、いつもの瀬戸の様子をうかがい、又母の見た範囲以外の事を想像してみても、――どうも、瀬戸から芸者に「どうのこうの」のある気配はないようだった。この方面にはいたって呑気な様（よう）である。

彼が一番嬉しい反応を示す時は、酒を飲むときでもない、御馳走にありついた時でもない、女からチヤホヤされる時でもない、それは目ざす犯人が見事彼の手で捕えられた時であり、そして、その手柄を人から何かとほめられた時のようだった。

母は（どうか。くそまじめね。この人の）と心中思った。だが、自分や自分の父や自分の夫達が考えている娑婆（しゃば）と、瀬戸が考えている世の中というものとは、違っているようだとも思った。

〝親でん、兄弟でん、法律にそむくごたる事ばしたならひっぱらるるとが当り前〟と言ったが、瀬戸はわたしの家の内情を知っているのだろうか。米相場に付随したスンカキというもののからくり。祖父のニキゴソ。祖父の前科。これもバクチの前科は持っている田上、その夫は今は入獄さえしている……。こんな事をどうも知っている様子ではない。ただ、彼の信じる所を述べたのであろう。……もしも、瀬戸が家の内情を全部知ったなら、どんな顔をするだろうか。母は自分の周辺の、警察にははばからねばならぬ反社会的錯綜の事柄を、誰もなるだけあからさまに彼に話さない事をねがった。

11

松代を川端町の方に囲うようになってからは、お峯さんの方へは、全然祖父の足がとおのいたかというと――そうではなかった。

ときたま、気の晴れぬ時は、加来病院の裏にでかけて行って、二階へ上り、酒を飲んだ。もうお峯さんのところへ行くのは〝いろけ〟ではなく、唯、老のやすらぎを得る場所として飄然として現れたわけだ。そんな時、お峯さんは自分が口惜しまぎれに祖母と仲よくしている事なぞ、おくびにも出さず、いそいそと祖父へ風呂道具と湯銭とを持たせて、裏の氷湯へおくりやり、あとは酒肴の用意をするのだった。

ここは狭い露地のどんづまりにあり、階下は格子造りで暗く、ひと一人やっと通れる位の粗末な階段をのぼると、そこはお峯さんの寝間の四畳半一間しかない小さい家であった。この家は、知人が移転する際、安い売値だったので、つい祖父が買ってしまったもので、そのあと二本木から請け出したお峯さんを入れたものだった。

母もスンカキに疲れた時なぞは、思い出したように、万才橋一つ渡って、この家へ寝転びに来る事もあった。闊達なおしゃべり屋の母が来る事は、お峯さんはかえってよろこんでいたし、ことに松代が出来たあと、こっそり母にすがるような気持なのだろう、年は上なのに彼女は「民江姐さん。民江姐さん」と歓待した。

この家でも、ごく小範囲の知り合いの刑事をよんで、ささやかな酒の宴を開く事があった。それに丁度、この裏が瀬戸の兄の家だった。表口は氷湯通り（氷湯とは大きな製氷会社に付随した銭湯の名）になるのだが、兄の宏一さんは木材商をやっていたので、材木を置くための庭の奥行がずっと裏手まで来ていて、その置場がお峯さんのどんづまりの二階屋とは背中あわせになっていた。瀬戸は中学卒業後、藤崎宮近くの両親の所から離れて、この兄の所に宿食して南署へ通っていた。署から帰ったのち、体の弱い兄の手伝いをして、材木を肩にかついで表へ運び出す瀬戸の姿も、お峯さんの二階窓からのぞかれた。祖父が来たときも、母が来たときも、宏一さんはよく裏戸をくぐって遊びに来た。祖父が一杯やるときは相手をするわけだが、祖父は無理に弟を連れて来るように言う。弟自慢の宏一さんはすぐに瀬戸をよんで来る。そこで簡単な酒席が行われるわけだった。母が一人で来ている時、ひょっこり瀬戸一人で裏戸をくぐって来た事があった。「今日は」「あら、瀬戸さん」

「今、民江さんの声がしよったけん……」

仕事で疲れていた母は、生きかえったように顔色を晴れやかにして、「今日は休みだったとですか」と聞くと「昨日出番だったけん、今日は休みですたい」と、面映ゆそうに細い眼をさらに細めて彼は暗いあがりぐちに腰を下した。

お峯さんがついでだすお茶に、硬いお辞儀を一ぺんしただけで、あとはぽつりぽつりと、そこへ宙かがみになっている母と話を交わすのであった。そのとぎれ勝ちの縁先話も二十分位でやんだ。

最初、瀬戸が「暇ですか」と聞いたとき、母は「又三時半から明十橋に仕事しにいかなんとですばってん……まあ、よかですたい」と言ったのをおぼえていたのか、まだ長く話しこみたい風情はあったが、階段のわきの古い柱時計をみて、三時半一寸まえに「それじゃ失礼します」と言って立あがり、母が「よかですよ。わたしは」とひきとめるのもきかず、さっさと裏戸をくぐって家へ帰って行った。

母はスンカキ場へ戻るため、万才橋を渡りながら、瀬戸の面影を描いていた。がっしりした肩にのった浅黒い長顔。頬がこけて頬骨がでて、そこが黒光りしている。黒い眉。高い鼻に段が出来ていて、鼻みぞがくっきりとしていて、その下のしぼったような薄い唇。飼いならされた犬のような、きまじめな一重のほそい眼。刈上げた頭の毛が太く荒く、猪のようにツンツン立っている。

（ほんとに、あの人の眼は何ば思いよらすとかいっちょんわからん。変りもなんもせんで……）と思いつつも、瀬戸のそこに自分が惹かれている事が母の総身にはよくわかった。そして今、自分が一人来ているのを知って、話しに来た瀬戸の行為を楽しみながら道を急いでいた。

（どうか。私だろ。あんなところで話しこんで上って下さいとも言わんで。あわてとったつだろか。あの酒好きの人にお茶一つ……。お峯さんに酒をたのめばよかった）

田上が懲役に入った昭和三年も四年に改まった、その一月はじめの某日、三浦刑事と瀬戸と、その他園川さん、丸山さん、野山さんといういつもの飲み連中が祖父の家へ集った。祖父は例にならって、酒盛りを催し、歓待した。

その席で、園川刑事に祖父は「まあ、何分、田上の事はよろしゅうねがいますばい」とたのんでいた。

この小さい酒宴が終り、次には刑事達は〝どこかの料亭にくりこもう〟と言いだした。そしてタクシーをよんだ。男達は、そこにいた母へ「民江さんも行きなっせ。行きなっせ」とせがんだ。そして、とうとうタクシーの中にひきこんでしまった。

こんな時、瀬戸はただわきで笑って、友人のするのを眺めていた。このあと松代のところへ行く筈の祖父を残して、母と刑事五人は賑やかに、古城堀端の「小西」という料亭へ向った。行く途中の車の中で、母が、

「今晩はわたしが」

とコートの胸元をおさえて「おごりまぁーす」と大声で宣言すると、園川さんが「うんにゃ。おいどんのおごり

ぞ！」と酔い声あげる。他の刑事も何やかやとガヤガヤ言いあって、「小西」に上ったのは、もう九時もすぎていた。

芸者が三人よばれた。瀬戸はおおきな手に盃をもって「なんか、ずいぶん小うして、薄か盃ですな。も一寸、太かつでなかと酔わんごたるですな」と言っていたがその盃を干して、今度は真向うの母へ、不器用にほいとわたした。

瀬戸はひょっこりこんな事を聞いた。「さっき、民江さんのおじさんが田上、田上、いいよんなはったばってん、田上という人はお宅のなんですか」

さきほどから、はしゃぎつづけで白い歯をあらわにしていた母の口元が急にしぼんだ。銀杏返しの鬢のほつれを指でかきあげながら、一寸窮して「あれは……あの人は……田上さんちゅう人は……」とわざと面倒臭さそうに言いかかる時、わきから園川さんが「田上さんちゅう人はね。何か一寸した事のあってね、渡鹿にカマっとらす人ばってん。あれは明十橋のおっさんの知った人の弟分たい。ようおっさんのところに出入りして、親子のごと、しとらしたばってんね。瀬戸君は、ほら、朝市の田上源太郎さんてち知らんかい？」「知らんですね」「誰でん知っとるがね……。その人の弟ぞ。民江さんも、よう知っとらす。なあ。民江さん」と母の方にも言いかけた。

母は「はあ……知っとり……ますたい……」と途切れがちに答えた。

その間の事情を知っている丸山さんも野上さんも、園川さんに合せて、この席では、田上という人物は母の夫ではなく、単なる知り合いの男にしてしまった。大体に田上と母とは、正式に祝儀をあげた間柄でもなく、呼び名も「田上」という事になっているのだし、当人も今いない以上、人間関係の機微にうとい瀬戸ならずとも、園川刑事のいうとおりにのみこんでしまうのは、当然であった。

三浦が「歌だ、歌だ！」と言って、自分で「ガネマサどん」を歌い出した。本当は透明な声を、わざと低く錆つかせて、俗気たっぷりに歌ってみせた。これも座をもたせる気持からの三浦の歌なのだが、声の質を見抜いて芸者の中の年増のが「やはり、お上手ね」と言った。そして「じゃ、わたしもね」と、その年増は一寸襟を抜く恰好で、わきの芸者に三味線をたのんで「雪のだるま」を歌いはじめた。なかなかの練者である。

母はこんな歌達者ばかりの競演の中で、もし自分が歌わせられたらどうしょうかと思った。声にも調子にも自信がなく、まとまって歌詞をおぼえている歌なぞ、一つもなかった。――それに又こんな粋なところへ、突然瀬戸が、あの味も香もない胴間声で、馬鹿の一つ覚えのような〝西郷たかもりゃー〟を歌いだしたらと、ハラハラした。――男達は年増芸者の歌が終ると、拍手を浴びせそのあと残る二人の芸者にも歌を所望した。三味線をひいた方の芸者が「困った、困った」と言いながらも「それじゃ一緒に」と三味を置き、手拍子で、はやりの〽昔恋しい銀座の柳……を歌い出したので、男達もよろこんで、これに和（わ）した。最後に歌う筈の、最も年少の芸者は本当に困った風情（ふぜい）で、花かんざしの影を額におとし、じっと面伏せていた。まだ二十すぎたばかりなのに、あやめ色の大人しい晴着を着て、その痩せ面長の顔が青いほど白かった。

男達にせがまれ、とうとう仕方なく歌い出したのは、座中の誰もが知らぬ、歌謡曲であった。素人娘のような真面目で細々とした歌い方である。

終って、みんなが常の拍手をした時、突然瀬戸が「下手ぞ、下手ぞ、ぬしゃ、芸者のくせに、むごう歌の下手ね」と、どやしつけた。母は心中ハッとして（どうか、この人のむごさ）と思った。その芸者は人中でこう真向うからケナされたのに、色をなくし、意識して口元でうすく笑おうとしたが、笑いが出来ず、たちまち深くうなだれて、自分の白く細い小指を眺めていた。

瀬戸としては、酔いのまぎれに言い放ったものだろうが、その無神経さに一瞬座が白けたようだった。が、やがて、三浦や園川さんのとりなしで、又さわぎ出した。——それから五分もたたぬうちに、深くうつむいていたあやめ色の着物の芸者は、つと座をたって、座敷の外へでて行った。

いつまでも戻ってこないので、年増の芸者が見に行った。そして、かえって来て黙っていたが、園川さんが無理にきくので、眉をひそめて言った。

「あんなひとてなかね。仲居部屋で泣いていたらしかつよ。なんでもないことにね、それがこんなお座敷の時でしょう？　メソメソされたんじゃかなわないから、気を引き立てるつもりで、ここの姐さんが一寸ひどく叱ったらしかっよ。ところが、いつの間にやら、裏から自分のやかたやに帰ってしまって……イヤな子」

「やかたやはどこかい、何ちゅう芸子だろうか」「さとの家（や）の新米よ。忍さんちゅう人……」

その帰りの車の中で、母は瀬戸に「瀬戸さんがあんまりひどい事いいなはるけんでよ。可哀そうに。まあだ座敷馴れん人ばいじめて」と、笑いながらもなじった。

瀬戸は「ほんなことですな。言い過ぎたかいな。女（おなご）てち面白かですな。たったあやしこで泣くちゅうが」とつぶやいて、神妙に頭をかいていた。

12

昭和四年一月十八日、平山弁護士と、さとの家(や)抱えの芸妓が、西辛島町(にしからしまちょう)裏小路の待合「うら梅」で、ピストル心中を遂げたことは、熊本市の人口に喧伝された事件である。当時の新聞紙上を大きく賑わしたのは勿論のこと、歌になり、芝居にまでなった。

これは合意の上の情死ではなく、無理心中であった。公金消費の罪を背負い、ゆくてが目茶目茶になった一人の初老の弁護士が、なじみの若い芸妓をあげ、死出の途の道づれにしたのであった。

妻子ある身でありながらも、死を思いつめていた平山弁護士は、懐中にピストルをかくし、その芸妓を前にして静かに酒をのんでいた。「うら梅」の二階の一間である。二人のかたわらには、黒いラッパつきの蓄音器が置かれて、レコードがまわっていた。

〽霧の彼方の丘の上(え)に、ゆれてほのかにきこゆるは

今日もたずねて来た人の、あいずがわりの口笛か……。

これは当時流行した「悲しき口笛」という歌であって、ものさびしいギター伴奏の曲である。平山弁護士がことに好んでいた歌だった。

その時、この「うら梅」の階下の露地には、刑事が三人張り込んでいた。公金使い込みのため、逃亡のおそれありと言うので、行きつけの待合を嗅ぎつけて、網を張っていたのだ。

——整って品のある平山弁護士の顔色が青く冴えかえり、眼が異様にすわっている様子が、いつもと変って気味悪く、さきほどから不吉な予感のしていた女は「一寸お燗(かん)をつけに……」と、銚子を代える恰好で立ち上り、心はもうこのまま逃げるつもりで階段をいそぎ足に下りかかるところを——そのうしろ姿に女の心中が現れてしまったのか——男はやにわに懐からピストルをだして、女の背中へ打ち放ったのだった。声もたてず、裾をみだして、階段をころがり落ちた。

階下の人々よりも、さきに刑事達が一斉にかけこみ、血(あけ)に染って倒れている芸妓をまたいで、階段をかけ上ろうとする時、すでに二発目の弾声が鳴った。刑事達が二階の座敷へ入ったときは、自分のこめかみを貫いた平山弁護士は、顔に血を流して、うつぶせていた。

刑事にだきおこされ、仰向けにされた時、すでにこと切れ、ただかたわらの蓄音器の盤の上にまわるレコードだけが、空しくなりひびいていたのだった。

こんな幕切れをしたために、この心中事件は「霧の彼方の丘の上に」の曲と共に、熊本の巷に膾炙されるようになるわけだが、この芸妓が「小西」料亭で、瀬戸にいじめられて泣かされた、あやめ色の着物の芸者〝忍〟だったのである。彼女が、母達の座敷にでた夜と、その命を断った日との間には、わずか三日しかたっていなかった。

――新聞紙を手にもち、母はいそいで、お峯さんの家の裏戸から、瀬戸の家の材木置場へかけこんだ。「瀬戸さん、ほら、みなっせ。この忍ちゅう芸者、可哀そうな事をした。ああたが歌の下手ちゅうて、いじめた芸者ですたい」

瀬戸は、ものも言わず、しばらくポカンとしていた。

〽忍という字は刃にこころ。仇な浮き名に命賭け……という替え唄まで流行り、忍という源氏名は縁起の悪いものとしてきらわれたものだったが、母としては実際に彼女の面影を見ているので、あわれが沁んで、（ほんなこと。そう言えば、あの妓の蒼白い顔は何かしらんばってん、淋しいところのあったね。もうあの時は死に神のついとらしたっぱい……）など思ってみるのだった。

この事件を擬した芝居が大和座で興行され、大入りをつづけた。そして、その平山未亡人と令嬢達の上に、世間の同情は集中された。

――而して、その道づれにされた忍の方は？……芸者というものは、その身一つの恋沙汰、刃傷沙汰には、世間は好奇的にさわぐが、それ以上の関心は、「素人」へ対するそれより薄いものなのか、――別になんともとりなしをしなかったようであった。

母はどこからか、忍の遺族の事をきいて来ていた。忍には、母親と幼い弟があって、その母親は子飼橋のたもとで、一銭餡湯などを出す屋台をしているという事だった。事件がおきて、一ケ月も経た頃、母はその事を瀬戸に言い「どうですか。一ぺん、行ってみようかい」と誘った。

二月も末、さほど寒くはないが、暗い銀白の空から牡丹雪のしきりに降る昼さがり、二人は人力車を前後させて、子飼橋まででかけて行った。珍しい雪にさそわれて、つい遠出したく思う気持もあって、でて来た二人であったが、幸い雪の降るにも、その屋台らしいのはでていた。この時分の子飼橋界隈は、今のような繁華な通りではなく、誠に淋しい場末で、ただ行き交う五高生が、その屋台により、菓子をつまんだり、ミルクをのんだりして立ち寄っていた。

さりげない風に母達は屋台へ入った。母は黒のコートを羽織り、瀬戸は背広の上からオーバーを着ていた。木造の粗末な長椅子に並んで腰を下ろし、あずきが下に沈ませてある、熱い飴湯をさじですくってすすった。母が漠然とものききするうちに、その人が「母親」という事がはっきりした。もう、六十に近い、やせぎすの背の低い人であって、油気のない髪の大半は白髪で眼もうつろでショボショボしているような感じだった。

　母達は一旦そこを出て、子飼橋の上へ来た。母は懐中に用意しておいた封入りの金をとりだした。そして、差していたこうもりをそのまま瀬戸に渡して「すんまっせん。一寸、待っとって下さい」と言って、薄い眼を雪で危い足もとに払いながら、再びいそぐように屋台の方へ行った。

　このかえり、母と瀬戸とはタクシーにのり、新市街へと走らせた。タクシーは銀杏通りの「亜細亜（あじあ）」という中華料理店の前に来て停った。その二階の奥まった座敷から、二人は灯ともし頃まで出て来なかった。

13

　盆地形なので、冬は大そう底冷えするが、春が来るのも又早い。花岡山の桜も、四月一日の暦をめくる頃は、もう次第と散りいそぐ。飲めや歌えの花見客を避けて、母と瀬戸は山の中腹の茶小屋の一室に酒をのみかわしていた。締めきった明り障子に、枝から一ひら一ひら下りていく花びらの影が薄く映っていた。

　漆黒の、太くて多量な髪の毛を、ギリギリ巻にたばねて、翡翠（ひすい）の青玉のかんざしを斜めにつきさし、大島に白地の羽（は）二重帯（ぶたえ）をしめた母。その太いももの上に、瀬戸の荒毛の生えた頭がのっている。紺の小倉袴をはいた大きい図体は長く伸びているが、飛白（かすり）の着物から出た二の腕は宙にあがって、さかんに何か説明していた。「柔道の技（わざ）」の話なのである。いつも無口な彼も、自分の興味のある事となると、さかんに口が動く。子供がその母親に自慢話をするように「体落し」がどうしたの「大外刈」がどうしたの、どこの何という男から寝技をもちこまれたら終いだとか、北署の某という六段の刑事が彼とこの秋試合するようになっているとか話している。

　――しかし母にはさっぱり興味のない事だった。が、
「あら、そうかいた」「へー」「ふーむ、それで」
「まあ、あぶなさよ」と、熱心に聞くふりして、うけこたえを怠らなかった。

　母は逢瀬がもうすでに幾度目かになっているのにかかわらず、やはり島との逢瀬ほどに心がパッと開くような闊達

さになれぬ自分を不思議に思っていた。島とは一応話がはずんだ。スンカキに集る連中の噂——合わぬ話でも向うから気使って合せて呉れていた。見番の芸者の見たてする時も、母の方が盛んに「あれが一番よかおなご」の、「あれはむごう踊りの下手」のと説明すれば、島がそれをニコニコ顔で大人しく聞いていて、どちらが男か女かわからぬ位の、愉快な話の波に呑まれたのに。

——こういう遠慮があるのも、相手が年下だからだろうか。自分の生きる世界とは全くちがった「マッスグ」な勤めの人だからか。田上の事があるからだろうか。——

——何とはなく、他の男よりも、肩の凝る気持だった。だが、もともと瀬戸を〝自分の生きて来た世界には遠い硬い異質の男〟と思ったから惹かれもしたのだ。どんな遠慮や心配があろうと、この情事はしばし他のものとは替えられないという強い気持が母を支配していた。

母と瀬戸の出逢いは、島とのそれのように、田上への面当のまじった派手なものでは、更にない。母の方はお幸さんにさえ、瀬戸の方は親友の三浦刑事にさえ、打明けていない。もしも、世間にわかれば今からという独身の瀬戸の方に疵がつく。堅気な青年にこんなスンカキ姐さんがついていると噂されてはすまぬと思うから、なるだけ人目をはばかった。明十橋の店や、定期場で顔合せる時も、わざとざっくばらんなものの言い方をした。

だが、もののはずみで、ついつい表へでてしまう事もあった。

祖父が「明日の晩いっちょ、瀬戸さん達ばよぼうかいね」と言った時、「あら、瀬戸さんは明日から三日間鉄道学校さん、泊りがけで柔道教えに行きなはるとよ」と知らぬ筈の事を口走ったり——二人だけの用のための打合せの時がないとき、つい瀬戸の家へ「ごめん下さい」と入ってしまい、これも母を憎くからず思っているらしい兄の宏一さんが「わたしに用でしょう」と、よろこびながら立ってくるのを尻目に「いんね。あの……弟の人に用のあるとです……」と言ってしまって、よびだしたり——ある時、電信町の湯から上って、その露地を大きい道へでようと歩いたら、その大きい道を瀬戸と三浦と丸山さんの南署組の男の三人づれが歩いていた。母はつい「瀬戸さあーん」と大声でよんで露地を駆けだした。三人は立ち止って一斉に振り返った。瀬戸はヌーボーとして笑っていたが、他の二人、ことに三浦は顔に一瞬、妙な色を走らせたようだった。

いつも同等に接している筈の三人へ「瀬戸さあーん」と、一人を名指して、あたふたと駆けだした母の様子を変に思ったのだろう。この時、母は「あら、あら、三人で」とごまかしてみたが、具合の悪いものだった。こんなに引っこみのつかぬ事がちょいちょいありはしたもののやはり母としては相当に抑えていたのだ。

ところが、瀬戸の方は、別に世間へのひけめもないらしく、二人で道を歩く時でも、向うから知った人が来て母がハラハラする時でも、平気な顔をしていた。極端に言えば〝情事〟を情事として感じてないようなところもあった。

とは云え、又母の方は男の経験のある身体であるのに瀬戸の方ははじめてなので、一見ヌーボーと見えながらどこか芯には少年のように一途に深刻に思いつめているふしもあった。

その夏のはじめ、阿蘇の山中の戸下（とした）温泉へ行った折の事、彼は真面目な面持で母に言った。「民江さん、東京さん行きまっしゅ。わしの先輩が東京に職と家ば捜してやるといいよりなはるけんで、行こうと思います。それも民江さんば連れて行こうと思うけんです。な、よかでっしゅ？　熊本のことはここで一応終りにして、な？　二人で東京さん行って——熊本にゃ、もう帰って来ますみゃあ」

母は時々、瀬戸が（自分に田上という夫があるという事を、もう知りぬいているのではあるまいか？）という気がすることが、しばしばあった。田上の事を知り、又山内家の内情もよく知りぬいたから、二人で東京へ逃げようというような事を言いだしたような気がした。しかし、いくら瀬戸との交りをくりかえしても、所詮一緒に行くような男だとは思っていなかった。

瀬戸さんには瀬戸さんにふさわしい人が、やがて出来る筈だ。そして、もうこんなにしているうちに、田上が渡鹿（とろく）の監獄から出て来る日が近づいて来ているのだ……早く、何もかもこちらから打明けて、切れてしまった方がお互のためだと、いつの間にやら、母はそう思うようになっていた。

坪井川の水を増させ、にごらせた梅雨も終って——その流れをさかのぼり、ドンドへ行く舟遊びの日傘も、白日に輝いて見える頃となった。田上が丸八ケ月の刑を終え、渡鹿からこの世へ出てくる七月という月にもう入っていた。

14

昭和四年七月二十六日。微風もない暑い昼下り。

祖父と母とが乗ったタクシーは、渡鹿の刑務所の高い石の塀の下に来て止まった。待合室で、新しい下着と浴衣に着更えさせられた田上は、義父と妻の二人につき添われて外へ出た。世の中は、一点の雲もない、目眩（めまい）をおこしそうなほどの、紺碧の炎天下であった。

祖父と母との使いの者が、一日おきには体のためによい滋養物を、ふんだんに差し入れに来ていたのだし、酒にただれていた普段よりも、一寸肥えて色艶さえよい。母は一ケ月に三回ほどは、面会に行っていたので、さほど今〝お久しぶり〟という気持ではない。

唯、父の身代りだっただけに、心をこめて「おきつうございました」と言った。

「御苦労だったね、田上」

「体に変った事はなかったか」と、普段、人には優しい言葉を吐く事を絶対にせぬ祖父も、この場合、何かと田上をいたわる態だった。

タクシーが三人を定期場前の家へ運ぶと、そこには酒と祖母の腕をふるった馳走が待っていた。

――この夜は下河原公園で、花火大会が盛大に催される夜だった。

祖父・祖母・母・田上の四人は二階の物干台に上り、そこで内輪ばかりの宴を開いた。祖父は田上にしきりと酒をすすめ、自らも大いに飲んだ。久しぶりの多量の酒に陶然となった田上は、大いにはしゃぎ刑務所の中での変った話、面白い話を次々に自慢気に話して、祖母を笑わせたりするのだった。

その間、母だけは何かを思案する浮かぬおももちで、物干台の手摺に背をもたせかけ、南の空に遠く打上げられる花火を眺めていた。夜空に大きく咲いては、次の瞬間、そのあでやかな赤い曼珠沙華のようなのが消え失せる。又、するするとのぼる気配があって、ハッと哀しくなるような青色の華が開いて……ふっと消えて……あとは闇となる。

瀬戸との事を思っていた。――田上が帰って来た以上はもう瀬戸とは逢わぬがよかろう。

「民江、あんたも、何か喰わんかい」と祖母が声をかける。

大皿に盛られた車海老、黒豆、お多福豆、焼魚、テンプラ、かまぼこ。

母は自分の思いをかき消すよう「はい、はい、どれ御馳走」と笑いつつ、その中の玉子焼をつまんで、口にもっていこうとした。

さっきから、気分がすぐれず、胸が一ぱいのようであったが、そこで急にムカッと来た。再び、玉子焼を皿にかえして「わたしゃ、喰わん」と胸を押さえ、手摺のわきにもどって「今晩は蒸すね」と団扇をパタパタ使った。

「暑気にあたったつだろう」と祖母は心配して言って呉れたが、母は心中他の事で（もしや）と思っていたのだ。総平さんと一緒になり、二十の時姉を生む半年前後、やはりこれと同じ吐気が催して来た事を。

母は、瀬戸とは逢おうとはしなかった。出来る事ならこのまま瀬戸と自分とのことは、火に氷が溶けるようになにもあとかたなく、なくなってしまえばよいとも思った。祖父やスンカキを立てていかなければならぬ自分には、やはり田上という男の方がにつかわしい……と、こんな風に、心を決めていた。が、ひょんなきっかけで南署へ、電話をしてしまう母である。

瀬戸の兄の口から、瀬戸に最近縁談がもち上っているという事を、ふと聞いた。(うれしい事ではないか)と思うものの、どうも立ってもすわってもおられぬ気持から堀端の小西料亭で、今晩七時頃待っていて呉れという電話を、かけてしまったのである。又、小西料亭の方にもその人が来たならば、酒肴を出しておいて呉れと、電話しておいた。

「お酒はどの位にしましょうか?」と女将の声だった。

「どれだけでも。どうぞ、すんまっせん」

その夕方、一旦遊びにでかけた筈の田上が、急に帰ってきた。ひどく酔がまわっていた。あがり土間にどっと崩れた。

「あーら。なんだろうかな。この人は。——清ちゃん。清ちゃん」と眉をひそめて女中をよぶ母の、よそ行きの髪と薄化粧とを、下から赤く濁った眼で見上げ、田上はまわらぬ舌で、妙な事をいいだした。

「……奥さんは、又この頃美しゅうなりなはったですな。色の白うして……本当事。奥さん……奥さん……」

「馬鹿ね。この人は。さあさあ」と清ちゃんを促して田上を畳の上にあげて寝せようとする。

「はい、わたしは馬鹿です。馬鹿でございます。この田上ちゅう男は、酒好きの、どんこんならん、甲斐性なしの馬鹿男でございますたい。奥さん」とからんでくる。母の目くばせで、明十橋の店から清ちゃんがよんで来た祖母が姿を現わすと、田上は祖母へ「おっかさん、おっかさん、やっぱ、この人はよかおなごですばいた。やっぱ、やっぱ」とだらしのないだみ声で言い続ける。このような田上を、どうにか寝かせつけ、あとは祖母と清ちゃんにたのみ、「ちょっと」と言って、外へ出たときは、もう八時に近かった。小走りで万才橋を渡り、MKタクシー迄行って、そこから車で堀端へ飛ばせた。

小西につくや、女将が「お連れさんは、もうさっきから」と言う。

廊下を急ぎ足で行くと、奥の座敷の縁どころで、板を荒く踏む音、柱に体がぶつかる音、それに女の疳高い声がまじって聞えた。

相当に酔った瀬戸が、今騒ぎながら、小用にでも立つのか、不安定な大の体を、三人の女達が懸命に左右からささえて、縁に出たところ。旺(さか)んに女達は、瀬戸へ華やぐ冗談をとばしている。

いち早く母の姿をみとめた女の一人が「そーら、そら、きなはったよきなはったよ。お待ちかねぇ」と叫ぶ。母は近づきながら「遅うなってすんまっせんな」と謝まった。瀬戸は濁って血走った眼で、キョトンと母をみて、何も言わない。すさんだ無表情さである。と、口をとがらし片目をつぶり、精一ぱいの道化た表情で、母の前へ顔をつきだした。わきの女達が嬌声を張りあげて、それをおかしがり笑いこけるので、ますます図にのったようにひどい顔をさまざまに作ってみせ、母の顔すれすれにもって来る。

ふざけているのだ。――しかし、何かしら、母の心は急に哀しいものになった。

「な、どうしてもはずされん用があったもんだけん……すんまっせん」

瀬戸が、女達から押されるようにして厠(かわや)へ行っている間に、母は座敷の中へ入ってすわった。膳の上の食べ荒らされた魚、ころがったいくつもの銚子。一人の中年の仲居が入ってきて、そんな銚子手膳にまとめながら「あの方大分待っておいでだったんですよ。六時頃から来て……電話があったとかで、妾(わたし)達がわがままして、お飲ませしたのですよ」といいわけした。

そして「すぐ、新しいお膳をお持しますから」と、急いで出て行った。

待つ間の苦しさのためイライラして、つい酒の度をこしてしまったのか……そう思うと、何やら気も軽くなり、遅く来た自分が悪かった気持がふっと身に沁みた。瀬戸が足音をたてて帰って来た。女達の手から離れ、座敷の敷居をまたぎ、入って来たとたん、大きな体をドッと畳の上に崩して、母の横にあぐらをかき、つづいて母の肩を右手で抱いた。そして、好奇心にみちて微笑している女達に向って、見得を切るような口調で大きく叫んだ。

「おい……この人は……俺の何と思うか!」女達が大仰にうなずき、目くばせし合いつつ「まあ、そりゃあ……ね」「そこ迄も言わせるの?」云々と言い合っている途中、一人の女がはっきりとした声で言った。

「こいびと!」

瀬戸は怒ったように「馬鹿云え!」とどなった。「俺の恋人じゃなか。俺の姉さん、わかったか俺の姉さん、姉さんぞ! 俺がお世話になっとる姉さんぞ」

更に派手な声をたてようと待ちかまえていた女達も、この突然とびだして来た〝姉さん〟という名詞に、妙な顔になってしまった。が、なおギクッとしたのは母だった。

――しかし、母は笑ってすませた。

瀬戸は盃を母に握らせ「おい、みな、俺の姉さんにつがんか！」と叱りつけるように言いながらも、そこにあった徳利で、自ら母の手にある盃に酒を注いだ。

（恋人ではなく、おせわになっとる姉さん）母は急にひっかかっていた。（お世話になっとる奥さん）というのを、一寸変形しただけのよび名のような気がしないではなかったからだ。素面（しらふ）の時に言われたのなら、色々解釈の仕様で、変る言葉かもしれないが、男の本性が最も現れる酒のしたたかきけたときに、口走しられた言葉だけに、いっそう考えさせられた。第一、他の女の前で肩をだくようなまねをする事自体に、今までになかった瀬戸の、或るよそよそしさを感じさせられた……。

だが、こんな母の瞬間的感情のかげりには頓着なく、いつもの例で、袴の帯に手をかけ、顔を天井にむけて、調子はずれの大声で歌いだした。〽西郷隆盛ゃ話せる男、国のためなら……。飾り気もなく、まっすぐな無骨を丸出しにし、図体の大きい子供のように無神経に歌っている様子を、母は見ながら、今夜と言う逢瀬も、すっかり台なしになってしまったと思った。

瀬戸は母が来たので、急に安心したのか、いつの間にかごろりと倒れて、そのまま深いいびきをたてて、正体もなく寝入ってしまった。母は女達に夫々チップを渡してひきさがらせ、傍にあった座蒲団を二つ折りにして瀬戸に枕をさせ、しばらくそこにすわって、じっと男の寝顔を眺めていた。

母が小西の帳場に金を払い、「どうぞ、おきなはったら、タクシーよんで」これこれへ送って下さいと依頼し一人玄関を出たのは、それから一時間近く経たころだった。すでに十二時をすぎた夜半であった。十五夜に近い月が古城の石垣やお堀を照らし出し、夜風が冷たく顔の上を過ぎた。お堀端のへりの小さいすすき道を、下駄で拍子をとるように急ぎ足で行った。

（姉さんてち言わしたのは、縁談なんかでて来たので、わたしなんかに、一応へだてばつけらしたとだろか。それとも普通の情（いろ）おなごというのと違うて、わたしをあがめた気持からだろか。——否（いんね）、否、どのみち別れんといかん人。わたしはわたし。べつ、べつ。もう何も考えん。どぎゃんでん、よか。よか）

母はその後一切瀬戸には逢わなかった。母はやはり定期場で、スンカキ姐さんとして、張り切った生活を送っていた。——ある時、ふっと、祖父から瀬戸の身に柔道の上での一寸した事故があったことを聞いた。「三浦さんも、瀬戸さんも、ちかごろはいっちょん来なはらんごとなったね」と言っていたが、急にどこから聞いてきたのか「おい、民江。瀬戸さんね。あの人は今入院しとんなはるげなね。柔道の練習やりよって、まちごうて胸打ってから……ね」と言った。

これによって瀬戸は血を吐き、急性の肋膜をひきおこして、入院したのだ。が、一旦退院して、小康を保ちつつぶらぶらしていた。而して再び悪化し、その年の十一月二日の夜明けに死んだ。

事故がおきたのが八月の末であった。一応よくなって退院したのが九月の末だった。それから十月の末までの約一ケ月間、藤崎宮の方の自宅で暮らしていた。その間も南署の方へは出勤していたらしい。但し、今迄の刑事としてのはたらきは出来ないので、柔道の試合の審査員をやりながら、ぶらぶら養生していた。

その頃、一度だけ、彼は母の家へひょっこりやって来た事がある。何となく顔の肌に健康な艶がなく、身体全体にも今迄の精気がやや抜けていると感じられたのは、袴をつけぬ、セルの着流しのためばかりではないようだった。

母はすぐに家を出た。そして、近くの小さな飲食店へ瀬戸をともなって入った。そこで彼は何を思いついたのか「民江さん。今度、水前寺に一緒に遊びに行きまっしゅ。な。な」と、しきりに言った。母はこれには何とも答えなかった。そして、笑いながらも、あらぬ話をして、まぎらしてしまった。

それからそこの店の肉うどんを一杯瀬戸におごってやった。うどんを食べ終えた瀬戸は、肩幅が広くがっしりしているが、昔ほどの元気のなくなった、後姿を見せて洗馬橋の方角へと帰って行った。

彼の再度の入院はこんな事があってから四、五日してからの事だった。

丁度彼が死ぬ日より十日ほど前、母は一度だけ、ひそかに病院を見舞っている。瀬戸はさらに頬がこけ、眼が落ち窪んでいた。蒲団の上にさしだす手の太い指が、去日、活気あふれて母の手をにぎった頃にくらべ、あまりに肉が落ちて弱々しくなっているのを見て、つい母は嗚咽の声をだして、大いに泣いてしまった。

幸い、その日は身内のものは誰もいなかったので、いろいろ世話をするつもりで、半日位瀬戸のベッドの枕辺でうろうろしていたが、やがて瀬戸の母親と姉が帰って来たという看護婦の知らせがあったので、あわてて、涙をふいた。

「そんなら……瀬戸さん」瀬戸はあおむけの頭をおこそう

とするかのように動かし、うすく微笑した。

「民江さん。すんまっせんでした……」

　母親と姉とが病室へ入ってくる、そのいきすれあいに泣きはらした赤い眼をみられぬよう、うつむいて挨拶をし、いそいで廊下へ出た。——これが最後になった。


　夜、スンカキも終って、母は明十橋きわの店へ来ていた。と、祖父がよそから戻ってきて、座敷へ上り、長火鉢の前にどっかと腰をすえた。そして、台所の方で働いていた祖母に言うのだった。勿論母にもそれは聞えた。

「なぁーん。ちっとん知らんだった。瀬戸さんな。死んなはったてね。シモ、ぬしも知らんだったろ？」

「まあ、どうしゅうか。死んなはったてな？」「明日（あした）が葬式てったい。行ってやらなんたい。ほんに惜しいことだった。良か人だってかり、ね、ぬし。まあだ、若かったてかりねぇ。いくつだったかい？　二十六だったかいね」


　その翌日の昼頃、母は、明十橋の店の座敷で、葬式に行く祖父のために、簞笥（たんす）から、紋つき、羽織、袴、白足袋等取出して、揃えてやっていた。

「おい、ぬしも行かんか。行けよ」と、祖父はメリヤスの下着のボタンをはめながら、母にすすめた。「瀬戸さんの喜ばすがね。あやん、ぬしがところにも遊びに来よんなはったろうが」

　母は「わたしゃ、遠慮しまっしゅう。父（つと）さんが一人で行ってはいよ。この頃は体のきつうして……」と言いながら、祖母と一緒になって、祖父の袴のひもをむすび、白い太い羽織のひもの横にある金具や、足袋のコハゼをはめてやったりしていた。


　祖父の礼服姿は出来た。この上に、えび茶の中折れ帽を真横にのせ、ふしくれだった木の根のステッキをもち南部表の下駄で、でかけていく祖父を、母は門口に立って、いつまでも見送っていた。


　その日の夕方、祖父は出かけたときの紋つき袴の恰好のまま、ステッキ振り振り、ギクシャクとして帰ってきた。菓子店の門口に立って、内の者に「おい、塩！」と、どなった。

　折から、勝手口のところにいた母は、塩がめから清めの塩をわし掴みにして来て、ある想いをこめ、礼装の祖父をめがけて、力一ぱいふりかけた。

しかし……この時……すでに私は母の胎内に生を享けていたのである。

第三章

1

母は翌年の昭和五年二月十八日の夜明けに、塩屋町裏一番丁角の、福田病院で、男の子を生み落した。それは一貫目もある、大きな赤ん坊であった。

胎児の大きかったのもわざわいして、なかなかの難産だった。

丁度その夜、福田医師は旅行中で、留守だった。看護婦二人と、手伝いに来ていた祖父の妹のモトおばさんにみまもられて、母は陣痛のため、長い事大声で唸っていた。肉体的苦痛にはだらしのない母が、大げさに唸るのを、疳性のモトおばさんはこんな風にいさめた。

「なんかな、民江しゃん。しっかりしなはり。え？　東雲座の泰平橋の下の十兵衛が嫁ごはね。その橋の下で、自分一人で生んでね、赤子ばすぐ、白川の水で洗うたとばい。しっかりせんといかんばい！」

苦しい出産の一大事の時、自分を橋の下の乞食にたとえんでもよさそうなもの、ええもこのおばさんの言わすこと！　と口惜しまぎれに、思いきり下腹に力を入れた。そして、やっとの事で、赤ん坊が出た。しかし、腹をたて、力ずくで産んだものだから、母は「シキュウ」を三針ほど縫う事になってしまった。

祖父の歓びはたいしたものだった。娘を一人しか生めなかった自分に、たとえ孫なりとも、男児が生れたからである。しばらくはバクチの方も、二本木の方も忘れた態で、福田病院へと日参した。母の枕もとには、出産祝いの品々が山積みになっていた。刑事達やらバクチ打ちやら、定期場、魚市場の人達からのものであり、又スンカキに来る有象無象も「姐さんのはじめての男の子」というので、一人一人思い思いの品を送り届けて来た。

「わぁー、この子の重さ。赤ん坊大会にゃきっと出してみなはりよ」これも時々病院を見舞う、田上の兄の源太郎さんは、うれしそうに抱き上げてみて、こう言うのだった。

そして、その朝市の仲売人らしいかすれ声で「よか子よか子。信一郎の子にゃ出来すぎばい」と言っては、かたわらに立っている自分の妻と顔見合せて、微笑し合うのだった。母は退院してもよいという時になっても、出ればすぐに忙しいスンカキの仕事が待っているから、ついでと思って、しばらく入院を長びかせた。つきそいを三人つけて、気ままな養生の毎日を送った。


福田医師は祖父母とはねんごろの人であり、山内家の事情にも詳しい人であった。その福田医師が一人で母の病室へ入って来た。室内には、誰も他にいなかった。見舞いの言葉をしばらく述べ、例のようにざっくばらんに冗談をとばして母を笑わせていた。が、急に声を低めてこんなことを言いだした。「山内さん。これはあなたとわたしだけの話ですばってん……この子どもしは御主人の子どもしじゃなかでっしゅ?」さっきの談笑の余韻が母の唇にまだあったが、それが消えた。

「な? 御主人があそこから出て来なはったのが去年の七月だった筈でっしょ? そやんでっしょ? と、すると……」

福田医師は歯を少しく見せて笑った。

「勿論、一切誰にも言いまっせんぞ。わたしを信用して下さい。今のところは誰も気づいとらんごたるばってん……まあ、よかですたい……出来た事は仕様のにゃ」

「……」

「何にしても、よかお子さんですすけん……子供が大事ですけん、な、そうですすど?」

母は赤ん坊の寝顔の方へ視線をそそいで、何かを考えふけっていた。と、又ふと我にかえった顔で医師の方へ面をむけた。「福田先生」改まった口調だった。

「先生、どぎゃんしたっちゃ、子供は十ケ月でなかといかんとですか」

「そりゃああた。始めてじゃなかろうし、自分でわかりそうなもの」

「それがわかりまっせんですたい。月足らずでも生れるとでっしょ?」「……」「な、先生! 十ケ月てちゃ、昔から決まっとるとですか」

母のこの理不尽な鼻息に、医師の方が言葉をのんで、眼をしばたたいた。

私は古い写真の中で、こんな一枚をみた記憶がある。

鉄柵のついた長目のアーチ型の窓が二階にならんだ、四角で、平べったい、灰色のコンクリートの大きな洋館建、その古めかしい——多分、当時は最もハイカラだったのだろう——建物の入口の両脇に、数十本の矢旗が、金太郎とか、鯉の滝のぼりとかの絵柄をみせて、ずらりとたちならんでいる。そしてそれを背景として百人近くの人々がめじろ押しにならんでいるのだ。前列の中央に祖父が——長い裾を幾重にも垂らした着物にうずまった赤ん坊をひざの上にのせて、尊大に股をひろげて——そのかたわらに紋つき姿の祖母、そして大丸髷（まるまげ）の母。田上源太郎さん夫妻やら、お幸さんやらの顔もみえ、人の列の両方のはしばしには、三味線をもった芸者やら、魚市場あたりの若い衆らしいの迄、一升びんを抱いておさまっている。

　これが、山内家に生れた跡とり息子の初節句の祝いの記念写真なのである。昭和五年の風俗なので、今からみると、人々の顔はこわばって無表情に、その姿はすべて野暮たく仰々しい感じである。

　ただ、うれしいだけの祖父は、呉服橋きわの朝市会館を借り切り、米市場、魚市場、賭博場、警察の面々は勿論、知る人も知らぬ人も会場によびあつめ、見番の芸者を総上げして、一日中、さわぎ祝ったのだった。朝市の若い者には、会館の入口に菰（こも）かぶりの樽をおいて、飲ませ放題にし、はては道行く人迄よびとめて、宴会に無理に引きこんだりした。

　このような下品なほど派手な成金さわぎが芯から好きだった祖父——その祖父の頭の隅に、生れた赤ん坊の出生に関する疑いが果してどのくらいあったか。もしかすると、祖父にとっては、子供の父親なぞ誰だってよかったのではないのか。ただその子が、男の子であれば。体が丈夫でさえあれば。

　そしてやがては自分ののぞみを託するような山内家の跡とりになりさえすれば。……誰の子だろうとかまうものか……と、こういう風な野放図な考えをもっていたのではなかろうか。

　母は祖父が知らないものと思っていた。勿論、自信のあるものではないが、多分そうだと、これもいい加減な例の母の勘で決めていた。が、大ざっぱな母より、祖父の方が、かえってそれを見抜きながら、知らぬふりをしていたのかもしれない。

　赤ん坊大会の入賞者の写真が、九州日々新聞の紙面にのった。一等と二等とは、まんまるに太った裸の可愛い赤ん坊を中にはさんで、若い父親と母親とが、つつましい微笑をうかべて、よりそいあっている、類似の写真であった。が、三等の方は若い父母の姿ではなく、威勢のいい半裸の爺さんが、はちまきをしめ、天下をとったような歓び方で、四角な顔の相を崩し、裸の赤ん坊を両手で宙にさしあげている図なのであった。

　これは新聞社から来た折に、祖父がしたたか酔って写したものである。

2

　吾平、鶴松、仙松の男兄弟のうちは、祖父だけがなぐれものだったが、女兄弟では妹のモトおばさんの方が断然気性も強く、行動も自由だった。姉の方のおラクおばさんは、無口で大人しく、小太りした体の動作も亀のようにのろく、もうその時分はやらなくなっていた、大きな庇髪（ひさしがみ）を百年一日のように結っていた人であった。めったに人にはさからわず、それだけにしっかり者で、娘時代は満洲で手芸を人に教えて小銭を貯めては、他の兄弟には秘密で、貧しい親元へ送金していた。

　このおラクおばさんが祖父の事を「鶴松っあん」とよんだのに対して、それより妹のモトおばさんが、鶴松の二字の夫々の上をとって「ツマしゃん」とよんだのも、几帳面な兄弟仲間から余計者あつかいにされていた二人が互に酒をのんだりする仲だったからだ。

　モトおばさんは十九歳の春に結婚した。相手は大友虎記さんという箱屋であったが、折りからの日露戦争で戦死してしまった。結婚生活二年足らずで夫に死に別れたおばさんは、自由な一人ものという形で、夫の恩給を貰いながら、手にしこんだ日本髪結いを仕事に、二十余年間、暮らして来たわけであった。と言っても、その頃の日本で非常にいたわられ、尊ばれた、〝貞淑な戦争未亡人〟という看板などにはおかまいなく、幾度も嫁に行き自分が気に入らなくなれば、又さっさとかえって来た人だった。

　それも色恋というのよりも、他人や兄弟達がすすめるからつい……とか、相手が金を持っていそうだから、まあ、さしより……とかいう、いたってあっさりした動機からが多かった。

　一度は相当金を持っているらしいという周囲のふれこみの男と出合い、祝儀をあげた。その男が張ってくれた祝儀は大体満足すべきものであり、それに男の婿殿としてのいでたちが、なかなかに金のかかったものらしく、又来るも帰えるも、その頃珍しいタクシーを使っていたので、モトおばさんはつつまし気なつのかくしのかげで心ひそかに期待していた。ところが、祝儀が終って、連れていかれた男の家というのは、狭い一軒家で雨戸もこわれかかっていた。が、寝具やタンスや長持や火鉢やらはいいものが置いてあった。新婚第二夜が終った。と、どうした事か、それらの家具類はみな無くなり、立派だった夫婦ものの寝具もいつのまにか使い古した一組のボロふとんにかわっていた。

その男が新婦のため、やっと工面して貸りて来ていたふとんであり、気分をかもしだすための家具類だったのだ。

本当はこの男は何ももたない男と知って、モトおばさんはあきれた。そして只で帰るのもいまいましい事だと思い、折りよく次の日に雨がふって来たので、

「あの……ちょっとうちに顔みせてきます。急に帰ろうごとなりましたけん」と言い、その男の持ち物の唯一本の雨傘を貸りてでて来て――二度と、そこへはいかなかったのだった。唯一人の女友達であるお政さんと、あとで酒くみかわしながら「ようと、お政さん、腹の立つじゃなかな、傘一本ぐらいもって帰らにゃあんまりバカらしか」と笑い合った。

一度はあまり好きでない初老の男と、無理に祝儀させられ、その宴席で大いに酒をのんで、その勢いで、宴のさなかに裏木戸から花嫁衣裳の裾からげ、白足袋はだしで逃げだして来るというような、「おてもやん」もどきの事もやってのけたオバさんで、誠に祖父以外の兄弟からは「困ったおなご」と眉をひそめさせられるに十分な存在だった。

これも寡婦であって、テンプラ、チクワ等の揚物の商売をしているお政さんという大の仲良しの人とも別れ、モトおばさんが満洲へ行こうと決心したのは、四十を一寸(ちょっと)こえた時分であった。満洲の奉天にいる末弟の仙松さんをたよって行ったのだった。そして、奉天でしばらく髪結いの仕事をやった。

が、やがて、満鉄の某重役の家に女中として住込む事となった。ここに約七年ほどいた。やがてこの主人も東京赴任となり、家族と共に故郷の千葉県に帰るようになったので、モトおばさんも熊本へ帰って来たのだった。この時、五十歳であった。十年ぶりで帰って来た熊本の様子も大分変り、たよりにしていた兄の羽振りも上々で、

「ああ、やっぱツマしゃんのところへ帰ってきてよかった」と口にだして言うおばさんだった。

祖父と母との、昔と変る贅沢ぶりに、いささか驚嘆しながら、心中、決してこの家を離れまいという気持をかためた。そして、おばさんは母の妊娠をさいわいに、その枕もとから離れず看護した。

臨月も近い母の耳もとに、おばさんはこう懇願した。

「民江しゃん。どうか、今度生れる子の乳母に、わたしばさせて下はり」

同じ事を祖父にもたのんだ。兄弟の中では一番気の合う妹のたのみを、勿論祖父が嫌がる筈はなかった。母も又、

どのみち雇わねばならぬ乳母なので他人よりも身内の方がいいという気持であった。

しかし、私はすぐにおばさんだけの手に移ったわけではない。母の豊富な乳をのみ、祖父の有頂天なほほずりをうけ、それにおばさん以外の、乳母二人の水ももらさぬ大事がりようの中で、丁度絹と真綿にくるまった、宝もののようにあつかわれて育って行った。這うようになった。歩くようになった。そして何と言っても最もなついていったのは、いつも自分のそばをはなれぬモトおばさんであった。母が去っても泣かないのに、おばさんがちょっとでもいないと泣き出した。

これでもって、おばさんは、望み通り、山内家の中で誰よりも確乎とした位置を占める事が出来たのだった。おばさんはもう誰にも「長男」に指一本ささせぬという、ゆうゆうたる乳母の態度で山内家の中に座を占めた。

オバさんは人に言うときには、それをこんな風（ふう）に表現した。浅黒い細面の中のうすくきつい唇をきゅっとひねりすぼめて、

「泰三はここの大切な総領息子だけん、これにゃ誰も指一本ふれさせまっせん。泰三を抱くときでん、わたしの許しばとってから抱かなんと！」

スンカキで忙しい母の耳に、ふと祖母の述懐がはいった。

「わたしゃ……ほんに……泰三が生れんならよかったてち思いよる。泰三が生れたればこそ、おモトおばさんがうちの家の中さんはいってこらした。泰三が生れて、おモトおばさんのこらしたつが、ほんにうらめしか」

負けずぎらい、憎まれ口好きのおばさんに、祖母は祖父と一緒になった当初から、いろいろと嫌な事を言われて来ていた。いわば、意地悪い小姑なのだった。

一方はない事迄口荒く出してしまい、一方はただ胸におさえてこらえ通す性分だから、祖母の方にだけ、悲しい恨みが積って来ていた。

それは私の一歳の誕生祝いが盛んに行われていた時の出来事だった。小学三年であった姉は、宴会用の品物の追加をたのむために、自転車にのって、洗馬の方へと、万才橋の坂を下りていた。坂を下りきったとたん、研屋旅館の方から急に出て来た他の自転車に、横から押し倒されてしまった。地べたにほうりだされて、うつぶせた姉の口から血があふれだした。自転車の主はあわてて片岡病院迄つれて行った。事故のあった前が、中村のつとめているＭＫタクシーだったので、直ちにそれは連絡された。病院にとんで来たのは祖母であった。下唇の裏を三針も縫うほどの怪我だった。

この夜、一睡もせず、姉の看護をしたのは祖母一人であった。心配はしたが、祖父も母もどうしても宴からぬけられなかった。祖母ッ子の姉のことだから、と半ば安心していた。男子出生の祝宴のドンチャン騒ぎの一方では、姉は暗い病院の一室で、むらさき色にはれあがった口辺を氷で冷やしながら、「いたい」という一声も発する事が出来ずに、真赤に充血した大きな眼をひらいたりとじたりして苦しんでいたのだった。

うすら寒い早春の灯の下で、おかっぱの額の髪をじっくりと濡らした姉の汗を、ガーゼで優しくふきながら、祖母はひとりごとするようにつぶやいた。

「いたかね。いたかね。いっときの辛抱ばい。あんたにゃ、ばばさんがついとるけんね」

3

定期場前の家での夕食は、母がほとんど家にいないため、自然女中の清ちゃんに給仕させての、田上と、モトおばさんと、よちよち歩きの私との三人が顔を合せる事になった。

他にお光という若い女中がいて、それがモトおばさんの出来ないオシメの洗濯やら、母のところへ乳もらいに抱いていくのやらの役目を忠実にやっていた。

夕食の膳には勿論晩酌のとっくりがついた。まず田上が「では、おばさんに一つ」とまずとっくりをもちあげる。「すまんですね。田上さん」すいと盃をとりあげてさしだすその手つきには、若い時から遊び暮らした女の自由な気分が出ていた。うまそうにのみほし、「はい」と田上へかえす。

眉がうすくて、浅黒の細面の顔の上に、小ぢんまりした丸髷を結っていて、鶴のように痩せた体を銘仙の単衣(ひとえ)でつつんでいる。ほどよいえもんのぬき加減。せまい博多帯の「よこっちょ」にゆがんだ、ざっくばらんなしめ方、ひざの上にのせた白ハンカチなど、五十歳とは言え母のごってりとしたいでたちとは違う、他国を歩いて来た人の洒落(しゃらく)さがあった。

「光ちゃーん。いっとき、泰三ばみとって下はり」と女中に私を託して、おばさんは気の合う田上としきりに盃をとりかわすのだった。

田上はモトおばさんを丁重にあつかった。酒も肴も、あればすぐに「おばさんに」とすすめた。祖母にも親切を尽して来た田上であるが、又、今眼の前に、祖父の妹であり、子供をみてくれる義理あるおばさんが現れたので、これはこれでいろいろ尽すつもりであったのか。生活力のない自分を卑下して、せめて山内家の誰かに心を尽そうとしたのか。……田上の本心はとにかく、表面は忠実な婿だった。

一方、おばさんの心中は（ふーん。この人は民江しゃんの婿どんにしちゃ、なかなか気のきくよか人間たい）ぐらいの、鼻であしらう気持ではないかと――少くとも母や祖母から眺めた場合――は、そのように威張り好きに見えるおばさんだった。

夕食に共にのむ酒も、モトおばさんの方はせめて二本ぐらいすますと、「あー、うまかった」と襟をひろげ、帯をゆるめて、めしをたべ始めるのだったが、田上の方はなかなか酒つぐ手はやめず、はては一升びんを横において、冷やのまま茶のみぢゃわんにそそぎこんで、のみほしていくのであった。

昔からあった彼の酒癖であったが、この時分はめだってその量が多くなっていた。

朝湯に行く前から呑んでいる時もある。昼間はその浅黒い顔や首すじを赤くしてよろめく足どりで、定期場の場内をうろついた。彼がいない時のさがし場所は大抵顔みしりの飲食店であった。隣りの仕出し屋「魚元」の暗い茶台に、又先隣りのうどん屋「なげ石」のあがり口の上に、空になった冷酒のコップを置き、とろんとした眼つきで、腰かけていた。母のあと払いであり、そのほかに誰のとがめもない酒ではあっても、あまりにすぎるようだとは、近所の人の噂であった。

ことに「なげ石」のおかみは、心に思う事のあるらしく、思案気に蔭でつぶやくのだった。

「ほんに田上さんちゅう人は妙な人ね。息子の生れてから、一段と飲ますごとなって。本当はその反対でなからなんてかる。おかしさな」

長男の父親の事が祖父以外に（わかって困る）という考えは、母をそう強くはとらえなかった。中でも、夫の田上がそれを切り出して来たら。しかしその時はその時でと、腹が決っていた。こちらから逆に「この子はこれこれでございます。どう致しましょうか」と言ってやっても、向うは黙って聞き流さざるを得ぬ立場の男じゃないか……と、少くとも母は内心強気だった。

（ふん。朝から晩まで酒うちくろうて。それに又この頃は女のところへもいかすごたる噂）こんな男をあてにしていたら、自分の身が立たぬ、別れるなら別れてもいい男だ――とまでも、田上を見下す気持がわいてくる時もあった。しかし、女の方が心でそう思っていても、夫婦という事には変りなく、やがて母は又みごもったのである。

昭和七年四月九日、二番目の男の子が生れた。祖父が信正という名をつけた。

田上のアルコール中毒の極度の症状は、信正の出生前後をさかいとして、いよいよひどくあらわれて来ていた。

それまではもとの迎町の女のところへも、よく行っていたようであるが、もう女よりも酒の方が欠く事の出来ぬ命の水になっている様子で、只朝から晩迄、一途にそれを慕っているのであった。

飲まずにいると、頭の中が灼けた茶褐色の火山灰か何かの中にいるように苛だち、奇怪な想念さえ入り乱れて湧いてくるようであるのに、酒気がたっぷり入ると、その苛だちが、慈雨を吸い込んだ土壌のようにしっとりと落着いてくるらしく、もう片時も手離せない。

もし手許にない時は、家の中の台所の棚や茶棚の中、押入れの中迄熱心に探し求めた。

田上の愛用の茶のみぢゃわんがあった。二合ほど入る長目の〝雲仙〟という大きな墨字があらあらしく書いてある陶器である。彼は台所から一升びんをもってくるや、いきなりそれへ一ぱいにつぎこむ。ほとんどなみなみにつがれた、その卓上の茶のみぢゃわんへ、口をもっていく。

すでに酒だけをすするためにしかないような赤黒い薄唇を突き出して、茶のみぢゃわんのへりから、音たてですすり、飲み、そのままちゃわんに、いかついが瘠せて血管のあらわな黒い手をそえて、もちあげ、飲み、どくんどくん、どくん、息もつかず、大きい喉仏が動くだけで更に飲んでいき、飲んでいき、顔が仰向けになって……一気に最後迄飲みほしてしまってから、やっと口をはなす。

おぼつかない手で、茶わんを卓上にかえしながら「ふ――」という、肩迄動く程の大きな息をつくのである。

そのどす黒く、爛れたような息の匂い、しかし、その直後にあらわれる、何という瞳の柔和さ。とろんとした何も考えない、熟し切った果実の色のような恍惚感。ふだんの色黒の苦味走った田上の顔も、大人しく、すなおな犬のような感じになった。

赤黒くよどみつかれた肌、垂れさがりはじめた両頬、ややふくらんで、しみのついた首筋の皮膚、常にかわらぬその熱く臭い息づかい。すでに田上の中は、すっかり中毒症状が進行していて、時たまの祖父の忠告や、兄の源太郎さんの叱りなど、何の効も奏さなくなっていた。

信正が生れたからと言って、田上の様子が変るわけでもなかった。信正はまだ乳呑児で、新しくつけられた艶子という少女と母との手許にあったので、酒びたりの田上自身が、わざわざスンカキ場の方へ抱きに行くわけもなかったろうが、信正出生後、かえって田上は、私とモトおばさんの方に親切を示すようになっていた。

「今日はおばさんの好きなこのしろの刺身ばとらせときましたばい」と、夕食の折、清ちゃんに命じて戸棚から出させた。

「あーら、すんまっせん。いつもな。田上さんに」

「そんなら、一杯いきましゅ」

「はい、はい」

この時はすでにたいてい田上の方に酒が入っている。

「俺はこの茶わんでいきます」

「そやんですか。んなら、あたしも、こまか茶のみぢゃわんでいこか」

「おーい。清ちゃーん。おばさんに茶わんば、もってきてやれえ。それから、泰三に玉子焼きばしてやって呉(く)れえ」

田上はいよいよ酔がまわり、その丸い小顔が黒味をおびた赤さで熟してくると、その眼を電灯の光りでキラキラさせ、時々変な事を言い出すのであった。

「おばさん、この泰三はですな、太(ふと)なってから金の杯ば貰いますばい。かならず、天皇陛下の金のこやん太か杯ば。将来は柔道の試合に行って、金の杯ば……」

例の酔狂のひとくさりであろうが、誰も聞いては呉れぬ田上のろれつのまわらぬ言葉——それをただ、モトおばさんだけが、酒の相伴出来る有難さも手伝って「ふむ、ふーむ」と、わけもわからず相槌を打つのであった。

4

信正の生れた年も、すっかり夏になった。

定期場の表玄関の鉄格子前から、凡そ二米(メートル)ごとに、西の方へと植えられている青桐の木は、濃いみどりに白い筋の通った、拡げた手のような大葉をかさね合い、繁らせ合って、たちならぶ米穀取引所の店の格子戸の前や、天神様の石の鳥居の前や、徳光薬局の前あたりに木蔭を作る。その木蔭には、人力車夫達が万十笠をぬいで、汗をふいて、長柄(ながえ)に腰を下ろしていた。そしてそのほか、暑い日中とは言え、やはりこの界隈は忙しげにいきかう人の群れが絶えないのであった。

定期場の賑ううちは休む事もならず、いや又、休む気持は毫もおきず、母は毎日をスンカキ場で送っていた。お幸さんを助手にしてやるこの仕事は面白いほど金になった。艶子が時々信正を抱いて乳をのませに来た。いつも二十人ほどの男達がたむろしているスンカキ場の、その受付台のところで、母は胸元をはだけて、大きな乳房の一方を出し、信正にふくませ、そのままの恰好で事務を執る事もよくあった。

　暑かった日盛りも、やや西日になると、東向きのスンカキ場はすっかり蔭になる。

　あけ放った座敷の方からの川風をうしろにうけて、母は大柄な模様の浴衣を、肩の一部が見えるほど、胸をひろげて着て、しきりと帳面に数字をかいていた。

「民江さん、電話ですばい」

「なげ石」のおかみが、のれんを指でおしわけた恰好で顔を出した。

「わたしに？　誰だろか」

　あとはわきで小銭を計算していたお幸さんにたのみ、下駄をつっかけて表へ出かかった。うしろからお幸さんが大声で、

「ほら、ほら、みぐるしか、胸のどおか」

と注意したので、

「ほんなこと」と、あわてて、そこで浴衣の胸元を掻き合せ、ずり下った夏帯をしめなおし、それから小走りで「なげ石」のおかみのあとを追った。

「もし、もし、民江さんですか」

　低く優しい遠慮がちの男の声である。

「はい、はい、民江ですばってん、どなたでしょうか」

「民江さんですね、お元気でしたなあ。……わたしですが」

　熊本でいう「旅言葉」、上方のアクセントだった。ちょっとピンとこない母は、もう一度、大声で誰かときいた。相手の声は更にひそやかな柔かさで、受話器を流れて来た。

「島ですがね。ほんにお久しゅぶりで……」

　母は眼をしばたたき、一寸(ちょっと)の間息をのんで黙っていたが、やがて溜息のような声で言った。「あら――、島さんね。いつかえって来たと？」

「一週間ほど前にね、かえりましたんです」

「ふーん」

「すぐ、民江さんに電話しましょうと思うたんやけどなあ、店の方も落着きまへんし、又民江さんも迷惑かいなと思うてなあ」

　関西の訛でいうから、顔を見なければ、別人のようで妙な気持だった。

「どこからかけよっとね？」

「あのですね。ここは裏小路の渡辺ちゅう病院ですわ。熊本に帰ってから、主人が急に肝臓がわるうなりやはって、ここ毎日薬とりに来てるんですわ」

「島さん、嫁さんな、まだ貰わんだっと？」

　一寸相手の声が途切れた。何かひっかかる問いにちがいなかった。しかして、島はかすかに薄く笑った気配で、

「あきまへん。わてにくるような女いはしまへんて。それに大阪の女は情が薄うてな」

母はとにかく電話ではよくわからないから、今夜でもどこかで逢おうと言った。もと島との交わりがあった時は、すべて母の方が島の心を推察して、どこに行こう、ここに行こうと誘いをかけていたあの習慣が、今、又母の心に嬉しく楽しく勃然とわきおこって来ていた。電話を切って、「すんまっせーん」と元気よくおかみに挨拶を投げ捨てて、浮かれた小走りの足どりで、スンカキ場へ帰って来た。

「幸ちゃ――ん」のれんをくぐるなり、受付台のお幸さんの方を向いて呼んだ。今迄の自分の事は誰よりも知っているこの従姉妹にとにかくしゃべってみたい気持だった。

と、向き合ったお幸さんの眼がクワッとひらいて、力がこもったようで、美しく三日月型に剃った二の眉が、きゅっと中へ引きよせられた。二重の眼が意味ありげに動く。母はその眼の示す通り、（おや）と思って、スンカキ場内をみまわした。

と、そこにたむろして、腰を下している男達――浴衣のあそび人、黒絽に角帯しめた商人、肌着とももひきだけの農夫、江戸前掛をつけた車夫などの小バクチ打ちらに混じって、これは実に見苦しく酔った夫の田上が、口角に泡をためて、隣りの人によりかかるようにして、何かしきりと話しかけていたのだった。場内はいつも人声で騒然としているので、母もすぐには気づかなかったのだ。

（酔っぱらってからは、ここへは来なすなよ、と言ってあるのに）と、母は眉をひそめ、夫の酔態をみた。カンカン帽をかぶって、扇を使っている商人風に、顔をちかぢかとよせて、田上は大声でこう熱心にわめいていたのだ。

「あのう、ちょっとお尋ねしますばってん、ああたは福岡から来なはったとでっしゅう？　そうでしゅう？　な？　福岡から。そうでっしゅうが！　今、福岡には太か金の銅像の出来よりますもんなあ。太として、太として、花畑公園の記念碑の三倍もあるとの。知っとりなはるですか！」

そこに居合わす客達は、一斉に田上の方に眼を向けていた。

「わっしゃですね。こんど、息子と二人で、その金の銅像ば見に行こうてち思いよります。息子。わっしが息子と。ちょっとああた！　金ですばい！」

母は（客に夫が迷惑をかけている、早く止めねば）と、見た瞬間に思った気持も消しとんで、そこへ棒立ちになったまま、しがめかえっていた。心臓が冷たくなったようだった。今迄も『ああたがえの田上さんは、この頃おかしかよ』と言われた事があったが……それが、ふっと脳裡にひらめいた。

（どうか、まあ……この人は……。ひょっとすると、酒中毒で気の狂わしたっじゃなかろうか？）

　思わずお幸さんの顔を見た。お幸さんと母の眼が合った。母は相手の瞳の中にも、自分と同じ不審がひらめくのを見てとった。

5

　仲居に案内され、暗い縁を行くとき、向うの明るい座敷のすだれを通して、団扇もつかわず、つくねんとすわっている男の白い浴衣の姿が眼に入った時、いいしれぬ心からの微笑が母の口もとにのぼった。

　向うむきになっている、なで肩あたりに、島の心は変っていないという、確信をおこさせるような健気さが感じられたからだった。

　銀杏目の欅の卓を中心にさしむかいになって、

「どうでした？　元気でしたか？」

「民江さんこそ。ちっとも変りまへんな」と言いあって、ビールをさしあって飲む時は、久しぶりという感はうすく、昨日もおとといも、こうして来たような仲の、単なる延長のような気がされた。

　聞きなれぬ上方言葉こそ使え、島の様子はそう思うほど相手の中へ自分の方を溶かしこんでいく、しおらしさが、もとのまま残っていた。

「電話ぐちじゃ別人のごたったよ。言葉のちがうけん」

「大阪では大阪の言葉でないと、よう商売出来へんといいますさかい、無理におぼえたんだっせえ。そしたらこない、よう熊本弁忘れてしもうて」

「あたしの言う事はわかるど？」

「そりゃわかりますがな。ただ自分で言うと変な風になりよって。けんど、今度帰ってみて、熊本弁けったいなもんやと思いましたわ」

「ふーん。あたしゃ、そるしか使いきらん……」

　暗い中庭の植込みに、小さい石どうろがあって、火をともしてあった。ささやかな風が動いて、縁の鉄製の風鈴をかすかに鳴らし、座敷へも入って来ていた。

「民江さん、恥しいんやけど、失礼します」

　と言って、島が懐からとりだしたものは、紫の羅紗張りのケースである。

「何な？」

「眼鏡」

「あら、ああたも眼の近かと？」

「乱視だす。恥しいなあ……」と言いつつ、黒ぶちの眼鏡をとりだし、母が驚いて眺める視線に照れるような満面の微笑をうかべて、かけてみせた。

「ああ、ほんとうな。どうしてわかったと」

「大阪の本店じゃ、職人全部、からだを検査するさかいに」

「ふーん。そるばってん……。おかしかね」

「じゃ、はずしまひょ」

本当にはずしにかかった。

「よかよか。はめときなっせ。似合いもする」

「いつもはかけんでもかまへんが。今晩は民江さんの顔のよう見えるように」

「あら、あら」

二人の眼は瞬間、互の眼の中をのぞきこむようにして結び合った。

島は電灯の下にほんのりと赤く、ことに眼のあたりが染って――その眼が、眼鏡のガラスの向うに、媚を含んで、濡れたように光を帯びて見据えていた。

「その眼鏡のふちは。――まちっとよかつのあるよ。代えてごらん。あたしに買わせなっせ」と、母が言った。

それは、その夏も終る頃の事だった。スンカキの出入りの最も激しい午前中の部がたけなわの時、同じ出入りの顔なじみの若い衆が、のれんをはねて飛込んで来た。

「民江おばさん、今な、田上さんがな、代継橋の上ば春竹の方へ向かって、はだしばらで、手に下駄もって、何か太か声でおめいて走って行きよりなはったそうですばい。たった今聞いてきました！」

「なんてちな？　うちの人が」

肩がふるうほどな悪い予感が胸を横切った。いつもは少しの事ぐらいでは（ふん、あの酒喰らいが）と思ってそのままにして来ていた母も、これにはあわてざるを得ない。お幸さんにあとをたのみ、ＭＫタクシーまで走っていって車にのり、「とにかく、代継橋の方さん、大至急で行ってはいよ」とたのんだ。

代継橋から春竹駅の間をタクシーは一往復した。その間、タクシーの窓から、母は眼を皿にして外をみつづけた。再び代継橋の上を徐行しながら、ひっかえして来る時わかったのだが、田上は代継橋ぎわの駐在所に収容されていた。

車の中から、近眼の眼を凝らして、駐在所の中をじーっとみている三十前後の女を、巡査の方から気づいてよびとめたからである。

田上は駐在所の土間つづきの四畳半の居間の隅に、立ひざしてすわっていたが、母をみても何の反応も示さなかった。

兵子帯もとけ、セルの単衣の裾は泥でよごれ、虚脱したような眼を宙にみひらいていた。「すんまっせん。御迷惑でした」と、しきりに頭を下げ続けて、運転手にたのんで田上を連れていこうとする時、巡査は自分の頭を指さしながら言った。

「この人はここのどぎゃんかあるとですばい。もすこしお宅が遅う来なはるならば、直接そこの大学病院へつれていくつもりでおりましたばってんが。とにかく、すぐにでもお宅から病院にみせなはる必要のあるですな。是非」

命ずるような口調に、母は唯「はい……はい……本当に」と、恐縮の態を示すより他はなかった。

田上が大学病院の神経科の病棟に入院したのは、それから二週間ほどのち、丁度九月の末であった。

過度のアルコール摂取による精神障害という診断だった。田上の症状はよく狂人にあるような、泣きわめいたり、人に危害を加えたりするような態のものではなく、酔えば元気になって喋り出して、その言葉が全く支離滅裂だったり、かと思うと、橋の上に一人しょんぼり立ちつくすとか、便所の中にいてしきりと独語をしているとか、突然自分がする必要もない拭き掃除のようなものを熱心にやりだすとか……そんなたぐいのものであって、丁度そんなところへ行き合せず、普通の所を何気なく見たら常人とは変りなかった。

田上のために酒の相伴が出来ていたモトおばさんは、田上の入院には「可愛想なこと」と反対したが、母としては、このまま放っておくわけにはいかなかった。

祖父とも祖母とも相談し、とうとう入院させる手筈は決めたが、先ず困ったのは、どのようにして大学病院まで送りやるかという事だった。一度、診察に連れて行った時から、口では何とも言わないが、うすうす感づいている様子であった。

思案の末、ある策を考え出した。入院すべき日よりも十日ほど以前から、本人へ、次のように言い含めておくのだった。

『今度の何月何日にな。この家は父さんにゆずって、私達はどこそこの方の良か家へ家移りするけんな。よかですか』

どうやら本人は納得した。その日が来た。タクシーを表で待たせ「さあ、さあ、今日はうちの家移りの日ですばい。道具はあとから若っか者で運ぶけん、ああたは一締先に行っとって下はらんか」とせきたてた。

田上はすなおに「ああ、そやんだったね」とたちあがり、「おモトおばさん。泰三。信正。みんな来え。家移りだけん、さきに俺達ばかり、行っとくぞ」

　と気嫌よくよびかけた。そこをモトおばさんが「まあまあ、あたし達はあとからすぐに行きますけんで、田上さん、あーたさきに待っとって下さい」というと、

「ふーん」と言い、土間に、母が依頼した若者二人が自分を待っているのを、一寸（ちょっと）不審に思った気配だったが、

「そんなら、行ってこ」といきかけて、

「家移りのときに一番忘れるとは電気の球（ほや）だけんね。これは俺がもっていこう」と、二つの座敷の夫々の電球を自分ではずして、着物の懐の中におさめ、いつもよりは自分に親切な母にあとおしされながら、タクシーに乗った。

　タクシーが、代継橋をわたって、大学病院へ行くべく代継神社裏の川べりの路へ曲る頃、ふと感づいたのか「おい。どこさん行くとか。どこさんいくとか」と繰りかえして聞いていたが、タクシーが病院の正門にとまった時は、すでにそこに白衣を着た背の高い屈強の青年看護夫が二人出迎えに待っていた。

　精神科の看護夫独特の、無表情と非情とうむをいわさぬ制御力とによって、田上は自分の懐を裸電球二個でふくらませたまま、ふらふらと、その病棟の方へと、引きたてられて行ってしまった。

6

　あいだ二日置いて、母は十一歳になる姉を連れて、大学病院へ出かけて行った。田上の居るところは個室であった。精神病棟の受付できくと、そこはずっと奥の方へ行かなければならない。母は姉の手をひいて、長い廊下を行くのだが、その途中のわきに大部屋がいくつもあって、その部屋の中には、幾人もの狂人が立ったり、すわったり、思いのままの気味わるい姿態をさらしているのが、牢屋のような太い木製の柵越しに見えた。

　丁度、女患者の部屋であった。見まいとしたが、急ぎ足ながら、つい横目でチラと見てしまう。ざんぎり頭の若い女が、あかり窓の方に向って一心に合掌していた。夏ぶとんを背中からはおって、檻の中の熊のように、あちこち歩く白髪の老女、おびえたように、こちらへ眼をむいて佇むもの……それぞれの顔が、どこか「人間」というものからズレてしまったような、不吉な冷たい表情をしている……と、一人の、大柄な浴衣を着て、乾いた髪を肩までざんばらに垂らした女が、柵から廊下の方へ手を出して、急いで行く母達に向って、

「ちょいと。ちょいと。寄って行きなっせえ」と、媚のある声で呼びかけ、手まねきをしてみせる。二本木の遊廓の女ででもあったのか。——なにはさて、鼻をつく動物園のような異様な匂いが苦しく、

「さ、早、行くばい」とせきたてて、二人は小走りとなって、次の個室のある病棟へ急いだ。始めてみる気狂い病院のあさましい有様にすっかり胆をつぶした母は、

（どーかまあ、こやん所に田上は入ったのだろうか。とつけむにゃ）

と思いつつ、つい先日は自分がせきたてて入れたのを忘れた訳ではなかったが、うす気味悪くて、もうここから逢わずにひきかえしたい気持だった。

姉はすっかりおびえて、色の黒い顔に眼玉だけ大きくきょろつかせて、ついて来ていた。悪臭を防ぐため、自然と上った手が、あっけにとられていたせいか、鼻からずり下って、口だけおさえた形だった。

個室の病棟に入ると、廊下の両側に締め切ったドアの列がならんで、その中に患者は姿をかくしているため、匂いだけは消えた。ただそのドアの上の三分の一ほどの部分が鉄格子のはまった窓になっていた。立って丁度眼の位置が、窓の最下部に入る位で、中は覗けた。しかし母のように背の低い者ならば、覗くにも一つ一つ気張って背伸びして見なければならない。たった今、受付で聞いたばかりの病室の番号を忘れてしまったので、仕方なく、おどおどした優しい声音で母は「ちょっとああた。ちょっとああた」と廊下の真中を呼んで歩いた。

「おっかさん。ちょっとああたじゃわからんよ。おとっつぁんの名前を呼ばんと」と、うしろから言いかけた姉が、ひょいと横を見た。と、すぐ横のドアの覗き窓から田上の放心したような黒い丸顔がこちらをじーっと見ていたのである。田上は人並越えて背が高いので、顔全部が窓の下枠から出ていた。

姉は思わず「きゃ——っ」と、けたたましい悲鳴をあげて、逃げかくれる場所もないので、とっさに田上の覗いている、そのドアの真下へ這いつくばってしまった。覗いているところの真下なら、田上の視線から姿をはずす事が出来たからだ。

驚いてふりかえった母は、そこに田上の顔をみとめ、ドアの下に顔を両手でおおってかがみこんでいる姉には、「なんかい。おめいて、喰いつきばすさすごと。おとっつぁんじゃなかかい」と叱った。

とは言え、自身も気持がいいものではないので、ややドアから離れた所に立って、窓から覗く田上へ、いろいろと優し気な調子で話し出した。

「ああたがあんまり酒のすぎるもんだけん。こやん所は早う出て来て下はらなんですたい。しっかり養生して下はり。気持ばようと落着けて……うちの事は何の心配もいりまっせん。嫌かろうばってん、いっときの辛抱ですたい。わかったな。な。よかな。何か不自由するもののあるなら、すぐここの人に言いなっせよ。今日は肌着上下と、着丹前の新しかとばもって来て届けておいたけんな。わかったかいた」

田上は無表情ながら、意外にすなおに、こっくりこっくりと頭をたてに振っていた。

入院中の田上の見舞いには、それ以後、母は自分で行くより、金をやって、人に行って貰う事が多かった。

ところが、ある日、珍しく私を連れて、大学病院へ見舞いに行こうとした。

モトおばさんが「子供ば、なんの気狂い病院に連れて行こうかい。この子のためにゃ親爺だろばってん……出来んばい、泰三連れて行く事はね」と反対したが、そこをなんとかなだめて、私を連れだした。十一月の末だった。年があければ四歳になる筈の私は、まるまると肥った子供だった。手も足もはちきれそうだった。赤い両頬がもりもりと張り出していて、低い鼻すじがその中に埋まるようにはまっていて、鼻の頭が頬の高さより低かった。で、紙で鼻をかませる事が出来ず、モトおばさんはよく鼻くそを髪止めのピンの先でほりだしたりしたが、そのついでにこぶしをつくって、鼻の先にあてがい、「高(た)こなれ。高こなれ」と呪文のように言って、幼児の私を興がらせた。

「さあ、腹かいた顔」と註文されると、私は大きな眼の底を白く光らせ、眉間に皺を寄せ、顎をひいて、唇をぐっとへの字に曲げてみせるのだが、その横へ大きいへの字の唇の恰好がよく祖父に似ているといわれた。

その祖父が買って呉(く)れた黒熊の毛のオーバーを、冬の外出時によく着せられていたので、誰もが「クマさん、クマさん」と私を呼んでいた頃だ。

母は結いたての油に濡れた銀杏(いちょう)返し、お召の袷に黒の錦紗の羽織を着て、「クマさん」を連れて、大学病院へ出掛けて行った。

田上との面会は、もう特別の、小奇麗な日本間でする事が許されていた。何やら人間をやめてしまったように大人しくなった田上に、母だけがしきりと喋った。面会ののち、看護婦から連れ去られていくその後姿を廊下に立って見送りながら、母は「さあさ、帰えろ」と私の手を引いた。

そして、帰りぎわに精神科の診察室へ立ち寄って、丁度医師達の重要な相談の最中らしかったに拘らず、そこにいる白服の人々に大声で挨拶をするのだった。

「ああ、みなさま、うちの夫がお世話になっております。田上の家内でございます。ほんとにすんまっせん。どうぞ、よろしゅうおねがい致します」

そして、廊下に待たしておいた運転手から風呂敷包みを受け取り、それをといて、千徳の包装をした大箱をとりだし、一番近くにいた一人の医師に「どうぞ、これはほんの……つまらんもんですばってん」と押しつけるようにして差し出すのであった。三十代とおぼしきその若い医師は、うしろにほくそえんでいる幾人かの看護婦を気にしてか、しっとりと顔を赤らめ、「いやー、こんなものは、いいえ」と押しかえす。そこを母は笑いながらとってつけたような猫撫声で、

「そやん、おっしゃいますな。先生方、どうぞあとでみなさんで……。あっさりとって下はりまっせ。先生」

そして無理に置いて来るのであった。

「そんなら、御ぶれい致します」

母は今までの経験からして、人には物か金を与えさえすれば、相手は絶対に悪感情はもたぬという、確固たる自信をもっていた。この場合も同じく、する事をしておいたという、すがすがしい大安心の気持で私と運転手をしたがえ、玄関へ下りたつのである。

私達のタクシーは、病院の玄関前の車寄せの坂を下りて、構内中央の蘇鉄の大花壇のふちをまわり、広い砂利道の上へタイヤをきしませつつ、院門の外へ出た。

前方の白川にかかる病院橋へは行かず、向って左方、代継神社裏へ通じる川添いの道路の方へと直角に曲ってすぐ音をたてて止まった。この幅せまの路は片方が白川を見下す崖、片方が病院を長々とかこむ石垣になっていて、その背高い石垣の上には――半ば霜枯れて、粗目になっていたが――からたちの生垣がずっと植えこまれてあった。

その石垣によりそうようにして、向うむきに島が立っていた。

ふりかえるなりに島は温和な微笑をたたえて、車内の母に眼で挨拶した。眼鏡はあまり好かんと母から言われてから、ほとんどはずしているようだった。タクシーにのりながら言った。「えらい早かったですな」

「ああ、やっぱ頭の病いだもね。長う話しとっても同じでっしょが。待ったろ？」

「いいえ。かましまへん」

自動車は走り出した。

「ああたがひょくっと入って来たもんだけん、泰三がたまがっとる」と母は笑った。

「ほう、ほう、坊やが泰三はんかいな。泰三はん。泰ちゃ

ん。ま、よう肥えて、どないした。どないした。おすもうさんの子みたいやないか」

島は愉快そうに笑い、「どらどら」と、私を自分の膝の上にのせた。中にはさまっていた私が、島のひざの上にのったので、島と母はシートで肩をならべてすわる形になった。

「ほー、重い。重い。ほんに重たいわ。泰ちゃんは重いな」ひざがしらで、子供の股をぴょんぴょんと動かしゅすって、又、手やらえり首をやたらに撫でた。

「泰ちゃんはどのくらいあるんやろ」

「六貫位あるとだろ。ようと知らん。それがねえ、赤ん坊大会に三等とったもんね」

島は眼を輝かせて、

「ひゃー、そうだっか。赤ん坊大会に三等でっか。えらいな。ぼんぼん」

「あの時、腸ばこわしとらんだったら、まーだよかったたつよ。きっと。この顔みてごらん。肥えて、ふくれて鼻びしゃんだけん、鼻も何もとられんとよ」

母ははしゃぐようにして、左手で島の肩を軽く打ちつつ、又笑った。

「ええ、ええ、そんな事。そうか、そんなに体がええのかいな」

島はうれしげにひとりごとをつぶやいたが、ふと、

「けど、そんなら、明十橋のおじさん、大そう、よろこびなはりましたろうな」

「そりゃ、よろこばすも何も……芸者あげてのドンチャンさわぎたい。菊子の時にゃ屁のごとしとってかる。とにかく、この子が一番めぐまれとっとよ」

「そうか、そうか、民江さんの子供がそうありゃわても安心です」

タクシーは代継橋を西へ渡って辛島町へ、新市街のあるスキヤキ屋に行く母の胸算段だった。「田上さんの具合、ほんまにどないだす。あきまへんか」島はこんな事を云う時は真実しおらしい声と表情をした。

「別にな。それがさっき言うたごと、はっきりせん病気で。アルコールのすぎたったい」

「先(せん)から酒好きだったしな。田上さんは、ほんに民江さんが心配や」

「あたしゃ特別て心配せんよ。ただ信正が可愛想て思うてな」

「ああ田上さんの子やな」

「そやん。今が二つたい……。あたしゃね、島さん。ほんな事言うて、あの人はもうせからしなったとよ。こう言うちゃいかんばってん……今迄が顔も見ゅごとなか時のあっ

た」

「まさか」

「ほんと……島さん、これはああただけん言うとよ」

「……」

「あの人は……父(つと)さんのためにも、あたしのためにも、それに母(かか)さんのために色々とつとめてこらした男。義理ば知った男たい。この病院に入らす前でしゅが、泰三とおモトおばさんば大事がって、とくにおモトおばさんば自分の母(かか)さんのごとあげたててな、おかしかごたった。……そるがやっぱあたしゃどうしても好きになりきらんだった。あの人と一緒になったわけの一つはね、うちの父(つと)さんがあやんバクチ打ちだったけんで、色々とどぎゃん男でも集ってくる、父さん一人じゃ、いざと言う時はやっぱり都合の悪い時もあろうけんと思うて……ね……考えればあたしもちっと打算のあるおなごたいな」

　島は黙っていた。

　——島には、かつての田上ほどの覇気はない。定期場界隈に於ける押し、腕力、その他、母に添う男の条件が自分の身に殆ど備わっていないという事を考えていた。

　菓子職人である。バクチの世界も、こわごわのぞきに来ていた位である。島に対して言うわけではないが、母が夫たるものに暗々裡にのぞんでいる事柄はとうてい出来ない気持だった。

　金銭関係、なわばり、いんちき等で、始終いがみ合っている人間達の中に割込んで、牽制してやるというような事。その女の父親の身代りになって入獄するというような事。そのような事は気質的にも出来なければ、又彼の堅気の尋常な世界からは阿呆らしい事でもあった。

「可愛想な男てち思うばってん。まあ、そやんもんたいな」

　母の言葉に島は黙って深くうなずいてみせていた。

　島はちょいちょい、何気ない風情で定期場前の家に立ち寄った。そして私の姿を眼でさがす風(ふう)であった。いない時は清ちゃんや、信正の子守りの艶子やらに、しきりと私の行方を聞くのだった。もし私が土間や表口で遊んでいるのを見たら、飛んで来て、甘いものを握らせた。

　モトおばさんにも、しきりと調子を合せるようにして四方山話(よもやまばなし)をしていき、帰るときには又、

「どうら、泰ちゃんをもう一度抱かせて貰おか」

と抱き上げ、それから安心したように職人町へ帰って行った。

　それによく私が一人で外で遊んでいる時、黙って銀丁の屋上とか食べ物店とかに連れて行ってしまうので、モトお

ばさんは、

「どうか島さんの自分の子でもあるばしするごと！　黙って連れていって。民江しゃんあんたから島さんによう言うてくんなはり」と、大変な険幕の時もあった。

　母は苦笑の面持で、それを聞き流した。

　島は母に逢う時に、こんな事を口にした。

「今でこそな、わっしは、こないほっそりしとりますがな。ちいさい時――尋常の六年生頃までは、ずいぶん体がごっつかったもんですよって。相撲など強かったもんです。ほんまに」

　モトおばさんは私の唯一人の養護人であり、私も又モトおばさんのそばを一刻も離れない。「ばばぁ育ちは犬も喰わん」と人々が冷かすと「犬が喰わんなら猫が喰う！」とやりかえしていた。

　そんな私を母が連れ出したのは、さきの大学病院行きの時と、次の八年の正月に下河原公園にかかったサーカスを見にと、それに同年の五月の人吉への旅との三回であった。そしてそこには母と私との他に、父親らしく振舞う男の影があった。

　母が、島にそう信じさせようとする、はっきりとした目的があったわけではない。が、島としてみれば、自分が大阪へ行った留守の間の母の話に、瀬戸という人物がすっぽり抜けているため、勝手にきめこんだもののようであった。

　田上の女遊、入獄、出所してからのアルコール中毒、精神異常、次々と重なり合っていく事情のための、殆んど途絶えていた夫婦の仲をきくうちに――島の胸中には（……そうかもしれない）というのぞみが、（きっとそうに違いない）という固執的な気持に凝化して行ったものらしかった。

　そして、母の何となくそれを肯定するような口振が、彼の希望にいよいよ拍車をかけていた。

「眉と眼のところが、ああたにそっくり……」

　やはりなお、田上もいない、うつろの身にとって、その日限りながら、強い未練が、母にこんな事を言わせていた。

7

八代（やつしろ）を離れると、球磨（くま）川の急流にそって、山々のかさなり迫りあう渓谷地帯――そこを走る汽車の中で、おばさんから離れて来た不安もしばし忘れ、窓にしがみついて、私は外を眺めていた。母と島とは談笑し合っていた。丁度、それは水いらずの親子三人の旅のように、人の眼には映った事だろう。

人吉(ひとよし)は緑の濃淡の綾もみずみずしい四月末のころである。私達は駅の前から箱馬車に乗って、人吉の町をはずれて美しい青田の道をゆられて行った。二十分余も乗っていかねばならない「林」の湯の宿だった。

二、三年前ほどから、人吉の町中にも、湯の開さくがはじめられ、「なべや」「芳野」あたりの旅館にも内湯がひかれているという事だったが、やはり湯の本家である「林」へと、わざわざ馬車や人力車にゆられていく人の多かった時分である。

その翠嵐楼(すいらんろう)という宿の一間からは、庭ごしにすぐ清冽な錫色の、豊かな球磨の流れが眺められた。裏の椿の林でとび交う鳥の羽音のほかは何もないような、人里離れた、閑静な里の湯宿だった。

夜中、ふと私は眼を醒ました。そして、わきにモトおばさんがいないのを知って、蒲団の上におきなおり、泣きだした。部屋の灯をつけ、母と島とが、いろいろ慰めたが、私はいよいよ泣きじゃくった。

昼間、着飾って、ものを買ってくれる時はとにかく、夜の床に私が見る母は、全く見知らぬよそのおばさんであった。

丁度さらわれて来たもののようなおびえ方で泣く男の子の声が、宿の雨戸からもれ、川霧の深くたちこめた静寂な河畔の闇に、長いこと、細くかすかにひびを入れていた。

噴霧器から出るような霧雨が降っている。水の手橋の下の河原には、私の両手を左右からにぎって、母と島とが漕ぎよせて来る舟を待っていた。三人は宿から貰った手拭を夫々頭からかぶっていた。低い苫(とま)ぶきのある舟が岸につくと、島が一番にのりこんで、

「さあ、泰ちゃん」と私を抱いてのせた。

三人をのせた舟は、雨の日なので、水祝いをして呉れる人もなく、ただ一そう岸を離れた。島は自分の手拭で私の肥えた手や頬の濡れたのを「風邪を引く」としきりに拭いた。

遠ざかっていく城垣や、中河原の青柳や岸辺の葉桜はみな底明るい白銀の雨天の下に相良の晩春の美しさの水をしたたらせていた。舟底に浅瀬の砂利がきしんで、気味悪い摩擦音をたてていたが、すぐに深く早い藍色の瀬にのった。速度をはやめて、十余分もいくうちに、下流の右岸の彼方に椿、柳、桜の樹々にうまるようにして立つ一軒のやかたが見えた。昨夜泊ったその翠嵐楼の手すりの一角に、女中が二人立って、白い手布をゆるく振っていた。島は私の手に手拭をにぎらせ、それに応えて、大きく振らせた。

雨の降るのに川下りは辛気臭いと母は思ったが、どうし

ても慰まぬ私のためと、一つには、あの翠嵐楼から川下りは雨の日が風情があると聞いたため、島が「高うつくてかる」と気遣うのもかまわずのってみたのである。

　球磨の山間に降る雨は、母の心も濡らしているようであった。

　蓑を着た船頭の後姿は屋根にかくれて、下半分しか見えない。その先頭の赤銅色の足が、たびたび急にす板を踏んづけ、きゅうと皮膚と板とのこすれる音を出した。そんな時は段に落ちた瀬や、曲折した瀬を、舟がこえていくのであって、舟べりに水の紺と泡の白とが渦まき、しぶきが露散した。そして大粒の水滴がいくつか舟中にしかれた茣座（ござ）の上に落ちて光った。

　右手に砂洲があり、その上に孟宗竹（もうそうだけ）が繁茂している。そのわきを舟がゆったりと進んだ。と、ふと前方が広々と開け、大小の灰色の石の散乱する空漠たる河原があらわれた。真正面に杉の密生した山がたちふさがり、すりばちの底のようなゆきづまりになっていた。と、突然、例の船頭の真剣な足どりの気配があって、舟は急に大きな瀬にのりあがり、波に責せられ、しぶきをあげて——ほとんど直角に左へ曲って下って行った。

「あら——」という母の声も、忽ちに高まった瀬音で消された。

　しばらくの緩慢な動きから、舟は再び水に吸いこまれるように早く動いた。

　右手は崖がくずれおちていて、そのためのものらしい大岩が水中に奇態な塊りの半身をあらわし、その周囲を水がはげしく、のたうっていた。

　黒いその大岩はみな大きいひびわれのたて縞の口を幾筋も暗くひらいていた。その岩のへりの急流を舟は巧みにすりぬけて行った。

　見上げるほどの岸の岩かべも又、大きくわれており、あちこちの高みから、白銀の山水が岩肌を濡らしながら下の淵に音をたてて落ちていた。

　岩壁は又湾のように大きくえぐれてもおり、その下は暗鬱な濃紺の淀みになっていた。その潭（ふち）へ雨粒がふって細かい水紋をいくつもつくっていた。

　舟は再び速度をおとした。船頭は棹をにぎってたったまま、屋根ごしに大声で、今通った瀬が「熊太郎」とよぶ事を教えてくれた。水に濡れた岩壁は左手に続いた。その岩の殆んどは、蔦が繋って、へばりついていた。

　——雨のけぶり、灰色の岩肌、黒緑の蔦、それらの墨絵のような暗鬱な色の中に、眼を惹くものがある。藤の花だった。

古い枝が蔦と共に這い、その間々に野生の垂れ花のほのぼのとした色があった。舟の外をみつめていた私は、それをみつけた。そして急にそれをほしがりだした。とれぬものといいふくめられても、無理に欲しいと駄々をこねた。

　母は危がったが、島がしきりと船頭に頼んでいた。老船頭は棹のさばきに一入(ひとしお)力をこめた。舟はしだいに岸の壁と平行しながらもその間隔をせばめた。舟中に座している私と母と島の眼の前に、一つの突きだした岸辺の鼻にさがった、一ふさの水色の花が近づいて来た……。

8

　田上は昭和七年十月に大学病院へ入院し、次の昭和八年二月に退院した。凡そ五ケ月の入院期間である。

で、島と母と私との人吉行きが昭和八年四月末の事だから、この母の人吉旅行の時は、すでに田上は定期場前の家に居たわけである。これでもって、母がいかに田上の存在を無視していたかわかるというものだ。

　と言って、母は露骨に夫をうとましがる態度をとったわけではなかった。言ってみれば、それほどに〝ないがしろ〟だったのであろう。

　そして一方、長い間、妙な病棟の屋根の下に暮して来た者が、どれだけ反抗したり、嫉妬したりする能力を持ち得るかは不明だったが、人の眼から単的にみては（もう、他の事はどうでもよい。只酒さえあれば……）という状態の毎日を惰性的に送っているだけの田上だった。

　家にもあまり帰って来なかった。よそに女が出来ている様子でもあった。

　そして、母が田上に関心を抱かぬと同様、田上も又、ゆるめた指からもれる砂のようにこぼれ去り、「夫」という形も影もなく崩れ果てているようなていたらくだった。


　昭和七年頃「涙の渡り鳥」という唄がはやった。

〽雨の日も風の日も、泣いて暮らす
　わたしはあてない旅の鳥……

という、歌い出しだった。信正が生れたのが昭和七年二月であり、信正の子守の艶子がよくこの唄を歌った。細くかん高い声がこの唄のふしによく合った。十六歳の少女のくせにふしまわしが大人びて巧かった。その他、いろいろなはやり歌を唄い、信正の子守唄の代りにしていた。

　大牟田(おおむた)から奉公に来た少女で、父は炭坑夫だった。最初、着て来たものは、木綿の着物にモスのしごき帯で野暮ったいものだったが、あとでは母の派手なおさがりを貰って、臆面もなく着て歩いていた。

　褐色の肌は白い粉をふいたように、人知れずのつもりの化粧をしていたり、眉を細く半楕円形にひいていた。女優になりたがっていた。熊本の町に来てから、髪を短かく切った。耳の辺から切りそろえた、その頃のモダンガールの髪型であった。熊本市でも珍しい方だったので、誰もが「ダンパツ」「ダンパツ」と冷やかした。定期場出入りの間では彼女の別称がそれだった。

「今日はダンパツは居らんごたるな」「ああたがえんのダンパツ姫は明八橋のさきの万十屋に寄っとったばい」など。

　彼女は何と言われようと平気なものだった。朝食が済むと、すぐに信正を背中へゆわえつけ、姿を消した。彼女の午前中の日課は決っていた。新市街へ行って、そこにならぶ活動写真館の看板やスチールを一つ一つ見て歩くのが唯一の楽しみだったのだ。

　活動写真館前の朝の掃除のあとの、水で濡れたタイルをふんで彼女は一館一館、ガラスの中のスチールをみてゆく。

「ほらあれがね、長二郎よ。こっちの人が飯塚敏子」

　背中の信正にも見せんものと、体をねじらせ、背中の子の額をガラスにぴったりくっつけるようにして、熱心な活動写真教育をほどこしていくのだった。わざわざ新市街迄でかけていくのも、彼女が非常に熱をあげている俳優林長二郎のスチールをみたいためだった。だから中でも松竹の電気館の前に立っている時間は大そう長かった。一日に一回は必ず電気館の前のスチール窓から、林長二郎の顔をみてこなければ気がすまぬほどで、田上の兄の源太郎さんが「おい、艶ちゃん、俺が一ちょぬしば林長二郎のよめごに世話するぞ」と言うと「あーあ」と奇嬌な声を出して、満更でもない様子をした。

　信正と艶子との部屋は、定期場の家の中で地下室にあった。ただ、川原に面する縁があるため、真闇な部屋ではなかった。

　この押入れの中に、箱に入れて、俳優のブロマイドを沢山ためていた。信正を前にすわらせ、一枚一枚とりだして見せながら、これは誰、これは誰と噛んでふくめるように、俳優の名を教えていくと、信正も合せてブァブァ、ブァと歓んで復誦していくのであったが、ある時、彼女が一寸（ちょっと）油断した隙に大切な長二郎のブロマイドを信正がもみくちゃにしてしまった。艶子の手はいきなり信正の両の手の甲を、色がつくほどきつくつねりあげた。信正は死ぬような声をあげて泣いた。無論、信正の声をきいたからと言って、地下室へとんで下りて来るような者はいない。泣きさけぶ信正の前で、彼女は面を伏せ必死に長二郎の顔のしわをのばしていた。

この艶子も、やはり私より信正に贔屓するらしく、手の器用なモトおばさんが作る紙人形に対抗して、しきりと珍妙な人形を作って、信正に与えていた。同じ兄弟なのに、兄の方がいろいろ遊び道具をもっている事が不満で、隙をみては、私の玩具を盗んで行って信正をよろこばせた。

モトおばさんに連れられて、私が人力車ででかけたあとは、乳母車を拝借して、やはり貰いもののべろりとした着物、その他帯やバックやぞうり等の一張羅を身につけ、入念な化粧をほどこし、新市街へ出かけて行くのが大好きだった。

明十橋きわの家と定期場前の家と、ちがう屋根の下に住みながらも、祖母とモトおばさんは、姉と私の二人の子供を中において、いつも張り合っていた。

姉が定期場前の家から駆けて来て「ばばさん、泰三はうなぎめしばっかり喰うとるとよ」と訴えると「よかよか。あんたにはまあだうまかもんば喰わせるよ」と祖母はさっそく大阪屋に電話して、姉の好物の江戸寿司をとりよせた。姉の大人びた嗜好は、すでにこの頃からあった。

祖母と姉とが、いつもの例で、三段重ね重箱に夕飯をつめて、旭座へでかけると、モトおばさんもすぐに旭座の茶子へ電話した。

「一番よかマスばおねがいしますばい」こうして、私は夕飯を重箱にととのえたモトおばさんと一緒に、芝居へ出かけることになるのだった。祖母の方は芝居通で、今度のは東京歌舞伎、今度のは関西歌舞伎、演題は何で、役者は誰がよいと十分知って行くわけだが、モトおばさんは大体歌舞伎や人形浄瑠璃のようなものはあまり好まず、いっそ見るなら、大和座の方へ来る連続剣劇物や継子いじめ物のようなのが好きだった。

それを無理して行くものだから、行った先のマスの中で、一人酒をたのしみつつ見るべき段のところでは、すでに眠っていたりした。着るものにしても、祖母が姉に新しいオーバーを作ってやった事を耳にすると、モトおばさんはすぐに母に「泰三のオーバー代、呉れんかい」と催促し、更に高価なものを作って着せた。

「泰三さえ生れんだったら、おばさんはうちへ来らっさんだったのに」

という祖母の口癖の愚痴を母はよく聞いていたが、ある日、母がお峯さんの妾宅だった加来病院裏の家へ休みに行っていた時だった。祖母が泣いてかけこんで来た。明十橋から走って来たらしく、息を切って「民江、民江、わたしゃ、もう……」と声ふるわせ、上りがまちに上るなり、袖で面をおおった。

めったに取り乱さぬ祖母なのに、その日は袖の下に見える白い顎が痙攣していた。しぼりだすような泣き声で、

「まあ、聞いて呉んなはり。今わたしゃモトおばさんと喧嘩して来たと。あんまりだもんだけん。おモトおばさんがね、わたしが菊子連れて旭座に行くとばいちいち、うちの人に贅沢なおシモさんてち、言いこみよらしたつばい。そのほかある事ない事、うちの人に松代が出来たつも、わたしの力量が足りんだったけんという風に他人に言いふらしよらしたそうばってん、これが……これが……歯がゆうして。今日はとうとう言い合いしてしもうた」

　母は「よーし」と唸った。

「あたしが言うち来る。おモトおばさんにゃ、うちから出て貰おう！　ほんに歯がゆさ、あの大楽婆あが。母さん、ちょっと、待ちなっせ」と立ち上った。

　祖母があわてて止めるのも聞かず、下駄をつっかけて路地を走り出た。

　母が勢込んで定期場前の家へ行ったら、喧嘩の後の気晴らしにか、モトおばさんは私を連れて、どこかへでかけていた。で、直接祖父へ話をもちかけてみた。夫には心のたけの一つさえ打明ける事の出来ない祖母のため、やや大げさに祖父へ告げておいたのだった。その夜の事だった。母のいるスンカキ場へ、モトおばさんが私を背負って、泣きながらやって来た。大変な形相である。あがり口のところへ立つなり「民江しゃん！」と大声をあげ「あたしゃ、今夜から出て行きます。そやん誰からも好かれんとなら出て行きます。あたしには行く所はどこでんある！　あんたが子の乳母の真似事のごたる事せんでもあたしにはまだ良か所のある！」と言い終るや、背中の私をその敷居の上に放り出した。

「はい、泰三はここにもどしとくばい。もうあんた達の世話にゃならん」と言いすて、暖簾を払って出て行った。私は火のついたように泣き出した。モトおばさんのあと追いしたのだった。

　――モトおばさんはこの日、外出から帰るや、祖父からさんざん叱られたのである。それに又おばさんが文句を言った。そのため祖父からなぐられたのだ。

　母は泣きわめく私の手をにぎってゆすり、

「泰三、あやん婆さんじゃなかで、もっと良かねえちゃんば、雇うてやるけん、ね、泣くな。泣くな」とさとしたが、私は聞き入れなかった。

　私は唯、モトおばさんの名を大声で呼ぶだけで、母の手を邪険にふり払っていた。

　三日たった。が私は母に抱かれようともしなかった。思

案の末、母は再び人にたのんでモトおばさんをよびにやった。

「どこでも、行くところがある」と強気を言っていたモトおばさんは、本当は新鳥町の飲み友達お政さんの家に仮に身を寄せていたのだった。これで、モトおばさん追い出しも、失敗に終った。


祖母とモトおばさんのこんな張り合いの隙に、艶子は信正のために、せっせと私の衣類や靴類をかすめては、信正に着せ、はかせていた。

私の端午の節句の兜人形は、貰ったのも加えて、大長持の二棹分あった。それは地下室の押入れに仕舞ってあった。一歳の折りの五月祝いは祖父が派手にやったのだが、どうしてか、信正の時はしなかったようである。そのため、信正の人形はあまりなかった。ところで、艶子がその兄弟の差を知っていて――別に五月でもない、ある日の事だが――自分で棚を作り、長持からこっそり兜人形を取り出し、順不同にならべ、信正にみせていたのであった。

これをあとで知ったモトおばさんは艶子をこっぴどく叱った。

「ほっで、泰三の人形が一年一年減って行きよると思うとったら、あんたが出しよったつばいね！」

この艶子も信正が五歳になった時、大牟田の父親が引きとりに来た。家へ帰ってからのちにわかった事だが、彼女はすぐに、その父親から、時価四百円で、大阪へ女郎に売られたという事である。

断髪の下の浅黒い顔にあった、下手に紅をぬった唇と黒人の眼の感じに似たどんぐりまなこ。彼女が細い声で上手に愛唱した、

〽泣くのじゃないよ、泣くじゃないよ
泣けば翼がままならぬ……

という古い唄を今聞く時、私はこの弟の子守の事を漠然と思い出すのである。

第四章

1

祖父の明十橋際の店は、くすぶった雨戸のはまった駄菓子屋から、いつの間にか、タイル張りやガラス窓のついた飲食店になっていた。「鶴之山軒」という字を水色地に白で染めぬいた、麻の暖簾がかかっていた。高い木製の脚のついた、ガラス飾り戸棚が、その暖簾のすぐ下に二台ならべられてあって、中にはいつも、稲荷ずし、ちらしずし、あずまだご等の盛られた皿が置かれてあった。

二十人分ほどの卓と机がおいてある土間があり、又川べりには手摺つきの小座敷が二間あった。湯気がたちのぼる格子の向うの台所では、エプロン、前掛けで働く祖母と加代子と、二人の少女の給仕の姿があった。加代子はお幸さんの妹にあたる十九歳の娘で横島の田舎から出て来ていた。うどん、丼物、洋食、すべて祖母の采配で作られた。

而して、この食堂の地下したでは、やはり祖父と松代が胴元になってのバクチ場がいつも開帳されていたのだった。

――この塩屋町界隈にあと一軒、表は料理屋をしながら、裏でバクチ場を開いている店があった。祖父の店から明十橋通りを北へ五十米ほど行った、丁度万才橋へ曲って行く角「篠川屋」という、鰻めしを喰わせる、名の通った大きい料理屋である。

それは二階の奥の一室に於てだった。普段は客を通さぬ部屋があり、その部屋の押入れの中の壁をおすと片扉になってあかる。暗い細い廊下が二米ほどあって、その先に襖。この襖をあけると――たちこめた煙草のけむりの中に、昼間から抑えつけた人声と壺を振る音がした。

ここのバクチの式も、祖父のやるニキゴソウと大体同じものだった。が集ってくる者の殆どが遊び人なので、賭けられる金額も大きかった。だからこの篠川屋には、いざという時のためにいる屈強な若い衆が五、六人はいつも養ってあった。

若井亀二郎——これが篠川屋の主人の名だ。布袋のように肥満した、五十がらみの男である。ほおの肉が老犬のようにふくれて垂れ、あごの肉が精力的に前へせりだしていた。厚味のある赤鼻と、濃くふさふさした眉毛。そしてそのあいだの深いくぼみから、黒く隈取ったような大目玉がぎょろりとのぞいているといった風貌で、街を行く装いこそ堅気な料亭主人の風はしていても、そのひどいかすれ声や、手を自在に振っての蟹股歩きやらからして、すぐに身の裏は知れた。

もとは春竹の品木さん一家の子分で、相当鳴らして来た男という話だった。

ところで今は一応親分の格になっている亀二郎にとって、どうにも邪魔になる存在があった。同じバクチ場を開いている「山内のじいさん」だった。彼としては自分の方へ、素人衆のバクチ打ちを是非引き込みたいのであるが、それは祖父が全部占めている形だった。めぐる金額は多くても、遊び人相手は絶えずいざこざがあった。一般の好き者相手が胴元としては確実な実入りがあるのだ。

癪にさわる事は他にもあるわけだった。

食堂としても鶴之山軒は定期場にむらがる客を好調に吸いこんでいる。又「じいさんの一人娘の民江」というのが、男を圧してスンカキ親の勢力をもっている。二年ほど前に、この篠川屋を屋号のまま買いとっただけに定期場界隈では新参者に属する亀二郎は、そんな事が妙に気にかかっていた。中でも彼の神経にひびいていたらしいのは、山内家に幾人もの刑事が出入りし、それがどの刑事も鶴之山軒主人と昵懇の仲らしいという事だった。

と云っても、亀二郎自身が、自分の料亭の家中にのうのうと刑事を出入りさせる気持には勿論ならなかった。篠川屋にはあまりに遊び人の出入りが多かった。

だからこそ、彼は自分の家に幾人かの若い者を囲ったり、出入りさせたりして、可愛いがっていたのだ。

——囲い者の子分ではなく、出入りの若い衆であったが、その中の一人に、亀二郎がとくにたのもしい男だとみこんでいた青年がいた。三十になったばかりの年の頃で、バクチの勘は一等悪いが、喧嘩となると命知らずという男だった。名を曳地省吾と云った。びっこだった。それも、どんな遠くからでもそれと知れるひどい不具だった。

だが、刀をさげて、その脚で走る時の敏捷さは、普通の脚をもつものも及ばないという人の噂だった。亀二郎は先からこの若者に惚れこんでいて、子分になしたがっていた。

「おい、省吾、これはぬしが使えよ」

鼈甲のタバコケースを、心では高価なものと値踏みしな

がら、表面ではさりげなく大様に、そらと曳地の前に投げだしてやると、

「わぁー大将。こやん品物ば……。これはどうも。わしゃまだこやんものば持つごたる男じゃございまっせん」

と、折目つけながらも、きっぱり断る男だった。

曳地は、この他必要以上にまといついてくる亀二郎の好意をていよく断っていた。

実を云うと、曳地は桜町の加藤千吉さんという人の子分だったのである。それをまだよく当界隈の者が知っていなかったのだ。

2

母は縞の錦紗の着物の上から羅紗の紫無地のコートを着こみ、真白な紗のきれを首にぐるぐるまきつけ、きれの先を懐へつっこんでいる。冬にはよくこんな風をして平気でいる母に、お幸さんは「その白か首巻のいっちょん好かん。下作さ」と云う。金をかけ、粋を集めている積りなのだが、一本も二本も抜けている母の服飾に、本当のシャレ者のお幸さんはいつも註文をつけるが、云われた方は「そんならどぎゃんするとよかつかい。よか。よか。これで」と面倒臭がりだすのだった。いつもけばけばしく盛装しているような母だったが、その恰好のままスンカキ場では、唾をつけて札をかぞえたり、しがめた近眼で卓上の小銭を指さきであちこち動かしたり、白足袋をはいた足は、机の下の鉄火鉢のへりに無作法にのせかけていたりした。大抵、はいていた筈の雪駄は遠くへはねやっていた。

母は裏小路の髪結いさんに来て貰い、机に向って仕事の整理をしながら結って貰う事がしばしばあった。

自分で別に見る鏡もいらず、髪結いさんが「はい、出来ました」と言えば、それで立派に出来たものとして安心する方であり、これは着物を着る場合などにも云えた。信頼してよい人にたのんでも、もう一度最後の仕上げを自分の眼でたしかめようとする、あの女の習性を、母は持たなかった。

スンカキ机の上に髪結いさんが一応置いておいた手鏡の中よりも、眼は場内の方へ絶えず注がれ、そこにたむろしている男と大声で話をするのだった。

髪結いさんは漆黒の、ありあまる量の髪をめでるようにして心持よく豊かに結いあげた。髪結さんが仕事を終えて、髪道具を箱に入れる時、すでに定期場の方では鐘が鳴りひびき、間もなくどっと二、三十人の者が場内へ押しよせて来る。払うべき金は払い、そして次の新しい番号の受附を

して、ひとしきり騒乱の中で仕事をせねばならない。
「いそぎなすな。いそぎなすな」と客たちを抑えて、小型な受附帳を開く。眼をひどく近づけ、「ボストコ」の鉛筆の芯をなめなめ、力一ぱい指にこめて、前で盛んに云う番号を書き出す。口の中でぶつぶつと復誦しながら「ヨレダ三、タナか七、五」という具合に帳面に記していくのだが、このカタカナとひらがなとが混ざり合った文字は、小学中退の母が、どうやらその後の耳学問、眼学問でおぼえたものであって、またこの張子の人名を記した暗号のような文字が、誰が見てもわからぬと云うので、定期場では有名だった。

　しかし、油断して人に覗かれ、「誰と誰とが七にかけとる」と知れたらまずいわけなので、この自我流文字がかえって商売にはよかった。

　大勢の人間が日もすがら出たり入ったりで混み合い、又どこからやってくるのか、何人かの新顔が「奥さん、よろしゅうおねがいします」と挨拶に来る。又、唖のように黙って賭けて、黙って去るものもいた。

「姐さん。ほら、あっしは北里村の土井ですたい。お宅に一度畳表(たたみおもて)ば持って来た」

「姐さん。一寸今日はよかところば賭けさせて下さい、あっしゃ田上さんと若(わっ)かときにゃむごう懇意にしとった長原ですたい」

　母は「あら、そやんかいた」「はーい、はい」と応答はするものの、一人一人の顔と名をおぼえるわけにもいかないので、それらの人間のメモ記号を、自分の直感的なもので帳面にしるすのだった。

　めっかちの男が来て〝九〟と賭けると母は帳面に〝メの九〟と書いた。ステッキを持った紳士が現れて〝六〟と賭ける。〝ツエ・六〟と書いた。頭のはげた老人であったら〝ハゲ・八〟。肥満したおやじが二と五とをたのんでいけばダベシャンのダをとって〝ダ・二、五〟。

　きまぐれな印象記録も多かった。ちょっとしたいい男で、眼もとが阪東好太郎に似ていると思ったら〝バンこ〟。

　角刈のいやしげなアンチャンで、嫌な奴だと思ったらヨゴレの〝ヨゴ〟。

　女も芸者などが賭けに来ていたが、女同志でも納得のいくような美人であったら、ヨカオナゴの〝ヨカ〟。又その人は好人物の女で、母もそれを知っているのに、ふとこないだ大和座で見た剣劇の悪役の女の顔に似ていると思ったものだから、母は鉛筆をなめなめこう書いた。〝ワる女三、七〟。

　眼の前の卓上の手帳に、自分の事をわるおんなと書かれてあるのも知らず、彼女は、

「あら——姐さんのはよかね。髪の多うして。妾(わたし)んとは好

かーん。そやん髷ば高う結われんとよ。どこの髪結いさんに結わせなはったと?——裏小路の浦本。そやんでっしょね。よかもん。あたしも今から、あそこに行かなん。そんならおねがいしときまぁす」と、愛嬌たっぷりで、昨夜の首白粉のあとが残っている細いうなじを左右にくねらせて出て行った。

母の帳面には〝チん五〟とか、〝チん八〟とかいう記号が書いてあった。チんとはちんばのちんの事。このスンカキ場にもよく顔を出す、加藤さんのところの遊び人「ちんばの省吾」の略号であった。

「姐さん。ああたは見番の小花ちゅう芸者は知っとっなはるですかいた?」

曳地省吾がびっこをひきながらやって来、話す事はすぐ女の事であった。母は帳面から眼をはなさず「小花てな?」とつぶやいた。

「最近出たとですけん」

「知らんな」

「家はなにさま段山で、本名は光子て云うらしか」

母は面をあげ、鉛筆の尻で髷の地をかいて、

「光子て? 光子……光子……段山のもんて? 小花……小花……あ、わかった。知っとる。知っとる。顔のこもうして、色の白うして、背はあんまり高うなか」

「そやん。そやん」

「どうか、省吾さんの眼の早さ。あきれたよ。ほって?」

「……姐さん。おねがいしますばい」

「ほんに浮気もんが。どんこんならんね」

曳地は照れもせず、母の眼を真向うにみながら、うすら笑いの態である。

母は(困った人ね)という表情を見せながらも、このようないつもの色事の世話をことわりも出来ず、「まあまあ、あたしにまかせといてごらん」と、最後は云ってしまうのだった。

「省吾さんの事だけん、どうにかなりそなもんね。ばってん、あとで泣かせると知らんよ」と軽く釘をさしてはおく。

これまでにも度々曳地のために、芸者やカフェの女給を世話してやった事がある。それは女の方からも望んでいた事だったし——。

又曳地だけではなく、金がないのに女を持ちたがっている男達は、その方面に顔の広い母に頼みに来ていた。

好き同志を見たら、とりむすんでやりたくなる性(しょう)の母は、その度についつい いらぬ世話をやき、そのためやかた屋やカフェの親方からさんざん苦情を云われた事もあった。

で、なるだけ断わるようにしているつもりだが、中で曳

地という男の云う事には（そう迄思うなら何とかして）という気持が不思議にわいてくるのだった。そして、他の男より改まった気持で努めてみる母だった。

もともと母が初めて曳地へものをいいかけたきっかけは、こんな事だった。

――ニキゴソばかりやっておればいいのに、時に祖父は、定期場へ出ては、娘とは別に、スンカキバクチの親をやっていた。その馴れぬ祖父の手許から、いきなり手帳をひったくって持ち去ったものがある。それには名前と番号が列記してある。もしも警察へ突き出せば、大変な事になる。多額の払いもどしは愚か、懲役行き、それも親一人でなく、名前の書かれてあるものは、一応調べられて連行される。

が、やくざに絶対に頭をさげぬ祖父は、（向うがそれで金をたかる気なら、こちらもあくまで黙殺してやる）という意地で、追いかけなかった。この話は、すぐ母の耳に入った。母は自分のスンカキもやめて、走り出た。人の教えるに従って、祖父を思う一心から万才橋を、大型の銀杏（いちょう）返しをゆすって駆け、坂を下って……。

相手の男は、洗馬通り加来病院前の理髪店に入っていた。バリカンを頭にあて初められている男のうしろに近づいて、母は鏡にうつる自分の顔に笑顔をつくらせて云った。

「どうかすんまっせんですばってん、今持ってゆきなはった帳面ば、かえして下はりまっせんでしょうか。あれは大切な商売の帳面ですけん、困ります。ああたのお顔もちゃんとたてさせて貰いますけん、お互のため、おねがいします」

鏡の中で瞬間眼が合った。男は、その大きな眼と口元にうすら笑いをうかべて、なお黙ったままだった。

と、見ると、理髪屋がかけさせた白キャラコの掛布から男の手が出ていて、その手に祖父の手帖が差しだされてあった。

母はその男が曳地省吾という、加藤さんの家の者と知っていたので、次の日、さっそく酒と金一封をとどけさせた。

これ以来、曳地省吾は、母や祖父の商売の邪魔をしないばかりか、時々母のスンカキ場に現われては、女の話をするかたわら、妙な客を追い払うような事をして呉（く）れるようになっていたのだ。

それに、最初の理髪店でのたかをくくった太々しさとは違って、来るに従い、母の金離れのいいのと、大きい白牡丹が満開になったようななりと化粧とに眼をみはっているところがあった。

桜町に居をかまえる加藤千吉さんの縄ばりは、新市街一帯だと云われていた。その加藤さんにとって、曳地は最も頼りになる子分であった。石本、米浜、大乗寺等の中堅の子分もいたが、その水ぎわだった喧嘩の時の腕の冴え、頑強な腕力と脚力、無鉄砲な度胸のよさに於て、他の者をしのいでいた。

もしかすると彼の献身的な喧嘩振りは、その下半身の醜い不具の肉体からわくエネルギーかもしれなかった。

左足がひどく、且(かつ)折れ曲っていた。右足は長さこそ普通であったが、これも左足の方へひき入れられるようにねじれまがっていた。それ故、歩く時には上半身は上下に大きくゆれ、下半身は前後に動いた。姿が踊るように見えるほどの極端さだった。

歩かず佇んでいても、尻がひどくゆがんでうしろへ突き出されているのが、たて縞の着物と錦紗の帯の腰あたりにあらわだった。だが、このような体なりに強く固まった肉体には、何かしら狼のような精悍さが感じられた。

彼のすじの張った太い腕や指、ことにコップでも握りしめて割るほどの握力は、幼少の頃から成長する迄、手汗でにぎって来た松葉杖のためだという人もいた。

加藤さんの子分になってからの喧嘩の数も多かったろうが、又彼には情事の数もかぞえきれないほどの過去を持っていたのだった。彼はふしぎに女から好かれた。そして曳地の方も、他の事ではハガネのように強くとも、女という点では全く弱く出来ていた。

曳地の顔、それはとくに女のためにつくられたような精悍で男臭い、それでいて「若様」のような品のある美貌であった。鋭角的に整った輪廓。太いがっしりとした感じの骨柱が通った、皮の光った鼻。鷹のような精気のあるまなこ。それは二重瞼(ふたえ)で、男としては大きすぎるぐらいに張ったどんぐりまなこであった。唇は厚目だが、横に小さかった。尖って出た顎。瘠せた感じではないがほほが崖のように直截で、そった髭が常に青かった。喧嘩の時には、これらの造作が引き締って、男らしい怒りの形相をていしたのだろうが、よく女と二人で写った写真があったが、それには眼が大きく丸く見ひらかれて輝き、とがった唇が濡れて、その鷹揚で柔かい表情には〝どこの坊ちゃんだろうか〟と人をして云わせる位の面ざしがあった。

彼は大抵の遊び人がするような伊達(だて)な髪の刈り方など一切せず、いつもいがぐりの坊主頭であった。

3

「あいたっ！」と自分で自分の右腕のひじを、左の掌でポンと打ち上げ、その拍子で右の掌が自分の狭い額をピシャリと打つ。思いがけない不運な賽の目が出た瞬間、こんな頓狂な素振りをする癖を持っているのは、田迎から来る野菜商の末しゃんである。末しゃんだけでなく、祖父のところへ集ってくる連中には夫々癖があった。

金を張ったあと、賽の目が出る迄の間、マッチの軸を野ねずみの口のように小刻みに動かして、懸命にかみ砕く高麗門のカマボコ屋。

祖父が一同に見せる壺、その底を見る代りに、呪いのように、そのふちに軽く人指ゆびを触れて安心するらしい段山の肉屋。

小皺にふちどられた小粒の眼をしょぼしょぼさせ、いつも眠ったような顔つきの、そして油断するとほんとうに気持よさそうに眠ってしまって、

「眠る位なら来なすな」

と、松代から叱られる川尻の老人。

人の金でばかり張ろうとする朝市の彦という若い者。中でも「待ってました」「七だぁ！」「辛ちい！」などの言葉を突発的な大声で叫ぶ春日の吉ちゃんにはみながはらはらし、取締役の松代から「上に聞ゆるが！」と、よく注意された。もしも階上の食堂に警察のものでも来ていて、そんな声がかすかにでも聞こえたら、階下で何が行われているか位勘ですぐわかる筈である。祖父の知らぬ刑事が来ていないともかぎらない……。

松代がそんなこそこそした動作の、うす汚ない素人バクチ打ちを叱りつける時の口調、表情は高飛車で険を含んでいた。しかし、誰もそれを大人しく聞き入れて、彼女の云うのに従った。はじめはバクチを嫌っていた松代も川端町の家で覚え、そしてこの明十橋のきわの店へ来てからは、もう祖父ほどに「親」としての采配をふるいながら、巧みに勝負をする事が出来るようになっていた。

大ざっぱな祖父の気付かぬところに、女の勘を働かせて、そう張子のもうけになるような事はしなかった。大抵たてひざをしていた。そのため——例えば藤色に白つぶの小紋の錦紗の裾から、みかん色の——長じゅばんが覗いていた。或いは緋や白のゆもじが。これもあとで松代自身、〝張子達の眼をくらまして負けさせる強力な手段〟だと知った事だったが、この頃はまだ無意識にしどけない恰好をして、ニキゴソウの場に加わっていたのだった。

三月も終りに近く、外の坪井川の川面には真昼の日ざしが惜しみなくそそがれ、暖かい黄金色の大気が満ちているのに、この地下室は唯一つの高いあかり窓があるだけで、薄ぐらく、陰気で紫色のタバコの煙が、黄褐色の裸電球のまわりをゆるくめぐっている。

しかし、こんな世間から隔離された穴倉の中にも、勝負のあいまあいまに花の噂はあり、誰やらが「今年はおっさん、菊池まで行ってみなはるまっせ。松代さんと二人で」と、祖父を冷やかしていた。

　このような日の昼すぎの事、ひどく酔った、二人の若者が、よろめく足どりで階段を下りて来たのだった。上で祖母が止めたのにもかまわず、強引に下りて来たのである。一人は黄色なジャンパーをひっかけ、一人は紬の袷に紺のうわはりを着ていた。

「すんまっせん、どなたも。お宅の場に仲間入りさせて貰えんですかね。おねがいします」いまいましい酔い声。みなは黙っていた。が、下りて来てしまった以上は仕方がなかった。酔った者は絶対に加えぬ信条の祖父も相手が篠川屋の若い者と見て、ここで入れてやらなければあとがうるさいと思った。又ジャンパーの方が、ぶつぶつ云いながら胴巻から出したりひっこめたりしている紙幣が一瞥して、満更でもない数なので、どの道同じ穴のムジナ、心を広くして入れてしまった。みなに座をあけてもらって、二人を入れ、しばらくやっていた。ところがこの二人がどうにもからむのだった。酔いにまかせて、些少な事で因縁をつけてくる。

　短気な祖父はつい舌打ちして、「ええも」と低くつぶやき、かたわらの小火鉢の中の金火箸を握るまねをしてみせた。

「わぁ。じいさんの妙な真似ばさすばい」とジャンパーの若者が口をゆがめて云った。

　祖父は今度は本気になって、火箸をぬき、歯がみした表情でそれをつきつけた。

「かえれ！」

「面白か。その火箸で俺たちばどうする気な。投げなっせ。投げなっせ。じいさん」別の若者が顎をつきだして悪態をついた。

　祖父の手は咄嗟に動いて、金火箸が男達の方へ飛んでいこうとしたが、瞬間、すぐわきの張子が祖父の手をにぎった。

　他の張子達も気色ばんで、祖父をなだめ、若者たちに帰って呉れとたのんだ。

　ふてくされて聞こうとしないのを見て、張子の中の、土工をやっている柴しゃんという大男が遂に立ち上ってその二人の間へ行き、両人の片腕を夫々自分の両の腕に抱きこんで無理に立たせた。

「なにや、ぬしたちは。汚にゃ真似するな。ここのじいさんには向わんがよか。外さん出て、酔どん、醒ましてけえ」説得するように言って、階段のあがり口の所までひっぱって行った。と、その時、ジャンパーの若者が「糞っ」と、柴しゃんの腕から自分の腕を引きぬいた。が思いきり引いたものだから、その余勢で、よろよろとなり、階段のあがり口の所にあった引き込み床の間に体をどっと崩してしまった。その床の間には一幅の、縦に長い垂れ額が掛けてあった。で、その額が丁度崩れてすわった若者の眼の前にきたわけで、彼は「ふん、こら何か」と左手にふれて見ながら、右手を床柱に支えて立ちあがろうとした。そして、又よろめいて、再び尻餅をついた。酔いがすっかりまわっていた。額はその時上の紐(ひも)が切れて、彼の手に握られたまま、下へ落ちてしまった。

「何ばしよるか!」一同の者が驚くほどの怒声だった。祖父は親の座のところで、仁王立ちになって、その若者へ眼をむいていた。角額のすみに血管がふくれていた。

「よーし」とつぶやいて、その場から、すぐに体を動かそうとした。一同の中の四、五人の者があわててかけよって、その体をおさえた。そうでもしなければ例の「押入れの中の日本刀」をとりだされるかもしれないからだった。そうなればこのニキゴソウの場は崩れ、外部にもれみなが夫々適当な期間だけ、留置所で日を送らねばならない……。

一同が(早く立ち去ってくれ)という眼くばせをするのが、若者達にわかったのか、弱味をみせぬふうでむっつりとふてくされて起き上り、階段をゆっくり昇って行った。祖父は、他の者らの必死の制御によって、ふっと思いかえして親の座へもどった。松代はあわてて落ちた額をとりに行った。

その額は、祖父が朝夕自ら榊の水を代え、拍手(かしわで)を打っている、勝負事の神「宮地獄」のさげ額であったのだ。

松代と二人で北九州を旅行したさい、福岡の福間でうけて来たものだった。三人の洗い髪白装束の女神が、手に夫々刀、弓、鉾(ほこ)を持ち、三角形の三頂点の形に座している図である。

辛気臭い諸仏は信ぜず、ただ自分のバクチ運に味方してくれるだろうと思われるこの勝負の神だけに、現金な尊崇の念を抱いていた祖父だった。

祖父はさっそく篠川屋の亀二郎のもとへ、貴家の若い衆二人がこれこれだと、使者を介して事情を知らせた。ところが、これが一週間たっても何の返答もこないのである。本来ならば主人でなくとも、誰か、若者の兄貴分でも、一言詫びを入れに来るのが穏当だ。祖父は癇癪玉(かんしゃくだま)を押さえていた。

この祖父の腹立ちを心配するのあまり、母がついスンカキへ来ていた曳地省吾に、事情をもらしたのだった。

曳地はよく母に「姐さんな、今日も篠川屋の大将が俺に黄八丈の着物と角帯やるてち言わしたばってん、俺はいらんて言うて来た。あやん親爺からもの貰うと、あとが困るですもんな」と屈託もない調子で言うのを聞き、（ふーんこの人のよかところのあるよ）と常に胸に思う事のあったもんだから、曳地の顔をみたら、ついいつもの伝で、べらべらとありようを喋ってしまったのだ。

「眼と鼻のところにおって、あそこの亀二郎さんは、ようと、うちば仇のごと思うて」

こんなことをもらす母の言葉を曳地は黙って聞いていた。そして、冗談を一言二言言ってから、その日はスンカキ場を出て行った。

この夜の事である。先日、祖父の場へ来て因縁をつけて去った二人が、洗馬橋の上によびだされて、ひどい制裁を加えられる事件がおきた。制裁した側の三人の男というのは、加藤さんの家のものだった。曳地省吾。米浜梅喜。石本辰夫。――米浜も石本も、曳地にとっては兄貴分だった。

この事件は勿論亀二郎の耳に入った。ただ誰が打ったかわからない、で亀二郎としてはまさか日頃可愛いがっている曳地がその件の主謀者とは思われないので、きっと鶴之山軒のじいさんが誰かに命令してさせたにちがいないと思い込んでしまった。そしてついに亀二郎自身が子分を数名つれて祖父のニキゴソウ場へ踏み入る事になった。

急をきいて母がかけつけた。亀二郎の女房もかけつけた。だが、女が出ても、この喧嘩は穏当にすみそうにもなく、一方は遊び人連、一方は素人バクチ打ち連が、暗い地下室で総立ちになって、祖父と亀二郎の口論が交わされ、今にも火を吹きそうになった時、タクシーを走らせて、仲裁にやって来た人があった。始めて事情を知った加藤さんである。加藤さんは「自分の子分等が勝手にやった事だ」と亀二郎に詫びを入れた。

――この喧嘩はとにかく大きくならずにすんだ。しかしこれをきっかけに祖父の家と篠川屋との冷たい対立はいよいよはっきりしたものになった。

曳地はこれ以後一切篠川屋へは出入りしなかった。代りに彼の足は母のスンカキ場へしきりと動くようになっていた。そして時には今迄田上がやっていた仕事、スンカキに因縁をつけに来る人間を追い出す――そんな事をやるようにまでなっていた。

祖父思いの母は、何と言っても祖父のニキゴソウの場が荒らされるのが心配だった。田上という男は一切あてには出来ぬというちに、とくに今度のような事があってからは、我知らず曳地をたよりにする心がおこって、「何かのときは又、たのみますな」と、ふと口にだしてしまう母であった。亀二郎がやるものは決して貰わぬとうそぶいていた曳地も、母がそれとなく買って贈った品物は、身につけているのだった。

藪から棒に、島がその事を聞かされたのはこの頃である。

（泰三という子は貴方の子ではなかったのです）

と。――母が直接言ったわけではない。モトおばさんを使者にたてたのだった。

曳地という男が眼前に押し出されて来て、女だけの不安さもあったスンカキ場に於て、彼が時折たのもしい働きをしてみせて呉れるようになってからは、それとなく島を避けていた母である。

そして、ついにある日、モトおばさんに島とのいきさつを喋ってしまって、こんな事を言った。

「今はな、おばさん、もうあの人は泰三ば自分の子と思いこんでおらして、困りよるとたい」

「ほっで、泰三ば勝手に連れ出しようしたもん。ふーむ。そるでわかった」

「あの人にゃすまんと思うばってん、このままにしていると罪をつくるばかりでっしょが。どうか田上の子ちゅう事ば、はっきり言うて呉れんですか」

威張ってすかんおばさんと思っても、こんな事は言いやすかった。又、その人憚からず、ずけずけ言う性質がこの役目をたのみやすくした。

――母が島へ時々かけていた電話は途絶えた。島の影も又、モトおばさんの伝言以来ふっつりと消えた。

4

私の五歳から八歳頃までの間の記憶の中で、よくつれていかれた大和座の事は、ふしぎと印象に残っている。

サイレント映画のチャンバラの上映中、暗い幕下で喋っていた弁士が、刃傷場面になるときまって「や、切られました。すぐ片岡病院へ」と言ってしまう癖の者が、市中の某館にいた。それほどに古くからある外科の片岡病院は練兵町の角にある。緑青をふくんだ明治風の唐草模様の鉄柵、その中に、よどんだ藍色の古い建物が、青桐の葉蔭にたっている。

この病院の真向うの角が大和座だった。二階建で全体が黒ずんだ朽木色をしていた。甍屋根の旧式な小屋で、その建物の頭上には、お城の物見台のような造作が高々と取り付けてあった。黒塗りの木塀が側面を長くとざしていたが、片岡病院と相対する表口は、いつも華やかな飾りつけがしてあった。矢旗の列、軒下にななめ下向きで描かれている錦絵風の大看板、花輪等。——幅十五米(メートル)ほどの板敷の上り口で下駄をぬぐと、右わきの下足あずかり所へ持って行なければならない。人一人入るぐらいの狭い木戸口を入ると、正面は極彩色の細密画風に唐獅子唐草が大きく描かれた、黒縁の板戸の列があった。そしてその上の欄には、宝船の絵や、大入御礼(おおいりおんれい)の四文字が浮彫りになっている、これも黒く縁どった額が、隙間なく並んでかかっていた。

茶褐色の艶々した広い廊下を、ひさし髪に白エプロン紫の前かけをした中年の茶子達が、右手に小火鉢を抱き左小脇に座ぶとんを二つ折にしてはさみ、いそぎ足であちこちする姿が見られた。のれんをくぐれば花道。ここも廊下代りとなって、役者ならぬ威勢のいい茶子を先立にして、重箱や一升びんをさげた客達がぞろぞろと行き交う。茶子の勘高い声がとぶ。桝(ます)の奪い合いで、茶子同志、花道の上で派手に口喧嘩する図もあった。

場内の桝に客が八割がた入り、誰もが持参して来ている晩食の重箱の包みからもれる匂いがし、人の声のさんざめきが高くて広い天井にこもり、そして正面に横長く下りた慢幕の——その幕にはよく金色のぬいとりや、白地の染抜きで、「大和座さん江、品川商会」とか「南条隆さん江、八木興行部」とかいう文字が見られたが——その向う側から、粗野にたたく大道具方の金槌の音、木をひきずる音、まき茣蓙(ござ)をのべる音、あわただしく走っていくゴム草履の音等が聞こえて来るとき、この芝居小屋——今から見れば随分奥行のない場内だったのに——という小宇宙が、非常に大きい、楽しい、華やかな夢をはらんだ場所のように、幼ない私の気持には感じられてたものだった。

私はこの場内のいずこと言わず、恰もわが家のようにとび走りまわった。みがかれた廊下をすべる。舞台のわきに上ってみる。二階の欄干にぶらさがって、危うく落ちそうにもなった。早目に来てしまって、客もまばらな時は、碁盤の線のように角格子になっている、桝をくぐった黒い木の棒が、丁度よい平均棒になった。

しばしば舞台裏まで闖入(ちんにゅう)していった。芝居を見てもわからないが、唯(ただ)劇場の中にいる事が好きだった。静粛で退屈な上演中は、客席と戸板一つで途絶されている、わきの廊下で、一人遊んでいた。その廊下の横は、暗い中庭になっていて、ささやかな植込があった。そしてその中に金魚のいるよどんだ緑色の泉水、赤い小さい鳥居のある稲荷のほこらがあった。この中庭をこえて向うの便所と売店の方へ行くには、長い渡り戸板を踏んでいかなければならないのだ。この戸板は一人で歩いても、高い板の音をひびかせた。だから、休憩時間に大勢人々が便所へと一度に行き交う時は、板の音はあたり一ぱいに鳴りわたり、人の挨拶の言葉も全く聞えぬ喧騒さだった。この便所は大きく広く、昼間からいくつもの裸電球が黄色にこうこうと照りわたってい た。

便所の入口の観音扉の手前が、広い場所になっていてその中心部には、人の背丈ほどの上向きの朝顔の花を模したと思われる、鉄製の噴水があり、その朝顔の中にあふれた水が、鉄の花びらの八方の隅から、下の砂利へたえず落ちていた、大きな手洗いである。この間断のない水音と、戸板をふむ人の足音と、戸の開閉する音とが相俟って、短かい休憩時間というものが奇妙ににぎにぎしく、明るく、華やいだものだと思ったものである。

ところで、ここの厠の臭気は普通の厠の臭気とは違っていた。私は一度不思議に思って、モトおばさんに「大和座の便所の匂いは妙なかな。どうしてな?」とたずねた。「何だろかこの子は。妙なことばかり言うち」モトおばさんは苦が笑いしただけだった。(それは大勢の人々の酒気のまじった尿の匂いだったのだ。だから今でも宴会の折、大勢の者の出入りしたあとの厠で、それをかぐと幼年時代の大和座の便所の事がふっと思い出される)

梅林良一という剣劇役者がいた。背は低かったが、でっぷりと肥えて、二重顎の貫録十分——少くとも当時の私にはそう見えた——の座長であった。劇の上で、剣法がめっぽう強かった。それもどちらかと言うと、闊達明朗な剣士ではなくて、暗い悲壮な感じの正義漢に扮していた。

……青白いライトの中で一人梅林良一が立っている。クライマックスの場面である。切られたあとらしいざんばら髪で、半死半生の体を血濡れた刀でやっとささえて立っているのだ。白装束の袖つけがはずれている。そして悲痛にゆがんで天井の一角をにらんだ顔の半面が生々しい焼傷のあと……。凄味のある寺の鐘の音が舞台わきの袖からゴーンと鳴る。静かに幕……。

こんな役の合う役者だった。私はこの役者に熱をあげたのだ。これを知った祖父は、私への盲愛のために、さっそくその一座の主な者を鶴之山軒へよび宴を張った。そして私とその座長を中心にした数葉の記念写真迄とらせた。そして梅林には祝儀を出し、又そのあと〝梅林良一さん江、山内泰三〟という、染ぬきの矢旗を七本、座へ送ったのだった。それから私は一人で座長の楽屋へ遊びに行った。彼は私に鬘をさわらせ、剣の握り方を教えたりした。こんなことが私にとってどんなに得意な事だったろう。

5

祖父と篠川屋との反目は、塩屋町界隈の者の次第と知るところであった。それらの中でどうにか二家の仲をうまくいかせようと世話をやく人もないではなかったが、頑固な祖父、渡世人の矜持の強い亀二郎を、ともどもに柔かくさせる術はまず無いようだった。が、この仲なおりの件については、本気になって努めている人物が一人いた。加藤千吉さんである。

例の事件の張本人が自分の子飼いの者であるからには、そこは一生懸命とりもたなくては、親分としての顔もたたないわけである。加藤さん自ら、篠川屋へ二度も行き渡世人同志の打ち溶けた話し合いもしてみた。本当は祖父の気持にも、又多分亀二郎の方の気持にも、同じくその筋の目を憚る同業者同志が白い眼を長い間向けたままの状態が悪いのだという意識は十分あった。が、自分の方から折れて言い出すわけにもいかず、冷たい対立を意地にでも続けていたわけだった。しかし、加藤さんの尽力でもって、どうにか敵方の気持をくみとりあって、仲なおりの宴を持つようになるまで漕ぎつけたのだった。

丸九ケ月続いた二家の反目、その仲なおりの宴、その年の十二月の二日、新町堀端「桐茶屋」を借りてするように決まった。出席するのは山内家、篠川屋、加藤家の三家であったが、加藤さんの顔をたてて、その宴席費全額を母が出す事にした。

渡世人の世界で、刃傷沙汰などがあった後何一家と何一家との仲なおりの宴が行われる場合、決して女は入れない。だが、この宴はどのみち飲食店と料理屋の主人、いわば半玄人同志の和解にすぎないので、祖父の付添人として母が、亀二郎の方の付添人としてその上さんが、夫々出席するようになった。芸者衆も数人呼んでおいたので、座は大そう華やいだものになる筈だった。仲裁役の加藤家の者達の出席の数が最も多かった。

大体にやくざとよばれる連中の収入は――勿論バーとか劇場とかを経営しているものもいるが、それは別として――人の金が目当の者が多い。人を脅喝して金をとる、盛り場の場所代をとる。水商売を荒して、「立ち去り料」を貰う。とれない貸金をとってやって金をとる。人と人の中を裂いては金をとり、人と人との間を仲よくさせては金をとる。とにかく人の金でいい目にあいたい者の集団である。

勿論この加藤さんの場合は露骨で貪欲な動機からではない。祖父のために思って侠客肌を見せたのであったろう。

とは言っても、やはり二家の仲なおりの宴を開かせまでして、せめて一晩でも人のお金で親分子分ともども大いに飲み、大いに遊ぼうという算用がないわけではなかったのだ。

だから、それを見ぬいていた母が、よりぬきの芸者をよんだのも、決して祖父や亀二郎のためではなかった。（曳地が世話になっている親分ではないか）という気持――これが母に何の欲得もなく金を出させた。――篠川屋とのあのような争いはあったけれど、それがかえってよかったような気もされた。自分の一寸した愚痴を黙って聞き流した風をして、その夜直ちに手荒く実行に移してみせた男。たとえそれがどんなに無鉄砲な、狂暴な仕わざであっても、自分を思ってしてくれた事ならば――と思うと、母は心の奥のある部分が、痛くなるほど、嬉しかった。

来る日来る日、日和続きで、火の気も無理には欲しくないほどの季候であったが、まず季節柄と支那焼きの大火鉢が、座の中心である加藤さんの席のわきに据えられた。数奇屋好みの料亭「桐茶屋」の二階の十五畳大広間である。のぼり竜の雄渾な墨絵のさげ額、松の大木のささった大花瓶等がある広い床の間を背に、加藤さんは黒いお召しに黒の羽二重のぬい紋の羽織を着て座り、神妙に顎をなでながら、火鉢によりかかっていた。右方の列のかみ座に祖父、母、左方の列のかみ座に亀二郎夫妻、あとは兄貴分から順に、二列の座についていた。篠川屋の若い者五人以外、あとはみな加藤一家の若い者だった。「東」という字を墨で大きく書いた半紙が、この大広間の四方の欄にはってある。これは渡世人仲間に於けるなかなおりの宴や、契約の宴やのシキタリの一つである。

どちらかが比重の重い場合、例えば兄弟分の契約を結ぶ儀式のとき、もしもその関係が四分六分ならば、「東」と「西」の文字の紙を二方にはり、六分の兄貴分が東へ、四分の弟分が西方へすわるわけだった。いずれも「東」とは、どちらも同等という意味になって、「モッコス」の祖父と亀二郎とが顔をならべたこの宴には、ふさわしい鎮静符なのだった。

まず初めに加藤さんが口を切った。若者を意気に走らせ、老人をうなずかせるような、それはいかにも理の通った遊客らしい挨拶だった。遊客というものは、いつもは行動の上で常識を踏みはずす毎日を送っている筈なのに、説得する言葉の綾というものは、不思議に立派で、且劇的な要素を持っていて、浪花節の好きな祖父のような人物をして、理屈なしに〝えらい〟と思わせる表面的魅力があった。

「今日はざっくばらんのところばってん、まあ形だけ……」と、加藤さんは両手を前にだして掌を合せた。

「さあ、山内さんと若井さんの仲なおり――ここで結めまっしゅ！」

席にならぶ男達はみな手を合せた。唯二人の女である母と亀二郎のお上だけは、そのままうつむいていた。力強い拍手(かしわで)の響きが、一斉に調子をつけて鳴った。

――朱の大盃が祖父と亀二郎との間に交わされたのち数人の芸者の姿があらわれ、一般用の酒がくりだされ、ゆきわたり、やがて次第に座はみだれた活気を帯びて行った。

母は次々にさされる盃にほろ酔い加減だった。人の盃を受けながら（省吾さんは？）と、そっと眼で座のあちこちを探していた。曳地はびっこを引きながら、外の廊下をあっちへ行ったり、こっちへ来たり、酒や料理の世話をやいている様子であった。

（まあ、まあ、女がおるて。自分で飲めよかてかる）

本当は曳地としてみると、改まった座や、衆目のある座においては坐るのは避けているのであった。当り前に坐れなかった。もし坐るとなると、それはあまりにぶざまになったのだ。それが恥しい。大抵は座ぶとんを二つ折りにし、それを尻に敷いて、背を壁にもたせかけつつ両足を前へ投げ出すか、或いは左の足のくびれた先を前の者に見せながら、大仰な横坐りになるかするわけだったが、こんな場合は、わざと忙しげに宴会の世話をしてあちこち動きまわっている方がましなのであった。彼の歩く方の姿は殆どの者が見馴れていたし。そして座が乱れかかると、やおら適当な位置に、自分の好きなような恰好で坐るわけだった。

母は篠川屋方の若い者に酌をしてもらい、愛想よく冗談をとばしながらも、たえず眼を動かして曳地の姿を追っていた。

（どうして、落着いて飲まっさんとだろか）

が、又甲斐々々しく世話するらしい曳地の様子が、飲んでくだまいている他の子分連にくらべて、やはり好ましいと思われもするのだった。（あとで、どうしても、一杯あの人から受けてみゅう……）

女将が奥の部屋の長押(なげし)からはずして来た小振な槍をもって踊るのに合せて、加藤さんが黒田節を唄った。

篠川屋は自慢の「御所の松」というのを片袖はずして踊ったが、踊りながら自分で唄をうたおうとするので、そのかすれ声がいよいよかすれ、息が切れ、肥えてさがった頬の間の口がおたまじゃくしのようにホッホッと上を向いて息づき、みていて切なかったが、それ故又人気を買った。

即興の肥後にわかのようなものを若い者がやった。やがてして方々から「明十橋のおっさーん、明十橋のおっさーん」という声がかかった。

祖父は、何も出来ない人だった。音痴の上に芸無しお猿。せめて芸者買いにでも行っておけば何とかなったかもしれないが、二本木通いではどうにもならなかった。祖父はこざかしい芸事は芯から嫌いな人だった。二本木の女達に金をばらまき、騒ぐさまを見て喜ぶ方が性(しょう)に合っていた。そして芸一つ出来ぬ事を少しも恥とは思っていなかった。音痴は山内家の遺伝のようなもので、母も又歌えない。祖父は酔いに乗じ、じばんと褌(ふんどし)一つになり相撲のしこを踏んでみせた。

――座敷は騒然と乱れ、若い者の声と、芸者の嬌声とがからみ合った。

母はしたたか酔った足と眼で、畳をふみしめ、曳地を探していた。

曳地は座敷の隅の壁に背をもたせ、二つ折の座ぶとんを尻にし足を投げだして、ここの女中に酌をさせて、一人で酒を飲んでいた。廊下へ出かかって、敷居の手前で立ち止った母の眼と、曳地の眼とがかち合った。曳地は赤く輝いた顔で上眼使いに見、愉快そうに、誘うように睨み笑をしてみせた。

階下へさげようとして、未だ空銚子の乱立した黒塗盆がそのままあちこちに置いてある広い廊下へ出た。廊下のガラス戸をあけて、冷たい空気を吸った。外は白昼をそのまま青く氷らせたような、明らかな月夜の世界だった。桐茶屋の二階はとくに高いので、附近の新町界隈の軒並は遠くまで鳥瞰(ちょうかん)される。

甍(いらか)屋根がほとんどで、それらは霜を下ろしたような白さで、高低不揃いに拡がっていた。到る所に繁る楠の樹木が、真黒な影で、あちこち入道坊主のように、屋根の間から盛り上っていた。遥か西の方に花岡山の円い山影があり、その中腹に二つ三つオレンヂ色の灯(とも)しびが寒そうにまたたいているのも、何故か近眼の上に酔眼である母の瞳の中に今夜は沁むようにはっきりわかった。

頬に掌をあてたら大そう熱い。と、うしろへ曳地が忍び寄るようにして立っていた。

「姐さん、気分の悪かってであるばしするですか」

「否(いんね)、ちょっと酔うたごたると」

「これで安心ですな。篠川屋も篠川屋ばってん、姐さんが家(え)のじいさんもモッコスだもん」

「ほんなこと」

「姐さん、すんまっせんでした」

「何がな?」

「いえ、今度の事ですたい。俺達がいらん事したもんだけんで」

「なあん。どうせ亀二郎さんとうちの父(つと)さんはもとから仲の悪かったとだもん。一度はこやん仲なおりばせなんてち思いよったとよ。あのままなら心配だったもん……。ばってんがな省吾さん、あたしゃ本当言うとあやん事のあってからね、ああたがかえってたのもしかて思うとっとよ」

　母は振りかえった。男のこちらを見る強いまなざしの中に、自分を美しいと今思っているという気持が、母にありありとうかがわれた。母も又、曳地の、尻を突き出した、やや傾き加減に立っている姿の、その身内にこもる男の硬質な感じをいとしいと思っていた。

　誰か手を振って踊る拍子に電球に触れたのか、障子や廊下の上に映るあらゆる物の影が一斉に揺れて、座敷の中はひとしお、笑声まじりの騒ぎがわいたようだった。

　廊下へもれる灯で、半ばを照らされた曳地の顔、底光りする二つのどんぐり眼(まなこ)の間から、にょっきり出た高い鼻、その鼻の頭に真冬でもプツプツと小粒の汗がふきだす癖の彼であった。

「どうか、省吾さんな、汗の……」

　母は懐からハンカチを出してやった。曳地はそれで鼻の付辺をふいた。

「あらー。額も。汗濃いかね」

　曳地は苦笑しながら、遠慮なく拭いた。

「田上さんの塩梅(あんばい)はどうですか」

「そうな、ちょっとはよかかもしれん」

「姐さんも心配ですな」

「ありがとうございます。……うちの父(つと)さんがあやん仕事さすもんだけん、やっぱうちの人(と)がしっかりせんと心細うてな。今度のごと何かある時はとくに。……ばってん、もう、うちの人(と)は駄目な」

「どうしてですか、そやんことは」

「いや、あたしが見たところもうあの酒中毒は止まんと思う。入院しとる間中でも、停められとってかる、こそっと抜けだして酒のみに行きよらしたちゅう話。ようと大学病院の先生達の往生さしたごたる風で……やっぱ駄目だろな……ほんに酒が好きだもん、うちの人(と)は」

「省吾！　省吾！」と酔いただれた声が座敷の方からおきたのはこの時だった。兄貴分の米浜と石本が肩を組み合って廊下へ現れた。ひどくよろめいて、障子にすがりながら、暗いこちらをすかし見て「おい、省吾」と威勢よく呼んだ。

「来んか、来んか。一緒に飲むぞ。あれ、そこにおりなはっとは民江さんでっしゅ。民江姐さんも来て下さい」

　二人は荒々しくやってきて、曳地の肩と母の手を夫々摑んだ。

「省吾、来い。姐さんば連れて来い」と顔を近づけて、酒臭い息を吹きかけた。母は「省吾さん、あた、行っておいで」と曳地に言い、男達には大声で朗らかに「あたしもすぐ、そっちへ行きます」と言って手をふりほどいた。曳地は無理に座敷へ連れていかれた。

母は座敷の中から「姐さん」「民江さん」と特別あつかいに呼ばれていながらも、眼の前で、自分の出費になる酒がどんどん飲まれて行っているかと思うと、又阿呆らしくもあったのだ。仲なおりの宴をいい出しに、若い連中が必要以上に散財させようと、大いに騒ぐ様を見ていると舌打ちしたくなる。

（まあ、しかし今夜は……）今夜の費用を受けて立った気持の中には、曳地省吾の存在がある。（篠川屋も加藤さんも何の事はなかばってん……やっぱ）曳地のためと思えばこそではないかなどと自分の気持の焦点をそこへ合せていくと、酒気も加わってか、えたいのしれぬ楽しさがわいて来て、舌打ちとはうらはらに、ある笑いが口もとにわいて来るのをどうする事も出来なかった。

母は両手をひっこめた袖を蓮っ葉に打振って、廊下を階段の下り口へと行った。その階段は踊り場なしに真直ぐ玄関へ下りている幅広い大階段で、たぶのがっしりした手すりがついている。その手すりに母は足をかけて馬乗りになった。うつむけになって、手すりを両手でにぎり、白羽二重の帯でしめた腹を木にぴったりとつけ、白足袋をはいた足の先を伸ばし加減にして、すべり台のつもりで、そのますうっと下まで滑って行った。

手すりの下で体が離れ、音をたてて母は玄関前の板の上へ尻餅をついた。大きい音で帳場からとびだして来た仲居達は、その板の間に裾を乱し、ジバンもあらわにして一人で笑いこけている母をみて、いささか驚きの態だった。

下駄をつっかけて玄関を出た。お堀端界隈の角々には人影もなくひっそり閑として、中空には寒月が冴えかえって美しかった。昔はこの附辺一帯は県庁や警察や区役所がならぶ官庁通りであったのだが、それらはみな市の中央に移って、今は料亭、待合、置屋の灯が点々とともる静かな通りであった。喧騒な宴を一人ぬけでた事を愉しみながら、夜気の冷たく快い道を、袖を胸に重ね、下駄をカラコロカラコロと鳴らせながら急いだ。

柿山醤油屋の所まで来ると、その長い木塀の前には、人身の二倍ほどある大樽が幾つも並んで、路傍の青桐の木と共に、月光による黒白の陰影をくっきりと路上に落としている。この角を左へ曲る時、醤油のすえたような匂いがぷーんとした……。

ここをすぐ又右へ折れて、藤崎台の坂下迄の間の通りが電信町。神風連の変で、鎮台司令官の種田少将が倒れた時、愛妾の小勝が東京の母親へ〝ダンナハイケナイワタシハテキズ〃という電文を打ったところとか。その明治の名残りが僅かに残っている二、三本の青桐の古木の立つ、その斜め向うが「電信町のくすり湯」の名で知られていた銭湯になっている。——と、はっきりしたあてもなく夜の町を小走りしていた母の下駄の鼻緒が、そこで切れてしまった。

母は下駄をそのまま路上にぬぎすてて、足袋はだしになって、くすり湯の方へかけていった。酒気のため子供にかえったように愉快だった。少し路地を入って、裏木戸から二階へ「今晩は、今晩は」と、はずんだ声をかけた。

くすり湯を経営する人の二号になって、管理人としてこの銭湯の二階座敷にいるお増さんという人とは、母は一寸した知り合いだった。

返事がない先から、勝手に狭い急な階段を汚れた足のまかけ上り、お増さんの部屋の障子をあけた。

「こ・ん・ば・ん・は——」

縫物をしていたお増さんは面をあげた。

「あ——ら、民江さんの珍しさ」と言うなり老眼鏡をはずした。

「どうしたと?」

「今晩そこの桐茶屋で父さんと篠川屋との仲なおりの飲み合ばしよるとたい。人の銭と思うて、じゃんじゃん飲むけんで馬鹿らしゅうなって、さで来てやった。ああたしもちいっと酔くろうたごたる……」

「少し眼のところの赤か。ええ色。ここにしばらく寝るとよか」

「そんなら、ごぶれいします」

ざっくばらんな仲であるこの人の座敷に、母は手枕でごろりと横になった。寝ながらも、何かやと声高に喋り合っていた。

やがて十五分も経た頃、階下の方で男の声がした。お増さんが下って行った。再び上って来た。

「加藤さんのうちの若っか人の、民江さんば訪ねて来とりなはるよ」

母はむっくり体を起した。曳地と思ったからだった。母はおき上り、階段の下り口の所まで行って、手すりに手をかけ下をみやった。曳地ではなく、もっと若い子分達三人だった。「何な?」と下りて行った母に彼等は「民江さん、ああたが居らんと面白うなか。座のパッとせんてち誰でん言よる。うちの親分も、ああたが家のおっさんも、待っとりなはるですが。早う来て下さい。早う」と夫々酔いのまわった口調で、母の手をとり袖をにぎって誘うのだった。

「もういかん」とは言ってみたものの、茶屋にはまだ曳地もいることだし、「親分から連れていかんとおごられます。わっし達の顔たてて下さい」と、是が非でも腕ずくで連れていこうとするので、母はのぼせた声をはりあげてこう言った。

「あたしの下駄は緒の切れました。行かるるもんね。誰かあたしをかろうていくなら行くばってん」

彼等は争って母を背負おうとした。そして中でも一番体の大きい子分が「どっこいしょ」とかけ声して背負った。腹がでて、女の相撲取りのように肥えた母は大そう重い。

母は面白がり、悲鳴をあげ、太い足を動かした。

「民江さん、じーっとせんとつっこくるですよ」

一人が背にあとの二人が両方から母の背と尻をおさえた。そしてその恰好で路地を走り出た。「ほい、ほい、ほい、ほいほい」と調子をつけていく。「人間駕たい」と一人の子分が言うと、一人の子分が二拍子に合うようなはやり歌を歌いだした。丁度運動会の棒倒し競技のような恰好であるが、みな酔っているので、いい加減ガタガタで、今にも太い尻の母はずり落ちそうになる。

「わーしらんよ。つっこけてから」

母は悲鳴をあげ、そして愉快そうに笑い声をあげた。くすり湯から桐茶屋まで来る間、二、三人の人にすれあったが、この三人の男達の上に乗って騒いでいる母の様子を、月あかりの中に振返って見て行った。

元洋学校の正門から古城堀端へ来る道がある。その道が結び合う曲り角のところまで一行はやって来た。曲り角は骨董屋であるがすでに板戸がしめてある。右がすぐに桐茶屋の外塀になっている。ここで男達は母をずりあげるために一寸立ち停った。そして又すぐに走り出した……その停った瞬間の事だった。母はその骨董屋の角の少しさきの木塀に添って、誰やら立っている一人の人物に気がついた。

月影は差していても、その顔や身体の半分は家の影の闇に入って、よく見えなかった。

が、この寒々とした師走はじめの夜の街角に、マントも羽織もつけず、着物一つでつったってこちらをじっと怨めしげにみつめていた人間は……(島だ)と思った時はすでに「ほい、ほい、ほい、ほい」で、桐茶屋の門を入ってゆく時だった。

玄関で男達の肩から下りた母は「すんまっせんな」と言って、かまわず階段をかけのぼった。「今、来ました!!」大声で言いながら座敷へ入った。膳の大半はひいたあとであったが、座の興は尽きぬらしく、男女いりまじって座ぶとんを一つ一つもって、輪になって、賑々しく踊っている最中だった。

「わぁー、民江さんの来らした」「どこさん行ったつかいた。よか人のところだろ」「あんたが居らんと面白うなか」「民江さん」「姐さん」と、あちこちから声がかかり、その踊りの輪が崩れるほどみなは母のところへ寄って来た。すわりこんだ母へどんどん盃が渡され、返杯するのに大変だった。

母はほうらつに片はしから盃を乾して行った。かたわらの若い者の一人に「省吾さんは?」ときいてみた。「今一寸使いに出とるけん、すぐ帰って来るですが」という返事だった。

ややあって、女中が座敷へ入って来て母に耳打した。横ずわりになって酒を飲もうとしていた母の口もとで、その盃が止って眉が曇った。そしらぬ態度で母は座敷をぬけた。

女中に連れられて、玄関正面の大階段を再び下りて来た母は「どっち?」ときいた。「こららです」

女中は、階段の下をくぐるようにして行く小廊下の方へと連れて行った。いくつかの部屋の障子の前をすぎ、風呂場の前を過ぎると、妙な裏木戸のある縁先へ出た。

女中が去ったあと、母は庭の闇をのぞいて、

「何の用な?」

と声をかけた。

小笹の群れの蔭から、島が現れた。くらがりに白く浮んだ男の顔へ、酔眼を凝らしながら「またなんで?……よう、ここのわかったな」

母は内心いささかおどろいていた。

「民江さん、この頃はどうしとりなはるですか」

「……仕事の方が忙しゅうしてな。……今夜も見て御覧。うちの父さんの仕事の関係で、こやん宴会開かせられて……」

島はしばらく黙っていた。が、母の迷惑な語気もあらな(何故こんな所から逢いに来たのか)という、次の言葉にキッと面をあげて、その理由を喋った。

島はこの宴会の内容はすでに知っていた。

そして、加藤一家というやくざ連中が一枚加わっている宴と聞き、そんな席に女である母が入っているという事で心配して来たのだった。

「仲なおりの宴だもね。何のああたが気遣う事のいろかい」

「そるばってんが、民江さん」

「とにかくな、こやん裏木戸から逢いにくるような真似はやめてはいよんか」

「……民江さん……」

「何ですか?」

「民江さんわたしと切れるつもりでおりなはるど?」

「……」

「な、言うて下さい、そうですど?」

「今晩は忙しかけん、どうか帰りて貰えんどか。又逢いま

っしゅう」

　母が、縁のガラス戸のへりをにぎった手を離して、そのままよろめくように引き返そうとした時、島は近づいて、その袖をにぎり、声を小ぶるいさせて、真剣に言った。

「わたしはですな民江さん。言うときますばってん、お富与三郎の与三がごとなるとは好きまっせんですばい」

　ふりかえった母は、

「あら、ああたは何ば言いよりなはると?」

「あそび人にいじめらるるとは好かんと言いよります」

「……」

「民江さんがやくざとつき合うごとなると、わたしは袋だたきですわ」

　やくざの持物だった女に言い寄った与三郎が、さんざ痛めつけられる芝居の筋を自分にたとえて想像しているのだった。

「まあ、やくざてち、一体誰がことば言いよりなはると?」

「民江さんが知っとりなはる」

「知りまっせん。教えてはいよ」

「曳地……曳地省吾」

　母は笑った。酒気のために声が高かった。

「どうか、この人の邪気の多さ。省吾さんは今度の篠川屋との事で世話になった人ですばい。やめてはいよ。今夜は帰ってはいよんか」

「民江さんば見損なうとった。民江さんはそないお人ですか」

「何がな?」

「……」

「何がですか?」

「……」

「ああたが言いたいことはわかっとります。そるばってん、あたしが誰に惚れようと、誰の子を生もうとああたにゃ心配かけまっせん」

　突然切り札を出したような母の言い方に、島はあっけにとられて、何か言おうとするが言葉にならず、唇をかすかに動かしているだけだった。

　母は今度は手をあわせ、島を拝むような恰好で、した手の口調で言い出した。

「島さん、頼みます。今夜のところは帰ってはいよ。ああたも知っとるごつ、あたしも父(つと)さんもバクチでめしを喰うとる人間。ほんな素人(しろうと)じゃなか。こりゃどうも身の廻りには、やくざの一人や二人は要(い)るもんな。父(つと)さんももう気ばかり強うしても年だし、田上もあやん風(ふう)。どうかこやん女(おなご)にゃ、ああたのごたる堅気の男は禁物だったと……あたしの立場も考えて今夜は帰って下さい」

……と、島はわっとかぼそい声を出して、痩せた体を折りまげ、顔をふせ、平べったい庭石のそのかたわらにうずくまってしまった。この男は心から母をたよりにしていたようだった。ふせた横顔の白さ、これもかつて惹かれたものの一つであったのに、今はかえって無気力の意味しか持っていないようだった。

軒庇で見えないが、二階の窓のどこやらで酔いしれた男達の、母をしきりに呼ぶ声が聞えて来る。

うずくまったくらがりの中の島を哀れむ気持も瞬間で、「そんなら、島さん、御ぶれいします」と言い捨てて母はあたふたと、ガラス戸の内縁になった廊下を、さっき来た方向へ急いだ。

上へあがれば、まだ酒宴の勢いはさほど衰えてはいなかった。

母は手を振って大広間へはいっていった。

祖父も加藤さんも愉快そうに議論し合っていたし、曳地も帰って来ていて、米浜、石本らと飲み合い、顔も眼もおそろしく赤くしていた。今迄座敷の中央の一かたまりをリードした形で、高い声を張り上げ、三味線を弾きながら歌っていた芸者が、更に大声で、

「あーら。御到来、御到来。お局（つぼね）さまの御到来。みなのもの。下に。下に」と騒ぎ出した。座中の者も一斉に母の方を見て、歓声をあげ「出来んぞ。又一人で抜けだして」「民江さんにかけつけ、かけつけ、一人で一杯ずつ全部やれ！」

母が出金の宴と心得、みな如才なく、女王のようにあがめ奉って騒ぐ。わっと集ってくる男達の盃を、さきほどにもまして多く飲み干し、（ええも糞）と思うまま「あたしゃ、今から踊りまぁす」と一声さけんでしまった。

歓声と拍手が座中にわいた。芸者も黄色い声を張り上げてよろこび、何でもよいという母の踊りの曲に〽咲いた、咲いたよ、アリャサ、弥生の空にヤットサノサ……と、狂気じみて派手に弾き、歌いだした。一同もみな歌い、手拍子をとりだした。勿論、踊りの出来る母ではない。しかし、酔いのため、厚いお面をかぶったような感じであたりの様子の識別が完全に薄らいでしまっている母はのぼせたように、その大広間の中央にあった、大きなしっぷく台の上へとびのった。

そして、先刻土をふんで来たまんまの足袋の先でしっぷく台の上にあった、いくつかの盃やかんびんを元気よく畳の上へ蹴落した。

〽咲いた、咲いたパッと咲いた……と、母は満座の中で、その太い体をおかしげに、即興に、而して精一ぱい手足を

伸して〳〵シャン、シャン、シャン……と踊りぬいた。

一同の笑いが渦巻く。母の体は重たい。太い足の力は強い。それにこの徒飲の輩への忌々しさ、又一方、燃えたってくるような曳地省吾への情熱とが、体内で張り合って熱を出し……力一ぱい……ふんづけ……ふんづけ……〳〵シャンと踊れ、さてシャンと踊りあばれている時……バリバリッという、かすかながら誰にもわかるような板の割れる音がしたのだった。

遂に母は、この茶屋では唯一の、立派な黒檀のしっぷく台を、踏破ってしまったのである。瞬間、一座はシーンとなって……やがてして、又どっと笑いさんざめくつむじ風が巻き上った。

もう何時頃であろうか。真くら闇で、どこに自分が居るのかもわからない。高い桝組の天井へ、廊下あたりの灯がもれているようで、上だけ少しあかるく、その天井の桟の列の長い影が天井板へ一様に伸びている。

相当に酔った後だという事はわかった。そして次第とここが桐茶屋の、ある一室だという事もわかり始めた。

着物を着たまま寝ている自分の上に、厚い丹前と蒲団が着せかけてある。枕もして呉れている。遠くで、まだ飲んで議論しているらしい男達の声が夢のようにかすかに聞えてくる。(父さんはどぎゃんさしたっだろか。あたしより早つぶれらしたごたったが……)漠然と思い出していた。まだ醒めきってないで、体の中にねばっこいものが一ぱいつまっている感じだけの、一種の鈍重な快さがある。

闇の中に眼が醒めてから、又、どのくらいたったろうか?

部屋の襖が、かすかな音ですっとあいた。

そこに男の影絵があった。廊下に灯がともり、部屋の中は暗いので、男のそのシルエットは、寝ている母にもはっきりわかった。上半身が少し前へかたむき、尻が後へ突き出していた。そして左の足が短かく、襖の桟へはその親指の先しか触れていないように宙へ浮いていた。

その男は部屋へ入り、再び襖をしめ、母のねているところ迄、大揺れに体を動かしてやって来て、そこでしばらく立っていた。

母の方から「省吾さんだろ?」と言いかけようとしたが、ひどく疲れていて声が出なかった。と、その男は、母の寝ているかたわらの畳の上に、大きな積木人形が崩れるように、ぐわらぐわらと崩れて、横になった。その時のドスッという音が、強い力に感じられた。男の吐く息がはっきりと聞える。酒臭い匂いがした。母の口も熱っぽく乾いていて、酒気があった。

しばらく、くら闇の中に二人は身じろきもせず寝ころがっていた。

ややあって、母が重たい頭に手をふれようとして、かすかに腕を動かした時、その肥えた手を、骨張った手がのびて来て強くにぎった。その手は夏の日の瓦ほど熱かった。

6

つくり出し踊りの勢いのあまり、衆目の前で踏破ってしまった卓台の代価を、人を使わして桐茶屋に聞いてみたけれど、桐茶屋の方では「もう、よございます」と言って来て、別に弁償を取ろうとはしなかった。

宴のための散財が時の金で〆めて四千八百円だったので、むこうで遠慮したのであろう。

而して、この高くついた仲なおりの宴をきっかけに、母と曳地とははっきりと結びついてしまった。

昼間のスンカキの仕事が終るとすぐに丸髷を結いなおし、厚化粧をし、錦紗の着物で夜は出かけていく三十四歳の母だった。

火のついたような二人の逢瀬は、そこ三日とは間を置くことは出来なかった。

島との時もだが、この曳地と母との相伴もして、共に遊び廻った事のあるお幸さんは、ふと今も当時の母を思い出して、こう語るのである。

「……そりゃね。その頃あんたのお母さんは華手なもんだったよ。どぎゃん金持の奥さんでもさっさん事をしよらしたもん。常時始終、錦紗の着物着て、丸髷結うて……丸髷の手絡の色も毎日変りよった。どだい髪の黒かし、色は白かし、妊娠したごと胴の太として、着物着らすと、非常晴れしよったもんね」

この頃、お幸さんは運転手の中村と結婚するばかりになっていたのだが、その中村をすっぽかして、母達について遊んで廻っていた。お互に好き合うた仲であるが、性格は全く反対で、中村は堅気一方の、お幸さんに言わすれば（気のきかん野暮男）のたぐいで、金を浪費しての乱痴気騒ぎの時にはかえって邪魔な存在であった。そうかと言って、もしも中村に女が出来ようものなら、お幸さんは血相変えてとんでいくにちがいなかった。が、勿論そのような心配はないほどに中村はお幸さんにまるめこまれていた様子だった。お幸さんには離れていても大丈夫という自信があったのだ。

昭和十年――この頃である。昭和の初期からぼつぼつ出来はじめていた西洋風のカフェ、バー、キャバレーの勢が頂点に達したのは。

日本の消費都市という都市が、すべてそのような享楽の狂想曲を奏でていた。カフェの全盛時代……しかし、もうすでにこの頃には日本軍国主義へのしるし……「国体明徴」などの旋風がおこりつつあり、翌年の二・二六事件を契機として、いよいよ黒い雲が漂よい始めていく世の中である。日本人というすべての日本人が、戦争というものへ一気になだれこんでゆくその直前、その漸次消されていくべき己れの運命をすでに予感しているかのように「日本人の享楽」は、極度に赤く熟れて、夜な夜なジャズの中に、酒の中に、嬌声の中に渦巻き叫んだ。そして、ネオンが日本各大都市の一角を、短い命をあせるもののように、夜もすがら空を焦して明滅していた。

消費都市である熊本市も例外ではない。その時分の所謂「青い灯赤い灯」のカフェ街として不夜城を誇った界隈は、新市街から銀杏通りを通って三年坂通をふくめる一帯である。そこには当事の有名店がひしめきあっていたものだ。三年坂の「千姫」「モロッコ」、銀杏通りの「日本」「パレス」、新市街の「美人座」をはじめ、「アジア」「ライオン」「ゆりや」「ひびき」等の大小の店々が妍を競っていた。

街路上は、戦後現在のあでやかさとくらぶれば、ネオンの輝きなどに於て引けを取るであろうが、一旦夫々の店に入れば、そこには、まだ己れに自信と確信とをもっていた頃の日本人が、せい一ぱい翼を伸ばして享楽するに足る桃源境が、どこにもここにも派手やかにもうけられていた。

女給らの中には、当時の最新型である、腰にぴったりついたスカートの裾が長く、肩や胸あたりには幾重もの布がひらひらと重なり合っている服を着、髪もショートカットしているものもいた。が、殆どはウェーブを出した耳かくしの洋髪や――耳を一方だけ出すのも流行した――束髪に、一寸造花をつける程度で、あとは胸高に幅広の帯をしめた和服姿で接客していた。

ダンスするよりも、ただソファに坐って女給と共に酒飲、談笑していた……しかし、この時代こそ、遊び好きの熊本ッ子にとって忘れられぬ思い出の佳き時代であったろう。

それはカフェの片隅におかれた、あの古い型の電蓄のボックスから――エボナイト製の音盤と鋼の針とのすれ合う間から、かん高く流れたさまざまな歌と共に――。

〽空にゃ今日もアドバルーン
さぞかし会社で今ごろは
お忙しいと思うたに……

と歌う「ああそれなのに」を筆頭に、「二人は若い」「青い背広で」「忘れちゃいやよ」「とんがらがっちゃ駄目よ」

そして二十余年後の今日歌ってみても、なお古くない味な歌……又そして、過ぎ去って行った時代をありありと再現して呉れる程の魅力をもったはやり歌が一時に続出しているのである。

「赤城の子守唄」「野崎小唄」「お夏清十郎」「むらさき小唄」「すみだ川」「お駒恋姿」「男の純情」「片瀬波」「無情の夢」などそうであろう。そしてこの頃全盛をほこっていた歌手東海林太郎の歌う、

〽夜が冷たい、心が寒い
　渡り鳥かよ、おいらの旅は……

の「旅笠道中」の唄あたりが、母と曳地の逢瀬を彩ったものであった。

母と曳地とお幸さんの三人はよく銀杏通りへタクシーをとばせて遊びに行った。酒が入ればこの女二人は、女給達があっけにとられるほど陽気に騒いでいた。

行きつけでない、或るカフェに行った時の事だった。女給達はみな曳地の周囲にばかり集って騒いでいた。男の曳地が金の主と思うのは当然である。サービスを一身に受けている曳地の方を横目でみて、取り残された態の母とお幸さんは（ええもさいさい）で自分達だけで盃をかわしていた。女給達は派出ななりの母達を、曳地が連れて来たどこかの玄人女と思っている様子だった。

と、見兼ねたのか、一人の、四十すぎの仲居が、二人のところへ来て、何くれと心からサービスをしだした。この仲居の気持が嬉しく、母は十円札をそのまま仲居に与えた。仲居は意外に思った様子だったが、丁寧にそれを押し戴いた。

ところが、これが女給達の眼に触れたのである。この後十分もすぎた時分には、女給達は母のまわりを取りまいてしまった。したたか酔った母はその女給達にも一人一人チップを振舞った。彼女らは喜びを露骨に出して、サービスをつとめた。曳地は忘れられた形だった。

「かえろ、かえろ」

母はお幸さんと曳地に合図して立ち上った。しだれ桜を擬したキンキラのすだれをわけて、白いタイル張りの円柱が左右に立つ狭い入口の三和土から、路上のタクシーに乗る時、女給はみな懐になにも無いらしい曳地を二の次にして、母とお幸さんにだけ懸命な愛嬌をふりまいて、華やかな勢ぞろいをして立った。

酔った三人はタクシーの中におさまった。女給達はキャーッとあでやかな声で、手を振ったり、頭をさげたりして、別れのポーズをつくった。と、そこへ母の、ど太い、餓鬼大将のような地声が飛んだ。

「馬鹿どん！」

あっけにとられている女達を尻目に、車は動いて去った。

母達のほうらつに遊ぶ姿は「千姫」や「モロッコ」あたりによく見受けられた。そこらのマダムとよく知り合っていて、特別にサービスを受けた。この精気あふれていた三十代半ばの時分を回顧して、今の母は言う。

「あたしはどういうものかね。省吾さんと一緒に遊びに行きよったが、時々省吾さんば打忘れて、美しか女給に見とれよった事のあったがね。あたしはどっちかと言うと、美しか男ば見とるより、美しか女ば見とった方がよかった。〝千姫〟に雪さんちゅ若っか西洋人形のような美人がおって、わたしがその女ばっかり呼んで、何でん買うてやりよったけんで、一遍なようと省吾さんの悋気(りんき)さしてね。今から思えば面白えもん」

しかし、ともあれ曳地と共に費す金は、母にとって何程の事でもなかった。

スンカキを別にすれば、あとは曳地との事で一ぱいだった頃と推察される。

7

田上は変らずのぶらぶら暮しだった。

色黒で苦味走っていた筈の彼の顔も、肌はひどく赤ただれに荒れて、眼もと口つきが虚脱したような陰惨さを漂わせるようになって来ていた。

が、外面はとにかく、心の中は所謂「非常な人間好し」になっていて、モトおばさんには「酒を」「酒を」とすすめるし、私や信正には虫気の薬であるくさぎな虫の蒲焼を朝市から自分で買って来るし、女中の清ちゃんのために薪物割りまでやってやる。隣りの「魚万」の老主人が川べたの張り出し縁を修理しているのを見て、さっそく自分で出て行って手伝い、足をふみはずして、裏の空地にころげてしまった事もあった。

絣(かすり)の筒袖に六尺帯をぐるぐる巻きにし、高下駄を威勢よく鳴らして歩いた昔の朝市男の不敵な元気さはすでになく、見る人が見ると、そこには「寝とられ男」の悲哀が、一度は狂ったその頭の中に淀んでいて、如何にも影の薄い、しょんぼりした姿に見えた。

田上は、塩屋町に出入りしていた曳地とは、もともとから顔見知りであった。

　一度は佐賀まで二人旅をした事さえある仲である。と言うのは、まだ曳地と母の関係のない以前の事だが、田上の脳の保養という意味で、田上の実母の里である唐津の海岸へ行くとき、母の代理で、曳地がつきそい人としてついて行った事があるのだ。

　そんな時分は、田上が主人、曳地が傭われ人という形だったわけだが、今となっては、田上は曳地に挨拶もされぬ存在の男になってしまっているのである。

　この、母へは表だって何の反応も示さない田上が、唯一度こんな事を言ったことがある。定期場の家で、その土間にいた時、丁度、向うの定期場の角を曲って曳地がびっこを引きながらやってくる姿が見えた。と田上はかたわらに立っている母へ、

「ほら、ほら、今日も又、向うから、ぬしが千両役者の来よるぞ」

　曳地の歩行が、手を振り足を曲げ、あたかも踊るようになるのを、千両役者と皮肉ったらしかった。母は「ふん」と言って、何とも答えなかった。

　それは丁度、母と曳地が博多にしめし合せて遊びに行った留守の事だった。


――私達一家は毎夏、山鹿（やまが）と阿蘇の温泉へ行く事が恒例になっていたが、その母の留守であった夏も、勿論行く事に決っていた。山鹿は竹内旅館。阿蘇はS旅館と、いきつけの場所があるわけだったが、行く時には皆夫々車も日も別々にでかける事が多かった。

　大抵は祖母と姉とお幸さん姉妹の組。祖父と松代とお宮との組。田上と私と信正とモトおばさんと清ちゃんとの組。

――というふうにわかれていた。

　その夏、信正は清ちゃんと一緒に留守番で、私とモトおばさんが山鹿灯籠（とうろう）を見てから阿蘇へ行く事になり、田上は一人で直接阿蘇へ行って、私達を待っているという事になった。で、私とモトおばさんは早目にタクシーにのって山鹿へ向った。

　夜を徹して行われる旧盆の灯籠祭りが山鹿で終ったころ、急にモトおばさんは、

「暑さ、暑さ、早う（はよ）阿蘇に行かなんね。お父（とっ）つあんの、泰三はまだだろかちゅうて、待っとらすばい」と言いだして、予定より早く山鹿温泉をきりあげて、阿蘇へ向ったのだった。

　深い渓谷の中にあるS旅館の玄関に、私の手を引いたモトおばさんと、私の愛用の蓄音器をさげたタクシーの運転

手とが立った。顔見知りの女中が廊下を先立ちながら、意外な事を言った。

「あの……旦那様が今朝がた、それも早く、熊本へお帰りになりました」

驚いたのはモトおばさんだった。

「あーら。おかしさな。田上さんの。——なあんてち言わっさんでしたか?」

「はあ……何にも」

「まあ、折角急いで来たてかる。何かあったのではなかですか」

「別に……。けれど……旦那様は何だか、そわそわした御様子でして、お部屋には洗面道具など忘れておいでです。……おくさん達が来られるのはわかっていたのでしょうに、本当にどうなさったんでしょうかねぇ?」

部屋に落着いたあと、野外の温泉プールへ行く私のためにカバンから水泳パンツをとりだしながら、モトおばさんは頭をかしげ、ひとりごとした。

「田上さんは又、頭のどぎゃんかならしたっじゃなかろうかね」

このS旅館のある場所は、外輪山の内側、南阿蘇に位置していた。

鬱蒼とした樹林、壮麗な滝壺、岩塊累々たる渓流などが、S旅館をめぐる地域の特色である。人界を離れたような、夏知らずの、原生林の中の谷間、そのかたわらに建てられているS旅館は、ただこの地域に一軒しかない宿である。大きさと、古くから在るという点で他にひけをとらなかった。

深い渓谷に面して建てられているので、この旅館まで行くには、車で下りてから崖を切り崩した細い坂道を十分以上も下りて行かなければならない。

その途中、左方に見事な滝を見る事が出来る。それは渓谷の向う岸であるが、霧のような水しぶきが此の岸まで絶えず這いかかっている。高さ十五米(メートル)ほどの岩間から放出される水は丁度銀狐の尻尾のようにさわやかで美しく、ぐんぐん先が伸びながら、落下する様は、あたりに響きやまぬ瀬音と共に、この原生林のあらあらしい鼓動を示す生きもののようである。その滝口の、更に上方を仰ぐと、黒い巌からなる峯々が峨々と連らなり、その又遥か彼方には、なだらかな肌の緑の山峯が幾重にもかさなりかすんで見えた。これが外輪山の屋根になっているのだった。

幼かった私を、この旅館は如何に毎夏愉しませたことか。それは長く果てなく、迷宮のように入りくんだ旅館の廊下であった。

玄関から真直ぐに奥へ向っている、艶々と拭きこんである、御殿のような大廊下。女中達が膳をもって行き交い、炊事の匂いのたちこめている地下の大廊下。高台の湯殿へ行くための細い廊下。地の底の地獄湯へ下りて行くための、階段と階段との間をつなぐ曲折した廊下。あてどなくそんな廊下を歩きまわると、ある角のところあたりでは、二、三段という、ほんの印ばかりの階段が、小開きした扇子のようにねじれてつけてあるのが、又うれしかった。ある所では急に坂廊下になっていて、それは磨きのかかった幅広のすべり台のように先へ伸びていた。そこを叫び声をあげながら、スキーよろしく、すべっていく。その廊下の突き当りには、その壁そっくりを全部鏡にしてあるのも知らず、（おや、向うに又昇り坂の廊下があるな）と思って行くと、自分と同じ姿の子供が両手をあげ、口を開いて何かを叫び、両足を踏んばって、すべり下りて近づくのが眼に入って、はじめて鏡の壁だったと驚くのだった。

あの大学病院のよくすべる、オークル色の長い長い廊下も好きだったが、このS旅館の方が変化がある点で、より私の気持を捉えたものだった。すでにこうやって、私には一人で気ままに遊ぶ癖がついて来ていたのだ。

このS旅館は又、湯の種類の多いのと、その多量さとでよく知られていた。その熱さの加減が湯殿によって違い、又その量ときたら、阿蘇で随一とも言えた。ただ、この宿をこんな風に言う人もあった。「あそこは蛇の多うしてな。蛇屋敷のごたる」

これも相当に行きつけた人の言葉であり、一、二泊しただけでは気はつかない。現在はもう誰もそう言う人はないようだが——私が幼少の頃連れていかれた時分は、たしかに蛇は多かったようだ。上客の泊る三階建の本館の客間に蛇が現れるという事は殆どあり得ないが、山づきにある平屋の自炊客の寝泊りする附近にはよく出没した。一週間以上滞在する時は、モトおばさんは私や信正をここへ連れて来ていた。

夜中のこと、蚊帳（かや）の上にバサッと落ちて来たものがあり、その重みで蚊帳の天井の部分がへこみ、蚊帳全体がゆらゆら揺れた。マッチをすってみたら、蛇が青い膚を光らせながら蚊帳の網にはまりこんでのたうっていた。

ある時、鼠の声がしきりとする。あちこち探したが見つからない。と、突然、床の間の落掛の裏側から、黒く長いものが、だらりと垂れて宙にさがった。蛇が小鼠を半分呑んでいたのが、餌物の重みで、つい頭部半身を垂らしてしまったのである。

プールへ下りて行く石の階段。売店へ行く石畳の道。そこらに蛇が太い胴体を一直線に伸して、静かに移行していくのに出喰わし、危うく踏みつけそうになった事も幾度かあった。

そして、このS旅館には、次のような話がまつわりついているのだった。

S旅館で最も熱い湯と言ったら、地獄湯である。この湯殿に行くには、地下廊下よりも更に下へ、三十段ほどの狭い階段を下りていかなければならない。

この湯殿は、本館と離れた、独立の家屋の中の岩風呂になっている。その一軒家屋の周囲は、岩が累々とかさなる河原になっていた。

小屋風の板がこいの家屋のため、中は昼間も薄暗かった。夜になると、黄色に濁った裸電球が、男女両湯をへだてる板塀の上の天井に、唯一個ともされた。

板壁の下から、荒々しい岩石が突きでて、かさなり合い、それが湯槽（ゆそう）の一方のふちになっていた。岩石が湯のために黒くテラテラと濡れて、うす暗い電光の下に底光りしているようだった。湯はひどく熱く、壺の底はざらざらとした砂で、子供の私にとっては誠に気味悪く、一度はいったきりで、あとはいらなかった。

しかし、他の湯槽へはいかずとも、この地獄湯へは、名物の一つとして好んで下りて来る人が少くなかった。ところで、この湯へは昔から男一人では行ってはいけないということになっていた。女中もそれを明言し「どうか、皆様と御一緒に」と注意するのだった。

男一人が入湯しておれば、何ものかにおそわれ、精気を吸われて、死ぬという言い伝えである。いつのころから言い伝わったのかわからない。女中が一つの例を話した。

昭和二年頃の事……S旅館に若い夫婦が宿をとった。夕食のあと、男の方がさきに地獄湯へ下りて行った。新妻もすぐ行くつもりだったが、何かの用で、大分遅れてから、階段を下りて行った。そして、男の湯の方をのぞいて見た。と、裸の夫は湯床に立ひざして、一人の女に背中を流させているのである。誰ともわからぬその女は洗い髪の、浴衣のもろ肌ぬいだ、色の白い美人……と、思った瞬間、妻は嫉妬の感情にひきつった。ものも言いかけず、直ちにひきかえして、上の部屋へ上った。夫が湯から上って来たら一思い言ってやろうと待っていた。

が、いつまでたっても夫は帰ってこない。しびれをきらして、とうとうもう一度、地獄湯まで下りて行った。黄褐色の電光の下の岩風呂の中に、一人で男が湯に浸っている。顔をうつぶせている。名をよんだが、返事をしない。眠っているのかと思って、女は近づいた。

妻のひき裂くような悲鳴が、ゆげに濡れて、しずくのたれる湯殿（ゆどの）の天井を斬った。

男の足のさきは、槽の底についていなかった。下向きになって、体ごとぽっかり浮かんで、湯に漂っていたのである。

「こんな事があったそうですから、男の御一人さんは遠慮されたがいいなんてことになっておりまして」と女中は結んだ。

この、男の生血を吸いに来る美女というのが、宿の川向うの岸壁に住む大蛇の化身というのであった。

私達がいつも通された座敷、その手すりによって眺めると、すぐ眼の下には奇怪な岩塊が無数に投出されていて、かみの滝の水がその岩間をぬって、白い泡をたてながら、そうそうと流れて来ている。その瀬をこえた向う岸は高い山で切りたった緑の壁面が迫っている。鬱蒼たる樹木、その枝や幹にからまりつく蔦の葉の一枚一枚が手にとるように見える。その向う壁に添う下流の方向、此の岸もそこは既に旅館の長い館の尻が切れているが、その附辺と対峙する向う岸の壁面の中央、蔦に半ばおおわれたようになっていながら、人間の等身大ほどの穴のぽっかり黒い口をあけているのが、遠望される。

それは特別に教えられなければわからない位の、座敷からは遥かな穴で「ほーら、あの穴」と、モトおばさんや女中に指されて、私は手すりに身体をのりだして見たものだった。

言いだした者が、この土地の人か、宿の人かわからないが、とにかく、その穴には、夜の変事がある前に、ぽかっと赤い灯びが、二つともるという事であった。

この辺一体の主である牝の白い大蛇があの穴に住んでいて、人の寝静まった深夜の旅館の方へ、闇の中の瀬を泳いで渡ってくる。

誰もしらぬうちに、あの蔦生う穴に赤い灯がともるのは、そんな女の現れる晩……。

即ち、その二つの灯は、こちらを向いて次第と輝き出す白蛇の赤い眼だと信じられていたのだ。

私とモトおばさんが山鹿からこのS旅館へ着いた日のその前の晩の事だった。

田上は熱湯好きだった。だから好んで地獄湯へ下りていた。部屋も地獄湯へ下りる階段のすぐ下り口にしていたほどだ。その夜も地獄湯で十二分に浸って、その黒い体をさらに真赤に染め上げて、部屋へもどって来た。渓流に面した縁の籐椅子にあって、しばらくすずんで、闇の中から瀬音にまじってしきりと鳴くかじかの声を聞いていた。

と、阿蘇山間のひんやりした夜気のためか、急にズーンと寒くなったので、部屋へ入って障子をしめた。夏丹前をひっかけ、折りから運ばれて来た膳を前に、女中とさしむかいで酒を飲んだ。

やがて夕食を軽くしたためて、酩酊のまま女中のひく床の上にごろりとねてしまった。

女中は田上の上に夏蒲団をかけて、灯はともしたままひきさがっていった。

それからどの位時間がたったろうか。田上はふっと眼をさました。「今晩は」「今晩は」と、障子の向うで呼びかけている女の声がしたと思ったからだ。田上はまだよくさめきらぬ心持で「おい」と言った。「誰かい?」

「今晩は。失礼してもいいですか」

「ああ」

障子が少し開いて、女の笑った顔があらわれた。指を敷居について、

「旦那様。お一人なんですね。お肩をおもみしましょうか」

さきほどの女中とは違うが、この旅館の女中の一人だな位に田上は思った。色が大そう白い、瞳が非常に黒っぽい、そんな瞬間的印象だけで、よくは相手の様子もみないままに「ああ頼もうか」と言って、うつぶせになってもませる事にした。

女は甲斐々々しくもんでいたが、その合間にも透明な涼しい声で、とりとめもない事を田上に話しかけていたようだった。田上はそのうちなんとも言えぬいい心持になって来た。そして、いつの間にか、うつらうつらと再び睡りの中へひきこまれてしまっていたのだった。

又、ふっと眼をさました。さっきのまま、部屋の灯はついている。蒲団はきれいに着せてある。女はもう引きさがったものらしかった。田上は尿意を催したので、厠(かわや)へ立とうと、蒲団をはねのけた。と、その時ある事に気付いたのである。下帯の内側のある部分と、白いシーツに少しだけ、血がついていたのだった。

瞬間、田上の脳裡には、先刻の女の事が走った。背中から発した妖気が頭の毛のさきまでズーンと来た。田上はあわてて自分の体のあちこちを調べ、そして深夜に慌しく部屋つきの女中をよんで、部屋を変えさせた。

そして、その早朝、彼は、もうやがて山鹿から来る筈のモトおばさんと私の事など宙に忘れて、阿蘇を熊本へと発ったものである。

田上の頭は、これをきっかけに又変調をきたしてくるのであった。

田上はこの山中での出来事を、とっておきの話のように、真剣に人に話した。

（危うく、女に化けた大蛇から血を吸われて死ぬところだった）と、こう芯から思っている風であった。

阿蘇から帰って来たモトおばさんに、酒気に爛れながら懸命に話す。モトおばさんも、つがれた盃を口もとにあてがいながら「ふむ、ふむ、あー、やっぱ、ほんにまあ」と熱心にきき入り、挙句はブルッと肩をふって「ああ、寒気のして来た」と言っては、又自分の盃に田上の酒をついでいた。

――ところが、博多から帰って来た母は、モトおばさんからこの話をきいたのだが、全くあっさりと、現実的に解決してしまった。

「褌に血のついとったて？　あの人は痔の悪かっだもん。前から。酒のますけんで、いつまででんなおらんと。あの不養生じゃ血ぐらい出るよ。それに、その按摩に来たヨカオナゴてち、夢ばし見らしたっじゃなかろうか」

そして、翌年の二月――そんな事のあった夏から半年目――突然、田上の身の上に死が見舞うのである。

8

田上さんが倒れらしたけん、すぐ帰れ――という知らせを受けたのは、母が「氷湯」の朝湯から上ろうとしていた時の事だった。すでに、着物をきていたお幸さんにせきたてられるようにして上った。そして、二人は、二月半ばの、蜜柑色の朝日が一ぱい射している洗馬通りのアスファルトの上を走った。田上は、定期場前の家の座敷に床をしいて寝せてあった。裏小路の渡辺医師がすでに来て脈をはかっていた。田上の顔は赤らみ、口から蟹のような小さな泡をふいていた。

その日の朝も田上は、電信町の「くすり湯」の朝湯に浸ってから、（母は氷湯、田上はくすり湯で、いつも夫婦は反対の方角にある銭湯へ夫々行っていた）定期場前の家で、隣の「魚万」から熱燗をとりよせて、独りでちびりちびり楽しんでいたのだった。

この朝はことに冷えこんで、定期場の店々の屋根にはまだ霜が塩をまいたようで、それが朝日に輝いていた。

田上は土間においてあった火鉢に股火をし、ねじでっぽうの上から綿入れ丹前をひっかけて飲んでいた。と、田上の右手から、酒が入ったままの盃がぽろりと土間へ落ちた。

すぐわきの炊事場にいた清ちゃんが、落ちた盃に気付いて、（あら）と思って声をかけようとした時は、もう田上のいがぐり頭はぐらっと動いて、仰向けざま、丸椅子と共に、土間の張板の上へ大きな音をたててころがりおちてしまったのだ。

　脳溢血であった。厳しい寒さと、朝湯と、熱燗と、そういう条件が、ただですら弱まっていた田上の頭の血管を破いたのだった。倒れたあと、九時間ほどの昏睡状態が続いた。そして、その日の夕刻、息をひきとった。

　知らせがあって、私は一新幼稚園を途中でひけて帰ってきた。家のそばまで来ると、普段とは違う人の出入りの気配だった。

　私はまだ死というものがはっきりわからない年齢にあったが、何故か家の中の息苦しさが直感されて、どうしようかと途惑った。

　中からお幸さんが出て来た。私はとっさにかたわらの電信柱に身を隠してしまった。息をひそめてじっとしていたが、肩から下げているカバンがはみだしているのをみつけられてしまった。

「なんだろか、泰ちゃんは。早(はよ)う、家へ入って、お父(とっ)つぁんのところへ行かなんて」

　お幸さんは私の手を引こうとしたが、私は嫌がり、電柱にしがまえついていた。

「わあー、この子のおそろしさしよる。なぁん、仏(まいまい)さんばい」と無理につれていこうとしたが、私はなお、懸命に柱に両手をまわして行こうとしなかった。

　――座敷は大勢の人が集っているのに、ひっそりとしていた。ここで「父」の枕辺に坐らせられた私は、わきのモトおばさんから頭を撫でられながら、こう言われた。

「お父つぁんはね。遠か、遠かところさんいかしたとばい。もう帰ってこらっさんけん、ようと顔ばみときなはりよ」

　そして、おばさんは「父」の面の白い布を取り除いて呉(く)れた。私はその死顔がどういうものだったか、細かくは記憶にはないが、唯普段よりは、額や頬の皮膚が、大そう冷たいような感じだった事だけ覚えている。そして昨日までは私にいろいろもの言いかけて来たその顔が、もうこのまずっと動かないのだと思った時――「父の死」という事実が漠とおそってきて、急に声を放って泣きじゃくったのである。

（で、この瞬間的印象が、のちのちまで脳裡に強くあるものだから、青年になって突然〝お前の父は違う人だ〟と言われても、コマるわけである。父の死とその時とを幾度結びつけ、幾度そこで確めて来た私であったろう。あの時に父は死んだのだ、と自分に言い聞かせて――六歳の魂に、忘れられぬ思い出として残っていればこそ、この人を真実の父として、信じて来たのである。ながい間……）

頭を剃られ、成仏の恰好で手をあわせた素裸の田上は座敷におかれた銀色の真鍮作りの洗体盤の中に、頭を高くして横たわっていた。長病いではないので、肉付もあり、皮膚も赤黒い底にやや白々とした色があるだけで、生きた人が眠っているようだった。

田上の長男である私が、まず逆水(さかみず)をかけなければならなかった。おびえて、眼ばかりきょろきょろさせている私を抱き上げたのは、田上の兄、源太郎さんだった。

源太郎さんは私をいとおしむ口調で「ほーら、あんたがお父つぁんがね、立派な仏(まんまい)さんになるごと、しっかり水ばかけなんぞ」と言いながら、柄杓(ひしゃく)をにぎらせ、私のその手をにぎって水を注がせて呉れた。

田上のつるつるの頭に落ちた水は、透明な感じで、その瞼の閉ざす顔の、眉や頬の上を流れ、頭を伝い、合掌した胸あたりから、下へと伝って流れ下りた。その濡れていく田上の死顔を、かたわらに数珠(じゅず)をもって眺めていたモトおばさんが、田上へこうよびかけた。

「田上さん、今な、泰三が水ばかけよるばいた。わかるかいた」

昭和十一年二月二十五日、田上の柩(ひつぎ)が、定期場前の家を出たのは、丁度午前十時頃であった。

朝から灰銀色の寒々とした曇り空だったが、その頃になって、牡丹雪がゆっくりと降りはじめていた。しかしそれにもかかわらず、この葬式に列した人の数は、界隈の眼を驚かせるほどに多かった。祖父の顔の及ぶ限り。母の知る人のすべて——。

而して、それにもまして多い、朝市の仲売人の元締である源太郎さんの関係の人も又ほとんど顔を並べた。

それは誠に盛大な葬儀であった。送られた花輪は、定期場前の家を中心に、西へは凡そ百米(メートル)ほどさきの朝市会館のところまで、南へはスンカキ場の角を曲って明十橋の上を渡り、唐人町の第一銀行までも並んでいた。朝市会館までの方は、人の店の前を軒並に占領した形なので、恰も塩屋町裏二番丁の町そのものが葬式をやっているようで、とむらい客以外の見物人達が、他の町からやって来て黒山をなしていた。

母が金に糸目をつけず出した葬式に感嘆して「何ちゅう田上さんという人は幸せな人だろか。生きとるうちは好きなごと酒飲んで暮らし、死んだらこやん大きか葬式して貰うて。ほんに恵まれた男ばい」と、もらす人もあった。

——それは田上の柩が、幾人かの男の肩にのって、定期場前の家を出る時の事だった。「わっしが」「わたしが」と、母に顔をつくるための人々が、礼服のまま何人も進んで担ぎ上げ、輿のついた牛車の待っている表の路へ出そうとして暗い土間を通って、入口の敷居のところまで来た。と、つい、その出入口の上の鴨居に、柩のさきをひどくぶっつけてしまった。

この瞬間、その柩のゆくさきを見つめて立っていた母の耳に、すぐうしろあたりの誰やらの男の声が入ったのだ。

「ふーむ。田上さんも出ろごとなか筈。筈。なんのこの家ば只で出らりゅうかい。見てみい。田上さんは、この家をこのままじゃ出らん出らんと言いよらすと」

独り言のように呟やかれた言葉だったが、母ははっきりと聞いた。誰だろうか？　しかし、ふりむく事がどうしても出来なかった。

胸にぐんと来たその言葉のため、われにもあらず首筋の自由がきかない感じさえしたほどの刹那だった。

この場はこのままにと振り向かず、祖母達と一緒に柩について表へ出た。が、あとで色々と推し量り、心でさぐってはみたが、中年の男の声だったというだけで、大勢いる人の中の誰とも、とうとうわからずじまいになったのだった。

静かに雪の降る町中を、長い葬列が動きはじめた。参列者の中の、男の人達の一部と、そのために雇われて来た人達とが、夫々花輪をかかげて持っていく。このあと紅、紫、黄の衣に、金銀のきらびやかな袈裟を肩からかけた僧三人が、三人の人夫にもたせた傘の下で、声高に読経して歩き、それに付き従う一人の童僧が、手にもった妙鉢を、読経の合間にジャグワリーンと擦り鳴らして進む。このあと、水色の緞子でおおわれ、上から造花で一めんに飾られた大きな黒の柩の乗った牛車がゆっくり動いていく。牛には緋色の腹巻が美しくまかれていた。

柩車の後に家族が従った。紋つき袴の祖父を中心に、黒喪服に白えり白足袋の祖母と母。紺色のオーバーに黒い長靴下の姉、私、信正、モトおばさん、松代、お幸さん姉妹、田上源太郎さん夫妻、田上の老母、田上の方の親者……。そして、そのあと一般の参列者が続いた。

すでに明十橋を渡り、唐人町を真直ぐに突っ切り、友枝鎮神丸の店の前から、電車通り住友銀行の角を、この行列の先頭は曲って行っているのに、まだ最後の人々は定期場前を動き出していないという仰々しい長さで、電車を停めて、電車通りを横切っていく祭礼のようなけばけばしい葬列は、人々の眼を多くあつめ、噂の種ともなった。

牛車は柩だけではなく、鳩を運ぶための牛も二台加わっていた。

漆黒の、車台の上に、金塗りの網を張りめぐらした大きな鳥かごがのせてある。それは巨大な半円球の形をしていて、中にはとまり木がしつらえられてあって、白い鳩が十羽ほど、停っていたり、羽ばたいたりしていた。雪をよけるために、天蓋の部分は少し白い布をおおってあった。この鳩は万日山の火葬場へついたなら、一応空へ放たれる事になっていた。

呉服町の通りから祇園橋を渡り、春日の駅前から万日山へと、このものものしい行列は、牡丹雪の舞いおりてくる冬空へむけて、ジャグワリーン、ジャグワリーンと妙鉢の音を放って、長く長くつらなって行った。

9

次の日の骨拾いには、祖父と母と源太郎さんの三人がタクシーにのって万日山まで行った。

その金糸の緞子の袋に入った納骨箱は、一応、祖父の店の座敷の仏壇におく事にした。祖母がこまめに磨く仏具が、常時美しく輝いている大きな仏壇である。

母は何故か、田上の骨を自分の寝る家に、どうしてもおきたくなかったのだった。前の日、ふと、うしろに聞いた主のわからぬ男の声……が、人にいわれなくとも、それは母の胸底にある事だった。（すまない）という気持は偽りなくあった。葬式の日、雪のふる万日山の上で、田上の柩に火がついたとき、あたりかまわず、大声を放って、突然泣き崩れたのは母だった。

身もだえせんばかりに苦しがって、母は泣きわめいたのだ。その姿をみて大勢の人々は何と思っただろうか。殆どの人は、夫に突然先きだたれた妻の当然の嘆きとして、哀悼の眉をひそめ、衷心からの同情のまなざしでみてくれた事だろう。源太郎さんも、通夜の折、母の肩をたたいて、低く苦しい声で、こう慰めて呉れている。

「民江さん、あんたもきつかった。きつかった。が、あんたもきっかろうが、わしもきつか」と。

しかし母の気持は（死なれてつらい）というのより、（すまない、可哀想な男だった）という、これだった。

（あたしは田上を踏みつけにして暮して来た。田上はそれには何も言わずに、そのまま黙って死んでしもうた。可哀想な事をした。……すまない）

どうにもならない自分という悍婦の足もとに、脳をわずらいながら死んで行った一人の男への憐憫、そして自分の罪の深さへの後悔の情とが、一度にせめぎ合って、突発的に泣きふしたのである。

母は骨拾いから帰ると、一人になりたく、休場しているスンカキ場へ入って行った。入口のガラス戸を閉めると、人気もなくがらんどうとしている場内の長椅子に腰を下して、腕と背を机にもたせかけた。芯から疲れている。体はぐったりとなりながらも、頭の中はわけのわからぬ考え事で、くるくる回っていた。

（田上が死んだたいね。死んでしもうた。田上ちゅう男は、もう二度とこの世にゃ還って来ん）

……巻たばこに火をつけた……（田上も大分うちから利用されて来た。父さんのかわりに懲役迄行って来て。脳の悪うなるまでは、よう誰にでも勤めた。あたしがそこを踏みつけにして来た。……ばってん、最初だましたのは田上の方だった……）……（四十五か、まだ若かたね）……吹かしていた煙草がまずいので、そばの火の気のない火鉢の中にさしこんで消し、いよいよ深く机によりかかって考える。

（誰かが言うたね。寅年の女は、男を喰い殺すてち。ほんなことだろうか）

そして、最初の夫の総平さんや、長男の父親である瀬戸の死様を、ふと思いうかべるのだった。

（田上の死にぎわもあんまり突然ね。もしも、あたしと一緒になった男が死ぬるちゅうなら……ああそやんことのあるだろか。そんなら、あたしは一人で暮らさなんたい……）

しかし、それが今は全く不可能な事になっているのは母自身がよく知っていた。

曳地の事を思えば、うっとうしい周囲の抹香の匂いも消える気持だった。（死んだものは死んだもの。仕様は無か……）

そして、更に今までの男達が、みな何らかの形で、弱いところを持った男達だったと、自分に言いきかせていた。

自分と、自分の老父を、がっしりと助けて行って呉れるような強い男、頼もしい男、そんな男が自分には必要なのだとも言いきかせていた。そして、その像が、いつの間にか現実の曳地という男の存在に漠と重なりあっていくのをどうする事も出来なかった。

母は思いの回るままに頭をまかせ、そこにじっとうずくまっていた。

戸外の、それもずっと向うの定期場の角あたりで、カラン、カラン、カランとふり鈴の音が聞えてくる。号外のようであった。何か変事がおきたのだろうか……。

しかし、母はそんな戸外のあわただしい鈴の音も、何やら遠い夢のように聞き流して、なお、そこに坐り続けていた。

第五章

1

田上の葬式の次の日から、突然定期場が休みになってしまった。集って来た大勢の人々へ、場内のラジオの声が、その日の朝、東京でおこった変事を告げた。

陸軍の青年将校達が、反乱を起し、おかみの人々が幾人か殺されるという事件であった。こういう国内の大きな変動は米値にもひびき、予想をたてるのが不可能になるわけだった。やむなく休場となって、喧騒な界隈も、その日から数日間は、火の消えたように静かになった。

母がうわの空で聞いた号外の鈴の音は（あとで世間では二・二六事件とよぶようになるのだが）それを知らせるためのものだったのだ。

休場したのが、ものの三日間で、四日目には再び復活した。

しかし、この事件をきっかけに軍人の力が強くなり、よその国に戦いを挑みかけ、国民の生活力はすべて戦争一途に動くように命ぜられ、主食も統制となって、とうとう定期場が完全に門を閉ざす日の来る事を、まだ誰も知りはしなかった。

もとどおり、日に十六度の鐘は鳴り響き、競り声は威勢よく、人力車は並び、取引所の店々の敷居を活気ある人々の足が絶えず往復した。そして、それにまじって、その日暮しと楽しみの二つを賭けたスンカキバクチ打ちの有象無象が、小さな儲けに血眼(ちまなこ)となって、愛すべき小悪魔の態でチョロつくのだった。

明十橋際の「鶴之山軒」が「鶴之山旅館」に変ったのは、この年（昭和十一年）の三月末、丁度田上の葬儀から一月ほど経た時分であった。旅館経営は、祖父の、以前からの念願だった。普請(ふしん)好きの祖父は、すでに前年から改築にとりかかっていたのだ。

家幅八米（メートル）の二階で、奥行も今迄の裏の空地へと、ずっと拡張してあった。向って左が玄関、右が勝手口、その間の中央の部分のすべてが格子戸作りにしてあるのが特徴だった。

祖父と松代の寝室は道路側に面した二階にあった。祖母と姉は、奥の中央の座敷、坪井川に面する八畳の部屋であり、その他、この時、鶴之山旅館の中にいるものと言えば、家事手伝いのお幸さんの妹加代子、少し頭の足りない丁稚（でっち）、板前の元村。それに六人の上女中、下女中達であった。

――そして、宮子という女中が別に一人いた。彼女は最初女中として来たのだが、祖父が手掛けてしまった。それ以来、普通の女中なみに「お客さん相手」に律気に働きもせず、松代に気兼ねしながらも、祖父の身のまわり、食事など、のろのろとした動作で世話をやいていると言った、どっちつかずの存在の女だった。

彼女は、昭和二年の大津波で飽託郡（ほうたくぐん）小島村が全滅したが、その折無一文となって、母と弟と三人で熊本市へ逃げて来ていたのを雇ったのだ。

彼女は夜になると眼が見えない。ひどい鳥眼の、体も大そう小さい、唯何かと言うとさもおかしそうに無邪気に肩をゆすって笑いこける事の他は、見映えもしない女だった。すでに二十八歳なのに、十四、五歳の小娘のように見えた。この小躯（ちいさ）さには、あとで弟の信正が「目貫きの鰯（いわし）」という綽名（あだな）をつけたほどである。

松代と宮子は同じ屋根の下にあって、お互に祖父の寵を得んとする気持が意識の底に働いて、張り合う事がしばしばだった。しかし、祖父の気持の比重は松代の方が重い事は勿論で、常に正の立場を保っていた。それだけに松代は宮子の存在を気にし、陰気な嫉妬をくすぶらせていた。

宮子の方は男女間の情にも薄いようで、ちゃらんぽらんに世をすごしていく性（しょう）の、そして唯肩をゆすって笑うそれだけの女だったので、松代の鱗がさかだつ時は、そのままかたつむりのように頭を殻の中に縮めて、その附近にころがっていた。で、二人の女の感情が、正面衝突するという事はなかった。

――私の幼時に見た、ある場面は、その隠微な葛藤の一片として、思い出すことが出来る。場所は旅館の勝手口のあがり縁のところだった。酔って愉快そうな祖父が宮子の小柄な体を軽々両手で仰向けの形に抱き上げている。そして「ほーい、ほーい」と拍子をとって、大きく左右にゆすっていた。宮子は「おろしなっせ！」と叫ぶかたわら、もうそんな声もはっきり出ぬ位に、ケッケッと笑っている。満面、笑いにしわくちゃになっている。眼をつぶって、手で祖父の顎を押し上げて、必死な抵抗をしているが、それもいかつい祖父の体軀からすると、幼女の抵抗のように戯れたものである。地味なえび茶の銘仙の着物の前裾がひらいている。卵色の湯文字(ゆもじ)も裾より下へずれて落ちようとしている。宮子が夢中で両足をバタバタさせるので、いよいよ乱れて来た。帳場の方から私はこれを見ていたが、面白がって畳の上で地だたら踏んで「わぁー、宮ちゃん、宮ちゃん、めめじょの見ゆるぞ、見ゆるぞ」と奇声をあげて囃子(はやし)たてた。

　私の声を耳にした宮子は、一そう祖父の手から下りようともがき、且(かつ)一そう笑いをたかめた。が、祖父は両足をふんばり、赤く油ぎった顔で笑いながら、彼女を下ろそうとしなかった。

　と、その時、私は祖父のうしろの方、丁度階段のあがり口の板の間に、松代が立っているのに気付いた。そこはやや暗がりだったが、松代の白い顔は、うきだしてはっきり見えた。みひらかれた眼がうっすらと充血し、涙の露が下瞼にのって、今にもほろりと落ちそうにうるんでいた。そして、それは何とも言えぬ暗く執拗な怨みがこめられている眼だった。

　私はハッとして声を止めた。松代のその眼は祖父の仕草にじーっと注がれていた。

　そして次の瞬間、私の方をチラと見たのである。それは祖父への複雑な思いをこめた視線とは全く違う、はっきりと冷たい、つっぱなした視線だった。祖父への怨情(えんじょう)が急に冷えたその瞬間の、おこぼれの滴(しずく)が、こちらへ向けられた感じだった。今から推察すると(ふん、このジイサンに、この孫……)という精一ぱいの軽蔑の念——宿命的に山内家に結びつけられ、娘時代を〝妾〟という名のもとに経済的に庇護されて来た哀れな自分の位置を瞬間的に思いきり払いのけた——の、それがその眼の中に凝(こ)っていたように思われる。

2

　田上の四十九日が済まぬうちに、すでに曳地は母の家に入りこんでいた。

　母は四十九日が済む迄は決して曳地に逢うまいと決心していて、曳地にもそれを言ったのだが、やはりすでに藁に火のついたような仲は、如何なる事を犯しても、自然にそうなっていった。親分子分の義理には堅かった曳地だが、男女の間のことに関しては、人の噂も世の義理も踏みにじって敢行すると言った、冷酷な情熱をもっていた。

その年の春が来る頃には、二人はもう誰が見ても夫婦であった。スンカキ場の二階の八畳と六畳の二間が、二人の居室となった。

「やくざ」の男と愛し合った事のある女はよく言う。

「やくざとの経験があると、どうしても素人（しろうと）の男では物足りなくなる」と。

勿論、安定した幸福は摑めないかもしれない。しかしそこには強い洋酒に酔うような、得体の気れぬ理不尽な牽引力があるのであろうか。やくざの男が女を大切にする。それは堅気の男がその恋人にぬかりなくサービスを尽す、女房をいとおしみ大切にあつかうと言った性質のものとは異っているようだ。愛するが故の男の我儘が、強烈に女の上に君臨するのである。肉迫的言辞。つむじ風のような嫉妬。どすぐろい監視。打算のない挺身的奉仕。そして激しい愛、内至、情欲のせめぎがその間に在る。

露骨でひたむきな愛情を押しつけておきながら、まかり違えば、彼の手は女の頬に容赦なくとぶ時もあろう。

このような息のつまるような暗い刺戟。この中にそう言った類の女は、最も強烈な愛の陶酔を見るのである。身も心も理不尽にわし摑みにされたような歓喜である。こんな風（ふう）の味を覚えた以上、たとえ、どんなに安らかで世間的に幸福な堅気の男との結婚が待ちうけていようとも、やはり、やくざの男がよいと言うのであろうか。

母の場合、そっくり右のような事情があてはまるとは言わない。曳地にはまだまだ遠慮がある。年齢的、経済的、家族の配置の点、母の方が優位にある。彼はいわば居候（いそうろう）の内縁婿と言った形である。

……しかし、その中にも、やはり母は、曳地の愛情の示し方に、そのような今迄の男にはなかった、ただならぬ刺戟を感じていたのではなかったろうか。

曳地は、母の耳に強く宣言するように囁やくのであった。

「姐さんは二、三日前の晩、東雲（しののめ）座の前で起きた事件は知っとるど？　男を裏切って、他の男へ行こうとした女がその男から出刃包丁で背中ば刺されて死んだ話は？」

「ああ、その話は聞きました」

「姐さん、わっしもその男ぐらいの気持はもっとりますけんな。よう覚えておいて下さい」

おそろしさよりも、嬉しさの方が身に沁みる。そんな時母は、強い酒のような、濃度のある男の情の告白を感じるのであった。

母が曳地とこんな関係になった事には、「じいさんの為に」と言う、一つの理由がつけられている。

用心棒まがいの若い者など寄せつけぬ頑固な祖父。六十三歳の老体で、バクチ開帳を孤立した形であくまでやっている祖父。そのうしろ盾とも思って、曳地と一緒になったと言う。たしかに曳地とは今迄の男とくらべて、この親子二人の商売の用心棒としては屈強である。が、その母の理由は、果してどこまでが真実で、どこまでがのちになってその勝手な理由づけなのかわからない。

多分色恋が先行していたものであろうと思う。そうでなければ、田上の死の直後の、世間体を無視した乱れようが納得出来まい。が、曳地に崩れて行った母の意識の下に、われしらずながら（父と自分とを守って欲しい）という気持が働いていたとしたら。もしそうならば、一そう哀しいようである。母の腹からの恋にしてみたところで、それはすでに、祖父のつくりだした、ひずんだ家風の影響下に生れたものと思われてくるからである。

が、一方祖父の心には、自分の一人娘だけには、立派な男を婿にして、という悲願がある。せめてやくざではない男に……と。

総平さんは真面目な青年だったが、気弱なところが気に入らなかった。田上も又、これはバクチ好きの風来坊で、一層気に入らなかった。祖父はもともと〝職をもたないやくざ者〟を芯から嫌っていた。自分でバクチは打っても、米屋の丁稚から車引き、それから果物行商、駄菓子屋、飲食店と、筋のある仕事をやってきている祖父には、徒食の徒というものすべてが信用のおけない唾棄すべき輩だという考えが、強くあった。

だから、母と曳地の関係には、断固として反対だったのだ。田上の場合の反対より、それは徹底したものであった。

が、田上の時のようにカッとなって暴力を振わなかったのは、突然知ったのではなく、前々からうすうす知っていた事柄の延長だったからである。娘とは言っても、中年であり、自分にも優る儲仕事をきりまわしている者に、昔ほどの横暴は振えない。あきらめている。が、母が改めて曳地の事を打明けた時は、実にいまいましそうな口調で、こう答えた祖父だった。

「おい、民江、曳地とは早別れたがええぞ。今はよかかも知れん。だがね。俺のみるところじゃ、曳地という男は、お前にむごう苦労させる男ぞ。そうにらんどる。別れ、別れ。……今、見てみい。あのチンバの良か方の足で、ぬしゃ必ず濁川さん、蹴落さるるごとなるけんね」

自分が自分だけに、せめて一人娘には、やくざでない男と添わせたいという願い。しかし、娘だけに正常な望みをかけるには、祖父の毎日は、あまりに逸楽的放恣さによって充たされていた。六十坂をこえていながら、二本木へ通う事は、昔と変らなかった。

　身から剥がれていく壮年の気を惜しみ焦せる気持もあったであろうが、やはり普通には人のあまりせぬ事だった。

　二本木へのお供として、松代や宮子やお幸さんらの女達やら、顔見知りの刑事達を連れて行った。

　刑事達には、自分の仕事を見逃がして貰った事への返礼の意味もあったが、やはり酒気が入ると、自分の気に入った相手なら、男だろうと女だろうと、二本木へ行くタクシーの中に乗せたがった。

　松代と宮子の対抗意識も、所詮祖母というちゃんとした正妻の、蔭にあたる存在なので、そう徹底して張り合うわけでもなく、あるところでは急に仲よくなったりした。そしてざざめきながら、二本木へお供していく。

　女客を喜ばぬ二本木も、得意の祖父の連れとあれば、念の入った一応の饗応を尽して呉(く)れた。泊るときは、祖父だけを女郎達と一緒に置いて、自分らは別の部屋にかたまって寝た。

　酔えば、手の施しようもない祖父だった。

　小便を遊廓の二階の手すりから道へむけて放ったり、床の間にしたり、はてはその行為をしながら、女郎達を廊下などで追いまわしたりした。

　宮子は酔えばいよいよ笑い上戸となり、息も止るかと思われるほど、眼をつぶり、手を打って笑いこけた。祖父のちょっとした剽軽(ひょうきん)な言動にでも、うつぶせになり、畳を打って笑う。

　一方、松代は泣き上戸だった。厠へ立って行っていつ迄も来ないので、宮子が見にいくと、階段の途中にすわりこんで、つくねんとしている。顔をのぞくと、滂沱(ぼうだ)と涙が流れているのである。

　お幸さんは元気旺(さか)んで、よくはしゃぎ、喋り、果てはものを毀すのが癖だった。とっくりも盃もポンポン投げる。柱に盃を次々と投げ当てて、われるのを見て喜ぶ。で、お幸さんを連れてくるのが一番高いものにつくのである。お幸さんに酔がまわり出すと、いれかわり、先に酔っていた祖父の方が醒めて来るという仕掛だった。


　このお幸さんが、年来の恋人中村と結婚式を挙げたのは、曳地が母の家に入りこんだ頃であった。

　式は中村の実家の山鹿で行われた。お幸さんは、それまでスンカキ場の二階、即ち、曳地と母の居室となる二間のうちの六畳で寝起していたが、この結婚までにはスンカキの手伝い、花札バクチ等でがっちり貯めこんでいたのだった。花札には、あざやかな技量をもっている女だった。それで、何もかも自力で花嫁道具一式を揃え、山鹿(やまが)迄トラックで運ばせたのである。自分は式の当日、熊本で花嫁衣裳の着付けをしたまま、タクシーで山鹿の式場に臨む手筈だった。

　その日、朝からスンカキ場の二階で、美容師をよんで大騒ぎで、一生一代の着付けをしていた。騒ぐと言っても、わきに立って何かと冷やかしている母の奇抜な冗談に、美容師や手伝っている妹の加代子や、又そこに、集って来ている三、四人の近所の女達が笑いこけるのである。が、いつもは喋り屋のお幸さんだけは、二十七歳の晴れの首途（かどで）のためか、さすがに神妙だった。

　装いが出来上って、女達は皆口々に喚声を放ってほめていた。

　この日だけはつつましくあろう、相手方の家族の眼はまだなくとも熊本からすでにしおらしくという思い入れで、綿帽子をかぶった頭を前へ傾け、白粉をぬった手で扇をもつさまも、小指をはずして上品に、裾と袖をさやさやとならして階段の降り口にさしかかった。

「幸ちゃん、裾ふんで、さんこつがえりせんごと降りなんばい。手引いてやろうか」

　と母は大声で言って、小走りでお幸さんの前の手すりまで来た。

　と、その時、下から音たてて上って来たものがある。道向うの鶴之山旅館から走って来た宮子だった。

「あらー、幸子さんな、行きなはると。おめっとございます。……中村さんによろしゅ……」という語尾が、又肩をゆすってのケッケッ笑いに崩れた。自分の言葉にも、笑いの暗示をうける女だった。

「祖母（かか）さんの用意、出来たろか」

「今、着よらしたごたる」

　お幸さんには、祖母が山鹿まで、ついていくはずだった。

「なんかい、宮ちゃん、あんた今走って来たごたるが」

「そるがな、民江さんに話のあるとばってん」宮子の声が急に低い囁きに変った。

「なんかい」

「今な、武しゃん達の来とらすとたい。これするちゅうて」

　これというとき、宮子はソバカスのある顔の中の、誠にこぢんまりした鼻の先を、人さし指でぽいとこすってはねてみせた。鼻は花に通じ、即ち、花札バクチの事であり、素人にわからせないための暗号的所作（しょさ）である。

「ふーん」

「そるが親の居らんてち言いよらすと」

「父さんは？」

「昨日から松代さんと二人で、丁度……」

「そりゃ困ったね。何人ぐらい来とるかい?」

「六人」

「あたしも幸ちゃんば送ってから、すぐスンカキの方へ行かなんもんね」

「今日は全部が珍しゅう銭もって来とるとたい。田口なんかは、大漁だったちゅうて、わが家には帰らんで、朝、宇土からいきなりこっちへ来とるとたい。腹巻から沢山出してあたしに見せた」

「惜しいこつね」

「誰か親するもんな、おらんどか」

「こけ居る。わたしが行こ」

そう答えたのは、母のわきに立っていた花嫁御寮だった。

「馬鹿んこつ。その恰好で」

母は冗談と思って笑って言ったが、お幸さんは急に綿帽子をはずしはじめた。

「よか、よか。今日はしばらくの仕納め。武しゃん達から一遍な、きゃ負けとるけん、今日は仇打ち、わたしが彼奴どん達のあり金全部、とりあげてやる」

皆はあきれて眺めていた。母が止めるのもきかず、お幸さんは綿帽子をぬいでしまって、横の加代子に扇子をあずけた。

そして「ちょっと行って来ます」と、両裾を両手でからげて「宮ちゃん、行くばい」と階段を下りて行った。

前の道でタクシーの扉をあけて待っていた運転手は、花嫁らしいのが、裾を高くからげたその足に、普段履下駄をはいて、入口から飛びだして来て、小さな女と二人で、走って往来を横切り、向うの旅館の玄関へ駆け込む姿を見て、頭をかしげていた。

中座敷で仕度中の祖母に知られぬよう、急いで地下室へ下りていく。

そこに屯していた男達は驚いた。文金高島田に華やかな厚化粧。振袖に蝶々帯。白足袋の盛装した花嫁が、いきなり飛び込んで来たからだ。

普段は化粧嫌いで、白粉も殆どはたかないお幸さんの白塗り顔に、誰やら一寸わからなかったらしい男達も、すぐに、

「わぁー、今日は何事や。幸子さん」

と、口々に言いだした。

「わたしの祝儀ですたい。今から行かなんと」

「ほう――」

「で、早しよう。わたしが今日の親になるけん」

彼等はあきれた。そして次の瞬間、大きな歓声に変った。

男達ははしゃぎざわめいて、どやどやと円く席についた。

お宮がタンスの奥の奥から、花札をだして来て、中央の座

蒲団の上へ置いた。

　お幸さんは坐るとき、いきなり裾をパッとめくって、菊之助よろしくあぐらをかいた。下は緋縮緬のじばんだった。男達は急に毒気を抜かれた態で無言となり、眼ばかりきょろつかせていた。

　お幸さんは先程のぎこちない振りと打って変って、水に還った魚のようシャンとなって、見事な手つきで札を切った。

3

　その年も四月になって間もない頃だった。昼の休憩に二階へ上って、母が寝ころびながらタバコをふかしていた時である。祖母があわただしく階段を上って来た。泣いている。向いの旅館から走って来た気配だった。

「何かいた？　母さん」

「まあ、聞いてみなはり」

　母に声かけられたためか、急に語尾が乱れたおろおろ声になり、袖を眼にあてて、はっきりと泣きじゃくりだした。

祖母が話した経緯はこうだった。

　九月十五日の随兵の祭りと共に、熊本市を賑いの巷にするのが、五月一日から五日間の〝招魂祭〟であった。その祭りの中心である藤崎台には舞台がかかり、屋台店が軒をならべ、一年中で最大の人出を見たものである。人数多く、賑々しきものの譬えに「ちょうど招魂祭のごたる」と当時の市民が言った程。この出店に混じって、祖父も又店を出していた。稲荷ずし、ちらしずし、いきなりだご、冷しあめ湯、ラムネ等を売る、赤ゲットを敷いた茶台四つほどの、にわか造りの店であった。旅館の主人になっても、昔の行商時代を忘れず、一寸した事でも商売を試みたがる祖父だった。

　ところで、この店の売上げを、祖父と松代が旅館の帳場で調べていたのが、招魂祭の終った、昨日の夕方である。手さげ金庫から小銭を畳の上へザラザラと出しひろげて、額つき合せて仲よく二人が算える様子を、祖母が帳場の前の廊下を通りしなにチラと見たのである。

　普段から、心に灼きついてくるものがあるところに、こんな情景を目撃するとなると、やはり祖母の心はひどく痛むのだった。いつもはなるだけ眼に入れまいと努力していて、昼は中座敷に閉じこもり、夜は芝居へ行ってまぎらしている祖母なのである。

　そして、この事について一層祖母を口惜しがらせたのは、松代が、その売上げの事など一切祖母へ言ってこない事だった。店に出したすし類は、みな祖母の手でつくられたものだったのだ。たとえそうでなくとも、当然松代自身が、一家の主婦に「ばばさん、今年の招魂祭の売上げはこれこれでした」と一言報告すべきところだと祖母は思っていたのである。すでに計算が済んだらしいあとの夕食の前後にも、一、二度祖母とは顔を合せている松代である。

（あまりに自分を除け者にした、松代のやり方）と腹が立ってその夜はよくも眠らず、次の日の朝、ちょっとしたきっかけを作って、祖母は松代に皮肉を言った。

ところが松代はさっそく祖父へ告げたのである。どんな告げ口だったか。

祖母の居間の襖が音たててあいて、祖父が着物の裾から脛が丸見えになるほどの大股で入って来て、坐っていた祖母の頬をいきなり打った。

忍び泣く祖母の哀れな様子を見ていて、母の心にも何とも仕様のない強い憤りが、一ぱいにこみあげて来た。とにかく祖母をなだめて、旅館から加代子をよび、お金を与えて、どこぞ気の晴れる所へと二人をタクシーに乗せた。

そしてすぐに下のスンカキ場に来ている、出入りの大工を使いにやった。

「土井さん。すんまっせんばってんが、向えの旅館まで行って、松代さんのおらしたなら、あたしが用のあるけん、ちょっとここさん来らすごと言うてはいよんか」

母は二階で待っていた。

大分遅れて、松代が例の緩慢な動きで、階段を上って来た。あがり口に立ったまま、手すりに手を置いて、大きな眼を母にじっと注いで、面倒臭そうに言った。

「何か、用だったつでしょう？」

穏かに言う筈のものが、松代のその投げやりで横着にかまえ口調に、母はつい、のっけから大声で噛みつくように言ってしまった。「おい。ぬしゃ、誰のお蔭で、うちさん来られたて思うか」

自分の口からとびだした挑戦的語調のために、自分で眼の前がクラクラッとした。しかし、一旦出かかった怒気はおさまりがつかない。まだそこに佇立(ちょりつ)したままの松代へ向って、吐きすてるように言い続けた。

「博多で売られようとしたぬしば、一体誰が連れもどして来たっか。よう考えてみれ。ぬしゃ恩人の主人(ごて)おっとって、そるで人間かい。え、人間かい。ふん、錦紗(きんしゃ)の着ながしどん着て」

松代は手すりに置いた手の甲に視線を落したまま口を結び、青ざめた横顔をみせていた。鈍重なほどに表情の変化がみられないのが、母にはしぶとい女とみられた。

「そやんところに立っとらんばってん、こっち来て坐りなはり」と言っても、彼女は黙したまま、頑固にうつむき立っていた。

「ぬしがために母（かか）さんはどぎゃん苦労しよらすか知っとるか。いつも蔭じゃ泣きよらすと。ぬしが血のつながっとる叔母さんじゃなかか。その人を庇うのも打忘れて、いらん告げ口まで父（つと）さんにしよってかる」

　声が震うのを制えようとして、低い声で途切れ途切れにここまで言った時だった。

　階段の下から、荒いみだれた足音をたてて、誰かが上って来た。土井さんから事を聞いて、心配してかけ上って来た曳地だった。曳地は松代の立っている段を越して上へあがるなり、一つ下ったところにいる松代へ向って言った。

「ことわりなはり。松代さん、あんたが悪い。あんたが民江さんにことわりなはり」

　松代は更に硬い表情になって、口もとを引き締めていた。短気な曳地は、松代の着物の肩を強くひっぱった。

「さあ、ことわらんか」

と、彼女は意外に邪険な身ごなしで、曳地の手をふり払った。そして、その大きく水っぽい眼を一ぱいに見開き、曳地の顔をじっと恨めしげに仰いで、口惜し気な口調で、返駁（はんばく）した。

「あたしが……あたしが省吾さんに……言わるることは何もありまっせん」

「何てちゃ」

　曳地の眼がすわって、その左手がいきなり松代の襟くびをにぎった。

「あら、省吾さんはなんだろか。やめなっせ」

　母は今度は曳地に向って叫んだのだったが、すでに一発、平手が女の頬にとんでいた。

　松代は低い悲鳴を発した。彼女は身もだえして、襟くびの手をもぎ放すや、下へ駆け下りようとした。が、執拗な曳地の手は、今度は帯をつかんでいた。松代はうしろむきに引き上げられ、上り口でひきまわされた形で、部屋の中央の畳の上にほうり出され、うつぶせに倒れてしまった。

　袖を引いて止めようとする母の手を後手に払って、曳地は松代へ近づいた。

「もうよか、しなすな」と母が叫んだ。思い込んだら、どんな事でもしそうな曳地の顔つきをみて、松代は起き上り、じりじりと後すざりして行った。うしろは引込み床になっていて、その四角の枠の中には、曳地と母との蒲団（ふとん）が山積みしてあった。松代は片手を顔の上にかざした。そんな恰好をした松代の正面から、曳地は打ちかかっていこうとした。

　松代は後すざりして、とうとう行きづまり、背中を蒲団の山にぶっつけてしまった。曳地の手が宙を横切った瞬間、それを避けようとして両手をかざし、身もだえして、背中にぴったり来ている蒲団の山の壁にのけぞり、よりかかった。

　と、蒲団の山が手前に崩れて来た。松代の上に蒲団は落ちかかり、瞬間彼女は蒲団の中に埋まったようになった。蒲団の山崩れのため、一寸身をかわした曳地のわきを起きなおった松代はさっとすりぬけて、室内を横切り、階段をあたふたと逃げ下りて行った。

　束髪のびんが乱れ、泣きながら裸足でスンカキ場から旅館への往来を横切り走る松代の姿があった。そして松代は、泣きじゃくって祖父へ訴えたのであった。

「今あたしは省吾さんから蒲団蒸しにされて来た。芯から歯がゆか。民江さんから打たれたつなら堪えらるるばってん……何もあたしが……このあたしが……赤の他人から打たるるおぼえは何も無か」

　赤の他人とは曳地の事である。母は「夫」のつもりでいても、祖父にしろ、松代にしろ、面白くもない、高慢な遊び人に過ぎなかったのだ。

〃曳地から〃〃ふとん蒸し〃そんな言葉を聞いて、祖父の顔に血がのぼった。

「よーし。おのれ。省吾が」

　祖父は荒々しく、台所のわきから二階の居間に通ずる階段をかけのぼっていった。居合せた板前の元村や女中らの眼には、それが例の日本刀をとりだしに行く時の気張った姿だとすぐ知れた。

　祖父が刀をもってくるという、旅館から駆けて来た女中の息せき切った言葉で、母は曳地の背へすがるように両手を押したてて、

「早、早、どうか、ああたはこの場席を逃げてはいよ」

　とせきたてた。

「なーに。よし。俺はじいさんに逢う。そやん話のわからんじいさんかい。大体じいさんが悪か。ああたは自分の妾のためにゃ、妻も娘もどぎゃんでんよかってですかて言うてやるぞ」

　血気にはやる点では、祖父も、曳地も優劣をきめがたい。もしも、ここで親と夫とが争うて、血を流す事にでもなったらどうしょう。どちらが傷ついても困る母は、必死になって、曳地の腕や肩をうしろからつかんで、

「たのみます。どうか逃げてはいよ。たのみます。加藤さんが家あたり行っとってはいよ」

夢中で言って、丁度スンカキ場に居合せた運転手に母は気狂いのような声でタクシーをたのみ、曳地にとりくみながら、拝みながら、やっとの事、乗せこんだ。

危く身内同志の刃傷沙汰になりかかったところだったが、板前やスンカキ出入りの男衆の懸命な仲裁により、祖父の狂暴な行動は歯どめを喰って、どうやら納まった。

しかし、こんな事でいよいよ「祖父と松代」「母と曳地」の二組の仲は、判然とわかれていった。

「ぬしがどぎゃんしたっちゃ省吾と別れきらんなら、俺も遊び人ば身内にするとは好かんけんで、言うとくぞ。今から俺がどぎゃん銭の足らんでも、ぬしが出す事はなか。俺は俺で行くけん、ぬしゃぬしで省吾と行け。あの省吾にいらん銭使うて、あとで足らんてち言うて来ても知らんぞ」

これが、その事件のあと、母に呟やかれた祖父の言葉だった。

祖父は、曳地という男の先が見通す事の出来るような気がしていて、その男について離れぬ娘と共に、一応自分の方から避けておきたく思った様子だった。情にほだされる浪費家の母に比べて、祖父の芯には、遊ぶが、一方経済に対するがっしりとした考えの根が生えていた。

こんな風に親子の関係がなってしまい、母は何となく曳地には祖父を、祖父には曳地の存在を気兼ねするようになり、ついに曳地と新世帯をたのしむための家を、練兵町の方へ一軒貸りる事にしたのだった。そしてここから歩くか、人力車かで、スンカキ場へ通う事にした。その年の夏のはじめの事である。

4

歩けば踊るようにまでなる曳地の、そのとりかえしもつかぬ下半身の烙印は、彼が六歳の時ついてしまったものであった。

川尻の手前、近見の田舎にあった彼の家の裏の柿の木から落ちたのだ。が、大そう貧しかった両親は、治療代のいるのを恐れて、熊本の市内には連れてこず、すぐ近くの怪しげな医者にかけただけだった。

どうにか直ると思っていた。それが誤りだった。一年ののちに、その徴しははっきりとして来たのだ。

ところが、その息子の不幸を喚き悲しんだはずの母親が、彼が十二歳になったとき、家を出てしまったのである。甲斐性のない病身の夫と、二人の息子を捨てて、若い男と駆落ちしたわけだった。打続く極貧にも堪えられなかったのだ。

それから曳地は幼ない弟と一緒に、近所の人が捜してくれた、近くの小さな傘工場の職人として入りこんだ。弟の治人は配達、彼は坐ったまま働ける「雨傘張り」の仕事をした。五、六年間どうやら勤めた。その間に、曳地の父は新しい妻をめとり、曳地兄弟にとっては異母弟にあたる朝樹という男の子を生んでいる。

曳地がぐれだしたのは、十八歳の頃だった。傘張りをやめて、熊本市へ出た。

そして二十(はたち)の時は、すでに加藤さん一家の杯を貰っていたのである。

二十歳から、母と知り合う三十歳までの十年間に、曳地の身体は、その髄まで〃やくざ〃の風(ふう)が沁みこんでしまっていた。

びっこの、眼だけおびえたように大きい、無口な、汚ない銘仙の田舎臭い着物を着ていた、少年職人も、いつの間にか、お召に錦紗の帯、黒の羽織を着てチョンカケ帽子(鳥打(とりうち))に幅広下駄を履いた、度胸がよくて喧嘩の早い、加藤親分お気に入りの、一廉(ひとかど)の遊び人になり変っていた。

その十年間、刃傷事件も多くあったが、ことに女関係も又、一つ一つ書き尽せるものではない。中でも二本木遊廓H楼の女との情事は、その頃の遊び人仲間では、大変な噂の種をまいたものである。

曳地が二十四のときだ。H楼の某女と馴染になっていた。二人は一刻も離れられない気持なのだが、曳地の方に毎晩登楼する金はない。無論、請出す事は不可能である。

策尽いて、遂に——女の必死な懇願もあって——彼女と一緒に熊本を逃げ出したのである。

春も浅い頃の深夜。H楼の高い裏二階の手すりに女の帯をゆわえ、それを伝って二人は隣接する甍(いらか)屋根の上に下りた。それから屋根伝いに行って、早暁の熊本駅から着のみ着のまま発(た)ったのだった。

これがわかって大騒動となった。

勿論、当時は、二本木の女は、楼主の金で買われて来たもので、いわば大切な商品である。で、女を連れ出す事は、他家の商品を無断でもちだす盗人と同じ事になるのである。

それに、運悪い事には、H楼は、二本木を縄張りとする渡世人一家の親方関元さんが直営する遊廓であったのだ。

関元一家と加藤一家とは、熊本という土地柄に於て、二本木と新市街という二つの大きな盛り場に夫々隠然たる勢力をもつ縄張り一家というところから、やはり日頃反目に近い微妙な関係にあるわけであった。

そのため、連れ出した若者が、加藤家の者だとわかった時、関元一家は、その女の行方を加藤さんに迫ったのだった。

加藤さんは知らなかった。

ここで、二家は逃亡した男女を必死に捜し求めた。加藤さんの方が子分を遣わしての、より大がかりな探査をやったのも、親分同志の面子（メンツ）と義理があるからだった。

二人は門司（もじ）の港で発見された。一日発見が遅れていたなら、彼等は下関へ渡り、本州のどこかの都市に紛れ込んでしまったかもしれない。九州のきわ迄来て、再び九州の真ん中の熊本へ連れもどされた二人には、その頃の掟通り、関元家の子分達の手によって、激しい拷問が施された。

両人とも高手小手に縛られて、H楼の旧館の方の大きな池に一夜中浸けられたのである。逃亡した女郎を、みせしめに池に浸けるのは、その頃の二本木のならわしであった。大抵の遊廓の中庭、裏庭には、豪勢な泉水が設けられていた。

詫び文をもった、加藤さん方の使者がH楼へ行った。そして、やっとの事で、曳地を連れ戻して来る事が出来た。ここで、曳地と、その女との関係は一切途絶えたのである。

やくざ修行の一つ、それは盛り場へ「カスリ」をとりに行く事だった。カスリとは、上皮の部分を掠め去る意なのである。

キャバレーや、料亭や映画館のような水商売の所へ行き、その売上げの金の中の幾らかを貰って来る。事件の起き易い場所へ行って、その事件を抑えては経営者からお礼を貰う。

だが、縄張り範囲の店々は、何もなくとも行けば大抵の金を出した。出さねばあとが恐ろしい。それは暗々裡にしくまれた、やくざという徒食一家の不文律な土地代請求だった。殆どが水商売相手だが、味をしめた子分が親分には内緒で、普通の堅気の小店からも強引にカスリをとった事もあった。ただし素人（しろうと）の店にカスリをとりに行った事がもし親分の耳に入れば、その子分はひどい目にあわねばならなかった。

――曳地が加藤一家に入りこんでから、最初にカスリの命令を受けたのは、二十三歳の時だった。

相手の店は新市街にあった「美人座」だった。

これは大阪にあった同名のキャバレーの支店であって、経営主も上方の人であり、改良することを知らぬ肥後人（ひごにん）気質をだしぬいて、関西人らしい積極性でやるものだから、毎夜抜群の賑わいをみせていた。

新市街界隈で商売を始める時には、土地通の人のすすめもあって、大抵は加藤さんの家に挨拶に来ていた。ところが美人座は来ないのである。一番儲けている癖に。なんだ。他国者（よそもの）でおりながら……という、渡世人らしい考えの段どりで、とうとう曳地がその店からカスリを取って来るようになったわけだった。

「なんでんよかけん、一寸した事で因縁つけて暴れてこい」

カスリ取りの経験のない曳地も、親分の命には、さからう事は出来なかった。

曳地は布につつんだ日本刀を一ふりさげて行った。場内の隅のテーブルについた。音楽が鳴りひびき、西洋風のなりをした女達が、客達と夫々組んで「ダンス」というものをしている。東京では流行（はや）っていても、当時の熊本ではダンスをするというのはさしずめこの「美人座」位のものだったろう。嬌声、歓声がわき紫煙がたちこめ、紙テープが乱れ、華やかで喧騒な雰囲気である。

大勢の客達をこなすのに大童（おおわらわ）なのか、ダンサーの一人として曳地のところへ来るものはいなかった。彼がひそかに期待している事、即ち誰かが自分の足を踏むとか、顔をじっとみるとか、そんなことも起りそうにもなかった。

彼はねじれた足の間にはさんでたてていた日本刀の布をはずして、中味をあらわに見せたが、それに気づくには、場内のハイカラ男女連は、あまりに自分達の逸楽と商売に忙しいようだった。

因縁をつけるきっかけもない。本心は、経験もない事ゆえ、どうなる事かと、震え出しそうだった。全く窮してしまったが、と言ってもこのままは帰れない。若い曳地の顔は、眼が光って、頬と額が青ざめていた。

彼は突然「わぁ、あ、あ、わぁ、あ」と、きてれつな声を発して立ち上った。

さんざめいていた男女は踊りを止めて、一斉にその片隅のテーブルの主を見た。そこには、いがぐり頭に銘仙の着物に錦紗の帯を尻上にしめた、ここには大そう場はずれの人物が立っていて、いきなり日本刀をぬいてみがまえていた。ダンサーの悲鳴がおきた。音楽が止んだ。みなは狂人と思って立ちすくんでしまった。

曳地は、人波がずっと退いたために空いた、フロアの上に、びっこを引きながら出て来て、そこで刀を無暗と振って、剣劇よろしく切りつける真似をしてみせた。曳地としては全く夢中だった。が、この必死の演技がみとめられたのだろう、どうにか「美人座」から多額のカスリを貰って帰って来る事の出来た曳地だった。

「あの美人座の時の事ば今から思うと恥かしいもん」

すでに三十代になっている曳地は十年ほど前のカスリと

りの思い出を母に語ったあとで、こうつぶやくのだった。それほどに、現在の彼は、母という金のなる樹を得てからは、名実共に、あそび人の親分らしい位置が出来つつあったのだった。

5

祖父から嫌味を言われたのをきっかけに、母は曳地と共に居を練兵町(れんぺいちょう)の方に移した。万才橋を一つ越えて、山城屋の角を曲って行けばスンカキ場からは五分もかからぬところにある家である。こうやって、はっきり夫婦として新世帯をもった形になった二人であったから、母は「曳地さんの奥さん」と言われ、又、曳地の方はついせんだって迄「加藤さんの若か人」であったのが「曳地の旦那」とよばれるようになっていた。

すでに曳地には、子分の七、八人はついていた。加藤さんの子分という格からはずれて独立し、一人前の親分ともいわれるものになっていった早さは、人も驚くほどだった。

――度胸、きっぷ、腕力、才覚等の条件も必要だったが、何と言っても、金が必須条件である。母が湯水のように使わせる金のため、若い者は集ってくるし、興行という彼の好きな商売も、懐手してやってみる事の出来る一応の親分になっていったのだった。

(それに母からまだ十分に甘やかされていないころの、少年時代の苦労が残喘(ざんぜん)を保ってる三十三歳の曳地には、やくざ希望の青年が好きそうな、捨身な男らしい性格の魅力もあって、それが若い者を惹き寄せる一つの要因ともなっていた)

盛り場へカスリをとりにいかせられたのも子分時代で、今は逆に自分の若い者に何でも言いつける事の出来る身分になった。しかし、商売人をいじめるカスリとりは、母から堅く禁じられているので、それはやらなかった。曳地にも、若い者にも、金には不自由はさせぬ母であった。だから母の言い分は、練兵町の家の中では、よく守られていた。母がやくざの商売人いじめを大そう嫌ったのは、自分に色々と苦い経験があったからである。

ところで、その年の秋の事である。

疳の激しい曳地が、例の気性でつい或る事を一人の子分に命じたのがきっかけで妙な事になってしまった事があった。

その練兵町の家のすぐ裏手が大和座になっていた。そして丁度、東京から来た〝榎本健一〟という喜劇役者の一座がかかっていた。そこへ曳地の若い者の一人が出かけて行ったのだ。いつもの伝で、彼は「曳地興行部の者です」と言って、只で入場しようとした。

大抵のばくち親分がしたがる興行であるが、曳地も表の板看板だけは、一ぱしの興行師であった。で、地方まわりの剣劇などでは、縄張りの関係から「曳地興行部」と言いさえすれば、只で罷り通れた。

ところがこの時だけは木戸口できっぱり断られたのであった。この時の榎本健一の興行主は門司の有名な花松組であり、曳地興行部でございとだけでは済まなかったのである。

が、腹がおさまらぬのが、その若者であった。彼は癪なあまり、直ちに練兵町の家へ帰ってその断われた様子をやや誇張して、自分の親分に喋ったのだった。

曳地は一円札を彼ににぎらせた。そして「今度は木戸銭ばちゃんと払うて入れ」と言った。が、ついでこんな事迄口走ってしまった。「芝居のありよる時、幕どん締めて邪魔くってけえ」

若者はそれを断固たる命令と聞いたのだった。若者はさっそく木戸銭を払って、さきほどの木戸番をにらみつけ、ゆうゆうと入場した。彼は生れてはじめて人並に木戸銭を払って芝居小屋に入った事にも、何とも言いがたい行きすぎた満足と興奮を感じていた。親分のいいつけ通り、いつ幕をしめたものかと、一番前の桝で眼を輝やかせて坐っていた。

それは丁度、榎本健一が、らくだの熊さんに扮して、その小柄な体をふりふり、正面舞台から花道にでかかった時だった。

もう、いい場面はこれが最後ではないかと急に思いついて、若者は舞台へとびあがった。そしてまだ幾人かの役者が演技をしている正面舞台の幕を引いて走ったのである。あっけにとられている満員の客達。しかし、一番驚いたのは花道の半ばに行きかかっていたエノケンだった。

若者は幕を引き切った自分に大そう興奮して、そのまま花道へ走り出した。そして、そこに芝居を中止した恰好で佇んでいたエノケンの顔を二、三度つづけざま張ってしまったのだ。舞台化粧したエノケンの顔は、おどけた表情から、一ぺんに青ざめてひきつった。それまでは急に現れた男の突発的な行為を凝然と眺めていたにすぎなかった観客達も、ここで忽ち色めきたち、大さわぎしだした。幕をはねてとびだして来た三、四人の道具方から、若者はとりおさえられた。

そしてこの場は一応済んだものの、大いに立腹したのはエノケン自身だった。エノケンは直ちに旅館へ引き上げ、もう熊本での芝居は打ち切ると言い出して旅館の一室から出てこなかった。

さて、この情報は直ちに門司にいる花松組の親分の耳に入った。花松組では、熊本の連中が挑戦して来たと思ったらしかった。

（花松組が、猟銃や日本刀をトラックに積んで、大挙して南下しはじめたそうな）

こんな噂が飛んだ。母にせきたてられ、曳地はどうしたものかと、加藤さんの家へ相談に行った。花松というあまりに有名な一家にたちむかう自信など、曳地には全くなかったのだ。と、加藤さんの言葉はこうだった。

「ほー、花松組とね。たいしたもんだ。省吾、ぬしもこれで名のでるぞ。たとえてみれば向うは金。こちらは銀だ。弱かものに向って勝ったっちゃ何でもなかが、強かもんに向かうと、たとえ負けても、誇りになるぞ。どうせなら喧嘩せえ」

こう言われて、とうとう喧嘩をせねばならぬ羽目になってしまった曳地だった。

母は信正を連れて、一応定期場の前の家へ避難した。練兵町の家には加藤さんの家の連中が十数人泊りこみで入ってきて、曳地の子分達と一緒に張りこんだ。固唾(かたず)をのむような数日が続いたが、一こうに花松組は現れなかった。そして遂に現れなかった。と言うのは、この事件を聞いて仲裁人になった人が出て来たからである。九州興行界の大立物Yさんが仲に立って呉れたという事だった。

而して、これ以来、エノケンという芸人は、この熊本という地を二度と踏まない……。

6

モトおばさんが、満洲へ行ったのは、その年も冬になってからだった。

満洲で、海軍を退いてのち、奉天の建設会社に勤めていた祖父の弟の仙松さんが危篤という知らせがあったからである。祖父の代理で、急に発つ事になったわけだ。

泣いてあと追いする私に、おばさんは「玄海灘は海の荒うして、冷(つめ)ちゃ風のピューピュー吹いて、子供は通られんとばい」と、ねんごろに教えて、行ってしまった。

末弟(まってい)の臨終にやっと間に合った事、葬式も無事済ました事の手紙が、祖父宛に来た。

それからモトおばさんは、四十九日の済む迄、満洲にいた。

一方、その間、私はおばさんをどんなに待ったろう。周囲の者の手を尽しての親切も、私の悲しみを慰める事は出来なかった。この期間のたとえようもない淋しさは私が生れて始めて鮮明に味った、一つの感情であった。

女中が私をすかすために何気なく言った言葉を真に受けて、熊本駅へ一人で電車にのって行き、寒い夜風の中にいつまでも立ちつくしていて、家で大騒ぎされた。

銭湯のいきかえり、ふとウドン屋の暖簾（のれん）ごしに見えた女の人。向うむきにものを食べている後姿をモトおばさんとばかり思い込み、声をあげて駆け込んで行き、振りかえったその人の顔をみて、たちすくんだ事など……おばさんを芯から慕った気持。その何分の一も……母を恋う気持があったろうか。

七、八歳の頃の私の記憶には、母の存在は全くないのだ。時々、顔を合せてはいたろうが、きっと「どこかの小母さん」ぐらいに思ってすごしていたに違いない。

どちらかと言うと、母よりも、祖父母や姉の方が、同じ家に住んでいた関係で、漠然とした身内の感じは強かった。だが、それも鶴之山旅館という大きな屋敷のうちで、離れた部屋に夫々住んでいるので、〝食事の時一緒に顔を合せてうちとけて話し合う普通の家庭〟とは、大いに趣きを異にしていたのだ。

祖父と松代は道路に面する二階の部屋、祖母と姉とは一階の中座敷。この間にいくつもの廊下や階段がいりくんで介在するので、その気なら、幾日も他人として顔もみずに済まされた。

モトおばさんが満洲から帰って来た。そして再び私はおばさんと一緒に寝おきするようになった。私達の部屋は、地下にあった。その地下室は、祖父がニキゴソウバクチをやる地下室とは違う。やはり同じ階段を下りるのは下りる。が、その階段を下り切ったところの右手が祖父らの使用する真くらな地下室で、そのまま又真すぐに別の階段を下りて行けば湯殿（ゆどの）で、――私の勉強室の地下はその下り口から一旦下駄をはいて、中庭を通って、セメントづくりの階段を五、六段下っていかなければならなかった。地下と言っても、上半分は地上にでているので普通の部屋と明るさはあまり変らなかった。窓のへりによじのぼると、眼下に坪井川の流れが見えた。

私はここで、殆ど一人で、本を読んだり、絵をかいたりしてすごしたものだ。で、同じ屋根の下に住む祖父母と共に、打ちとけ合った覚えは更にない。

ことに祖母は、姉と一緒に夜は寝るところの中座敷からあまり出てこなかったし、又出て来ても、モトおばさんとの対立が絶えないためか、私へは特別に祖母らしい言葉もかけなかった。いたずら盛りの孫への親切を尽すゆとりをもつには、祖母自身の体があまりに弱く、又あまりに祖父と松代とから、精神的に痛めつけられていたのだ。

祖父は、随兵（ずいひょう）が近づくと、普段より一そう色めきたった。

九月十五日の藤崎八幡宮の大祭は、もともと朝鮮征伐を終えて、凱旋して来た加藤清正が、兵を随（したが）えて宮に参ったというところから発した行事とかで随兵というらしく、……その朝鮮を「亡ぼした」が縮まって「ぼした」となり、その「ぼした」「ぼした」のかけ声で、一日中飾り馬を追いながら市中をねり歩くのである。

獅子舞を出す新町の他は、みな夫々に飾り馬を出すのだが、祖父は、朝市場と米市場とから出る馬のために、金一封を自分で事務所まで持って行っていた。

そして、自分も若い者に伍して、馬追いに出るのだった。

朝市から出る馬が、最も荒いと言われたが、それも界隈の若者の馬に酒をのませ、青竹でちょうちゃくし、ラッパや鉦（かね）の鳴り物で騒ぐやり方が、他の町より無鉄砲をきわめていたからだった。

祖父に連れられ、毎年私も出た。酒気が入ると、祖父は私を肩車した。祖父の命令で、姉も宮子も丁稚も板前も加わった年もあった。白キャラコの猿股に、米市場、明十橋という文字を両方の襟に染めぬいた、揃いの浅黄色の麻地の法被（はっぴ）。背に菅笠、頭にハチマキ、白足袋裸足のすねに白布をしめて、両手に持った杓文字（しゃもじ）や、短冊型に切った青竹を打ちつけて鳴らし、「ぼした」「ぼした」と叫びながら、列を作って走る。祖父はずんぐりした体の、太く短かい足を、うしろへはねやるようにして、熱心に走った。

子供の私はよく、真新しい馬糞を、白足袋の下に踏みつけたものだ。

足もとを見れば、アスファルトは、先頭の馬と人とがあびる水やビールのために濡れて、それと踏みつけられた馬糞の褐色の汁とが溶け合って流れていた。そんなとき、人々がたたく竹の青臭い匂いと、この馬糞とビールの匂いとが一緒に混じ合い、走っていく私の鼻をくすぐるのだった。燦然（さんぜん）たる朝の日ざしの中にも、九月のひんやりとした空気の、これも匂いがあって、それらが一緒になって私に〝随兵の朝〟の壮快な匂いをかがせた。

……冬の日が中座敷一ぱいに差しわたっている。古新聞紙や布が一面に出しひろげられている。祖母が厚い座蒲団にすわって、前こごみになって仏具を磨いている。仏像、燭台、香炉、かね等が、黄金の日ざしに平和に光っている。姉もかたわらで、前髪を深く垂らして、熱心に手伝っている。……そんな図。それは真鍮磨きの、冷たく酸っぱい匂いと共に、私の幼少時の記憶にある。私も時々手伝わせられたものだ。大がかりな仏具磨きは、祖母の年中行事だった。

祖母は、朝夕の念仏を忘れない、熱心な浄土宗の信者だった。夫に踏みつけにされている気持が、清潔に輝やく彼岸的な御灯明を眺める事によって、柔らげられていたのであろうか。

7

鶴之山旅館のわきを流れる坪井川は、又洗馬川とも言った。清正公が馬を洗われた川だとか。明治、大正頃までは、水も豊かで、美しい川だった。屋形船も通っていた。

もともとは、長州、玉名、宇土の海からとれた塩を舟に積んで、小島、高橋を通り、この川をさかのぼって、塩屋町の波止場へやって来たり、又外国の交易船も、唐人町、洗馬町から、現在の市役所前の手取埠頭まで溯上させていたほどの深さだったのだ。

それが昭和になって汚れ、この十年代頃には、全くの芥川になってしまった。さまざまな汚物が流され、下に沈む木片や、茶わんのかけらや、野菜のハッパやらが、明十橋の上からすかして見えるほど浅い。

川全体が濁った茶褐色に見えるのも、水量が少なく、底の砂がそのまま水面に映るからである。川べりには、いたるところ砂が盛りあがり、州になって、そこにはいろいろな草が繁茂した。旅館の下の州も、梅雨には濁流でなくなるが、夏になると、ハリビユなどがほしいままにおい繁った。

この塩屋町は、西南の役のまえ、大切な兵糧である塩を、熊本城天守の地下室へ運びこむまでの仮倉庫を置いたところから名づけたらしいが、この町と他の町をつなぐ橋——洗馬橋、万才橋、呉服橋、明八橋——これらのかかる一帯は、昔から営んで来た店の多い軒並である。朝鮮飴の「山城屋」、旅館の「研屋」「綿屋」、写真の「富重」、文具の「文林堂」、くすりの「徳光屋」、時計の「牛島」、下駄の「井上」、呉服の「吉田」「岡山」、こんぶの「大阪屋」、かつおの「村平」、骨董の「三角」、銭湯の「幸福湯」、医院の「若江」、染物の「栗崎」——これらは熊本の中でも、夫々の道で大そう古い。そのため、その間を迂曲してゆるやかに流れる洗馬川の橋の上に立ってみればその両側に、くすんで、どっしりとした古い二階だての日本家屋の裏座敷が、黒い木の手すりや障子やガラス戸を見せて、思い思いの高低で、ぎっしり並んでいるのが遠くまで見通された。砂地の裏庭には、色々な樹木が植えてあったが、中でも柳が多く、その浅緑色の長い枝を水面に優しくたらしている。森閑とした昼下がり、洗馬通りの芸妓置屋から三味線と唄のおさらいで「田原坂」やら「肥後五十四万石」やらの調べが毎日聞えてきた。夜になると、両側の座敷にずらりと灯がともり、川の浅瀬にゆらゆら映る。料亭の「やおく」や、やかた屋の「吉野屋」からわく酒宴の管弦が夢のように淡く聞える下を、闇と灯影とを縫って、水皺をつくりながらさらさらと流れるさまは、昼にあらわな芥川とも思えない、下町の情趣深い流れだった。

「綿屋」のしのびがえしから大きく伸んでいる柳の、その木陰になる万才橋を通って、中央高女に通う姉のセーラー服に包んだ体は健かだった。色こそ黒かったが、頬っぺたが盛り上ってツヤツヤとした健康色だった。鼻筋が高く、二重瞼の眼が大きい姉の面影は西洋風であり、雨の日、女中が傘を届けに行くと、女学校の小使いが、「ああ、あの異人さんのごたるお嬢さん」と、うなずくほどだった。

　姉はバレーと短距離の代表的選手だった。アルバムの中には、優勝した時のものらしい盾をかかえての、白ハチマキして、ブルマーをはいた姉の写真が、幾枚かあったものだ。

　女学校の運動会の時など、あれが本当の自分の姉だろうかと思うくらい、よく出場し、又よく勝ちを占めていた花形だった。と言うのも、私の方は小学校では、人々に特別な喝采を送られるほど、走るのが遅かった肥満児童だったからだ。

　昼食時になると、祖母を中心にして、私達が緋毛せんを敷いて待っているところへ、賞品を胸一ぱいにだいて嬉しそうに、息せききってとんで来た、姉の溌剌とした姿。

　笑いのために張り出た豊かな頬。黒のブルマーから、にょっきりと出た、太いけれども、健康そうな二の足。会場になりひびくワルツやマーチの賑々しい旋律、秋晴の空にひるがえる紙製の万国旗の列、女学生らの明るいさんざめき、そのようなものを背景にして立った、スポーツに秀でた姉の、青春そのもののような姿を、運動の不得手な私は、たのもしさと羨望との眼ざしで仰いだものだった。

　祖母と姉との中座敷が、家の中心であった。ここには仏壇の他、鏡台、和洋のタンス、本棚、机等の立派な家具が、部屋の三方をぎっしり埋めていた。東向きになるガラス張りの縁からは、坪井川の河原や流れが見下ろされた。

　桐の紋をかたどった銀金具を、その抽出しの一つ一つにはめて飾った、木目の美しい和ダンスの中には、姉の豪華な衣裳や帯がいくつも入っていた。

「それこそ菊子さんは蝶よ花よたい。じいさんとお母さんから金にあかせて育てられらしたっだけん。唐人町の呉服屋の〝岡山〟の大将があんまり着物の買いよの多かけん『大体鶴之山さんにゃ、お嬢さんの何人おりなはるとだろか』て、たまがらした事もあるとばい」と、のちに、お幸さんが語ったものだ。

姉は七ツ八ツの時から、ずっと女学校に行く迄、一年一回、四月の恒例として、市の公会堂である琴の発表会に出ていた。そんな時には、常は十日に一度しか来ない琴の師匠が、一週間前から旅館に泊りこみで姉に手ほどきをし、前夜には母も練兵町からやってきて、衣裳の選択などに大さわぎした。

私は、その琴の会なるものを一度も見た事はなかったが、その当日、朝から旅館の前にタクシーが停まり、師匠と女中とに付き添われながら、すごくかさばって光る蝶々帯をむすんだ、振袖姿の姉が、その車に乗って出かけていくところは、よく見た。

近所の人々も「鶴之山の菊子さんが、今行きよりなはる」と言い合って、集って来たが、ことに町内の若い娘達が、タクシーのまわりを一ぱいかこんで、羨しげに嘆声をあげ、キャッキャッとさわぎ合い「菊子さん、しっかりなあ」と手を振っていた。

こんな時、母は大抵、姉のタクシーより一足遅れて、足の悪い新しい父と二人で、別の車で公会堂へと出かけて行った。

私は滅多に中座敷へは近づかなかった。たまに用事で行っていても、すぐにこそこそと逃げて帰っていた。祖母に対する親しみは勿論なかったが、姉に対しても、〝肉親の姉〟という打とけたものはなく、唯〝祖母から特別可愛がられている、この家の大切なお嬢さん〟という意識であった。

私は誰の束縛も受けなかった。自由に、気儘に、広い旅館の中を、坪井川の川原を、遊びまわっていた。

私は勉強嫌いであった。小学校の成績は殆どビリだった。この事に就いて文句を言われた事は、ただの一度もない。だから劣等生という事にも、何の引目も感じなかった。私は学校から持って帰る通知表のこわさを全く知らない。家へ持って帰っても、それを見る者もいなかった。モトおばさんもそんなことには一切無関心だった。で、通知表に捺すべき父兄の印は、上女中に帳場の抽出しをさがさせて、それを勝手に捺して行った。

一度、青白く痩せ、眼鏡をかけた女中が来た。この女中だけは、私に勉強をすすめた。私を女中部屋へよび、机の前に正座をさせ、

「さあ、勉強前の二分間、心を落着けて黙想」

などと、女教師のような生真面目さで命じた。私にとっては、この女中が実に珍しかった。それですなおに言う通りしていた。

この黙想女中も、短期間いただけで、すぐにどこかへ行ってしまったが、あとで人々の話すのを聞くと「ヒステリー女」という事だった。他のおしゃべり女中よりも上等だと思っていたのに——何故「勉強させる」のが「ヒステリー」なのか、子供心に不思議な気がした。

姉は女学校のクラスでは、首位（しゅい）を争う優等生だった。

えてして世間には、物質にだけ恵まれすぎたものに学校の成績の芳（かんば）しくないのがいるものだが、姉は違っていた。

勝気と言おうか、癇性と言おうか、人に負ける事の嫌いな、激しい気性が、令嬢風に装った姉の中に、強くみなぎっていたのだ。それが運動にも、勉強にも、影響していた。

大変な勉強家だった。何かのはずみで姉のノートをのぞいた時、そこに整然と書かれた、凛とした達筆の字づらは、カナクギ流の私をおそれさせた。

姉のどっしりとした高机は、縁の板の間に置かれていて、大きな電気スタンドと、厚い数冊の辞書と、教科書の本立とがあるだけの、女の子には珍しい無装飾さだった。

このスタンドの灯が、夜おそく迄ともっていた。試験になると、徹夜をくりかえしていた。

思えば、豪奢な着物をきたり、琴を弾いたりする時より、がむしゃらに勉強にとりくむ時の方が、姉の本意にかなっていたのではあるまいか。

着物も琴も、自分で着たり弾いたりしたのではなく、側から自然と着せられたり弾かされたりしたのではないかという気がする。

勿論、娘だから、うれしいには違いなかったろうが、しかし、どこやら、よその娘が、華やかで贅沢なものを天真爛漫によろこぶ姿と違ったものがあった。

姉の中には、潔癖で、誇り高い性質があって、贅沢の中に身を置きながらも、且その贅沢を軽蔑しているようなところがあった。

私に対して、誰も勉強の方の小言は一つも言わなかったが、唯姉だけは「宿題したね」とか「辞書一つぐらい買わんといかんね」と言って呉れた。

姉のすすめで、時々空いた客間をかりて、勉強を教わったが、勉強嫌いの私には、姉の熱心な指導もあまり効を奏さなかった。

ある時、珍しく姉の方から地下室へ下りて来て「泰さん、勉強しよう」と言った。二人は小さい坐り机をはさんでやりだした。算術だった。姉は一心だった。私もわからぬ頭をふりたてて、わかった風の合槌を打って、神妙におそわっていた。

一つ問題がやっと解けかかった頃である。中庭の向うの階段の中途に、弟の信正がこしかけて、こちらへさけんだのである。

「から藷ばい。から藷。から藷喰わんかい」信正は、母の練兵町の家から、遊びに来ていたのだ。

教えられる事に疲れて、ぼんやりしていた境地から、私は一瞬ハッとして醒めた。救われたように姉を見「から藷て。貰うてこうか」と口走った。

「出来ん。この問題一つしてから」

姉は叱った。だが、私は姉の言葉も聞き終わらぬうちに、さっと立ち上るなり、三和土の方へ行った。

が、その時、私の膝の急激な動きで、小さな机がかたむき、上にのせてあったセルロイドの筆入や、姉が今指さしていた教科書やらが、畳の上へ、一度にすべり落ちてしまった。

私は下駄をはいて中庭を走った。信正は奇声をあげて上へ姿を消した。私は階段を上って、ふざけて逃げようとする信正を追いつめ、その焼藷の大半をぶんどった。それを抱き、意気揚々と地下室へ下りて来て、姉の前の机の上にどっと置いた。

（さあ、姉ちゃん、食べよう）という得意な表情でニヤリとしたのだったが、私の眼とかち合った姉の大きな瞳は笑わなかった。

唯、じっと私をみすえていた。つと立ち上った。そして、その襞の無数にある紺のスカートをひらめかせて、三和土のところまで行って、そこでもう一度ふりかえって、私をうらめしげに見つめた。

「う、う、う、う」と、泣きの初めのような声をもらしたかと思うや、パッと両手で顔をおおい、狂おしい気配で下駄をはき、中庭から向うの階段へ、そしてその階段を音たてて、かけのぼって行った。

私はびっくりした。何事がおこったのかと思った。がすぐにわかった。

それまで算術に対して痴呆然として反応のない私に、いらいらしながらも、どうにかわからせようと堪えに堪えて教えていた姉の気持が、それを全く無視して「から藷」の一言でとびだして行った私の行為に、爆発したのであることを。

私はこのあと、藷を喰う元気もなくなり、しょんぼりしていた。……そして、その晩、祖母が台所で私を大そう叱った。

　こんな事があってから、私はますます姉の中にひそむらしい、その「癇の強い誇り」のようなものをおそれるようになった。

　姉のそんな鋭い気性の中に、ある感情が次第次第と形づくられていたのだった。

　祖母を慕う気持と反対の、それは練兵町に住む「母という人」への強い嫌悪感であった。すでに女学校の四年——十五歳という微妙な年齢にかかっていた姉だった。

　一度、母が女学校の父兄会に出席した事があった。母はここでタバコをスパスパ吸った。姉は泣いて帰って来た。それから父兄会へは必ず祖母が出るようになった。

　姉は母の存在を、学校の友人に知らせまいと努力した。友人と一緒に道を歩いている。向うから大丸髷に、錦紗の着物の胸元もだらしなく開き加減の、若造りの母が、泳ぐような手のふり方でやってくる。姉は「ちょっと、こっちの道へ行こう」と、あわてて友人を、別の方向へ転換させたものだ。

　一人の時も、やはりあらぬ方角へ姿を消してしまう姉だった。

　逢えば、滅多に逢わぬ娘だから、母は「あら、菊子かい、どこ行きよるね」と、喜んで、滅法な額の小遣いを与えただろうが、姉はそんな事よりも、この母と人通りで立話せねばならぬ羽目になるのが、堪えられなかったのだ。

　大和座へ行く時は、練兵町の母のわきを通らねばならなかったから、姉は必ず洗馬橋の方へ、ずっと遠まわりして行った。

　道楽者のような和服を着、悪い足ながら、威張ってステッキをついて歩く「省吾さん」という人。母の新しい夫。やくざの親分。この人をどうしても心から「お父(とっ)つあん」とよぶ気はしなかった。

「親分」とか「子分」とか「姐さん」とか、こんな呼名でよびあう世界に、姉は嫌悪と反感を感じていた。

　練兵町の若い者が母の使いで、鶴之山旅館の方へ時おり来た。祖父が入口あたりにいる時は、恐れて、中へは入ってこなかったが、祖父の姿が見えない時は、勝手口から入って来て、そこで女中達と談笑したりして帰って行った。

　勿論、こんな連中がいるときには、姉は絶対に部屋から出てこなかった。又、一寸でも彼らの気配があると、たった今帳場にいた筈の姉が、ふいと姿を消していたりした。

　もしも偶然路上で逢ったなら、向うからは「鶴之山のお嬢さん」というところで挨拶をする。しかし、姉はにこりともせずにさっさと通りすぎた。
〝やくざもの〟から、親しげに挨拶される事に腹が立った。

8

「普請気狂い」と言われるほど、祖父は次から次と家を改造していく事の好きな人だった。

　鶴之山旅館も、裏の空地へ、空地へと増築されて行った。又奥の別館は三階建となった。で、建物としては全く無計画に奥へ、上へ、と継ぎ足して行った恰好で、明十橋の上から見ると、凹凸や、曲り角のむやみと多い、夫々の屋根の高さも参差錯落たる旅館であった。

　泊り客も多く、祖父も自らその客達の食膳に供すべき新鮮な魚を求めに、毎朝手籠をさげて出かけて行った。木綿の筒袖に、絞りの六尺帯を下腹の上にひろげるようにしてぐるぐる巻きつけ、竹の皮を張った通称〝朝市下駄〟を鳴らして。

　松代は大抵十時近くまで寝ているのが常だった。一緒に朝市へ連れだって行きたいためか、寝呆けて二階から下りて来る松代に、ぶつぶつと文句を言っている祖父を見かけたが、それもやはり、他の者を叱る口調とは違っていた。

　松代なしでは、どうにもならぬ祖父になっていた。祖母は女中達にとってこそ、ここの女主人だったが、祖父にとっては、一日見ないでも済ます、床の間の骨董にすぎなかった。

　乱脈な家の中を嫌っている姉は、唯一人の甘えられる相手であるこの祖母へ、こんな事をよく言った。

「この家から、ばばさんと二人で出ろ。出て、どこか水前寺あたりの空気のよかところに、小まか家借りて住もう。二人だけでな、ばばさん」

　こんな時、祖母は静かに答えるのだった。

「馬鹿なこと言うちゃいかんばい。あたし達が出てゆけば、あとは松代や宮子達が盗ってしまう。時期のくれば、あの人達はじねんと出てゆかす。それに、あんたがおっかさんも、いつかあの省吾さんに捨てられて、必ずこの家さん帰ってこらす。その時は親子水いらずで暮らさるる。そのときのため、あたしとあんたがしっかりこの宿屋ば守っておらなんとばい……」

　この祖母が、急に又入院してしまったのは、昭和十二年の五月はじめの事だった。

　又というのも、祖母の入院は、もとから珍しいものではなかったからだ。

「よう病みつく女ね」と、馴れている祖父はこう漏らしただけで、入院のあと、病院へ見に行く事は特別にしなかった。行かなくても、入院費用、滋養費、看護等の事は、不自由させぬ筈だったからだ。

山崎町の電車通りにあった、明石病院である。今度のは今迄の肝臓と腎臓の病気の上に、胆石という病気も出て来ていた。

祖母の願いで、山鹿から特別お幸さんが看護人として呼ばれて来た。母も曳地との生活で夢中の時で、祖母に対しても祖父と同然（お金さえ豊富にやって、医師にまかせておけば）という気持で、あまり見舞いも行かずに過ごした。

唯、祖母の入院で、ひとしお淋しさを感じていたのは姉だった。姉は、女学校からの帰り道、旅館へは寄らずそのままカバンをさげて、明石病院へ顔を見せていた。


小雨の日だった。姉は、祖母の病室と縁との間の敷居のところへ横坐りになり、障子に背をもたせて、庭を眺めていた。

降る雨に植木はすべて暗緑色に濡れていた。その植込みの向うの蔭に泉水があり、雨のために絶えず作られている水面のこまかい紋のその下に、緋鯉が、時折ゆるやかな動きの背を見せていた。

明石病院は、特にかかりつけだったので、祖母の病室は、この階下で一番奥の広い日本間にして貰っていた。

「菊子、何ば見よるとかい」

祖母が、やや薄暗い部屋の中の寝床から、弱々しい声でよんだ。

「鯉のおるよ」

「ああ明石先生の鯉だろ。そりゃ前からずーっと養のうてある。……菊子て」

「はい、なんな」

「ちょっと、ここさん、来てみんかい」

姉は立ち上り、祖母の枕辺近くへ行って、坐った。

「もちっと、こっちへ来なはり」

姉は、こころもち又にじり寄った。

祖母は、小皺の多い、たるんでくぼんだ瞼の皮をあげて、姉をじっと見上げた。

「菊子、今からね。今からあんたに何かやるけんで、決して誰にも言うちゃならんばい」改まった口調だった。姉は何もわからず、おさげにあんだ頭を軽く動かして、「言わん……」と答えた。

お幸さんと、雇いの看護婦は連れだって、銭湯に行ったばかりの時だった。

祖母は、白木の棒のような細い腕を出して、仰向けのまま枕もとの下あたりをサワサワとかすかな音をたてて探っていた。そして、やっとそこから茶色の布製の矩形(くけい)の書類入れバッグを取り出した。そして、それを黙って姉へさしだした。

「何な」ときくと、小さい声で「中を見なはり」と言う。

開いてみた。中は、チリ紙に大事につつんである印鑑と、これも白紙につつんだ銀行預金の通帳だった。通帳の中を見れという祖母の言葉にしたがって、そこをのぞいてみると、預金された金額は六百五十二円であった。

祖母は、細かい縦皺に囲まれた薄い唇を動かし、姉に噛んで含めるよう、こう言うのだった。

「この金はね、菊子。菓子屋しよった時分から、あたしがじいさんに内証で貯めて来たお金ばい。じいさんがあやん風だったけんでね……。これば今あんたに全部やる。よかごと使いなはり。ほんとは、あたしゃ、あんたが嫁入る時に使おうてち思うて、とっておいたっばってん、こやん病気だけん、先はわからんけんね」

膝の上に通帳をにぎらせられたままの恰好の姉の、その瞳はみるみるうるんだ。

「なにもならん事に使うちゃいかんばい。学校の事とかね。嫁入ったさきも入るだろうし。唯、これだけは言うとく。決して、酒のんだり、バクチ打ったりするごたる男を、婿殿(どん)に持ちなはるなよ。ね。あんたが一生苦労する。まだ、子供だろばってん、あたしの他に言うもんはおらんけんで言うとく。おっかさんのスンカキやら、じいさんのところに来るごたる男にゃ、碌な者は居らんけんね。よかかい。真面目でしっかりした良か人に嫁(い)かなんたい。たのむばい、菊子。……あたしも出来たなら、あんたが嫁入る姿ば見てから、死のごたるばってんね」

姉の黒いスカートの膝の上に、大きな滴がぽたぽたと落ちた。

「この金を、あたしから貰うたという事は、決してじいさんとおっかさんに言うちゃならんばい。あの人達に見せたら、すぐに使わす。この金はじいさんやら、あんたのおっかさんの沢山(ぐっさり)持っとらすごたる、汚れた金じゃ無(に)ゃとばい。菓子を売り、寿司を作って、長い間あたしが苦労して貯めて来た、美しか金……。誰にも言うちゃならん。あんたが一人で持っておきなはり」

姉の黒く肥えた頬を、涙が滂沱(ぼうだ)と濡らしていた。が、ふく事もせず、唯部屋の一角をその大眼玉で凝然とみつめたまま、肩で息をするようにして泣いていた。

祖母は、だるそうに瞼を閉じた。

五月雨(さみだれ)の止まない小暗い庭で、泉水の鯉が、何かに魘(おそ)われたような気配で、ピチッとはねた。

　看護婦が祖母には常時ついているので、お幸さんは、夜は大抵明十橋の旅館に帰っていた。そのお幸さんに、祖母は時々こう聞く事があった。

「……昨日の晩は、うちの人は何ばしよらしたろか」

「遅うまで、帳場で、南署の園川さんと話しよらした」

「ふーん」しばらく黙っていてから、

「松代は何ばしよったかい」

「よう知らんが、二階で雑誌どん読みよらしたっじゃなかろうか」

　又、ある時も同じく、祖父の事を聞いたが、ちょっとお幸さんの返事が遅れたので、祖母は自分につぶやくような声音でぽつりと言った。

「又、バクチだろね」

　お幸さんは仕方なく「朝から、吉田さん達の来とらしたもんだけん」と、わざと濶達に言ってしまう。

「松代も一緒だったかい」と小さい声。

　お幸さんは、それが聞えぬところで「ばばさん、ああたが言いよった水飴ば、じいさんから銭貰うて買うて来た」と明るく言うのだったが、祖母は又ひとり言のように呟やいて——。

「二人でバクチばかり打って、帳場の方はよかとだろか」

　祖母の口調はものうく、縮緬紙のような瞼の皮——それもやや暗紫色を帯びた——を、じっと閉じる。

　祖母が、今何を聞こうとしたか、何の思いにとらわれているのかという事が、お幸さんにははっきりわかっていた。

　病状は芳ばしくなかった。日々窶れが目立ってきていた。時折おきる胆石の苦しみは痛ましかった。

「幸子、うちの人や、民江があやん風だけん、どうかあたしが死んだら菊子ばたのむばい」と言って、「死ぬなんて言いなすな」とお幸さんから叱られたりしていた。

　祖母にとって、お幸さんは妹の娘、松代は姉の娘、同じ血のつながりのある間柄ながら、一は背から衣を着せかけ、一は背から刃をきりつけてくる程の心持のする、二人の姪の存在だった。

　母も心配して、曳地と連れだって、度々見舞いに来るようになっていた。衰弱がひどく、絶対に心気を労する事は避けねばならなかった。で見舞いに来る者、看護する者は、非常に注意した。が、祖母自身が、何を思いつめたのか、時折うわごとのような事を口走った。

　それは、お幸さんが夜遅く迄病院に残っていた時の事だ。ふと眼を醒まして、急に言い出した。

「幸子……あたしゃ思う……じいさんより、決して早は死にみゃあと。もしも、あたしが先に死んだら、じいさんの、このあとさす事ば見られんもん」

半開きの老いた瞳孔に、病室の電灯の光りが妖し気にこもり、歯のなくなったがらんどうの口腔が、しきりと開閉する。

「あたしゃ、じいさんのこの世でさす事ば、全部みとどけてから、そしてから、死のごたると。じいさんよりは三年長生きしようごたる」

「ばばさん、そやん、あっさり死んでたまりますか」

と、お幸さんが言うが、それももう耳に入らぬ様子で、

「否(いんね)……一年でんよか、一年じいさんよりか、長生きしようごたる」

そして、それから四、五日してからの夜、又突然、

「あたしゃ、じいさんより三ケ月長う生きろごたる」と言いだしたりした。

自分の体がいよいよ弱まって来た事を感づいたのであろうか、それは六月になってからの、ある曇り日の昼下り。暗い病室の高天井の一角をにらむようにして、切ない息をしながら、

「ね、幸子、あたしゃ……あたしゃ、じいさんより三日長生きしちゃ……三日でよか」と言いだした。

「否(いんね)、一日でよか。たった一日で。じいさんの死なしてから——じいさんの死なしてから……あたしゃ死ぬとばい」

すでに夢うつつのうわごとだった。この、ものに憑かれたような有様に、お幸さんはいささか辟易しながらも、

「まあ、まあ、ばばさんの」

となだめて、祖母の額ににじんだ汗を、ガーゼで拭いてやるのだった。

風もなく、蒸し暑い夜だった。

祖母の容態は、この二、三日は大そうわるく、前夜、医師が「知らせる親類の人があれば、知らせておいて下さい」とまで、言うほどになっていた。

一応、祖母の里の、高瀬横島村の京泊(きょうどまり)には知らせてあったが、まだそこから誰も駆けつけて来てはいない時だった。

眼をおちくぼませて寝ている祖母の枕辺には、母と、お幸さん姉妹と、看護婦との四人が、ひっそりとはべっていた。中で母は、いつのまにか、右手を懐へつっこんで、ねむりこけていた。精神的疲れもあったが、大体にあたりの者がものも言わずに静かに控えていたりすると、ねむくなる性の人だった。

暗い縁には、祖父の長兄の吾平さんの息子夫婦がすでに来ていて、やはり無言に団扇を動かしていた。急に祖母がうすく眼をひらいた。

何か意味のわからぬ事を、ぶつぶつ言いだした。

「なんですか」お幸さんは顔を近づけた。

「……じいさんばよんでくれ。じいさんば……ここさんこらすごと」

「はい、じいさん、な。すぐよんでくる」

お幸さんは母へ「民江さん」とよんだ。母はハッとして眼を醒まし、何事がおきたのかと「うう、なんかい、なんかい」と、祖母の枕辺にあわててにじりよった。

「じいさんばよんでくれてちいわすが」

「よし、あたしがよんでこお」

母は畳に両手をついて、太い尻をあげ、廊下へ出た。

祖父は、この二日、夜は病院へ来ていた。丁度その時診察室で、院長と、祖母の病状について話し合っているときだった。

松代も前夜は病院へ来たが、とうとう病室の中へ入る事が出来ず、縁に立ったままますごしたのである。

よばれて来た祖父が、祖母の頭の真上のところに坐った。母が「じいさんのこらした」と優しげに言うと、祖母は、眼と口をぽっかり開いて、さかさに頭上からのぞきこんだ祖父の顔をみとめて、溜息のように「ああ、ああた」と言った。

「何かい。シモ、きつかか。しっかりせんかい」祖父にしては、珍しい言葉だった。

祖母は、しばらく口を、もぐもぐさせていたが、急にこんな事を言い出した。

「ああた。な。あたしが死んだちゅうて、葬式はせんでよございますばい……」

母は眉をひそめて「まあ、母さんの、何ばああたは」と言いかけたが、祖母はなお、祖父だけをみて言った。

「……葬式はいりまっせん。唯、人の踏まん場所に、このまま埋めて貰えば、そるでよございます」

祖母は、そして苦しそうに、黒ずんだ瞼を閉じた。祖父は「馬鹿な事ば云え」と、叱りつける口調になった。

「やたら死んでたまるか」

「いいえ、死にます。もうじき死にます。ばってんな……ああた、あたしはこれだけは言うとこごたるとです」

かすれていたが、急に病魔が去ったように、ふしぎとさわやかで、しっかりした高い声音だった。

「あたしゃ、松代の事だけは忘れられまっせん」

枕辺の五人はしーんとなっていた。祖母は一寸（ちょっと）黙ったが、今度は急に、何か邪獣の霊魂にでも、のり移られたような、熱っぽい調子で、こう途切れ途切れに口走った。

「かならず……かならず……死んだ先で……あの女（おなご）ののどぼうずに喰いついてやるけん……そやん思うとるてち……

そやん、言うて下さい。な、ああた、死んでから……きっと……」

祖母の凝然とした眼は、もう何も見ていなかった。（母さん、何ば言いよるとな）と、そこで止めようとした母だったが、何故か己れの声が、のどの外へ出ていかなかった。

祖母はなおしばらく、懸命に口をうごかしていたが、空気の抜けた風船のように、又だるそうに眼を閉じてしまった。

誰も無言のままだった。祖父は口を一文字に結んで、むっつりしていた。

座敷の中は、しゅーんとなって、唯むんむんとする夏の夜気が、とどこおっているだけだった。

美しく輝かせた仏壇に、朝夕念仏を唱えて来た、もの静かな祖母。そして、老いと幾重の病気のために、身体の芯から枯れ果てたように思われた祖母。その祖母の心底に、一体どんな思いが、恰も冬籠りの蛇のように、常時潜んでいたのであろうか。

――祖父を終生の夫と思いつめて、つき従って来た三十八年間。貧しくとも、楽しみもあった若い日々にくらべて、そのあとの、あまりに長かった忍従の生活。夫の不品行を正面きって一言も言えずに、こらえこらえて来た年月。その怨みが、哀しみが、一言言うておかなければ死にきれぬ、その年月をかけて出来ていた、蒼黒い苔のような、妻としての訴えが、その夜、死神の熱にうかされて、一時に蓋をあけ、祖母の口から飛び出して来たもののようだった。

祖母は、その次の朝の九時すぎに、息をひきとった。

9

昭和十一年二月に、娘婿の葬式を出した山内家、その山内家の前には引き続き、昭和十二年七月三日の昼下りに、喪の花輪が並ぶ事となった。

それは、田上の葬儀と、ほぼ同程度の盛大さだった。田上の時は、源太郎さんという仲仕の顔があったので、朝市場から来た人の数が、より多かった。しかし、その他の事は、あの評判になった田上の葬式に、少しも引けをとらぬものだった。

祖父の一生一代の肝を入れた葬式だった。やはり、白鳩を入れた半円球の、巨大な金色の網籠をのせた牛車があり、それが旅館の玄関わきに据えられていた。そこへ大勢の見物人が重なり合い、見上げながら騒いでいた様子やら、又、白い夏の日ざしのさんさんと降るアスファルトの道路を、電車通りへとならんで行った長い葬列の情景やら、私にとっては「父」の時のそれよりも、より一そう印象に残っているのだ。サイレント映画の、しらじらとして目の粗いフイルムの断片のように——。

通夜の時も、つい眠りこけ勝ちで、又、葬式の時も涙一つ見せなかった母は、万日山の火葬場へ着き、いざ火をつける時になってから、急に大声で泣きだした。

（どうしても火をつけないで欲しい。火をつければ、母(かか)さんが熱(あつ)ちゃさす。母さん、母さん）と口走り、（あたしも死ぬ）と、身もだえして、人々を困らせた。

それは田上の時にもまして、激しい号泣、瞬間的錯乱状態だった。

アンヤキ売り、果物売りをして、一緒に極貧をくぐって来た母と娘である。唯一人の女親。その人の死に泣くのは当然だったろうが、しかし、その血のつながりとしての愛惜の情の他に、母の胸中には後悔の念が混っていたのだった。

（金が不自由せぬようになってからのち、母(かか)さんとゆっくり一緒にいるという事があったろか。長い間、ばらばらに過ごして来た。父(つと)さんには松代が。あたしには省吾さんが。夫々、他人のついた中で、一人で苦しんで来た母(かか)さんは可哀想な人だった……）親に無関心ですごして来た、殆んどの子が、その死後に思う（もう少し、どうかしてやれなかったか）という、取り返しのつかぬ強い痛み——それが、母の場合、突発的に堰を切ったのだった。

——ところが、今お幸さんに言わすればこうだった。

「あんたがおっかさんも派手に泣かした事は泣かしたばってん、あとは省吾さんという人のおらすけんで、よかもんの、一番きつかったのは菊子姉ちゃんたい。菊子姉ちゃんは、あの他人ばかりおるごたる広か家の中で、ばばさん一人ばたよりにしとらしたっだもん。太か葬式のありよったっちゃ、誰とも心の通じ合わん中で、一人でかくれて泣いてね。姉ちゃんのセーラー服着て、顔もあげきらんで、焼香しよらした姿は、痛々しゅうして、見とられんだったもんばい」

祖母の葬式ののち、祖父が二階の居間から、一歩も外へ出ぬという日が、数日続いたのだった。

バクチをする連中が来ても、松代をして、追いかえしていた。朝から酒に浸った。酒に浸っては荒れ、何か松代に言ったらしく、ある日松代は、台所へ来たまま上へあがろうとしなかった。

宮子もおそろしがって、出来上った昼食の膳を持って上ろうとはしない。で、代りにモトおばさんが、酒と肴ののった高膳（たかぜん）を、なれぬ手でもって上った。

モトおばさんは襖をあけ、兄の前に「はい、ツマしゃん」と膳をおいた。

と、次の瞬間、膳が音をたててひっくりかえった。祖父が払いのけたのだった。

「おい、モト、シモが死んだつは、ぬしがためぞ。ぬしが殺した」

突発的な祖父の言動に、モトおばさんは胆を潰した。

「まあ、……ツマしゃんの。なんば言わすとだろか」

祖父は立ちあがって、モトおばさんの、薄卵色の絽のえり首を、いきなり鷲掴みにした。そしてゆすぶって、

「シモはぬしが殺した。ぬしが殺した。シモが死んだつは、シモが、シモが……シモば生かしてもどせ」

と、こう口走った。モトおばさんは、相手が自分を養って呉（く）れている兄なので、悲鳴もだせず、ただえりもとの祖父のいかつい手を、上からしっかりにぎって、離そうとしながら、

「何だろか、この人の、何だろか」

と、身もだえした。が、気配は下の台所に知れ、板前がとんで上って来た。そして、やっと止めたのだった。

モトおばさんは、泣きながら階段をかけ下りて来た。祖父はそのあと、なお、板前に酒を命じているようだった。

その日の夕方、昼間の事件を知らない姉が、宮子にたのまれて、晩食の膳を二階へ運んだ。襖をあけ「じいさん、ごはん」とそこへおいた時、姉は見た。

祖父は一升びんをわきにひき据え、爛れるように酔いながら、しきりと泣いていたのだった。


この世に〝あるときはありのすさみ〟に、精一ぱい、ないがしろにして来た妻への感情は、あまり人には心中を見せぬ祖父の胸のうちで、どんな形でその数日間、潮を吹いていたのであろうか……。

二人で野出越（のいで）えしたあの日から三十八年間——熊本という土地にいて、自分という男一人について、離れる事も知らなかった妻、そのいとしい者への哀悼、そして、その取りかえしのつかぬ無念さ、すまない、悪かったという思いが駆けめぐる胸の中、それは母が味わった（取り返しのつかなさ）とは、比較にならぬ大きいものではなかったろうか。

が、それを人には言えぬ、人から言っても貰いたくない祖父の気性である。

誰に喰いかかりようもない、晴れぬ胸のものが、モトおばさんめがけて、爆発したのだった。

あまりの事に、モトおばさんは（もうこの家は出ていく）と、下でわめきだした。その夜、台所の広い板間の雇い人達のつくる円の中で、痩せた体の肩を振って、大げさに泣き苦しがっているおばさんの姿があった。私はこれを見て驚いた。何とも言えぬ、にがく悲しいおどろきだった。

　自分の唯一の「親」と思う人が、あられもない、子供のような恰好で、駄々をこね、泣いていたからである。

　（誰が一体、モトおばさんを、こんなにいじめたのだろう）

　子供の気持として、私はまわりにとりかこんだ雇い人達みんなが、よってたかって、おばさんをいじめていると思いこんだ。

　私は、モトおばさんを守るつもりで、夢中でおばさんにしがまえついた。

が、おばさんは、もう何も眼に入らず、ただ無念がって「出て行く。あたしゃ出て行く」とわめき散らしていた。

　板前と女中が私をうしろから抱きすくめた。私はそれを邪険にふりほどきながらも、眼前の大切なモトおばさんが、急にちがった人のように見えて、大声で突然泣きだした。

　勝気なモトおばさんは、本当に鶴之山旅館を出て行ってしまった。

　祖母の葬式のために来ていた仙松さんの未亡人ミツさんについて、満洲へ――。

10

　祖母との居間であった中座敷の縁のてすりによりかかり、紫に暮れる坪井川の流れをじっと眺め尽す姉の姿が見受けられた。

　川向うの芸妓置屋の座敷に灯がともり、青竹の簾（すだれ）の蔭に、浴衣姿の半玉（はんぎょく）達が、きちんと坐って、三味線の夜のおさらいがはじまる。

　その爪弾（つまび）きの音が、夏の夜の浅瀬の上を閑雅（かんが）に伝わってくる時、姉の大きな眼から、じねんと涙があふれてくるのであった。すべてが、亡き祖母を想い出させた。

　大勢の人間のいる中で、やはり祖母と姉とは「母一人子一人」とも言うべき関係にあったのだった。それで、姉の流す涙は「一人の母」を恋う、孤児の涙と相似たものがあった……。

　もうすぐやってくる初盆（はつぼん）には、提灯の数、精霊流しの舟の大きさで、精一ぱい故人に尽す祖父や母であったろうが、この姉の耳もとに、かりそめの慰めながら、ねんごろに、

「盆にゃ、ばばさんの帰ってこらすばい。眼には見えんば

ってん。菊子がところに帰るちゅうて、あの世から帰ってこらす。座敷の仏壇に」とだに言って呉れる者は、家の中に一人もいなかったのだ。

だが、勉強にも、運動にも自信のあった姉は、学校にいる間だけは、とにかく何もかも忘れたつもりで、朗らかにはしゃぎまわる事が出来た。姉には仲のよい友人が幾人かいた。

――が、一旦、わが家へ帰って来ると、祖母亡きあとの、がらんどうとなった、暗い空気が身にしんで、たまらない淋しさにおちいっていく。

女学校には一日とて遅刻した事のなかった姉であったが、祖母の死後以来、朝会に間に合わなくなる日がつづくようになっていた。下働きの女中が寝すごすのであった。どんなに寒い朝でも、祖母は姉のために、女中より特別に早くおきだして、御飯をたいてくれていた。

祖母は手のこんだおかずを作るのが上手だった。毎日の弁当のお菜にも、祖母の細かい心持がにじんでいた。又、よく、季節々々のものを利用して、リンゴジャム、苺ジャム、梅の砂糖漬けなど、いろいろ作っておいて、姉を楽しませて呉れていた。

――女中のあわただしくしつらえた夕飯は、何となくまずかった。

それに泊り客が多く、忙しい時、あたりに女中の影一人ない、がらんとした広い台所の板の間の隅で、一人用の膳の前にすわって、ただ一人黙々と食事をする時は、白い御飯の上に、熱い涙がぽろぽろとこぼれて来るのだった。

姉は、タンスの奥にしまっておいた祖母の形見の通帳を人知れず取り出して、眺める時があった。

姉は金の有難味をまだ知らなかった。六百なにがしの金を、祖母が貯めるには、どんなに身をけずる思いをして来たかは。

唯、祖母の志、そして祖母の遺言通り、しっかり持っているつもりであった。

が、やはり少女である。家の中が次第と落着いて来ると、黙って大金をもっている事の不安とやましさが、つのって来た。

そして、遂にある日、母についこれをもらしたのだった。

姉のさしだす新聞紙の包みから、バッグをとりだし、通帳の金額を、近眼でちかぢかと見ていた母は、たちまち片方のたもとで両眼をおさえ、嗚咽し出した。

「まあ……母さんの……母さんの……苦労して……」

母は、これを祖父に見せた。母と祖父は通帳を中にして、互に眼を見合せた。しんみりとした気持と、丁度よかったねという気持とが、まじりあっていた。

　と言うのは、定期場前の家、その家そのものは山内家のものだったが、土地は本当は他人のものであった。そのため、近年たびたび地主から早く土地を買って呉れという催促があっていたのだったが、大きくまとまった金が出来なかったため、母と祖父は互の金をあてにして、そのままにしていた折だったのだ。

　母は「ああ、よかった。よかった。南無妙法蓮華経」と言いつつ、通帳をふしおがんで、地主に払うべく懐へおさめた。

　ところが、土地代を払っても、あと少し残ったため、母は「菊子の学費に」と、再び自分で郵便貯金にあずけておいた。

　しかし、すぐあと、曳地が興行するにあたって、金が入用ときいたので、つい夫のために、その金を又引き出してしまった。祖母の遺言通り「あの人達に見せたが最後」だったのである。

　その年も秋になった。姉の最も得意であった陸競のわざを見せる事の出来る運動会が近づいた。しかし、姉はもう何もしようとはしなかった。クラスの皆がすすめても、尻ごみするだけだった。

唯、勉強だけは励んだ。中座敷のガラス口に、夜もすがらスタンドの灯の消えぬ事は、しばしばだった。

　姉はすべてを忘れて、勉強の中に自分を打ちこんでいった。

　家庭に歓びを見出す事の出来なかった姉であったが、唯一つ、その十六歳の胸中には、将来への希望の灯がともり出していた。

　幼稚園の先生になりたいという願いだった。のどやかで、清潔な愛と親切の交歓の出来る場所……。無垢（むく）な、罪のない子供達にかこまれ、慕われ、又彼等を暖かく庇い育てる優しい保母さんになりたい。これが姉の夢だった。その世界での独立……それは無意識裡に、この家との訣別の意味も含んでいたのだ。

　姉には、ことに仲のよい友人が二人いた。園部啓子、関満江、この二人だった。彼女らは、よく旅館へ遊びに来て、姉と三人でトランプをしたり、写真を撮りあったりして、よく喋り、よくはしゃいでいた。

　その関満江という友人も、姉と同じ希望の持ち主だった。だから、姉とその人はかたく誓い合っていたのだ。

「将来は、きっとそうなりましょう。がんばりましょうね。競争よ」と。

　そのためだった。姉が、琴などやめて、小さいオルガンを買ったのは。

　このように一筋の望みの道を歩こうと、姉が必死に勉強していた、この秋の終り頃から、鶴之山旅館の別館の大広間には、相ついで団体客が宿泊するようになっていた。兵隊の団体だった。

　この夏、昭和十二年の七月、北京の盧溝橋（ろこうきょう）で、日本軍と支那軍の衝突があった。これを契機に、いろいろまずい事が重なって、日本軍は八月には上海に上陸し、この秋には南京を爆撃してしまうという、激突な時局の推移を見せていたのである。

　あわただしい世情の急変……やがて、この年の秋もすぎ去ってしまった頃には、

〽勝って来るぞと勇ましく
　誓って国を出たからは
　手柄たてずに還（かえ）らりょか

という、あの〝露営の歌〟が、熊本の巷々（ちまたちまた）にも、木枯にのって、流れはじめて来ていたのであった。

第六章

1

私は小学の三年になった。地下の勉強室で、一人で寝起きしていた。そこで、いつ寝ようと、起きようと、誰も何とも言わなかった。勉強家の姉、バクチにあけくれる祖父と松代、あとはみな雇い人ばかりの家の内、誰と話すわけでもなく、大抵地下室でクレヨン絵をかくか、河原へ下りて遊ぶかしていた。時々、近所の、それも年下の子供達が集って来たので、その時は「大将」になって、広い旅館内を遊びまわっていた。

この頃から映画をよく観に行くようになった。一緒に連れだって行って呉れる者もいないが、又子供の無闇な外出を叱る者もいなかった。帳場にいる女中から金を貰うと夜の街にとび出して行った。半ズボンに両手をつっこんで、新市街の盛り場まで、歩いて行った。大人の足で十五分なら行けるところだが、子供の足としては「はるばる」という感じだった。

雑沓をくぐりながら、映画館の看板をながめ、芝居小屋のやばたの列の下を抜け、焼栗屋の、ブリキ製の福助が自動的に小太鼓を打つ仕掛の立看板が震動しているところをいたずらし、飲食店に寄っては万十を喰い、うどんを喰い——今から思えば、お巡りによくとがめられなかったと思う位、一人で勝手に遊んでまわった。

臆病な癖に怪談が好きで、朝日館によくきていた鈴木澄子の化猫映画を見に行き、いよいよ化猫が出る時には顔を両手でおおうて、その指の間から懸命にスクリーンを眺めていた。年老いた女中が、よく私を評して「泰ちゃんは、外なめくじの内べんけいじゃ」と言っていたが、たしかに学校では、余りものも言えない大人しい子だったのに、旅館に帰れば、小さい近所の子を集めて、わが儘ふるって遊んだ。

蝉や、蜻蛉も手でつかまえきらぬ気弱な子が、「怪奇映画」に憧れて、ノートルダムの傴僂(せむし)男の真似と言っては顔に墨を塗り、背中に枕を入れ、奇体な歩き方で近所の子らを追いまわし、はてはノートルダム寺院にたてこもるところで、蒲団部屋へ入りこみ、中にあった客用の枕を全部蒲団の山へのせて、悲喜鳴あげて面白がる子達の上へ、投げおとし、投げかえされ、投げおとし、とうとうあたり一面、籾殻(もみがら)の海にしてしまって、女中を嘆かせた事もあった。

　あまり自由に遠出するため、よく迷子になった。

　新市街で映画を観た帰り道の事である。とある屋台店で、黄粉(きなこ)餅を買い、それを紙袋から取り出しては喰い喰い帰ってきていた。いつも帰りなれている町中の路だった。

　——ふと気付いた時、私は全く見当のつかぬ未知の場所を歩いていた。急いだ。あせって長い事歩いた。しかし、すでに自分がどこにいるのやら、さっぱりわからなくなっていた。歩けば歩くほどあやしくなる。二時間以上も歩いただろうか。いつの間にか、私は大声で泣き叫んで歩いていた。

　と、ふと眼の前にある路上の立看板——等身大に作った茶摘女の板製の看板のそれに気付いた。それは西通り町の緒方お茶屋の前だった。あまりに知りすぎた路、いつも通る路の上ではないか。馴染の商店がならび、夫々のショーウインドーの光りや、鈴蘭灯が慶徳万十の店の電車通りの方へゆく道を昼のように照らしている。夢から醒めたようだった。悪い憑物がたった今私から離れていったようだった。私は泣き止み、キョトンとなったが、次の瞬間、馬鹿々しいほど知りすぎているその通りを家の方へ向って一散に走りだした。

　遅い帰りを寝ずに待っていた下婢が、私が帰ってその話をすると、おどすように眼をむいて言った。

「はっと気が付いた時には、手に黄粉餅はなかったでしょう。そうでしょう。坊ちゃんは狐にだまされなはったつですよ。大学病院の藪にゃ狐のまだおって、代継橋をわたって来るそうですばい。食い物の欲しゅうして。……大体どっちかと言うと、坊ちゃんな、狐にだまされやすう出来とるとだもん」

　一度、私は夢遊病者のようになって、夜の十二時頃、一里さきの水前寺前電車通り附近を泣きながら歩いていたそうだ。タクシーの運転手がつれて来たらしい。この時も、例の下婢は「狐説」をしきりと出した。こんな事は、モトおばさんがそばにいなくなってから、よくおきた。

　——夏の夜は、外に出て遊ぶにふさわしかった。熊本の夜は大そう蒸し暑い。朝市通りにも、やはり夜の十一時、十二時までも路傍の露台で、大声に笑いさんざめきながら誰もが涼んでいる。男で浴衣(ゆかた)など着ているものは余りなく、病人以外は大抵薄肌着にステテコ位であり、半裸体も少くない元気のよい老人などは、褌一つで高らかに談じ合っている。裸の背や太腕に、紫紺色の入れ墨をしているのをよく見かけるのも、この界隈だ。

この界隈にも、一ケ月に一度の夜市が来た。熊本市の主な場所を順ぐりに夜店市がひらかれる。

一日、十一日、三十一日と一日のつく日が長六橋を中心とした河原町。二日の日が広町、三日がこの塩屋町、即ち明十橋通りである。京町四日、安巳橋が五日、立町が六日で、堀端の電信町が七日で、鋤身崎町とよんでいた藤崎宮の北側一帯が八日。新市街が九日で、十日は細工町となる。

それ故、よく女の子達は、オジャメ（お手玉）や、毬つきの時の唄にして、

〽一河、二広、三明十、
四京、五安の六立町、
七信、八鋤、九新、十細の夜の市

……と言って、又初めにもどり、節をつけてくりかえし歌ったものである。

今宵が夜市という日の昼間中の期待は、子供心に、どんなに嬉しいものだったろう。

日がまだ沈みきらぬ頃、定期場の店々の格子に青桐の影が長くのびてゆき、アスファルトの路上にはあわあわとした橙色の夕映えが照りわたって、電柱の、まだ灯のつかぬ街燈のブリキの傘に、白い虫が無数に舞いめぐり、豆腐屋のラッパが人懐しげにさまよいふかれ、夕餉のものらしい焼魚の匂いのする、そんな夏の夕べ……ああ、今夜が夜市かと思えば、じっとしてもおられず、私は幾度も、路へ向いた帳場の格子に顔を押しつけて、その店々がならぶ筈の定期場前を眺めるのだった。

おいおいと、リヤカー、荷車、手押車を押してやって来る人々。その車には商品と、そして夜店をつくるべき板やミカンの空箱やらが、うず高く積まれてある。犀の皮のような色で、節くれだって曲った桐の枝から枝へ、コードがまきつけられ、朝市場の方迄のばされていく。そして、一定の間隔毎に、裸電球がぶらさがる。

金峰山に日が落ちて、街の中が急に紺色に暮れていく時、この一列にならんだ電球が、黄色な閃光を放つ。そして、その下に思い思いの商品がてらしだされる。

その長い夜店の輝く河の前を、人の影が、入りみだれて泳ぐ黒い魚のように下ったり溯ったり、絶えず動く。その中をくぐりぬけては、私は一つ一つ店のありさまを楽しんでのぞいていくのだった。

極彩色にひろげられた玩具。板の上に行儀よくならんだ漫画の本、講談本、古雑誌。麦粉にまるめられ、ひきちぎ

られたような小片がうず高に積まれてある黒飴、白飴。安物の風景の絵。茣座の上の原色のぬのぎれの山。

――そんな店の間々に、回転焼や、人形焼や、綿菓子の店があり、又夜店の列のはずれには、蛍、金魚、亀、苔、軽石、花卉、盆栽を売っていた。亀の甲も、植木の暗緑色の葉も、しっぽりと水に濡れて、アセチレンガスの灯をうけ、黒くつやつやと輝いていた。

学校の夏休みも半ば過ぎて、八月の十三日から十五日まで、「盆」である。そして十二日の宵から、十三日の翌朝までにかけては、長六橋をめぐる一帯には、夜を徹しての市が開かれるのだ。

ひおうぎ、金盞花、百日草、蓮、モントプレチヤ、グラジオラスなどの仏壇用の花などの花卉市でもあり、又十五日の夜に川へ流すべき麦藁製の小舟の市でもある。

これらにまじって、米の粉で精製した、竹の葉、梅の花、松葉、紅葉等を型どる、色あざやかな仏菓子。麦粉のだんごを、黒砂糖や、砂糖醤油でまるめた「盆ダゴ」。焼とうもろこし屋、西瓜売り、金箔銀箔の花びらのにぶく光るのを、麦藁で作った大束一面につきたてた造花売りの老婆の姿も見られた。

中でも、その数の多いのは――農家の者らしい、野良着に、ねじり鉢巻の中年の男や、赤ん坊を背中にゆわいつけた、木綿着の少女などが、よく売っている――さまざまな植物の実をならべた露店だった。

彼等の立っているかたわらには、ミカンの空箱かリヤカーの上に、戸板が裏がえしにおいてある。その戸板の裏の桟をくぎりとした、その四角な桝々には季節の初ものの実、から芋、梨、栗、西瓜、黄金瓜、豆、なすび、とうきび等が夫々うず高く盛ってあるのが、赤ちゃけたアセチレンガスの灯にうき出して見える。

彼等、ことに男達は絶えず大声で、路ゆく人々に「そろいました。そろいました。そろいました」と、景気よくよびかけている。もし客が立ちよって一つ求めると、手もとに重ねてあった大きな蓮の葉の一枚をとって仰向けにし、それを左手にもち、右手で手早くその桝中の夫々の実を一つずつつまみあげては、葉の中に投げこんでいく。口ではなお「そろいました。そろいました」を呪文のように唱えながら。

一通り入れ終えると、蓮の葉をまるめる。蓮の葉が、腹のふくれた魚のような形になったところを、両端に藁しべをくるくるとまわして締める。

仏のいる家は、これをみな買うわけなので、次々と売れていく。麦藁船の中に入れて、死者の魂と共に流す、お盆には不可欠の供え物である。だから、これがこの市の中心でもあった。で、普通、人は河原町の市を「ソロイマシタ市」とよぶのだった。

十五日の夜の精霊流しは、私にとって、夜市にまして楽しい宵であった。

――この長六橋の下を流れる白川の方は、幅が広々としていて、川岸が遠のいている。見物人は多くいても、あたりは暗闇が多く、人のざわめき、人家の灯も、川の面からかけ離れた感じで、そこを離れ離れになった精霊船が、ぽつり、又ぽつり、と、上からやってくる。灯が水面に映じて、ゆらり、ゆらり……暗く広い川のため、それはあたかも、言い伝えそっくりに、死者の孤独な霊魂をのせて、隠密に、川下へ、川下へ、そして涯しらぬ暗黒の海の沖へと行くような、静かで妖気のある流れ方をするようだったが、一方、坪井川の方は川幅が狭く、灯ともす家の裏座敷が両岸にぎっしりとたちならんでいるので、人々の談笑の声も、流れる精霊船の上へ、近々とふりそそがれるのだ。

麦藁の屋根に赤い鬼灯提灯をともし「ソロイマシタ」の蓮の葉を開いて入れ、その他西瓜、黄金瓜、煮素麺、だんご、花等を積ませて還す可憐な舟――そして、それらは狭い川のため、前後をあらそい、舳先をこすり合い、水面一ぱいにひしめき合うようにして流れていくのだ。そして、或る舟は浅瀬にのりあげて動かず、或る舟は互にぶっかり合い、めらめらと蜜柑色の炎をあげて破船する。そのたびに、橋の上に、家々の裏座敷の手すりに、めじろ押しにならんだ人々の口から、歓声にも似たどよめきが、川面をおおうのだった。

船がない時は、静かに流すべきである「ソロイマシタ」の葉巻を、わざと他の船にぶっつけて燃上させる若者もいた。又、仏の乗って帰っていく船に、小石を投げる悪童もいた。又、そのような悪童のまじる橋の上の見物人達をおどろかすべく、大きな木船の中に時限花火がしつらえられてあって、橋下寸前に、突然あでやかな花火がふきあげて来たりした。

一夜限りと流れ去る舟でも、そこには妍を競う気持もあってか、初盆でもないのに、その舟型の大きさ、ローソクや提灯のかずを、人の眼を惹くようにしたてて流す人もあった。そんなものは、大抵麦藁ならぬ、特別の木作りで、舟のあらゆる縁に無数のローソクをならばせたり、秋草を描いた空色の長提灯を、いくつもさげさせたり、蛍色の仕かけ花火を水面にぽろぽろとこぼさせるようにしたり……見る人は、あれはどこの船、あれは何々屋の、ああなるほど、と噂し合い、ことに金持の初盆のところなどは、どんなものを見せてくれるやらと、期待して眺めていたものだ。

　ある大きな薬局の若主人は、父親の初盆に、豆電球のやたらについた、海賊船のような姿の大船を流して、さすがのもの見高い朝市ッ子をおどろかせた事もあった。

　これらをぬって、人間がのり、棹さして下っていくのもある。花茣座を敷いた大船に、芸者達がのり、三味線太鼓を打ち弾き鳴らして、華々しく下っていく、見番の某主人が死んだとかでの陽気な魂流し。

　或いは、舟中に幾人もの白帷子の人が端座して、うちわ太鼓の音も高らかに「南無妙法蓮華経」と、必死な題目唱えて下るのもある。

　家の中から、橋上に満載された人の群の中へ。又、橋の上から、人だかりする家の座敷の中へ。互に流れ矢の花火を打ちこみ合って、興じ合い、はては怪我人の出た事もある。……どこやら、北の遠い山国などでは、寂寞とした魂迎えの夜、仏壇には死者をのすべきなすびの馬をかざり、闇の庭さきで枯木をめらめらと燃やして過ごすとかいう——そんな盆とくらべて、何と賑々しく、享楽的な十五日の夜であったろう。

2

　このように、庶民達が楽しげに暮らしている平和な川筋、町並……だが、この町並の、低い黒瓦のぎっしりとひしめきならぶ彼方から、……それは海の遠いざわめきにも似た声のかたまりが、いつしか聞こえてくるようになっていたのだ。

　……バンザーイ……バンザーイ……バンザーイ。刻一刻、その声の波は、ひろがり、たかまって、町々をおいはじめていた。

　すでに日支事変が勃発し、支那へ支那へと発っていく兵隊の列が、日を追って多くなっていた。昭和の十二年——その年の前半とは、うって変る、あわただしい夏から冬への気配だった。

　褐色のだぶだぶの服に、大きな靴の兵隊達の、精気あふるる勇壮な行進は、渡鹿の兵舎から各駅々まで、市中をねっていく。

　その通りという通りは、市民の熱狂的な見送りの波に毎日埋っていた。私たち小学生も教師に引率されて、電車通りへ出て、家で作って来た紙の日の丸を振りしきった。

鶴之山旅館の十五畳の広間では、兵隊団体の宿泊の夜は、きまって大宴会が催された。深夜まで兵隊達の騒ぎ声はきこえた。

〽拝啓御無沙汰しましたが
　僕もますます元気です……

手拍子と共に、爛熟した声、声、声。

私が、地下室からこっそり上ってのぞきに行くと、兵隊達は、最後の一夜という気持でか、顔をただらしたように赤く光らせ、愉快そうに女中達にたわむれかかり、わけのわからぬ力んだ声で放歌し、はては肩を組み合って廊下へ、玄関へ、そして帳場や台所にまであふれ出て来ていた。

そして、そこにいる祖父に、松代に、宮子に、板前に、飯をたくおばさんにまで、懐しげに語りかけ、手をとりにくる姿が見られた。

熊本駅から、南熊本駅から、上熊本駅から、

〽天に代りて不義を討つ、忠勇無双の……

兵隊達は「滅私奉公」と墨書きされた白たすきをかけ、「バンザーイ、バンザーイ」の歓呼の声に送られて、毎日のように発って行った。

私達は、クラス交替で駅に見送りに行った事もある。

「お国のためにしっかりやって下さい。伊藤俊生君、バンザーイ」

一斉に叫ぶ激励の声のなかに「では、行って参りまあす」と、眼前にうつむいて立つ妻と、子には、顔そむけて、軍隊式の、機械仕掛の人形のような機敏な挙手の礼をした、中年の兵隊の顔。血がのぼってあやしく輝き、大きくむいた眼玉は赤くにじんで、勇ましく強そうな、又、泣きだしそうな、無量の感のあふれる表情。私は旗ふりながら、その顔を、ひょんな気持で仰いでいたが、それもつかの間、次々に押しかけていさめる人々の渦にまきこまれ、やがて一緒にホームへ行ってしまった。

その十二月中旬に南京が陥落した。そして次々と発表される勝利、進軍、勝利、進軍。日本は戦勝という興奮剤にいよいよ意気上り、兵士の見送りも、盛大をきわめていくのだった。

明けて十三年、その夏のはじめに徐州陥ち、同年秋に広東(カントン)、つづいて武漢三鎮(さんちん)も占領した。初冬に広東漢口(かんこう)攻略。

私達はそのたびごとに旗行列に参加して「ヘイタイサン、バンザーイ、ヘイタイサン、バンザーイ」と叫んで町々を歩いた。

体の大きかった私は「カンコウガオチマシタ、ヘイタイサン、ゴクロウサマ」という、プラカードをもたせられたものだ。

私はよく、祖父や松代や女中達の話の断片から、旅館に泊って行った兵隊達の、いくつかの部隊が全滅したという事を知った。

　これは公にされぬ事だったらしいが、祖父がどこからか、聞いて来ていた。祖父は一緒に玄関前でとった兵隊達の写真をとりだしては、じっと眺めていた。

　祖父は大変な兵隊びいきで、宿泊の兵隊には精一ぱい尽していた人だった。

　中でも、沖縄から来た部隊が全滅したという報を聞いた時には、私の胸がぎゅんと締った。沖縄の部隊の中の一人に、酔いにまぎれて私を肩車にのせて、廊下をとびまわったり、妙な踊りの振りをして笑わせたりした、眉毛がびっしり濃く生えた、黒光りのする顔の、若い兵隊を、私がかすかに覚えていたからだ。

　それはいつも夜更けの事だった。

　私が一人、地下室の机に向って本を読んでいたりすると、しばしば、どこか遠いところにおきるらしい、海のざわめきのようなものをかすかに耳にする事があった。

　耳鳴りのような……大勢の人が必死に叫ぶ声のかたまりのようなざわめき……それは、地下室の下の河原を、坪井川の流れを、対岸の唐人町の町並をこえた、遥かに遠い彼方の場所で湧くらしく、しかも銀河の膜のようにさだかではなく、わあー、わあー、わあー、という、目には見えぬ、夜の万象の放つ声とも思える……不思議な声のどよめきだった。

　耳をすますと、それはたしかにバンザーイ、バンザーイという、あの兵隊を送る時の「歓呼の声」のようである。

　そして、その声は数十人というものではない。昼間、電車通りにうんかのように集って叫んでいる、あの大群衆の放つ声……切れ目なく、興奮に充ちて、バンザーイ、バンザーイ、わあー、わあー……そう聞えて来るようだった。

　こんな夜更けにも、兵隊たちは発っていくのであろうか。

　一度私は、地下室から上へあがって、女中の一人を無理に川べりの窓のところ迄連れて行って、言ってみた。

「ほら、耳すましてごらん。バンザーイ、バンザーイという声のきこゆるど？」

　女中は、暫らく何かを聞きとろうとする風(ふう)だったが、あっさり首を横に振った。

「否(いんね)」

　ふと気が付くと、私の耳にもそれが消えていた。しかし、再び地下室において、机の前にじっとしていると、いつの間にか、眼の前に閉めているガラス戸の、その川の向うの、町の向うの遠いところで、歓呼のどよめきがしているのだという聴覚をどうする事も出来なかった。

もしかすると本当に、魚屋町の住友銀行前の電車通りあたりで、兵隊送りがあっているのかもしれない。

一度私は、下駄をつっかけて、その通りまで駆けて行った。

だだびろい電車通は森閑と更けて、銀行や商店の外燈のみが点々と灯り、漆黒の空には星屑が散らばり、ひと一人とおらぬ空漠たる大通りの向うの河原町の角から、よろめくように、こうこうと灯をつけた終電車が、単調な音をひびかせてやってくるばかり……。

私は当てはずれで、こそこそと帰って来る。そうたしかめた夜は、もう二度と聞えなかったが、又しても静かで空気の冴えた夜は、地下室にいる私の耳に遠く遠くきこえてくる、バンザーイ、バンザーイと繰返す、うんかの声……息をこらしてじっと聞く。たしかに聞える。耳鳴りか。錯覚か。

しかし、誰と言って話す相手もいない私だった。一人で聞いていた。

時には、その大勢の人々の声らしきものは、深夜までおきて本をよみふける私に、何か賑やかな生気を与えてくれた。こんな夜更けなのに、みんなまだ外へ出て、わいわい言っている、宵の口のような心強さ。

——だが、時にはえたいのしれない恐ろしさにおそわれる時もあった。

あの銀河の湧くような声は一体何だろう。

バンザーイ、バンザーイで死地へおもむいて行った兵隊達の魂が。心では哭いても、元気よく、気狂いのように叫んで送った父が、母が、妻が、子らが。それらの思いが。人と人とが離れていく時に出す、あのけもののような歓呼の声が。その声々が、日毎絡みあい、重なり合い、いずれの大通りにも息のようにかかって、自然と凝り、人も寝静まる深夜となって、ふと、天とも地ともわかちがたいところの闇から、かすかに……遠い遠いよび声のように……幾百万の人間の阿鼻叫喚のざわめきを靄にしたように……そして、それは又、ここより千万里の涯の地獄の亡者の叫び声のように……湧いて、町の軒上を、霧のように流れているのではないかと思うためだった。

一人寝の床にふと眼が醒め、私はおきなおって、おびえた眼と耳を、ガラス戸の闇外にじっとこらして、何かをうかがう事もあった。

幻想癖のある、臆病者の私が、このような日を送っていた頃、地下室からかけ離れた上の中座敷のガラス戸には、姉の勉強の灯びは、すでにつかなくなっていた。

姉は十三年の夏の終りがた、突然大学病院に入院していたのだ。

3

姉は雨に濡れそぼって、バレーの対校試合をした。試合場から泥だらけになって帰って来た。風呂をわかしてあったが、体の妙にだるい姉は、どうしても気がすすまなかった。

が、丁度旅館に来ていた母は、濡れて汚れた様子を見かねて、姉を無理に風呂へ入れた。次の日、姉は寝込んでしまった。そして、この風邪が意外にこじれて来て高熱、疲労をともなうものとなり、大学病院で見て貰った結果、〝急性肺炎〟と診断された。〝絶対安静〟だった。こうして姉はすぐに入院させられたのだった。

姉の入院生活は贅沢だった。

だが、特定の肉親がそばに付いてくれているわけでもなく、又心を打ちこんでいた勉学を中止せねばならなくなった姉の気持は、淋しく、遣瀬(やるせ)なかったことだろう。

――この年の秋、熊本市では「格子なき牢獄」というフランス映画が封切られる事になっていた。戦争の関係で、劇的に濃度のある外国映画が非常に少なくなっていた時分なので、洋画ファンの姉は、この映画をどんなに以前から期待していた事だろう。

にも拘(かかわ)らず、入院という事になって、姉はひどく落胆したのだった。

町にかかった、主演女優のコリンヌ・リュシェールの大写しのポスターを見て、いろいろ女中と噂しあっていた姉だったのに。

私は、祖父の使いで、二、三度大学病院へ、玉子や衣類をもって行った事がある。

その折、私は姉のために、行きすがら新市街の十字屋で、その女優のブロマイドを一枚買って行った。リュシェールという発音がどうしてもうまく出来なかったが、十字屋のおばさんは、やっとの事でわかって呉(く)れた。

小型の額縁に入れて貰ったそのブロマイドを、姉に示すと、姉は声を放って、大そうよろこんだ。

「よう、わかったね」

姉は仰向けのまま、いつまでもその女優のブロマイドを眺めていた。

――コリンヌ・リュシェール。二十(はたち)になっていないほどの女優。耳をかくす程度に金髪を短かく切って、内巻にカールした髪型。

彼女の眼は、大きく美しいが、そこには秋のような哀しみのさびがただよっていて、長顔の頬はこけ、鼻梁(びりょう)は冷たいほど鋭角的にねもとから高まっていた。唇は装(よそお)う事を未だしらぬ処女らしく、かるくゆるんで、白い歯が見えていた。彼女が、鉄格子を両手で握り、そこへ顔を押しつけ、こちらをもの憂げにじっとみているスチールであった。

だが、今から思うと、このリュシェールと、十八歳だった姉の目鼻立ちが、どこか似ていたようにも感じられる。

それに、その頃の姉が、物質には恵まれていても、家庭内の不幸、病気、自分自身の潔癖な矜持(きょうじ)、それらの格子にとりかこまれ、愛情の交流のない牢獄にいて、自由な外へ出ようとしても出られぬ、唯格子に顔をつけて幸福のありそうな世間をじっと眺めているだけの場所にいたのではあるまいかと思われ、そういう姉の娘時代の境遇が、何だか、あの「格子なき牢獄」の女優のスチールに象徴されているような気がして、ふしぎに今もその淋しそうなリュシェールの表情が印象に残っているのだ。

4

徒党を組んで、人を誑(たぶら)かすのが、やくざ連なら、それにも負けず、悪辣(あくらつ)な事を、一人おとなし顔でやってのける人間も、水商売の世界に出没する。

母が知っているのでは、相馬義八などがいた。こういうのを、人は〝貴人倒し〟と言って敬遠したが、これらに狙われると、そのきわだった舌の動き、優しみのある説得力に、つい巻込まれる。

貴人とは「金持ち」というほどの意味で、金持の家の裏面の秘密をかぎだすと、そこへダニのように喰いさがって、口塞ぎの金を貰って来たりする。又は、他へその秘密を漏らして、そこで金を貰ってくる。

これはやくざの威(おど)しとは違って、実に柔和で、した手で、もう何もかも打明けてしまわねばならぬような同情心をもって入り込んで来るので、被害者は感謝しながら金を出すという仕掛になる。

曳地が大和座で浪曲をうった時の事だ。

浪曲師は、広沢虎造の愛弟子、広沢寅衛である。寅衛は、色白の、熊本弁で言えば「たぷらあっと肥えた」艶福家だった。曳地はこの広沢寅衛が大そうのお気に入りで、幾度も熊本へ招いていた。だから、あとでは、曳地の練兵町の家に住むようになっていた事もある。

この寅衛に、熊本の、萩丸という芸者が、芯からの熱を上げていた。その大変な惚れようを知った相馬は彼女にこう言いよったのである。「寅衛さんはよう知っとるけん、一緒になるようにしてやろか」

この時、優しげにいいなして、萩丸からは相当な金を借りておいた。

一方、寅衛にも「ああたばむごう好いとる美人のおるばってん、世話しまっしゅか」と言った。

そして、二人を川尻あたりの旅館迄つれ出して、一緒にさせた。すでに寅衛からも、金を貰っていた。芸者には、ちゃんとした旦那がついていたので「自分は二人を結びつけるために相当苦労した」と二人に語っていた。萩丸と寅衛は、かくて深い仲になり、熊本で逢うようになった。やがて、旦那が来ていない時を見計らって、寅衛が萩丸の家に通うようになった。この間も、萩丸は何かと言ってくる相馬に、工面して金を与えていた。

やがて女は、恋人の情愛の絆に自信が出来たのか、あまり相馬にかまわなくなった。

もう萩丸からは金は絞れぬと悟った相馬は、今度は萩丸の旦那のところへ行って、こう忠告した。

「萩丸さんは、若っか男ば持っとるなはるですばい」そして「嘘と思われるなら、二人の逢びきの場に連れて行ってもよございます」と言った。

そして、二人が寝ている筈の夜の、萩丸の家の前へ連れて来て「今、黙って上ってみなはるまっせ」と教え、自分は猫背の小柄な体を、ちょこちょこと動かして路地の角向うにかくれた。旦那は玄関をあけるや、いきなり二階へ上って行った。足音をきいておき上った二人、あわてた寅衛は逃げようとして、二階の窓の手すりから下へとび下りた。そして、足の骨を折ってしまった。

二人の仲は旦那にわかった。興奮した旦那は、この功績に相馬へ金を与えた。相馬は又別に、この旦那に、身の貧窮をよそおって、金を借りる事に成功した。

寅衛は入院した。もう舞台へ出て、浪花節を語るどころの段ではなかった。

証拠をつかまえた旦那は、いよいよ萩丸に熱中した。若い男へ行こうとした女への未練が、老いの身を灼いたのか、嫉妬の怒りはかえって情欲に油をそそぐ。

さて、そこで相馬は、あと一しめ工夫した。相馬は旦那の本当の奥さんのところへ訪ねて行った。

「御免下さい」「どなた様で……」

玄関に立つ、眼のしょぼついた貧相な小男が、この頃よく家をあける主人の事について、詳しい事を知っているようなのに、奥さんの態度は忽ち変化した。

「どうぞ、どうぞ」

端座して、眼を光らせて、男の話をきいた。

「うそと思われますなら、現場につれて行ってもよございます」ついでに、わが身の病い、子沢山の貧乏と語り出す。そこで奥さんは、現場をたしかめたあとで、必ず金を貸すという事を約束した。

　萩丸の家の前の暗い路地に、奥さんを連れた相馬が、ちょこちょこと現われて指さした。奥さんは玄関を入るなり、二階へ上って行った。

　――このあとの騒動はとにかくとして、相馬は幾重にも借金の徳を身に付けた。この借金は、無論彼にとって「かえしはしない借金」だった。

　この相馬などになると、後はどうでもいいのだ。悪人の印をつけられようとかまわない。
で（相馬にゃもう二度と欺されはせん）と決心し、人にも（相馬にゃ用心しなっせよ）と忠告しているものの、何か心配事がある時に、相馬から話しかけられると、その世話の十二分行き届いたような優しげな口調に、又ぞろ欺されてしまう者もいた。

　――用事があって、ある晩、母が遅く練兵町の家へ帰宅した。

　広い蚊帳の中で、曳地がうつむけに長くなって、座頭に按摩をとらせていた。

「只今、帰りました」と、母が声をかけたが、曳地は返事をしなかった。

　母は衣類をぬぎ、寝巻にかえて、蚊帳の中へ入って、曳地のわきに敷かれてある自分の蒲団の上へ「ああ、くたぶれた」とつぶやいて、横になった。

　と、同時だった。曳地ががばとはねおきて、蚊帳の外へとびだした。そして、素早い身振りで、玄関の方へ、足をひきずって行った。その動物的けたたましさに、母も按摩もおどろいていると、曳地は片手に棒をもって現われた。その棒は、按摩が玄関のあがり口においていた杖だった。曳地は蚊帳の中へ入ってくるや、それでもっていきなり、母の背といわず、肩といわず、頭といわず叩きつけて来た。蚊帳の釣手の三方がはずれて落ちた。その青い網にまるくるまったようななかで、彼は母を、有無を言わせず、気狂いのようにちょうちゃくした。

　按摩は夢我夢中、やっと蚊帳のはしから這い出して、見えぬ白眼をひらき、座敷の敷居から、玄関につづく板の間へ這いさぐって行った。

　――さて、この夏の夜の一件は、例の相馬が火つけ人なのである。母に借金を断られた相馬が、それを怨んで仕組んだ狂言に、曳地が簡単にのったわけだ。母に他の男が出来たようにまことしやかに言いなし、曳地の嫉妬を煽りたて、曳地から忠義者と見られて、借金しようとしたわけである。

――では、曳地は何故相馬の言をのっけから信じて、いきなりこんな挙に出たのか。やはり、そこが曳地自身の弱味につけこんだのだ。

自分が浮気をしない男なら、又妻を信じる事の出来る心が強いものだろう。そんな他人の虚言など聞かぬか、又はよくたしかめようとするであろうが、自分があまり浮気をしすぎているため、暗々裡にその方面は、誰に対しても疑い深くなっているわけである。それで、そんな男には、火をそばに近づけただけでも、青白い猜疑の炎で、ぼっと燃えだしてしまう。

これは又、母にも言えることかもしれない。心中では(男はいつもどこかで浮気している)という観念が、始終往来している。

結局、これも自らが好んで歩いて来た道、自らが学んで来た「通な」内至「通すぎる」異性哲学なのである。

これは曳地や母に限らない。遊び人の世界、芸人の世界、水商売の世界などに生きる、所謂くろうと筋の男女がよく持っている、自分がそうだから相手もそうであろうという、自分が自分に課した、一触即発の嫉妬心である。

――ところで、その夏の夜の一件に於ては、母は一切手向いしなかった。打たれたままだった。事の内容があとでわかったが、その言いわけも、曳地の気嫌を見計って、やっと笑いながら喋り出すほどの母になってしまっていたのだった。

男に対して勢いの強かった母も、この曳地には、わきで見る人が驚く位、した手に出るようになっていた。

――曳地に夢中だったのだ。だから、浮気心などおこそうとも思っていなかった。そして、曳地がそんな理屈に合わぬ、狂暴な嫉妬を爆発させても、恨みごころは、さらにないわけだった。

5

六月の白い太陽にあたためられた風は、開け放った窓から窓へ吹き抜けていたが、やはり白壁の中の病室は蒸し暑かった。

ベッドに仰向けの姉が、紫陽花の柄の浴衣の袖から、両腕を出して、胸の上に置いたり、顔の上にかかげたりして、さきほどから眺めていたものがある。

盆の形をした壁飾り。金閣寺を背景に、だらりの帯の舞子が向うむきに立っているガラス張りのはり絵。そのわきに小さく丸い鏡がはめこまれてある。友人の関満江が、京都の土産（みやげ）に持ってきた品だった。

（……とうとう修学旅行にも行かれんだった）

祖母が死んだ後の砂漠のような味気ない月日の中で、唯一つ胸のふくらむ期待をかけていた、この春の関東関西の旅行だった。

自覚症状はあまりなくとも、医師が安静の必要を強調している肋膜（ろくまく）である。

姉は又涙がにじんで来た。

（祖母がいたら、病院につきそっていて、この残念さも親身に聞いてくれたろうに）

壁飾りの中の鏡にうつる自分の浅黒い顔をじっと眺めていた。少し痩せたようだった。大きい眼が赤く濡れている。窓外の光線を横からうけて、妙に底光りした嫌な眼の自分だと思いながら眺めていると、

「菊子さん、菊子さん」と、ドアの外で低くよぶ声がした。

「あら」と、それだけ言って、姉はドアのところへあらわれた若者に、薄く笑って会釈した。

あんまり笑わない、褐色の頬のそげた、無表情の若い男は、両手に大きな風呂敷包みをもってはいってきた。白シャツに、カーキー色の兵隊用ズボンをはいて、頭は無細工に裾刈（すそがり）していた。

「何処（どけ）、おきまっしゅか」打切棒（ぶっきらぼう）に言った。手にさげているのは、練兵町の母がよこした果物と着更えの類だった。

「すんまっせん。その附近に」

姉は仰向けのまま、頭上の棚を指さした。彼は黙ってその風呂敷包みを置いた。そしてのち何かごそごそと音させて、その棚附近を勝手に片付けている様子だった。

母は練兵町から、たびたびよそのおばさんを雇ったり、家にいる若い者を使ったりして、病院の方へ品物をもたせてよこした。もう姉の入院も昨年（昭和十二年）の十一月からだったから、八ケ月目になっていた。

母は練兵町からスンカキ場へ通うので、めったに見舞いにもこられなかった。

「こちらは曳地さんのお嬢さんの病室でっしょ」と、廊下で看護婦にきいている男の声。そして「失礼します」と、なえた浴衣に、三尺帯を尻の上にしめた、見るからに遊び人らしい若者が、角刈の頭をしきりとさげて入って来る時は、最初のうち、姉は思わずヒヤリとして、眉をひそめ、あまり会釈もしなかった。

が、病気のため心が丸くなったのか、入れ変り違った顔の子分が低い物腰で物をもってくるに従って、あとでは「すんまっせん」と、かすかにもらして、労をねぎらうよ

うになっていた。

　が、やはり挨拶以上の話をする事は一切なかった。母からも（荷物だけ置いてくればよい）と言ってあるらしく、彼等の方からも、必要以上の話はしなかった。駄賃を貰っているので、帰りはどこかへ行くのを楽しみに、「お大事に」という言葉をのこして、引き上げて行く。

　が、その中で、今はいって来た、この野田という若者だけは、あちこち片付けものなどして、長く居た。あそび人の子分特有のもの腰低さ、慇懃（いんぎん）さ、如才ない口調、それらがこの野田にはなかった。いつも仏頂面をしている。が、彼は姉のところへ使いに来たら、いつまでもそこへおりたいふうで、何かと自分勝手に、その附近の片付けものなどをするのだった。

　癇性（かんしょう）の姉は、自分のものをあつかわれるのを嫌って、最初のうちは止めていたが、あとではそのままにしていた。

　ぽつぽつと彼と話すうちに、野田という若者の事がわかって来たからだった。

　病室をまわってくる白エプロンの掃除婦が、姉の部屋の廊下側のドアを、消毒液に浸して絞った布巾でふくのを、彼も真剣な面持で手伝った事がある。体がよく動いた。あとで掃除婦が、

「感心ですね」と言うと、

「あの人、軍隊で衛生班だったから」と姉が答えて、女二人は笑い合った。

　本当は――姉は野田の顔は、入院する前から知っていたのだ。

　昨年の十月末の事、姉が病気になる一寸前のことである。用事があって、練兵町へ行った。祖母の死後は、あれほど嫌った母の家にも、時々祖父の使いで行くようになっていたのだ。丁度その時、義父の曳地が、子分を一人連れて、自動車にのりこむところだった。子分は手に重箱をつつんだ風呂敷包みをもっている。義父が「お前も行かんか」と言った。

　母も「あんたもおとっつぁんについて行きなはり」とすすめた。

　十九部隊が帰還して、その中に義父の子分が二人いるので、それを祝いかたがたひきとりに行くところだったのだ。

　母のすすめで、姉はつい運転台の方へ乗ってしまった。母は、娘が自分の新しい夫と親しむのが嬉しい様子であった。

　この時の帰還兵の一人が、野田鉄雄だったのだ。彼らは、武漢三鎮（ぶかんさんちん）占領ののちの凱旋兵だった。

　重箱の中のおはぎを食べながら、律義そうに（一体に遊び人は、親分の前では、一般の人より極度に律義で正直に

見えるものだが）戦場の話をする二人の兵隊を、姉は珍しそうにわきから眺めていた。彼らは革の匂いと汗の匂いと、乾いた繊維の匂いがした。

　中でも、野田の細い眼が時々姉の方にくる時、姉はあわてて眼をそらしていた。勿論、ここでは姉は一言も発せず、控えていただけだった。

　そして、入院後に彼が初めて病院へ使いに来たとき、（あああの時の人だ）とは気付いていた。のち、少し話をするようになってから、野田の方からその事について触れた。

「あの時はすんまっせんでした。菊子さんにまで来て貰うて」

「おはぎ、うまそうに喰いよりなはったね」

　野田の使いの数が重なるうちに、姉はこのぶっきら棒で、話の内容も乏しい若者の中に、或るなんとも云えない暖かさ、親切心を汲みとっていた。野田が、芯から姉の病気の経過を気遣っている様子が、その口でなく、その風情で示しているように思われた。

「寝てばかりできつかですど。菊子さん。俺なら、もてん」

「もう、馴れました」

「姐さんから言伝がありました。菊子さんの欲しかてち言いよりなはった銀丁の奈良漬は、明日姐さんが自分でとどけなはるそうです」

「あら、そうならば、お母さんに言うとってやらんね。来る時、本屋に寄って、新女苑の増刊号の出とらんどか見て来てはいよて」

「新女苑の増刊号ですね」

「おっかさんに増刊号なんか言うたっちゃ、わからすどか」

「わっしが見てきましゅうか」

「それが間違いなかごたるね。おねがいします」

「なるだけ早う……」

「今度来なはるついででよか」


　野田鉄雄と話すうちに、次第と彼の身の上もわかって来た。彼は両親の顔を知らないと言う。少年の頃から、唯一人の縁者西里村の伯父の家や、新聞をやっているとかいう某氏の家に世話になりながら転々とし、貧困の中に成長して来た。そして、バクチをする事をおぼえて、遂に曳地の家に入りこんで来たわけだった。二十四歳だった。たしか、どこかに兄が一人いるらしいが、それも行方不明らしかった。

　時には、姉と彼とは長い事話しこんでしまう事もあった。

て。

姉はベッドに仰向けに。彼は立って、窓べりによりかかって。

彼は辛かった孤児同様の少年の日を語り、祖父も母も兄弟もある、そして金にも不自由しない姉の身がしあわせだと言った。と、白い漆食（しっくい）の天井をみたまま、姉は淋しく笑って言う。

「そやん思うね？　わたしは、どんなにお金があったにしても、幸福とは思わんね。わたしも、うちじゃ一人と同じ事よ。誰も相談相手にはなって呉れないし。おっかさんはお父（とっ）つぁんがおらすし、じいさんは松代さんがついとらすし、あとは他人ばかりの家の中でしょう」

「ばってん……」

「ばってんね。あたしが男だったら、かえって鉄雄さんのように一切誰もおらんがよかろて思う。自分の進もうごたる方に行けるし。世の中を自分一人の力で精一ぱい開拓していくのも面白かろうね。あたしは男に生れたがよかった」

姉は、大きな眼を光らせて、熱心に言いつづける。そして、鉄雄が帰ってしまった後で、すぐ後悔した。姉としては、男に対してこれほど心中を喋ってしまう事など今迄絶対になかったから。

姉の大学病院生活は、この年の七月で終る事になる……。もう退院してよい体に近かったし、祖父が急に帰ってこいと言いだしたからであった。

七月になってからすぐ、祖父が松代を連れてやって来たのだ。昼のさなかだった。

「どうですか。少しはよかかいた。菊子さん」松代が例のけだるく温和な声で、姉をのぞきこんだ。

三十二歳の松代は、相変らず肌が白く艶やかで、低い鼻もそう目だたない。不鮮明な微笑が口辺（こうへん）にじわっとうかんで、陶器の人形のように、あまり変化のない表情であった。

姉は「今日は」と言って、微笑した。

生前の祖母の口から、松代への恨みは、幾度聞かされた事だろう。この女ゆえの、祖母のあの苦しみ。しかしまだそれも、少女の漠然とした感情で受け止めていたので、祖父に連れ立って来て、そう言葉をかけられるとなると、すなおに微笑するほかはない。家の中に満ち満ちた、さまざまのうとましい事を、姉自身、どうする事も出来ない。

薄茶色の呂の着物の胸を無器用に合せた祖父が、カンカン帽をかぶったまま、ベッドの傍らの椅子に腰掛けている。大きくひろげた股のため、着物の裾がわれて、中からステテコがまる見えである。何を着ても、無格好な祖父であった。

病室に風がなく、ブラインドから床下へもれる陽の縞模様が、暑苦しかった。

祖父は先程から、扇をつかいながら、病室のあちこちを眺めていたが、突然こんな事を言いだした。

「うちさん帰れ。ここはいかん。ごちゃごちゃしとる。うちのあの一番奥の座敷ばぬしにやるけん、そこで養生せえ。行くぞ。行くぞ」

姉は天井に眼を向けたまま、しばらく黙っていた。松代も消極的ながら帰る事をすすめた。

而して、この場合、姉の「帰る」も「帰らぬ」も、すべて祖父の言葉一つだった。姉はこの次の日の夕方、タクシーで明十橋の旅館へ帰ってきた。

6

母が黄金の翼を身につけたという時代、スンカキバクチでぼろ儲けをする事の出来た時代は、とうとう終りに来た。支那事変勃発(ぼっぱつ)をきっかけに、主食が統制になり、その結果、米市場の運営が止まってしまうからだった。

戦争が始まっても、しばらくはあった。本式に閉鎖と決まったのは、昭和十四年の春である。

大正の初めから、市中で一、二を争う賑いを呈して来た塩屋町という青葉繁る大樹も、時代の鋸(のこぎり)でもって根元から切り倒されてゆくのだ。

母は、いつかはスンカキの仕事をやめなければならぬ日が来るとは思っていた。曳地は興行という仕事をもっているが、これも当にならぬ事で、もし定期場が止むようになったならば、現在もっている金を資本に、小料理屋のようなものをしたいと思っていた。それに、曳地と一緒になって以来、父親との間が疎遠になって、曳地と自分、祖父と松代と、この二組がはっきりわかれてしまった形になっている。

スンカキをやめるのが惜しいと思う反面、そんな小バクチの真似事はやめて、別の新しい商売の店をもちたい気持もあった。

そして、前から話のあった、銀杏通りの或る店を人から借りたのは、十四年の暮れだった。定期場の終ったあとも、別の形でスンカキはつづいていたが、これを思い切ってやめて、銀座通りへ、曳地と二人で移り住んだのが、それから間もなくだった。

二十五歳から三十八歳までの十三年間、それが寄生木(やどりぎ)のようなバクチの親であろうと、苦楽を共にした仕事、そしていろいろな事があった界隈を、あっさり捨てて、銀杏通りへ移ったのも、やはり曳地のためだった。

曳地は、今度の仕事について、母に先だって店を借りる交渉などして来ていた。

開くのはおでん屋だった。曳地の曳をとり、「ひき舟」という屋号にした。

銀杏通りの中央、西側の並びで二階造りだった。二階の五間ほどの座敷は、すきや好みにあしらい、曳地は俄(にわか)仕立の骨董趣味で、支那風(ふう)の香炉、墨絵の掛軸、唐金造りの仏像などで飾り、一階は土間にいくつかのテーブルを置き、奥にスタンドをめぐらして、とまり木をならべ自由に内側に煮えたつおでんをとりながら、一ぱい飲むという式にした。

一階にも、階段のわきに二間ほど小座敷を作って、衝立をおいた。

ダイヤガラスに、舟を型どった木の桟のついたハイカラな入口の戸。臙脂(えんじ)色に「ひき舟」という字を白で染めぬいたものをさげた。

曳地の模様付けで、大そうむだ金のいるものだった。板前一人、下働きの老婢、女が二人、それに、中村が出征したあと一人でいるお幸さんを手伝いに来て貰った。そして、母と、曳地と、信正と。八人の家人で、その他地の若い者が不定数に出入りした。

開店祝いには、方々から花輪をもらった。普通ならばそれだけの返礼をすればすむのだが、すでに新市街では顔のうれた親分になっている曳地の名のためにも、それ以上のおかえしをせねばならなかった。ことに、遊び人仲間では、それがうるさかった。

母は、加藤さんの家は勿論、あちこち挨拶にまわったが、それ以外にも、銀杏通りで有名なカフェなどの主人に知り合いが多かったので、忘れずまわった。

「今度そこで小(こま)かおでんやばしますけん、よろしゅうおたのみします」

「ほうー。民江さんがな。こっちこそ、よろしくたのみます」

――「ひき舟」は賑わった。夜となれば、母もお幸さんも雇いの女達も、忙しげに、スタンドのうしろを出入りし、階段を上ったり下ったりした。

曳地も店内をぴっこ引きながら、あちらへこちらへとうろつきまわって、入って来た客にあいている席を笑ってさし示したり、「お茶、お茶」と、女達に催促したりした。流しが来ると、自分で奥へ小銭をとりに行って与えた。

母が履かせてやらねば、足袋一つ履こうとしない曳地も、自分の気が向けば、こんなにもするものかと、母は内心おかしくもあった。

　だが、お幸さんはこれを皮肉にみていた。

「民江さん。ここの省吾さんな、商売しよらすとか、自分の家にあそび人よんで宴会しよらすとか、ようとわからんな」と蔭で言っていた。

「そるばってん、時にゃ只で飲ませにゃ。大体うちの人は昔から人に飲ませて威張ろうごたる気色（きしょく）だもん」

「あんまり多かごたる。商売するならするごと、まちいっとはコスいかんと。民江さんが、省吾さんにあんまり甘か」

　ひき舟開店と同時に、さまざまな遊び人が出入りしはじめていた。曳地の家だから出入りするのはかまわないが、彼等が一階のスタンドあたりで酒を飲むとなると、その金払いの時、曳地か母がそこにおれば、飲代をとるわけにはいかないのだった。

　米浜や石本らがひょっこり現われ、

「おーい、省吾。どぎゃんか。賑うごたるねィ」と言ってスタンドに腰かける。酒を飲んで出て行く時「いくらや」と女に聞いているが、横で曳地は〃金はいらぬ〃という意味の、手の甲を横ふりする恰好をみせる。

「すまんね。そんなら此（こ）ん次……」と立ち上り、奥の台所にいる母に、

「姐さん、失礼しまぁす」

「あら、もう帰りなはると……又どうぞ」

と、言わざるを得ない。

　若い連中がやって来た時は、向うから催促はしないから、こちらで気をきかして、曳地は女に〃酒を出せ〃と眼で知らせるのだった。

「これは親分、すんまっせん」と、大そうな恐縮の様を鷹揚に眺めるのが、曳地の楽しみの一つにちがいなかった。

　で、中には「大将、今日ですね。春竹の者が、どこのもんかと、画津湖で、昼のひなかから喧嘩して、二人怪我人の出たそうですばい」と、一寸した又聞きの噂を仰々しく報告しに来て、母から、

「あら、待ちなっせ。そやん急いで帰らんでも、一杯飲んで行かんね」と、声をかけられるのを計算に入れてやってくる若造もいた。

　母は、常に曳地の気嫌をうかがい、曳地の気に入っている相手なら、気をきかして「よかです。何のあたから頂きまっしゅかい」と、出された金を押し返す事も、一度や二度ではなかった。

　曳地は殆ど経済には無関心、母の方はそれを考えているつもりで、なるだけ「コスく」なるように努めているが、やはりお幸さんや、板前の白木からみれば、商売下手の、

人間好し(おひと)の似たもの夫婦だった。

　曳地には〝明日は明日〟という、あそび人気質がもともとあったが、とくに母が曳地の言うなりに金を出すために、浪費癖はいよいよつのってきていた。時には、ヒステリックに、わざと不必要なものに使ってしまうふしもあった。

「うちの人は、あたしが何時迄でんスンカキの頃と同じ金の入ってくるてち思うとらす。一緒になった時分は、あたしの一番景気のよかった時だもん。……ばってん、ほんにこやん見栄の強か男ちゃ思わんだった。ひとりで威張ろうと思うて。こやん金の入るもね、親分と人から言われんとがおかしかね。幸ちゃん」

　と、蔭ではこぼす母だったが、その表情は、どうにか許す苦笑いだった。

　加藤さんの友人樫山さんという人が、よくこんな事を言っていた。

「省吾がごと、金使うなら馬鹿でも親分になりきるぞ」

　そして、その金は、もう親も子も忘れたようになって曳地に打込む母の手から、すべて出ていたわけだった。

7

　祖父が、姉のためにあてた八畳の部屋は、川べりに添うガラス張りの廊下を幾度も曲って行く、一番奥の、静かで見晴らしのよい座敷だった。出縁の手すりに凭れると、その東側も西側も、眼下は川の流れになっていた。

　姉の部屋を角にして、坪井川は大きく迂曲して、万才橋から明十橋へゆるやかな流れを見せているのだった。

　ここで療養生活をするようになってからの姉には、何となく、あの女学生時代の健康な潑剌さが消えていた。

　だが、再びほどよく肉がついて、さて、肌黒だったのも少し白くなり、その日本人離れした高い鼻も、二重の大きな眼もそのまま変らず、病人臭さというものはなかった。

　いつも床は敷いてあったが、ほとんど昼間は臥せっていない。時々、軽い外出もしていた。陸競選手で張切っていた頃の姉に欠けていた、温和さ、女らしさ、デリカシーというものが、この病気のため、添えられたような感じさえした。

　時々は帳場へ出て来て、女中らと映画や、着物の話をし、何かをキャッキャッと楽しげに笑いあったりする事はあったが、それ以外、自分の奥座敷にひっそりと暮らしていた。

私は子供ごころに（以前の中座敷の姉の居間とは雰囲気が違って来たなぁ）と感じてはいた。この奥座敷には黒檀の小さな坐り机、その上に行燈を擬した黒塗の古雅なスタンド。粋な芸者姿の人形が一つ。オルガンのわきには、紫や臙脂のような色の勝った、柔かな地の着物がかかっている。鏡台には、薬びんと一緒に、セルロイド製のピンク色の髪ブラシや、いろいろな形のクリームや乳液のびんが置かれていた。

化粧瓶の中でも、特に私の眼を惹いたものがあった。それは同じ形の化粧瓶が八本、一列にならんでいて、その瓶の腹の紙に、印刷した数字で１２３４……と、８までつけてあるものだ。

私は姉に「これは何ね」ときいた。

姉は怒ったように「子供が聞くもんじゃなか」と言って言葉を濁した。が、あとで上女中の一人が教えて呉れた。

「あれは、番号順に顔につけなはるとよ、色の白なるごと。八つで一セット。舶来品の、高い化粧品ですよ」

私は、姉がそんなにおしゃれするのかと、心中ひそかに舌を巻いた。

——療養する姉の身に、その夏は去り、秋も去って行った。修学旅行どころか、この年の春の卒業式にも出られないまま、こうやって、うやむやに過ごして来た月日を思うと、友人と幼稚園の先生になる希望は愚か、こんな家庭の中で、自分はどうなって行くのだろうかと、胸板に灰色のハケでもってなでられたような不安におそわれる事がしばしばあった。

唐人町と洗馬通りの家々の裏座敷が、ひしめいてならぶ、川向うの眺めを、晩秋の真昼の日に森閑と見るだけの毎日だった。

それはもう寝る時は、雨戸を閉めておかなければ、そぞろに寒いほどの夜の事である。

姉は床の中に入っていた。女中が毎日代えてくれるシーツの上に横たわり、行燈スタンドを枕辺において、本をよんでいた。婦人雑誌が単行本で出している花嫁講座の、その中の一つだった。姉の書棚には、この種の本が多くなっていた。花嫁何々、料理何々、作法何々、美容何々、育児何々等。

夜寒の冴えた空気を伝って、甲高い人声、あわただしい足音が、瞬間したような気がした。姉は何気なく耳を澄ました。

祖父は松代と二人で、福岡の宮地嶽参りに行って留守であった。で、母が代りにこの二、三日、旅館へ来ていた。

この離座敷まで、台所の人声が聞こえて来るのは殆ど稀だったが、この夜は夜気が澄んでいるためか、不思議とかすかに、その鋭く交叉する断片的な声のいくつかが姉の過敏になった耳に入ってきた。

母の声らしいのに混じって、一瞬聞えたと思った男の声。姉は身じろぎもせず、息を凝(こら)して耳を傾けていた。

姉はいつか上半身を床の上におこしていた。タオル地の寝着の上から、菊模様の羽織を肩にかけ、おもむろに腕をとおした。

暗い廊下をすり足で静かに台所の方へと行った。台所の戸障子があく音がして、女中らしい足音があわただしく女中部屋の方へ駆け出していく気配がした。

姉はしばらく台所の手前にある、客用の洗面所の蔭に身をかくして立っていた。

台所では、さきほどの高い声は消えていて、今はもうひそひそと呟き合う声、それも相当感情を押えている、ひきつった声だった。母の声に混じって、その若い声はたしか、義父のところの若い者、銀次郎の声だった。

姉は、その洗面所から五、六歩あるいて、思い切って戸障子をあけた。

配膳のための台所の広い板の間に、母と板前の元村とが坐っており、こちらむきに銀次郎が中屈みになっており、この三人にかこまれて、半裸の男が長く横向きにねていた。

裸の肩を拭いている、板前の手許の布が真赤だった。わきにかためてある肌着は血に染り、又、板の間のあがり口附近には、やはり血の滴(したた)りのあとがあった。

向うむきに横臥する褐色の裸の痩せた男、姉はそれが誰であるかとっさにわかって、息をのんで、羽織のえりをにぎりしめたまま佇立していた。

母のかたわらの洗面器の中の熱湯が、電球の光に気味悪く血に濁って、湯気を薄くたてていた。

「あら、菊子かい」

いつの間にか後に立っていた姉の存在に気付くや、母は叫ぶように言った。

「早(はよ)、克子さんに、よか手拭ばもってくるごと言うて呉んなはり」

克子とは、さっき駆け出して行った女中の名だった。姉は台所を出ると、無意識に自分の部屋への廊下を走った。鏡台のわきの衣桁(いこう)にかけておいた自分の桃色の大タオルをひったくると、再び長い曲りくねった廊下を台所の方へ走った。

すでに女中が来ていて、新しいタオルを板前が使っていた。銀次郎は興奮して、口早に小声で何か言っているだけで、板前の方がてきぱきしていた。飯炊きのおばさんは、土間の大真魚板（まないた）の台の向うで震えて立っていた。医者の車が、勝手口の前に停ったのが、すぐこのあとだった。

――新市街で喧嘩があったのである。普段から仲の悪い二本木の関元家の若い者が、ちょっとした事から因縁つけて来た。これに曳地の若い者の一人がたてついた。これがきっかけで、この夜夫々の兄貴分達まで出かけて行って、血をみるような事になった。曳地は山鹿に興行しに行って留守であり、又、二本木組も親分には知らせてない、突発的な子分同志の小喧嘩であったのだ。

真先に行った野田鉄雄が最も深い傷で、彼は現場から銀次郎の肩にすがって、母のいる旅館の方へ来た訳だ。

ひき舟は曳地一家のねじろである事は、向う方が知っているし、又むやみに手近な医院に入れれば警察がうるさいし、警察から姿を消すつもりで、銀次郎はここまで連れて来たのである。

医者が帰ったあと、鉄雄は板前の小部屋にねかせられた。

そして、たまたま次の日の昼には、又兵隊の団体が入るための準備が控えているので、女中達は早くねかせ、その夜、姉が鉄雄の枕辺にいて、何となく気遣う役にまわってしまったのである。

もしも祖父がいたなら、そんな事は絶対に許さなかったであろう。いや多分、鉄雄がこの家で寝る事さえ、又血をしたたらしてここへやってくる事さえ、大いに怒ったにちがいない。遊び人は一切嫌いの祖父だ。

が、母は、この夜姉がある程度、積極的に看護するのを快く見ていたようだった。年頃の娘をもつ世の母親としての、当然の推察が母には欠けていた。

年下の夫に快く思われることが、この頃の母の最大関心事であったとしたら、娘が、夫のお気入りの子分の鉄雄に、進んで看護する事に対して（あれほどだった菊子が）と嬉しいとこそ思え、何の咎めをする事があったであろう。母には、それが（娘が一歩、自分の夫に近づいてくれている）という風（ふう）に解釈されたのだ。

普段着に着代えて来た姉は、板前とならんで寝ている繃帯だらけの鉄雄の枕辺にいて、幾度からくのみで、冷たいお茶を飲ませてやった。

血をみた時の感じより、傷は深くはなかった。鉄雄は医者の施薬で、いつか眠ってしまった。

翌朝、鉄雄は母の命令で、タクシーにのせられて、銀杏通りの店に運ばれて行った。

それは――さびしく単調に繰り返される姉の養生の日々の中にふってわいて、すぐ消えた、晩秋の夜の短かい一齣（ひとこま）だった。

8

ひき舟では、大声で愛嬌は振舞っても、眼がうすく、時には酒と間違えて酢を入れてお客に出す母の無調法をわきからしっかり押さえて、お幸さんはよく働いた。

　パーマを絶対にかけないお幸さんの髪の毛は、すなおで、真黒で、長い。それを、いつも真中からわけて、うしろで簡単なたぼをつくっているだけのあっさりした髪型が、下ぶくれして、ひきしまった感じの長顔の輪郭やまなじりの上り加減の生(いき)のいい大眼玉を、ひきたてていた。地味なつくりであるから、おとなしい女かと思って客がふざけかかる。と、お幸さんから高飛車にやりこめられてしまった。

　客にこびるところもなく、ずけずけ男のようにものを言って、しかも客を怒らせない徳もあった。

　このお幸さんに思いをよせて、ひき舟に通う客の一人に、河津という男がいた。

　河津の家は、泰平橋を南へわたった本山町にあって、付近に十数軒の貸家を持っていた。

　のっぽで、青黒い肌をしていた。おそろしく長顔で、ことに口より下の部分が長く、前へつきでていた。風采はあがらぬ男だったが、好人物の感じだった。お幸さんは、この男を大そう嫌って、最初はものもいいかけなかった。

　美人のお幸さんにいいよる客は多かったが、気の強いお幸さんは、そんな男達を一切受けつけなかった。出征中の夫の中村の事だけが、念頭にあった時である。

　ところが、この最も嫌われていた河津は、お幸さんの軽蔑の風も、柳のように受け流して、性懲りなくひき舟に現われ、お幸さんに話しかけようとした。

　お幸さんは、河津にひどい事をよく言った。が、なまじい女にもてたがる男が示す、あの「傷つきやすい誇り」など、河津には全くなく、きょとんとして、とまり木にねばっていた。

　母は相手が得意の客であるので、お幸さんの態度に気を揉み、なるだけ二人の仲が柔かくゆくように気を配っていた。

　冗談に「幸ちゃん。中村さんばあきらめて、河津さんの嫁御になりなはり。そりゃ、愛(むぞ)がらすよ」と言って笑った。お幸さんが眉をつりあげて、極端におこるのが、おもしろかったからである。

　だが、やがて河津が幾度となくやってくるに従って、お幸さんも何かやと、男に話しかけるようになって行った。

　しかし、その調子には、親しみのそれでなく、何か男を見下して、もてあそびものにしている感じがあった。

側からみて、河津の方を哀れと思わせるほど、思い切った事を言っていた。しかし、それでも、河津としては何かと喋って貰える事がうれしいらしく、なかなか帰らず、軽蔑の冗談を頭から浴びながら、いつか酔いつぶれてしまう男だった。

9

姉は、その十二月の朔日（ついたち）から、水道町の日切りの地蔵に通いはじめていた。

日切りの地蔵――それは日を何日と切って願をかける地蔵さんで、当時の市民に親しまれ、ことに女の参詣者の影の絶えないところであった。

大甲橋の際にあった料亭「いけす」の裏の声取坂（こえとりざか）を下り、狭い路地を一曲りした、そのつきあたりにあった。大正末の大火事で、この辺一帯が焼けた時、ふしぎにもこの地蔵堂だけが焼け残ったという理由で、急に参詣者がふえたとか。あたりは古風（こふう）な家がぎっしりと並んだ、静かな住宅街であった。

ところで、又、昭和二十年の戦災では、何もかも焼けてしまって、現在では、白川に添う公園やら、新しい住宅、ビルが出来ていて、昔をしのぶよすがは全くない。

三七の二十一、二十一日間を期限として、毎日乗物には一切のらずに参りに行くというところで、病気全快の願をかけたわけだった。これも母の強いすすめがあったからだ。

若い頃、祖母に願をかけて貰って、死ぬときまったチブスから、奇蹟的に救われた経験をもつ母は、誰が笑おうと、こんな事を断乎として信じ、行い、且、人にもすすめてまわる性の人だった。

病気のため、母への反抗の鋭い角も、いくらかまるくなっていた姉は、その気になって徒歩で毎日欠かさず詣っていた。

雨の日だった。いつもの通り、下通りの歩道を歩いていた。地味な柄の銘仙の着物に、むらさきのコートを羽織り、黒のつま皮の高下駄で、草色の蛇之目（じゃのめ）傘をさしていく姉は、十八にしては、非常に大人びた様子だった。

「菊子さんでっしゅ？」

突然うしろから声をかけられた。若い男から呼びかけられた事のない姉は、はっとして振返った。

「あら」

番傘をさした鉄雄が、外套なしに、ネルの色シャツの上から、古い背広をひっかけ、軍隊の長靴を履いて立っていた。

　姉は、肩から頸から一せいにあついけむりが這い上って、顔を覆うのを感じた。

　鉄雄は、彼としては珍しい、親しみの微笑を、その細い眼と、口辺に、うかばせていた。

「どこに行きよりなはるとですか。菊子さん」

「しらん」

「しらんて？　こやんところまで」

「千徳の先です。そのさきはしらん」

　姉はいたずらっぽく笑った。

「はずかしかて、どこですか」

「はずかしか」

「ああたは？」

「わっしは、歯の治療です。榊原さんまで」

「それはどこの病院？」

「上通りです。一緒にそこまで行きまっしゅ」

　姉は強く気がひけたが、思い切って鉄雄とならんで、歩き出した。

「わたしも治療です」

「また、悪うなりなはった？」

「……否（いんね）……おがみに」

「おがみ？　何にですか？　神さんにですか？」

「お地蔵さん……」

「ああ、日切りの地蔵さんですど」

「母が言うもんだけん」

　鉄雄は日切りの地蔵の事をよく知っていて、一寸の間、ひとりで「講釈」していた。

　こんなにうきうきと声高（こわだか）に、数多くものを言うのは珍しいようで、姉は、鉄雄が内心、自分に逢って歓んでいるのだという事を感じた。

　三年坂へ出る、徳永時計店の角まで二人は来た。姉はここから曲らなければならない。鉄雄はちょっとためらうようだったが、わざと無表情な高声で、

「今日は早かけん、わっしもそっちゃん行きまっしゅ」と言った。

10

　飲食を取扱う店の集まった界隈には、匂いをかぎつけて、飼主のない犬らが、その勝手口の裏や、路地やらを徘徊する。

　残飯の多い、ここらのちり箱に頭をつっこんでいて、人の気配があれば、本能的にとび退（の）く。ことに人気の多い、

さんざめきの夜のうちには姿を見せず、閑散な朝や昼さがり、世を忍ぶすね者のようないじけた眼と姿で、哀れげにほっつき歩く。

　ところで、母のひき舟の店附近一帯に、人出の多い夜にも出没する、一匹の赤毛の犬がいた。年をとって、痩せてはいるが、大きい骨組をした犬だった。通りを酔った男達が肩を組んで千鳥足で放歌していく。そのわきを巧みにすりぬけていく。

　料理場の裏に並ぶ塵箱に頭をつっこんでいる時、女が塵を捨てるために出て来て、その赤毛の犬を追い払う。しかし、逃げる風ではなく、女が塵を捨てる間だけ、一寸身をわきに置いているという恰好で、女が去ったら、すぐに又箱の中に頭をつっこんであさりつづける。もう人間の威嚇に対して無反応になって、すっかりこの盛り場に住みついた、横着な犬であった。

　時には、ひき舟の店内にまで、その大きな老残の姿を見せるのだった。

　お幸さんや女達は水をふりかけて追い出した。板前など、時々その朴歯の下駄で、尻を蹴って店外へ出す時があったが、母だけは生きものには邪険にあたれない性なので、

「どうか。この犬はもう爺さんばいな。シッ、シッ、出なはり。ここはあんたが来るところじゃなか。あんたが来ると、お客さんの嫌いなはる。はい、出てはいよ。出てはいよ。たのみます。シッ、シッ」とよその子供にでも言うように呟いて、やっと追い出すのだった。

　――曳地という男は、生きものに対して、ある異様な残忍性をもっていたようである。それは母が彼と一緒になる前からの性癖と察せられる。

　道をいく犬に、跛ながら敏捷な動作で、さっと石礫をとばす、その様子、それは単なるいたずらと言うより、何かいわれのない、陰うつな敵意が、その中にピーンと弓弦を張っているような感じのものだった。

　練兵町にいた時、食事の折、眼の前の縁を通った猫に手もとの火鉢の火箸をとって、殺すほどの勢いで、投げつけた。

　彼の里の川尻に、母がついて行った時の事、庭に放ち飼いの鶏をすばやくとらえて、その鶏冠を手で狂暴にねじり上げた。あの時のけたたましい動物の声。平然とわらっている曳地。母は、曳地の中にひそむ嗜虐性を見出して、背中がひやりとした事は、一度、二度ではなかった。

　その性癖は、曳地の体内に壮年の今日までながれつづけていて、その時わきに居合せた人々の気持を、ぎょっとさせた。

　――彼が、その赤毛の老犬をにくんでいたのは、あきら

かだった。大抵は曳地のいない時に現れたが、ある時丁度曳地がいた。

曳地はスタンドのわきの七輪にかけてあった鉄びんをとりあげるや、熱湯をどんぶりに入れ、犬めがけてさっとふりまいた。煮え湯は集中的には犬にかからなかったが、床一ぱいふりまかれた湯の何滴かが、やはり犬の毛の中に入って肉を灼いたらしく、悲鳴をあげて、そこで四、五回きりきり舞いして、あわてて外へとび出して行った。

きりきり舞いの時、母は、

「あらぁ——。この人。しなはりますな。しなはりますな」と、おろおろ声でとめていた。

——又、それは、客の姿もない昼下り、今から遊びに出ようと着物をきかえ、電話でよんだタクシーのつくのを待つため、店内の小座敷の竹でしつらえた、あがり縁に曳地が腰を下していた時だ。

例の犬が入って来た。と、すぐ曳地がいるのに気付いて、あわてて出ていこうとした。

曳地は間髪入れず立ち上り、持っていたステッキをふりあげ、二、三歩前へつき進んだ。……と、敏捷とは云え不自由な足が、咄嗟(とっさ)の行動を阻止したのか、かたわらの丸椅子にひっかかってしまった。つづく瞬間、大きな音をたてて、その椅子もろとも、曳地は床上に倒れてしまった。

物音をきいて、奥から板前の白木が飛出して来た時、曳地は、顔には負けず嫌いの自嘲的な笑いをうかべていたが、尻餅をついたまま自分ではおき上れないでいた……

——ある夜の事。客が少ないため、店はお幸さん達にまかせ、母は何という事なしに、ひき舟の店の前に屈みこんで、人通りを眺めていた。

と、裏から店内を走りぬけて来たらしい信正が、戸口からとびだして来て、

「母ちゃん、大事(おおごと)、大事。早(はよ)う来てみなっせ」と、急(せ)き立てた。

「なんかな?」

「あのな。今、省吾おっさんのな」

「又、おっさんて言いよるね」

「……義父(とう)ちゃんのな。二階から刀ば出してな、今から犬ば切るちゅうて、裏さん行かしたばいた」

「刀で犬ば切るて?」

母は眉をひそめて立ち上った。

「なんだろうかな。ほんに。気狂いのような真似ばかりして」

母は店内へ入り、スタンドと小座敷の間の通路を通って、裏木戸の方へ急いだ。信正もおもしろそうな顔で、撥ねるようにしてついて行った。

裏は真っくらなので、親子はその木戸に立って、そこからしばらくのぞいていた。

が、なにもわからないので、板前に応援を請おうと思い、母が勝手口の方へひきかえそうと、五、六歩あるいた時、うしろから信正が、変な作り声音で、

「わぁー、俺、知らん……」と、低くつぶやいたので、又ふりかえった。

裏木戸に曳地が、日本刀を片手にさげて、ふらりと現われていた。暗い裸電灯の下の曳地の荒けずりの顔が、薄くわらっていた。日本刀の先には、赤黒くねばって光る新しい血がべっとりとついていていた。

「わあー、あ、あ、あ」母は喉がつまって、棒立ちになった。

曳地は母の驚きを尻目に、跛をゆっくりひきながら、血のしたたるほどについた日本刀をさげて、悠然と勝手の方へ歩いて行った。

「犬はどぎゃんしたか、みてこうばい」

大声で自分にいいわけするように言って、信正は、曳地が入って来た戸口の外へとびだして行った。母は信正を止めようとしても、胸がむかついて、咄嗟に声が出なかった。

——この夜、曳地が何気なく二階の裏窓からのぞくと、空地に捨ててある残飯を、向うの酒場のこぼれ灯の下で熱心にむさぼっている、あの憎むべき赤犬の姿が眼に入った。

彼は、そこでタンスから日本刀をとりだし、階段を下りて、忍び足で裏木戸から出て近づき、ねらい切りをしたわけだった。

この日本刀は、洗馬町にいた時分、小倉のさる親分からゆずりうけた一刀だった。もう、一家をなしている形の曳地だったから、長刀短刀のいくつかは、いざという時のために、家の中には常時おいておく必要があったのだが、中でもこの刀は最も気に入っていたものだった。

「武士の魂」とは言っても、「やくざの魂」という言葉はないだろうが、やはり、そこは親分でもあるほどのものは、愛蔵の刀なら刀なりに、自ら格式をつけていただろう。若い者でも、愛刀なら、野良犬の血で汚すのをひかえただろう。

一体に体裁を重んじるあそび人の世界では、自分達の生き方に理屈をつけ、子分らには「いいか、人間修業のつもりでおらんといかんぞ」と一くさりの訓諭をたれ、義理仁侠の道をさとす——これが、凡その世の親分であろうが、この野生の親分曳地省吾は、その日その日にやりたい事をやってのける無装飾ぶり。格式もへちまも、あまり考えない男だった。

で、時々、その刀を日向に出して、ハケで母の白粉の粉

を丁寧につけては、陽にかざして眺める、最もらしい曳地の姿を見ては、母は心中（ふーん、ふん。恰好ばかり次郎長のところで）と思って、おかしい時もあった。

とにかく、かつての加藤さんの家にいた頃の、義理を通し、ピリッとした感じの青年遊び人とは、次第とちがってきたように感じられる、この頃の曳地だった。

ひき舟のガラス戸が勢よくあかると、お幸さんがさっと入ってきて、そのまま停り木の一つに腰かけた。

スタンドの上に両掌を組んで、息をやや荒くして、何か考えこんでいる。興奮をおさえている様子なので、母は何事かときいた。

「今、河津さんが家のと、喧嘩して来た」

「河津さんが家のて……あの人の……」

お幸さんは深くうなずいてから、面をあげて笑った。

「まあ……何でかい？」

「向うがあんまり言うもんだけんで」

「どこでかい？」

「泰平橋の上で」

母はあきれた。もう河津の妻と喧嘩するところまでいったのだろうか。自分が、この従姉妹に冗談のつもりで言っていた事が、あんまり早く、それも大変な形で現出したので、つぐ言葉もない。

――河津の妻は、誰からか、夫がおでん屋の女に熱をあげているという事を聞いてきていたのだった。嫉妬に狂った河津の妻は、いろいろさぐりを入れて、遂にそのおでん屋と、そして相手の女とをたしかめた。

そして、その日、偶然に泰平橋の上で、二人はばったり逢った。

お幸さんの方は全く知らなかったが、河津の妻の方がしばらくゆきすぎてから又追って来てよびとめ、自己紹介をし、つづいて真向からののしりだした。橋を通る人も立ちどまってみるほどの声だった。そして、堅気な女房である河津の妻も、前後を忘れたらしく、やにわにお幸さんに手をかけて来た。

お幸さんも負けずに抗戦した。

二人は、橋の欄干に、そねかえったり、頭をおさえつけたりして、立ったままとり組み合った。そして、二人は奇嬌な声の断片をとぎれとぎれ放ち、もみあって、橋のたもとまで来た。その時、遂にお幸さんが河津の妻を本山にかかる土手の上から、下の河原へ、突き落してしまった。

下で泣きさけぶ声をうしろに聞いて、幾人か立って眺める橋の上を、お幸さんは走ってもどってきたのであった。

「河津さんとわたしは、そやん関係のあるわけでもなかてかる、あんまり、あん女が言うもんだけん――〃あんたがぼーっとしとるけん、おっ盗（と）らるる〟てち、言うて来てやった」

「ふーむ」母は口をつぐんで首を振った。

11

二つ年下の夫を、母があまりに大事にする事が、かえって曳地をわがままでヒステリカルな男にして行くようだった。

しかし、曳地のどんな行動も、浪費も、母は見すごしていた。浪費の点は見すごすというより、助長させていたという方が適当だった。

曳地の方が母に惚れ、ついて離れなかったのは、田上の死後、二人が一緒になってから一年半ぐらいの間ではなかったろうか。

最初は「姐さん、姐さん」と、いかにも尊（とうと）んだようにしてあつかった。が、そのよび方も練兵町へ移った頃から「民江さん」「ぬし」「お前」「おい」と変ってきていた。

これは夫婦だから当然の事であろうが、それにあわせて母の付き従い方が、はたで見て丁度女中のような忠実さになって来ていた。

曳地が風呂に入っていて「おーい」とよぶ。「はーい」肥えた体を弾じかれたように立ち上らせる。そして、湯殿へいくセメント敷きの中庭を素足のまま、まろぶように駆けていく。「石鹸」「はい」母はとってかえして、女に石鹸を買いにやらせる。一刻でも急ごうと思ってか、懐から金を出す時、銀貨が足もとにばらばらところげ散っても、そんな事より先ず買物と女を急きたてる。

石鹸が来ると、曳地の背を流すため、尻をたかだかとまくって、襷（たすき）がけ、タオルにいやという程石鹸つけて、歯を喰いしばり、力をこめて、一心に擦り上げる。

しがめた眉間の近眼を、曳地の背中の毛穴でも見るように近々とつけて擦するので、はたから見ると、誠にまめまめしく懸命に見えた。

が、母としては、曳地の意のままに尽す事は、別に何とも思わなかった。母の中にある女としての献身が、本能的に動くだけで、人が何と見ようとかまわなかったのだ。

唯、曳地の〝女遊び〟だけは、身を灼くほどのつらさと腹立ちを感じぬわけにはいかなかった。

曳地は、一緒になった当時の気持もしばしば忘れ、又ぞろ、昔の浮気心をちょいちょい出す男になっていた。

「あの省吾さんだもね。わかっとった」と、母は悟ったように人には言っても、やはり心はひきつって、穏やかではなかった。

曳地のそれは、隠しているつもりでも、すぐに底のわれる情事だった。陰険に隠し終えようとする男の情事なら、嫉妬の鬼になって、あくまで捜査する甲斐のあるものだろうが、曳地の場合、下手に開陳(かいちん)されているのと同じなのだから、それを一つ一つ嫉妬していたら、二人は別れてしまわねばならなくなる。

勿論、幾度も(別れてしまおう)と思ってみた。が、そこまでいかぬうちに、いつも曳地の方が女を飽いてしまう。惚れっぽく、飽きやすい曳地の性質だった。

で、母は曳地からは、煮湯をのまされ、はらわたの千切れる思いをさせられながら、やはり別れてしまう気はしなかった。

銀杏通りに移ってからは、しばらく店に興味をもって夜遊びに出なかった。この間だけは、母にとって楽しい期間だった。

が、ひき舟を開店してから四ケ月目ほどの時、又曳地に女が――それも今迄のと違う、深い仲の女が出来た、と知った時には、さすがに暗然とした。

相手は霧川という芸者で、曳地の方が大そう熱中しているのもわかった。曳地が、ひき舟の店にも帰ってこない日が続いた。どこかの部屋を借りて、霧川と曳地が同居している事さえ耳にした。これ以上は知りたくもなかった。

練兵町頃から母に漠然とあった考え(こんな男に添うていても一生苦労する。父(とう)さんの言わした事はほんなことだった)――が、別れられぬ絆がもう出来ていた。母はすでに妊娠五ケ月の身だった。

この子が生れたら少し位は……わが子だもね……。

たしかに曳地と暮らすようになってからは、今迄よりも更に、自分と子供らとの間が疎遠になっている事を思い合された。田上には家の中の義理があった。が、曳地にはそれがない。そういうところが、母には、他の男に見ぬ剛気さ、男らしさと映じて、いよいよまめに仕えてしまう結果になってきていたのだが、よく考えれば、情ないと思うところもある。

(菊子の女学校の運動会の時、みなで楽しもうと弁当して出掛けて来て、茣座(ござ)の上で眺めていた時、この人だけは急におらんごとなって……どこかへ遊びにきゃ消えらした。信正の着物を買ってきてはいよと頼んでやった金を、バクチで負けてしもうて来て、こちらへは一口もいわずにすましていた男)と、こう、曳地のやり方のかずかずを思い出すと嫌気がさして来る。

が、母をして(別れよう)とはっきり決心させたのは、ある時ふときいた曳地の言葉だった。それは母に直接言われたのでなく、他の誰かに漏らしたのを、母が伝え聞いたわけだ。

「俺は、今度生まるる民江の子は、もう顔も見ゅうごとなか」

　この一言が母のはらわたを刺し通した。


　曳地と別れるという事を、母は改めて、親分の加藤さん夫妻に申出た。

「別れます。今度こそ決心がつきました」

「ほう、そうかい、それもよかろ。ばってん、腹にゃ曳地の子がおるじゃなかか。よう考えてみなはり」

　曳地から、腹の子の顔はみたくもないと言われた事を述べ、母は泣いた。

「ふーん、そうかい。省吾がそやん言うたかい」

　加藤さんは懐手して考えていた。そしてなお「そりゃね、どの男でんあることばい。俺でん、こるが（と横の奥さんを顎で示して）ドン腹抱えとるときは愛想の尽きた。ばってん、女房（かか）が他人（ひと）の子ば入れとるわけでもあるばしするごと……何の省吾が、本気でそやん言おうかい」

　と言っては、しきりと〝はやまらぬがよい〟という事を説いた。

　が、母の心は変らなかった。

「もう我慢が出来ません。生れる子供はあたしが育てます。一人でおったが、どぎゃんよかか知れまっせん」

　奥さんも加わって、もう一度考えなおすように言うのだったが、やはり同じだった。

　加藤さんは「そやん決心しとるかい」と、又言った。

「はい」

「そやんあんたが言うのなら、わしも考ゆう。ほんに別れる気のあるねィ」

「はい」

「別るるとはよかばってん、又あとからひっついたりすると見苦しかぞ。そやん事の世の中にゃようある」

「もう、あの男とは一緒になろうてちゃ思いまっせん」

「ばってん、あんたがその気でも、向うが来るならどぎゃんするか」

「……ほっで大将が立合で、夫婦わかればさせて貰おうごたるとです」

「よかろ。あんたの固い決心を見抜いて、俺もあんたのため、してやろたい」

「すんまっせん。大将」

「そんなら、今ここで誓約書ば書きなはり」

「誓約書？」

「離縁状たい」

「大将、すんまっせんばってん、あたしゃそやんむつかしかもんは書ききらんですけん、どうか、書いて下はりまっせ」

「俺、まかせるかい」

「おまかせします」

「間違いにゃだろな」

「はい」

「おーい。誰かおるか。墨と硯ば持ってけえ」

「あたしが持ってきまっしゅ」と、奥さんが立って行って、持って来た。

　応接台の上に半紙をひろげ、奥さんの擦った墨汁に筆をならしながら、加藤さんは、

「芝居じゃ三下り半はようでて来るばってん、ほんものの、そるも女房(かか)からやる三下り半ば書くのは生れてはじめちね」と冗談言いながら、

「とにかく、省吾と別れたけんちゅうて、他の者はすぐ婿どんにしちゃいかんたい」

「まあ、大将のいいなはること。もうもう男はこりこりです。独りが一番よか」

「そやん言うても先の事はわからんけん、まあ向う三年間は必ず独りで暮さにゃならんたい。よかかい。証書に書いとくばい」

「はーい。三年も四年。ずーっと」

「あんたも今度はよくよくだったとばいな」

誓約書
私儀
今般曳地省吾と別れ申候については以後三年間独りにて暮らし申可候
依件の如し
山内民江
加藤千吉様

母の指紋を押したその証書を丁寧にたたんで封筒に入れた加藤さんは言った。

「これは、こっちであずかっとくばい」

「はい。お願いします」

12

この昭和十五年の四月に、鶴之山旅館の大広間では、兵

隊の団体に代って、珍しく「華燭の典」があげられていた。

この花婿は、満洲で亡くなった祖父の末弟仙松さんの長男、明男さん。花嫁は、山内家の里の高瀬のさる旧家の娘さんであった。

仙松さんには二人の遺児があって、兄明男さんが当時三十歳、弟の規久男さんが二十四歳、兄弟共に父のあとをついで、新京の豊永建設株式会社に勤めていた。この二人は〝人物もの〟の仙松さんの血をついで、誠に堅実で真面目な青年に成長して来ていた。

この兄弟は、祖父にとっては、昔から自慢の甥二人であった。そのため、この結婚式も祖父の希望で「是非鶴之山旅館で」という事になったわけだった。

そしてこの時、満洲から、彼等の母親も勿論一緒に来たが、一行とともにモトおばさんが帰ってきたのであった。

内心は、内地が恋しくてたまらなかったおばさんにとって、いい時機だった。喧嘩別れでも、兄妹だから祖父は、帰ってきたモトおばさんには何とも言わなかった。

「わあー、泰ちゃんが太となっとる」

モトおばさんは、私にロシアチョコレートの入った大きな箱を土産に持って来てくれていた。


披露宴をする旅館へ、高瀬の田舎から、大勢の人々がやってきた。

式は厩橋の大神宮で行われた。境内の桜が丁度散りかかっていた。この式ののしを引くのが姉の役目だった。振袖姿ながら、娘として成長した姿があった。口にこそいわぬが、祖父はこれを見て満足しきっていた。自分も道楽者、一人娘の母もとうとうやくざ者の女房になってしまったあと、この娘だけは、どうか堅気の立派な、世間に出してもはずかしくない女に成長して貰いたい望みがあったのだった。

そして、祖父はいつか、その日の花嫁に、来るべき日の姉の晴姿を……又明男さんの花婿姿に……弟の規久男さんの、すらりとした好男子の花婿ぶりを……ダブらせてみている、己が老の白昼夢にはっと気付いて、ひとりほくそえむのだった。

祖父は二人の甥の中でも、より一そう規久男さんの方に「煩悩」だった。

だからこそ、孫に規久男のキクをとって「菊子」とつけた祖父ではなかったか。それほどの甥ゆえ、規久男さんと姉が次第に生長していくに従って、二人を夫婦にさせようと念じたのは、自然な成行だった。そしてもう今となっては、姉の相手は規久男さんより他に断じてないとまでの気持だった。学問があり、聡明で、社交性に富んだ人物ものの規久男さん以外には、もう姉の夫になるべき男など考えられなかった。

　この祖父の考えには、母も賛成だった。祖父に準ずるという気持からでなく、心からそれを願っていた。唯、祖父のように、規久男さんでなければならぬというものではなく、とにかく、相手が真面目であれば、誰でもよかった。自分の半生をふりかえり、あそび人の妻になって苦労する事は（あたし一人で十分）と思っていた。

　母はそれを心において、前に一度内地に帰ってきていた時の規久男さんを誘って、姉、お幸さん、信正等を連れて、雲仙めぐりをした事もある。

　だが、やはり母は〝祖父が育ててくれた菊子〟という観念があるので、そう積極的に姉の気持をきく事はしなかった。

　ところで又、明男さんの結婚式が終り、新夫妻が旅行に出かけたあとの事、今度は祖父がすすめて姉と規久男さんは、お幸さんの妹の加代子を加えての三人で、阿蘇へ旅行にやらせているのだった。

　明男さんの新婚旅行が終って、いよいよみな一緒に満洲へ引き上げるときが来た。

　朗らかな規久男さんは、短期間の間にも、女中や板前の人気者になり、みんなから送られて、冗談をうまく言いながら玄関へ立った。

　門司港へ行く汽車のいるホームで、明男さんは、姉に
「ね、菊子、体がしっかりしたら、満洲へ来なさいよ」

と、ねんごろに言っていたが、規久男さんの方は、姉に直接言葉をかけるのが照れ臭いのか、しきりとモトおばさんに「おばさん元気でね」とか、又私の手をにぎって、わきの姉にきこえるような大声で「姉ちゃんと一緒に泰ちゃん、きっと新京にでておいでよ。きっとね。明十橋のおじいさんにも、おかあさんにもちゃんとそう言うてあるのだからね。よく勉強なさいよ」

と、しきりに言って、発って行った。

13

この年の六月二十七日、母は城見町の放送局わきの路地裏の産婆さんの二階で、女の子を生み落した。

　銀杏通りの店は、お幸さんに任せてあった。もうすでに定期場のつきあいもなく、曳地とも別れてしまった母は、ただ旅館から加代子に手伝いに来て貰っただけで、こっそりとお産をすませた。

　女の子が生れたときいて、明十橋の祖父は「ほー、これ

で菊子の相談相手ができたばいね」とよろこんだそうだったが、十九になっている姉と、この曳地の子とが話し合う日は、まだ遠い日の事だったろう。

しかし、祖父のそんな意外な思いやりの言葉をきいて、母は涙ぐむほど嬉しかった。


朽ちかけた手すりを、窓にかけたすだれの裾が時々ハタハタと軽く打つほどに風はあったが、やはり、低い天井の産室の空気は、蒸していた。

褐色のすだれから見えるものは、通りの青桐の葉さきであり、近々とある向いの甍（いらか）の列であり、その彼方の青空と、鉛色のかげりのある一塊の夏雲であった。

そんなものを、産褥の中からぼんやり眺めながら、母は、自分が生んで来た四人の子の、夫々の父親の思い出をふと辿っていた。

が、死に去った男達は、この真昼の空に吸いこまれいく幻のように、薄く遠く感じられるが、現に生身に生きて、この青空の下のどこか、熊本のどこやらの屋根の下に、女と暮らしているであろう四番目の子の父親の事を思うと、瞬間妙にいらだたしい煩悶（はんもん）の影が、身体の中を駆けさるのを、母はどうする事も出来なかった。


時々、お幸さんが見舞いに来た。

「信正は学校に行きよるどか」

「行くことは行くばってん、いっちょん勉強せん」

お幸さんと河津が連れ立って来る事もあった。

皮肉なもので、河津の妻の一方的嫉妬のため、逆にお幸さんは意地になって、あの憎らしい妻から、河津を奪（と）ってしまったのである。

勿論、河津がそのように動き、又お幸さんも一人身として次第と崩れて行ったわけだったろうが、やはり、あの喧嘩がきっかけのようなものである。

妻と別居してしまった河津は、お幸さんと夫婦のようにして、母の見舞いにあらわれる。母は内心、妙なすすめ方をした自分を後悔しているのだった。

戦地に行っている中村へのすまなさで一ぱいだった。何やら空恐ろしい。そして、母の胸中に、ふとこんな思いがわいて消えた。

（ああ、河津と幸ちゃんば結びつけたかわりに、中村さんと、あの河津の嫁ごからの罰で、自分がこやん一人になってしもうたっかも知れん……）

子供が生れて数日しての事、赤児の産着（うぶぎ）が一揃、届けられた。それは、人を配しての、曳地の贈品だった。母は枕辺遠く、それを押しやった。

　このあともたびたび曳地は、母の産褥に見舞の品を送ってよこした。たいした金目のものではなく、大そう工面して送って呉れているのがわかった。

　が、勿論母は、それらには一切手を触れなかった。


　母が体を、銀杏通りの店にもどしてからの事だった。

　――曳地は霧川と別れた――こんな噂をきいた。それも曳地の方が、女に捨てられたというのだった。

　霧川は、自分の旦那から、熱海で旅館をさせて貰える事がはっきりするや、唯の「女」から、再び「堅実な芸者」として、転身してしまった。金もない、不具の男についていても駄目だと悟った霧川だったらしい。

　二人がいつ別れたのやらわからぬが、母はそれが事実であるとたしかめると、平静ではいられなかった。

（可哀想な男……）――母の恋慕は、一体に相手の美点を見上げ、尊敬し、えらい男よと見る時よりも、力のない、この先どうなるかわからない男と見るときに、増る型らしかった。

　しかしもし、この時、曳地が捨てられた顔で、のこのこと戻って来たら、つっぱねたかもしれない。が、どこともしれぬところに打捨てられたまま転がっているにすぎない。うんともすんとも音沙汰がない。こうなると、何かの足しにと金でも届けようかという、仏心とも未練ともつかぬ気持にとらわれるのだった。

（曳地は母のところへ帰りたがっている。非常に後悔している）という事をお幸さんがたしかめて来ていた。

　お幸さんと河津は、母と曳地を今度は結びつけてやろうと、しきりに努めているのだった。――が、母としてはどうする事も出来ないのだ。離縁状は、加藤さんのタンスの奥深く、納まってある。


　仕出し屋のせまい一室だった。先刻から、にぶい電灯の下に、四人の男女が坐っていた。応接台を中にして、床の方に母、両わきにお幸さんと河津、母の正面の一角に、曳地が神妙に横坐りしていた。

　この席は、お幸さんと河津が話し合って設けたものだった。

　お幸さんは、河津にしきりと眼くばせしている。河津は扇子を使いながら、長い顎をゆるく動かして言った。

「な、どうだろか。さっきからいいよるごと、民江さん、省吾さんはどうしてもああたと一緒でなければ、自分はいかん男だったと、今思うとりなはるが」

　母はうつむいて黙っていた。四人のうえに沈黙が流れた。

河津は曳地の方を向いて「な、省吾さん、ああたも何か民江さんに」と言った。

と、この時、曳地は横坐りしていた体をたて直した。そしてマラソンの出発の時の恰好に似た、彼としては改まった姿勢となって、丸坊主の頭をぽこりとさげた。

「俺がわるかった。すまん……」

抑えつけたような苦しい声、唯一言だった。汗かきの彼の鼻の頭や鼻みぞに、小粒の露がびっしりふきだしていた。嗚咽（おえつ）が部屋内に静かに流れた。母が浴衣の袖で顔をおおうていた。

母が、加藤さんの家に、離縁状をとりかえしに行ったのは、その日の夜だった。

加藤さん夫妻は、あきれて、母の陳述をきいていた。そして、どうしてもあの書状だけは渡す事は出来ないと断った。

「あんたのごとするなら、誓書というもんはなんになるか。俺も加藤千吉といわれた男だけんね。そやん、一旦約束した事ば変ゆるごたる事は好かん。あれは約束どおり、俺のうちで三年間預っとく。あんたもそのつもりでおって貰わにゃ困る。ああまで言うとって」

加藤さんは怒るよりも、情ない顔で、おだやかに言った。母は、しおしおと加藤さんの家をひきさがって来た。

ところで、母の頭には書面など、あまりに薄い存在だった。

離縁状は加藤家に預けたまま、再び曳地と一緒になった。

これでもって、母と曳地は、加藤さんの家へ出入り出来なくなり、親分と子分の関係は切れてしまった。

「あやんちんばば、なしてもったつな」ときいたりして母を困らせていた信正であったが、その曳地がいなくなって一安心していたところだったのだ。

「どーか。この、おっさんの、別れとってから、又来とらすたい」

突然ひき舟ののれんをあけて入って来た曳地を見て、信正が叫んだ。

「かあちゃーん、早（はよ）、追いだしなっせ」

母は知らん顔で、台所の方に立っていた。曳地は何とも言えぬ苦い顔をして、懐から一円紙幣をとりだして、信正に与えた。

「わぁー、一円」

信正は歓びに鼻ふくらませ、それを貰うや、夢中でのれんをはねのけて、表へとびだして行った。

曳地と母とはスタンド越しに、眼と眼を合せて、ほほえみ合った。

「ふふふふふ、あの子の現金さ」

第七章

1

〝明十橋の菊子さんが、省吾さんが家(え)の若っか者と一緒に街ば歩きよらしたげな〟

こんな噂が、ふと母の耳に入ってきた。

（まさか。あやん遊び人ば嫌いよった女(おなご)だもね）

母はばかばかしい噂として信じなかった。

第一、娘にだけは、そんな方面には間違いないものと思っていた。

（あの気位の高うして、学問もした女が、なんの、うちの若っかもんと……）

ある日、又ある人が母にこう言った。

「あた知っとりなはるですか。菊子さんと省吾さんが家の鉄ちゃんとが、三年坂を千徳の方さん、一緒に並んでいかすところば、見かけとるもんのおるが」

さすがに母の胸中には、ある暗い予感が、音もない遠花火のように、すーっと上った。

（鉄雄てな?）

樫山さんの突然の言葉が、又母の耳朶(じだ)をはじいた。

「おい、民江。鉄雄が明十橋の旅館に婿入りするちゅ話はほんな事かい?」

「まあ、バカん事。どこから聞いてきなはりましたか」

「旅館の近所のもんが、噂しよったげな」

もともと男女の間の事をあまり信用してない癖の、しかし普段はいつも隠れている、その胸底の板が、われにもなく上へせりあがってきた。

（オトコのオの字も受け入れようとしない、世間知らずのあの菊子に限って……）という気持が崩れて……というよりも、もう母の早合点の胸の中には、ふつふつと激(たぎ)りたつものがあった。

昼に近い秋陽が、その内縁の半ば迄差して来ている旅館の中座敷一ぱい、さまざまな柄の反物が、華やかに拡げられていた。

そこには姉を中心にした女中達がさんざめいて坐っていた。

月に一度、唐人町の呉服店「岡山」が、特別に品物を番頭にもたせてよこす日だった。「岡山」の番頭が、大風呂敷から、渋ぬり葛籠から、新柄の呉服を次々と取り出して見せる時、女中達は仰々しい嘆声やら歓声をあげてさわいでいた。

この日は、月に一度の中座敷での出店を見る愉しみのため、午前中に済ますべき館内の掃除もやめて、みな中座敷へ集まってきているのだった。

女中達の買物は、殆ど櫛や帯締め等の小間物類だったから、これら呉服は、大体姉一人のために「岡山」から運ばれて来るものだった。で、女中の中には、自分の欲望を姉に託するつもりか、

「菊子さん、これば買いなっせ」と姉の肩にとりつき、命令的な口調で、着物への興奮を大仰に表現して、みなを笑わせるものもいた。

姉は月に必ずいくつかの物を買った。祖父の愛情で、このような贅沢は無制限に許されていた。

とび交う冗談に笑いながら、姉は番頭の見せる呉服に「もちっと、地味か方がよかごたるね」などと言っている時だった。襖があいた。母が入って来た。

——母は性分として、胸にある事、今朝ほど聞いてきた事のそれを、すぐに吐き出してしまわなければ気がすまない。とにかく、母は、女中達や岡山の番頭に一寸の間、場をはずして貰った。

そして、反物の中に坐わり、その一つをひざの上にのせている恰好の姉を見下すようにして、母は立ったまままいきなり言った。

「……あんた……うちの鉄雄と一緒に何処だかに行きよったて、ほんな事かい」

「……」姉はうつむいて、反物の柄をみつめたままだった。

「ね、言うてみなはり」

姉の返事は一寸遅れたが、つと面をあげた。額や頬の外側だけが妙な染り方をしていた。小さく早口だった。

「日切りの地蔵さんに行きよった時、途中で逢うたけんで……」

「ふーん」

親子の間に瞬間沈黙が流れたが、又すぐ母は言った。

「あんたと鉄雄の噂、知っとるかい、鉄雄がここに婿入りするちゅう噂」

姉の反物を凝視する瞳に、一入の力がこもった。

「誰からでん言われて……あたしゃもう驚がった。恥しゅうして」

「………」

腹にあった事を一気に言ってしまおうとしてか、やや強い母の口調だった。

「祖父さんはね。何のため、あんたば女学校まで出さしたと思うかい」

「………」

「よう考えて貰わんと困るね。嫁入り前の大事な時、妙な噂たてられちゃ、あたしが祖父さんに言訳のたたん」

「………」

「あたしゃ今のお義父つぁんとは、いろいろの事情のあって一緒になってしもうたとばってん、……よかちゃ思うとらんばってん……あんただけはね、ちゃんとした人間にさしゅうごたる祖父さんの気持からばい。それ、遊び人と――そるもうちの鉄雄がごたるとと一緒に歩きよったなんちゅう話どん聞かすなら、どぎゃん腹掻かすかもしれはせん」

「………」

姉の顔は、いつか青くなっていた。硬い頬をみせて、化石したようにうつむいたままだった。


母は中屈みになって、足もとの反物のはしを手にとって、ちかぢかと眼につけて、柄を見回わし、

「これは大島ばいな。こやん、着物の贅沢出来るのも、菊子、誰のためと思うかい。祖父さんは、あんたばよかところに嫁入らしゅばっかりに……」

「………」

「たのむけん、鉄雄がごたるととは――うちの人には子分の一人だろばってん――あんたが話す事は何もにゃ。わかったね」


母が去ったあとも、姉のカッとひらいた眼は、畳の上の反物の柄のある一点に注がれたままだった。母の帰りをみすまして、女中達が女中部屋から座敷へ再びやってきた。と、その時、彼女等とゆきすれあいに、姉がさっととびだしてきた。そして、女中等のわきを駆け去り、台所わきの廊下から、洗面所の方へ、そして自分の奥座敷の方へと、銘仙の袖をゆすって去る後姿があった。

2

いつもは有田ドラックスの薬を飲んだあと、机上のコー

ヒー沸しでコーヒーをわかして飲む筈の姉が、その夜は何も飲もうとはせず、縁側においた籐椅子によりかかって、もの思いにふけっていた。

初秋の夜風が、川の方からわずかばかり吹き上げてきていた。川向うの家々の灯が映じて、坪井川の浅瀬のところどころに、こまかな光の縞をつくっていた。洗馬の置屋からは、いつもの三味線のおさらいの音が、とぎれとぎれ聞えてくる。

姉の頭の中には、今朝ほど「岡山」が来ていた時に突然いわれた母の言葉が鳴っていた。

(世間の人が噂しよったて？　たしかに鉄雄さんとは歩いた。それも最初は下通りで逢ったのがきっかけだった。あれからあとも、二人は時々逢っていたが、二人の間に世間で言う、そんな特別な関係なんかありはしない。それに一体世間は何と言ったのか)

姉はまず、そのような物欲しげで仰々しい「世間の噂」に腹が立った。そして、そんな情ない噂をまともに受けて、頭ごなしに言いかかった母に対しても、今迄にない強いしこりを感じぬわけにはいかなかった。

さまざまな想いが姉の頭の中をかけめぐっていく。そして最後は、やはり自分のこの孤独をわかろうとして呉れるものは、家庭の中に誰もいないのだという事に突き当るのだった。

川の瀬音にまぎれて、下の河原あたりから、きれぎれかすかに聞えてくる、勘高い声音の〝上海の花売り娘〟の歌声は、蓄音器気狂いの弟が地下で鳴らすポータブルの音だった。このような弟では勿論話し合う相手にはならなかった。

……姉の胸中の、自分でもわからぬ、暗い水中の藻のようなうごめき、わだかまりゆく得体のしれぬ煩悶——傷ついて眠っていた鉄雄のかたわらにすごしたあの夜から、漠然と姉の身体を霧のようにおおいはじめた甘く酸い哀しみのようなものの実体を、冗談にも打明けてしまえる相手は、誰もいなかった。

このような霧のような胸苦しい思いは、不思議にも、鉄雄自身と逢って歩いて話している時だけは、綺麗に拭い去られていた。

姉はこの頃、その事がはっきり判ってきた気がして、鉄雄こそ、その胸苦しさを理解して呉れる唯一の存在ではあるまいかと思いはじめていたところだったのだ。が鉄雄と話してみて、打明けようとすると、もう胸苦しさがすっかり消えているので、何を話していいのかわからぬのだった。で、やたらに鉄雄の少年時代の事などばかり聞いてみたりしていた。

が、たしか母は（あの鉄雄がごたるもんと……）と、見下げたように言った。それが頭を去らぬ。母は又〝やくざもん〟と話しては困ると言った。

――事実、姉こそ今迄は、それらの連中への嫌悪が強く、そのために母への反撥も倍加されて来た筈なのに。（あの人だけはちがう。あの人があやん世界に入ってしまわしたつも環境の悪かったつ。孤児だったつだもの。親がおって、金があって、学校もちゃんと行っておけば決してあやんはならっさん筈だった……）とまで思うにつけても、母の中にあるらしい鉄雄蔑視の心が、別の意味の姉の反抗心を、いよいよ固めていく。

夜が更けるのも知らず、籐椅子によりかかっていた姉は、ふと女学校時代の親友園部啓子を思い出していた。園部啓子は、卒業するとすぐに、日奈久でも大きな、或る旧家に嫁いだ。一度日奈久へ是非遊びに――と、言われていた。姉はさっそく明日行ってみようと思い立っていた。

だが……その友人と二人きりで日奈久の裏山の小高い神社にのぼり、つくつく法師の鳴く木蔭で、女学校時代の楽しい思い出を語らい、干網や漁船の見えるささやかな港町と、そこから遠くひろがる、燻し銀にきらめく初秋の海を見ては来たけれど、現在の胸中にからまる青黒い藻の事は、ついに一言も言えずじまいに、又明十橋へ帰って来た、次の日の姉だった。

腹には一切入れておけない性の母は、鉄雄の件をすぐ夫へ言っておいた。

「ああたからも、どうか鉄雄にゃきびしゅう言うとって下はらんか」

曳地も又、姉だけは〝明十橋のじいさんの箱入り孫〟と知っているので、直ちに鉄雄に忠告した。

三十代も終りに近くなって来ている母は、自分の若い日々をふりかえって、「色」というものがどんなものか身に沁みてわかっているつもりだった。ことに相手があそび人である場合、女がどんなに蝕まれていくか。

その世界を見聞して来ている母は、嫌というほど、それをわからせられて来た。一番の手本が、曳地自身だ。だからこそ、娘の相手に鉄雄の名が出た時は、背中に冷や水をかけられた思いだった。

祖父の言う規久男さんでなくともよい。誰か。真面目な人であれば。誰でもよい。堅気であれば、文句は一切言わぬつもりだった。

……が……やくざだけは……やくざだけは、どうしても、どうしても、頭をたてにふるわけにはいかなかった。

（自分と同じ苦しみ、惨めさを、どうして娘に味わされ

よう）

母は一途にそう思いつめていた。

いずれにしても、姉はもう一度鉄雄と逢いたかった。逢って、真面目に話し合わねばならないと思った。母からひどく言われた事が、かえって姉の心をムキにさせていた。

今迄は、自己の中の「誇り」という一部分で、母を拒否して来ていたが、今は急に全身でもって、母に対し対抗したい気持が、意識の底に働きだしていた。そして噂した世間というものに対しても。

勿論、姉は鉄雄と先でどうなるということなど考えてはいなかった。もし今、祖父が誰々に嫁に行けと命じたら、よほど嫌でない限り、自分は行くかもしれないと思っていた。祖父にまかせた気持はあった。

しかし、今度の場合だけは、二人の間への世間の誤解を解くためにも、はっきりしたかった。

姉の利かぬ気はこんな所に強くひっかかって、意地にでも噂した人々や母に釈明したい気持があった。

姉は便箋をひらいて、鉄雄宛ての文をつづりはじめたが、女学校では自由にかけていた文章も、胸苦しさがともなって、毀れた車を押して行くように、幾度も幾度もとどこおって、先へ行かないペンのさきだった。

3

私は、あの日の姉の異様な様を、今もなお忘れない。

私が小学校五年生、その二学期の、ある日曜日の事だった。

普請狂の祖父が、又旅館の裏の方を突き出すように、増築させていた時である。秋晴れの昼下りだった。やや暑い日差しの中で、私は中庭から奥の庭、河原一帯に散らばっている木片を拾って、一人で遊んでいた。

と、河原の当て台のわきに、仕事をやめて一服という態の大工が三、四人いたが、その中の一人が私に声をかけた。

「坊ちゃん。すみませんが、便箋があったら貸して呉れませんか」

私は頷くと、走って行って階段を上り、帳場へ行ってみた。誰もいず、どこを見ても便箋らしいものはなかった。仕方なく、姉が花の稽古に行って留守なのを幸い、私は姉の奥座敷へと廊下を駆けた。そして、勝手に姉の机の引出しをあけて、そこへ入れてあった便箋をとりだし、再び河原へ下りて、大工に貸してやった。普段は机の引出しなどあけるどころか、殆どその部屋に足踏み入れぬ私だったが、その場合、自分の用でなく、「大人」の依頼なのでかまわないだろうという、勝手な解釈で軽くそうしたのである。世の中には「大人」と「子供」の二種類があって、子供が使う便箋なら叱られるが、大人が使うのは、同類のよしみで許されるものと思った。それが一時頃だったろうか。やがてその日も四時頃となった。私はやはり飽きずに、そこらの木片を積んで遊んでいた。大工達は河原の向うで仕事をしていた。

と、その時、屈んでいた私の頭の上あたりで、ただならぬ気配の呼び声が聞こえた。

「泰さん。泰さん」

それは突然舞い下りて来た黒い翼の奇鳥の悲鳴のような感じさえする、ひきつった叫び声だった。私の頭上には、丁度中座敷の手すり付きの縁がつき出している。そこに血の気のない青ざめ顔で、大きな眼を異様に張って光らせた訪問着の姉が、キッと佇立していて、庭に屈みこんでいる私を、怒りに充ちて見下していた。

「泰さん、あんたでしょう。わたしの机の引出し勝手にあけたのは。あんたは引出しの便箋とったね」

妙に優しい声音のようであったが、それにしても語尾が震え、相当に癇がたかぶっているのを抑えている事が知れた。

私は立上りながら、やっとの事で答える事が出来た。

「う……うん。とった。だ、だいくさんの借せて言いなはったもん……」

「とって来て！　早う、早う、とってきなっせ」

この時は抑制も忘れ、ヒステリックに叫ばれた。私はおどろき、あたふたと河原の方へ駆け出して行った。

（何も便箋位で、あんなに青くなって怒ることもないのに）と、子供心にも不審だった。

今から思うと、……たしか、あの便箋を机の引出しから出す時、ぱらりとページが捲くれて、何やら二、三枚姉の綺麗な字で、長々と書かれてあったのを、チラと見たような気がする……。

4

旅館に、ツル子という、天草から来た十八、九歳の女がいた。彼女は姉の一番気に入りの女中だった。

姉の部屋の掃除も、彼女の仕事の一つになっていて、掃除に行けば姉と話しこんでしまって、なかなか台所へもかえってこずに、あとで女中頭から文句を言われていた事もよくあった。背が低く、よく肥えていて、色は浅黒かったが、張り出た頰など、黒い中にも日の丸のような赤さがあり、健康そうだった。笑うと腫れっぽたい瞼の下に、細い眼が線のようになって埋りこみ、横に短かい唇があいて、歯ぐきまで一ぱいに見えてしまう、田舎じみた、丸ぽちゃの童顔だった。

姉はこの自分に従順なツル子に託して、ひそかに手紙を渡して貰うのだった。

曳地から釘をさされた鉄雄は、一切旅館の中へ来なかったが、やはり何かの暇を盗んでか、必ず三日に一度は旅館の遠く見える範囲の、例えば篠川屋の角とか、元定期場の前あたりとか、明十橋の先の第一銀行の角とかに人知れず姿をあらわしていた。で、ツル子が、その鉄雄に手紙を手渡すのは、さほど困難ではなかったのだ。

姉のペン書きの長い手紙に対して、鉛筆書きの紙片が届けられた。

もし、菊子さんが出られたら、十日の昼の十二時頃、あのヒギリのジゾさんに来てもらえませんか。話があります。待っています。

鉄雄より

木造ながら、五階建という、熊本随一のデパート千徳の東西の通りは、戦争がはじまっているとは言え、やはり昔からの賑わいを保っていた。

その雑踏をくぐりぬけるようにして、パラソルをすぼめ、小走りで横丁に走りこんだ姉の姿があった。千徳の正面にあったカルシューム煎餅屋の角から奥へ、そしてその路地を左へ曲っていくと、日切りの地蔵だった。姉は境内に入るや、控え目に見まわした。

と、線香売りの老婆の、その屋台の赤い垂旗の蔭から鉄雄が照れるような感じの不鮮明なうす笑いをうかべて出て来た。角刈に近い頭、古びたお召しに錦紗の帯をしめ、足にだけは真新しい雪駄（せった）を履いていた。

見る人の眼からは明らかに〝あそび人〟とは見えたろうが、姉の眼には、唯鉄雄の、その瘦せて頰骨の高い、浅黒の長顔だけがとびこんで来た。

「待ちなはった」

「否（いんね）」

石畳を敷いた狭い境内には、五、六人の女の参詣者があった。

「外へ出まっしゅか」と鉄雄が促した。

「出られんかと思うとりました」

「映画にゆくて言うて出て来た……」

二人は肩をならべてゆっくりと声取坂の方へ歩き出した。

表の千徳通りの騒音を屋根越しに聞きながらも、この裏路地一帯は普段から通る人も少ない閑散さである。

しばらく黙って歩いた。

狭く、ゆるい傾斜の声取坂を、ぶらぶらのぼっていくと、左手は料亭「いけす」の裏木戸になっており、路地の向うには電車通りが垣間見られた。

二人は又ひっかえして、坂を下りはじめた。姉がはじめて口をきいた。

「話して何ね？」

姉の顔は硬直したような無表情さで、いくらか青ざめていた。鉄雄も暗い瞳を路上に落しながら、むっつりしていた。

そうやったまま二人は黙々と、再び日切りの地蔵の門まで来て、そこを通りこし、真直ぐ安巳橋通りの方へ向って歩いて行った。

「下関に何しにな？」と姉がきいた。

「曳地さんに言うて、下関の塚本さんのところに入れちもろおうて思います」

「……………」

「熊本にゃもう居（お）りにっかですもん」

「お義父（とっ）つぁんが何てか言わしたっだろうな？」

「……………」

「そやんだろ？　きっと」

「ぬしが望むなら、下関の塚本さんに行けて」

「まあ。あたしとの事があるけんで、そやん言わしたつね。そやんね。ね。鉄雄さん」

「……………」

鉄雄は口をすねたように突き出し、頷いた。その時、彼の唇のはしに自嘲的な笑いがかすめたのを姉はみた。

鉄雄は、姉との噂がたった以上、曳地と母に面目だてをするため、旅に出るというのだった。この事が鉄雄の口から漏れた時から、姉は――その母への反撥から鉄雄に逢って鬱憤（うっぷん）を言おうとした姉の心は、急に裏返され、意地よりも、鉄雄が去ったのちの身の空虚さがふと想像されて、妙に胸がつまって来ていたのである。

「お義父（とっ）つぁんも、お母さんも、何もわからっさんと」

「とにかく、でなおします」

「……………」

「菊子さんに迷惑な噂のたってすんまっせん。わっしはそれが気になって」

「わたしはよかつよ。私はよか。私はよかけど……何もあたが熊本から出る事はなかてかる……。出てどうすると？　どぎゃんすると？」

「どうするて、わっしは独り者だけん……」

「独り者だけんで、一段どぎゃんなるとてち、聞きよると」

　鉄雄はでっぱって光った褐色の頬骨をみせて、しばらく考えこんでいた。お召の襟が垢でよごれていた。

　姉はふと、祖父がいつか何かのついでに漏らした言葉を思い出した。〝うき草のごたるやくざ者〟――それは母の事について、祖父母が話し合っていた時かもしれない。そんな時、そんな世界に住む人間など、自分には全く関係のないものとして聞いてきたのに、今はその中の一人を、親兄弟よりも愛そうとしているのだ。

「鉄雄さんが黙って行ってしまえば、お母さんもお義父つぁんも、やっぱ、ほんな事だったと思わすかもしれんね」

「………」

「ばってん、鉄雄さんがこっちを遠慮していくその先も、やっぱうちのお義父つぁんのごたる家でしょう?」

「ああ、そりゃ、下関の塚本さんだけん」

　二人は又しばらく黙って歩いた。安巳橋通りへ出かかった時だった。姉が急にとまって、突然強い口調で言った。

「鉄雄さんに頼みがあります」

「何ですか」

　鉄雄も自然ととまった。

「きいて呉れますか」

「……何ですか」

「下関に行っても、どこに行きなはってもよかけど……な、お義父つぁんの家のような世界から出られんね」

「………」

「な」

「………」

「ほんな事言うとな。お母さんはああたば悪う言わしたとよ。あそび人だけん」

「………」

「たのみてな、出て貰おうごたると。今おる所から。そやん生活から。普通の働く人になって貰おうごたると」

「………」

「仕事はね、あたしが知った友達に話してみる。友達のお父（とっ）つぁんが……」

「いや、そんな迷惑かけるといかん。わっしが自分で探します」

「……出るとね」

「足洗う事ですか」

　姉は思いつめた表情で頷いた。

　鉄雄はなお黙りつづけていた。

が今度はうつむかず、その眼の光を、姉の眼の中に強く注ぎこんで立っていた。

5

姉は「母や世間の誤解への腹立ち」を言いに、鉄雄は「下関行き」を言いに――いずれも、もやもやした話の方をつけに行ったつもりの、秋の日切り地蔵の出合いであった。が、かえってこれは二人の後日の逢瀬の口火になってしまったのだった。

この時は、とうとうはっきりした事を言わずじまいの鉄雄だった。そして、やはり下関には行かなかった。決心はしても、馴れた熊本を離れて、他国（よそ）へは、よほどの事でなければいけるものではなかった。それに鉄雄を繋ぎとめるものが、熊本の地には、あまりに、強く出来て来ていた。姉が口実を作って外へ出る時は、その背後に松代、宮子、女中らの眼が光っているような感じがしたが、一方、鉄雄の方もそれ以上の監視を感じていた。

顔見知りのあそび人は、町々のあらゆる場所にいて、いつ後姿を見られているかわからない。誠にそれは「薄氷を踏む」逢瀬であった。

〽金鵄（きんし）輝く日本の
栄（はえ）ある光　身に受けて
今こそ祝えこのあした
紀元は二千六百年……

と日本国民一億が胸を鳴らせて、旗振り太鼓鳴らして祝ったのは、たしか昭和十五年十一月十日の日である。

戦争による国運いよいよ隆盛の道を辿っていたこの年頃は、すべて日本を「神ながら」のそれに結びつけ、更にその「尊い国柄」という事実を国民全部に銘記させんがため、神武天皇建国以後、今年が丁度二千六百年目ですよ、という意味で、国を挙げての祝典を繰り展げたものだった。素朴な自信と矜持（きょうじ）をもった国民が、あらゆる都市の大通りに異様なほど充ちあふれた日だった。熊本市にも、町中を楽隊が行進した。方々には赤白の幔幕（まんまく）の花舞台がかかり、芸者衆は、列を作って三味線太鼓で、〝招魂祭〟に負けず、ねり歩いた。私達小学生も紙旗をもって歌い歩いた。

〽金鵄あがって十五銭、栄ある光（ひかり）三十銭

……こう、数人で大口あけて元気よく歌ったのが、引率（いんそつ）の教師の耳に入って、こっぴどく叱られたものだ。「金鵄」「光」という名のタバコの値が上った事について当時流行っていた替歌の方を歌ってしまったからだ。

路（みち）の両わきには黒山の人垣が続いていた。クラス別に行

進していく。その中にいた私の眼にふと入ったものがあった。西辛島町の九州新聞社の角の附近だった。おり重なって立っている群衆の中、その人影になりながら、行列を背伸して眺めている姉の浅黒い顔だ。

そして、その顔のすぐ下に、白い丸い乳呑児の顔、それは新しい父と、母との間に生れて、今銀杏通りにいる「妹の高子」らしかった。

（こちらを見るかな）と思って横を向いて歩いていると姉の顔は急に笑って何か言っている。（気づいたな）と思って、歩きながら私も笑いかえした。が、どうも姉の眼はこちらを向いているようではない。

と、姉の顔の下にあった高子の小さい顔が横にもってい かれ、すーっと上へもちあげられた。誰か両手で高子を頭上にもちあげたのだ。人波より上がった高子は大きい眼でキョトンと、こちらの行列をみつめている。姉はその高子を抱きあげた人物に、横を向いて何か言って笑っている。姉の笑いは、行列の中の私に対してではなかったのだ。

（板前の元村さんだろか）と思って、過ぎていく列の中でふりかえって見た。人の頭や高子の体にかくれて、よくはわからなかったが、私は瞬間的に褐色の肌の痩せた男が立っているのを見た。全く見知らぬ若い男だった。

6

私は慶徳小学校の中で一番の肥満児童だった。樽のように肥え太った体は、運動会の時などよく目立った。一番あとから、ちょこちょこと走ってくる私の姿に、よく拍手がおきていた。

廊下を歩いていると、向うから高等科の女の生徒が三、四人かたまってくる。と、その中の一人が他の者の耳にささやく。みな私を見る。肩をつつき合う。一人がうつむけざまにプーッとふきだす。と、瞬間的にそれが他の連中にも伝播して、みな顔や口に手をあてて、抑えつけた笑いの声を漏らして、ばたばたと廊下の角の向う蔭にかくれてしまう。こんな事がよくあった。

運動会前日の仕上げの練習の際、六年生を先頭に、五年生、四年生と二列に並んで行進するのだが、その最先端の二人の中の一人が私だった。音楽にあわせ、列は運動場の中央を横切って、朝礼台の前あたりから両手に別れて、ぐるりとまわり、大円を形づくるのである。が、うっかりして私はつい朝礼台の前で、片方の先頭である友人につられて、一緒に曲って歩いて行った。私のあとの連中も黙ってついてくる……。

花のように開くべき列が、二つに重って一方へ曲って行ったのだ。笛が鳴り、音楽がとまった。体操の教師がとんで来た。が、私の眼にはそれよりも、朝礼台の附近で見物していた教師達のどよめいた姿がとまった。男の教師は膝を打ち、肩をたたき合って、女の教師達は顔をおおうて笑いこけていた。中でも美人という評判のあった、若くすらりとした体操の女教師が、両手を大きく打って、ウサギのようにピョンピョンはねとんで夢中に喜んでいた姿が目立った。生徒の失敗に眉をひそめるのも忘れて、彼等は、その特別に肥満した子の、その外形からくるおかしみに瞬間打興じたものらしかった。

――一体に肥満児というものには、孤独で淋しがり屋が多いと言う事になっている。そして、児童研究家の言うところでは、それら肥満の原因は、その子が、身のまわりが淋しくて、唯〝残された唯一の快楽〟であるところの〝大食〟を、ついしてしまうのだそうだ。そのため異様に肥満してくるというのだ。

……そう言えば、私も「家庭の事情」で「タベスギ」ていたのかもしれない。

モトおばさんはよく品物をもって、受持のK教師のところへ行っていた。K教師は甘いものが好きなので、いつも菓子箱だった。そして「ふーん、K先生はほんとによか人ねィ」と感心して帰って来ていた。

K教師は学校で時に私に、やさしげな声で「君のうちのおばさん近頃元気かい」と聞く事があった。おばさんに連れられて、一度私がK教師の宅を訪れた時、又父兄会におばさんが現れた時――そんな時、K教師の私に対する笑い顔や口調の優しさは、たとえようもなくじんわりとして慈愛に富んでいた。

Kは大そう評判のよい四十代の教師であった。この時代の教師は誰でもだが、蛇腹（じゃばら）が胸を通った、詰襟の黒服を着ていた。痩型の、色白の、鼻高の、薄い唇が中年の男にしては赤すぎた。聡明そうに張り出た額面。黒ぶちの眼鏡が、本心をかくすように、外光を受けていつも光っていた。というのは、朝会や授業の時など、その眼鏡のため、K教師の視線がどこに注がれているかわからぬ不気味さがあったからだ。

朝会の時、私たちのクラスはよく校長からほめられていた。K教師は屹度（きっと）特別、クラスの指導がうまかったのだろう。授業も――。唯、私がその方面に無関心だったので、K教師の授業のやり方など全く覚えていないのだが。

ある時には、大変情深い口調と表情になるK教師に対して、本当は私は、子供心に何かある（冷たさ）を感じていたものだ。他の子にはとにかく、私に対してははたしかにK教師はある（いらだたしさ）のようなものを持っていた。授業で答えきれぬ私、鉄棒で最後まで一人尻上りが出来ずにいる私、運動会で遅れて走る私、遠足を嫌がって「行きません」と申し出た私をチラと見た、そのK教師の眼鏡の奥に、いつもイライラしたものがあったような気がする。

多分、折紙つきの優秀教師には非団体的で成績も悪い私の存在が気になったのだろう——と言って、別に叱りつける事は殆どなかった。いつも紳士然として、円満な初老の教師像を保っていた。

或る日、中食の時、私は教室でみなと一緒に弁当を食べ終えた。と、ある用事を思い出して、それを言うべく私は席をたった。

K教師は生徒の席の前の窓側の教師用机で、おくれて一人弁当をひろげていた。私はその机の手前一米（メートル）ほどのところに立った。そして言いかかった。と、突然K教師は、とげとげしい口調の断片を吐いて、あわてて自分の右ひじをまわし、盾のように弁当の上へ覆いをし、私をキッとみた。眼鏡がキラッと光って、その奥の眼が険をふくんでいた。（唾がかかるじゃないか）という意味だった。私は進退に困って、棒立ちになったままじっとしていた。もっと離れてもの言えばよかったと後悔しながらも、全くだしぬけに浴びせられた冷たい眼の光りと呟きで、大そう傷つけられたようで、悲しかった。教師が悪いとは思わない。自分が悪いのだと思った。だからこそ、その自分の、何もしらぬゲスさを、そのまま同情もなく人前ではっきりと大人から指摘されてしまったのが情なく、しょんぼりと立っていた。このK教師の咄嗟の行為は当然だったと思うが、十二歳の私にとって、それはとても見下された感じで、ふしぎに今も記憶の底に強くある。

——K教師がある時、新聞に大きな写真入りで掲載された事があった。

級友の誰かが持って来た朝刊を、みなワッとばかり取りまいて見ていた。あとで私ものぞいてみたが、何でもKが、教科書の中のある文字を誤りではないか、と文部省宛に問い合せをし、それが確かにKの言う通りだったという記事であった。文字というのは、綾綺殿（りょうきでん）の綺という字が錡という字になっていたらしい。で、新聞にはKの写真と共に綾綺殿の位置を示す御所の大きな見取図まで掲載されてあった。「天皇」に関しての記事の誤りを訂正したKを、新聞は〝忠君の心、紙面を徹す〟とか言う書き方で絶賛してあった。勿論、校内も父兄間にも評判になった。

私は綾綺殿の一字の誤りぐらいが、どうしてこうトップに、大事件のように取扱っているのか判らなかった。天皇というものは、そんなにドエラいものなのか、これじゃ滅多に誤りもされないとヒヤリとしたものだ。

朝会で、校庭にならぶ全校生徒に訓諭する校長の言葉に、よく「畏れおおくも」というのが飛びだして来ていた。その時は、体の姿勢でも一人残らず手さき足のつままで強い電流が通って硬直したようにピーンと体を引き締めて「直立不動」の姿勢をとらねばならなかった。とらないものは、教師からひどく頭をこづかれてしまった。

天皇や皇后が出る時の導入として「畏れおおくも」が言葉のさきにつけられるのである。いきなり「天皇陛下におかれましては……」となれば、まだ聞く方が乱れている。で「畏れおおくも」で、すでにそのあとを察知するところで威儀を正す。で「天皇陛下におかれま……」の時は、すでに場内の空気は静粛にして清澄なのである。ために校長は、その姿勢を厳然と命ずるおごそかな高声で「おおそれおおくもう……」と、その髭の下の唇をやや練るようにして、朗々と発音した。と、ものごころつかぬ私達小学生は、繰り返される反射運動の小犬よろしくさっと姿勢を正した。咳もシャックリも出来なかった。

教室内でも、これを使って静粛にさせてみる教師がたまにあった。

小学校の校内のわきに、コンクリートづくりの、家型貯金箱のような堂が建てられてあって、私達はいつも出入りの際、これに向って最敬礼をしなければならなかった。その堂の中には、天皇の分身のようなものが、入っているというのだった。（あとでわかったが、それは天皇の唯の写真だった）

一度私は、そこを帽子をぬがずに校内へ走りこんだ事があった。

――と言うのは、私のこの頃の空想癖は相変らずで、芝居や映画の内容を現実と混同したりして、よくジゴマのまねなどして遊んでいたが、ある夜、私は理髪店の椅子に坐って、鏡に映る自分を見ながら、ふと思いつく事があったのだ。それは丸坊主の頂点だけ、少し毛を残しておくという事だった。弟子の若い理髪師にたのんだ。どうしてもそうすると駄々をこねた。

結局、私の頭の頂上には、一銭銅貨程の円形の毛の繁みが残った。これだけを長い間かけて伸ばしていくと、いつかそこが噴水のような形になって、髪が四方にわかれ、やがてすだれ式帽子のように垂れてくると思ったからである。映画で見た「正装したインディアン」のようになると思っていた。

愉快な気持でその夜は寝た。翌朝、さんざん女中達から冷やかされた。家を出ると、道で学校の生徒と逢う。私は急に不安になって来た。帽子にかくされた毛の事を知ったら、彼等の笑い方は女中達のよりひどいだろう、前日の夢はふっとんでいた。後悔していた。――と言って、登校中床屋へ行くわけにもいかない。ついに校門へ来た。週番の女の生徒が立っている。私はどうしても帽子がぬげなくて、天皇の堂に礼を略して、一目散に駆けぬけて行った。これを見ていた女生徒らがすぐさまK教師に告げた。私はK教師によばれた。K教師はもう説きあかしても同じと思ったのか、私に長い間廊下に立っているという罰を与えた。（が、私の頭の丸い繁みをみた時だけは、さすがのKも何ともしようのない薄笑いを口もとに洩らしたが）

私はそんな頭で廊下に立った。他の生徒は、そんな奇体な刈り方も、K教師が保健室にあったバリカンで施した、新しい罰の一つと思っていたらしかった。

Kは、絶対的な神国主義者、天皇崇拝者だった。これはK教師のみならず、あらゆる教師がそうだった。そうなければ、教師をする事の不可能な時代であった。

神武（じんむ）、綏靖（すいぜい）、安寧（あんねい）、懿徳（いとく）、孝昭（こうしょう）、孝安（こうあん）、云々と、これは神武天皇以来の歴代の天皇の名であるが、K教師はこれを私達に必死に憶えさせようとした。百二十四代までのものを全部暗記せねばならない。そしてそれをK教師に口述すべく、毎日放課後、私達は廊下にならばせられた。

教室の中にいるK教師の方へ、一人一人順に歩いて行って、その教卓の前で口誦する。

出来たものは帰ってよい。最後迄言えないものは勿論の事、一寸した言い間違いでも「次！」というKの声で、再び廊下へ出て、列のあとにならばなければならなかった。それは一週間ほど続けられた。

それ自体に意味もない、漢字のむずかしい天皇の名の羅列を憶える事は私にとって丁度マッチの軸のかたまりを口一ぱい無理につめこまれるような感じであった。私はK教師の前で、それを幾度繰り返した事であろう。

大抵は言いかかったところで、すぐとちって、あっさり「次！」となった。

どうしても全部を言う事は出来なかった。あとでは、どうしても言えないという確信の方が強くなって、数少くなった級友のあとについて、廊下を少しずつ入口へずり上りながら、改めて憶えようともせず、唯うつむいて泣きかかっていた。順番が来ると、あきらめた気持でとぼとぼとKの卓の前へ歩いていくばかりである。こんな私に、Kはいらいらして、あとではひどい事を口走って幾度も廊下へもどした。やがて、残されていた級友達もどうやら帰る事が出来て、最後は私一人になってしまった。薄暗くなった教室の中で、執念深く私を立たせて神武、綏靖、安寧、を言わせた。

言い違えると「図体ばかり太としとって」と舌打ちした。私はあとでは、わからない所だけはその時教科書を開いて見てよいという事を許されるまでになりながら、繰り返し、それを口誦した。そしてどうにか最後まで言えた。

と、K教師は暗がりの中でにっこり笑い、実に優しい声音で「ほらー、山内、出来たじゃないか。よかった、よかった」と、私の坊主頭の上に手をおいて軽くゆすった。但し、これもこの夕べのKの入神の指導で、ふいとものにのりうつられたように言えただけで、私は次の日さっそく忘れてしまっていた。歴史の成績は丙だった。

——作文が丙だった。私は一度、Kに変な作文を書いて出した事がある。それは、ずっと後になって、大掃除の折に取り出して見た憶えがあるので、内容がわかっている。貯金という題で、貯金はいいものであるという前おきはいとして、結びがこうなっていた。『ぼくは貯金はなるだけ多いがよいとおもいます。もしもにっぽんがせんそうでまけたなら、よそに逃げなければなりませんので、その時、いるからです。貯金はほんとうにためになるものとおもう。㊡』

作文では最後で完という字に丸がこみする事だけが楽しみだった。大好きな大都映画の時代劇には、必ず完という字が、ぐっと大きく迫って映っていた。それをおぼえていた。「終り」とかかず、㊡とかくのが内心得意だった。

それは出征兵士を電車通りで送った時の事であった。旗振りしきってバンザーイ、バンザーイと言っている。是非言わなければならなかった。私の心には「バンザーイ」は全く無かった。「バンザーイ」という言葉が芯から嫌いだった。

私は学友と一緒に旗を振っていたが、ふとどうしても自分が芝居をやっている、おかしな事をやっているという気持がわいて来た。学友等が懸命に口をひらいて叫んでいる様子、その渦の中にあって、いよいよバカバカシイ気持になって、思わず私はけたたましく笑いだしたのである。

それは実に意地悪な、陰険な痛さだった。私は、いがぐりの頭を両手で覆うて首を縮め、つづけざまにおろされてくる、力のどぎつくこもったKの拳骨から、精一ぱいのがれようとした。が、もうすでに私の頭のあちこちは、ガンガンするほどの打身で鳴っていた。

私の抵抗にあい、やむなくKは拳骨をやめた。が、なおおさまらぬ怒りの最後を吐き出すため、覆うた手の隙間になってのぞいていた私の唇を、指で邪険に横ざまに薙いだ。

まわりの学友等は気付いていたが、バンザーイをやめてしまえば、己の身が危ないので、みな私とK教師の事を見ぬ振りして、しきりと電車通りの中央を行く兵隊に歓呼の声を張り上げていた。

「おまえ、日本人か」

Kは私の唾で少し濡れたらしい白い指を、さも汚ならしそうにハンカチで拭きながら、いまいまし気に睨んでしばらく見下していた。

私は、その細い銀ぶちの眼鏡の奥の、Kの眼を、しばらく怨めしげにみつめて立っていた。人から打たれたのは、生れて始めての事だったからである。

7

ちょっとした噂で、姉と鉄雄の間を、いきなり裂こうとした母と義父。そのあとも何かにつけて警戒し、姉を旅館の奥の間の「箱入り娘」として封じこめようとした母に対する気持が、姉の中で強い意地となって凝結して来ていた。

母は、姉がかくれて鉄雄と逢っていることは知らなかった。が、母は用心のため、たびたび姉の前でそれとなく〝遊び人の男〟殊に〝鉄雄〟なる若者の欠点を口にした。

母は、姉の気性からして、まさか鉄雄の如きに惹かれるとは思っていない。鉄雄の方から近づいたと思っている。で、念入りにけなしておけば、姉が自ら気づいて呉れるものと思っていた。

が、母は全く知らなかったのだ。けなせばけなす程男への娘の恋慕が、ひたかくしのまま募っていった事を。

最初、姉は鉄雄への自分の感情を、世の常の女の恋と同じくは考えようとはしなかった。義父と母に意地を張っているだけだと思っていた。又、孤児であり、今も浮草のような気持でいる鉄雄に、同情を寄せているのだと思っていた。

(どうか、この人を、この不安定な世界から抜けださせてやりたい。堅気の男として一人前にしてやりたい。この人が立派になったら、私は安心して……離れたってよい……)この堅気にさせてやろうという感情には、やくざの義父と、それに女中のようにつき従っている母への意地が混じっていた。意地の中に執着が混じっていた。執着は恋慕である。意地と同情に恋慕が混じり、その恋慕は、日があたらぬために、いよいよ募った。

鉄雄は姉によく「藤田先生に話してみる」という事を口にしていた。鉄雄が曳地の家に入る前に、彼を弟のように面倒みてくれて来ている人物だった。

そして鉄雄が「とうとう藤田先生に、菊子さんと自分の事を話してしまった。屹度いいようにどうかして呉れるだろう」と姉に語ったのは、昭和十六年の正月だった。

そして、姉自身が鉄雄に連れられて、島崎にある「藤田先生」なる人の家の門をくぐったのが、二月のはじめである。

昔は立派な植込みらしかった築山や石灯籠もある庭園は、荒れ放題で、あちこちに密生した水仙だけが、灰色の冬空の下に、心細げな白さでむらがり咲いていた。そんな庭の見える、暗くだだびろい座敷に通された姉と鉄雄は、わきの手火鉢にもあたらず、並んで坐っていた。

大きい屋敷だが、もう大そう古び傷ついた藤田の家だった。

「やぁー」と、威勢のよい声で出て来た図体の大きい男がその人だった。異様な頭髪であった。真直ぐな、ふさふさの毛は、長くて、耳を覆い、えりくび迄垂れさがって、一見明治壮士風の乱暴な伸ばし方である。奇怪に肥満した体で、横縞の結城の丹前を着、胸もとがひろがっていた。

鉄雄にとって大恩人ならば、自分にとっておろそかに出来ぬ人と、緊張していた姉は、鉄雄につれて畏まって頭を下げた。

「こん人が、鶴之山の菊子さんてち？」

あぐらをかいてから、藤田が指を姉の方へ一寸動かした。

鉄雄は「はい」と、一寸力の抜けた声で答えた。

「はあ。そう……」

藤田は垂れ下って二重になった顎の肉をたてにゆすりながら、姉を無遠慮に眺めていて、かすれた声で言った。

「今日も寒いですな」

そして、すぐ鉄雄の方へ向いて他の事を話し出した。

「鉄雄。俺は、この間、電車の中で金山さんと逢うたがね」

藤田の話し振りで、二人の仲はよく知れた。身寄りもない鉄雄が、何かと言うと藤田のこの家へ来ていた事がよく頷けた。

藤田の顔の色は鉄のようにくすんでいた。両頬が稍垂れ気味形で、鼻の形が馬鈴薯のようで、その鼻翼から口辺へかけてくっきりと深い皺が通っていた。丁度易の人相書を思わせる顔の下半分である。が、その薄くはげかかった眉の下の小さい眼には、肥満した体の鈍重さとはちがう、ある冴えた精悍さが漂っていた。

鉄雄にもこんな人がついていたのかと、姉は、鉄雄としきりと話している男の顔を斜めに眺めていた。この人なら力になって貰えるような気がした。異様な風態がかえって頼もしく思えた。そして、この日は、姉と鉄雄は藤田の家に午後一時頃から四時近くまで居てしまった。藤田夫人も出て来た。

「菊子さんですね。鉄ちゃんからよくお噂聞いてます」

こう言って、そのあとも座にいて、何かと話の合槌を打って呉れた。姉はあまり喋らず、鉄雄が少し、あとは藤田夫妻がいろいろ世間話をした。

この日——丁度、夫人が台所へ、そして鉄雄が藤田のタバコを買いに段山の踏切迄使いに行っていた間に——藤田は、真面目な調子で、姉に或る譬話をした。それは凡そ次のような筋のものであった。

……昔、ある武家に一人娘がいた。その娘へ、婿養子が来る事になったのである。ところがその娘には非常に武芸の嗜みがあり、夫婦になる前にその男と試合をしたのである。と、なんと男の方が負けてしまった。気丈な娘は、婿となるべき人にこう言ったというのである。「夫たる人が、妻に負けるのは不自然です。双方ともによくありません。何卒私に勝てるほどの腕になって下さいませ。そのための武者修行の旅に出て下さいませ」男は憤然として旅に出た。娘は悲しみをかくして、気強く見送った。一日も早くその男が強くなって無事に帰って来るのを祈りながら。やがて男は腕をあげて帰って来た。そして二人は試合をした。が、やはり男が負けてしまったのだ。涙をみせず、なお情なく女はもう一度修行を、とすすめた。男は二度目の旅に出た。男は血のにじむ修行から修行を重ねた結果、ついにその女に立派に打勝つほどの腕になって帰って来たのであった。試合に敗れた女は、自分よりも優位にある男の凛々しい姿を見上げ、嬉し涙にくれて、そしてその男を夫に迎えた。

……

姉は体が傾くほど熱心に聞いていた。いつもなら、洋画ファンの姉であるし、こんな古講談のような話など噴飯ものとして聞き流すところであろうが、この場合、自分等の事を理解して呉れている人の、現実に即した譬話かと思えば、いかなる小説の筋よりも、身に沁む思いだった。

「だけん、今のまんまじゃ鉄雄はいかん。今二人が一緒になったら、菊子さん、彼奴はああたば奥さんとして立派にたてていっきるかどうかわからん。まだ一人前じゃにゃけん難かしかろ。一人前の男ば婿どんにしてこそ、本当の女のしやわせもあると。ね、そりゃわかるど？」

姉は神妙に頷いた。

「が、その男ば奮起させ、俺は男になるぞと勢たたすとも女の力ばい。蔭になる女の気持一ちょ。ね、鉄雄が今のやくざもんで終るか、人から指さされんごたる男になるか、そりゃ今の菊子さんの気持にかかっとる。で、鉄雄が一人前の男になる迄、どうか辛抱して貰いたか。そるまで一緒になるとば我慢して、さっきの話の娘のごと励まして下さい。鉄雄もあやん境遇だるけん、ああたがような人のおるとどぎゃん励みになるかわからん。鉄雄にゃ勿体なかばってん……これも縁、一ちょ頼みます」

藤田の言う事は、姉にはわかりすぎる事だった。言われなくとも、姉の心中は、鉄雄をどうかして——と言う思いに占められている。姉は大きく頷いて、そこで手をつき、

「よろしうお願いします」と一言かぼそく言って黒あみをかぶった洋髪の頭をさげた。

8

藤田啓介——彼は所謂、その頃の「満洲浪人」といわれる一連の人物であった。長い間満洲にいて、関東軍関係の機関新聞に携わっていた事がある。そして、それを辞して、故里の熊本へ帰って来ても、やはり軍に関係した某新聞の、あるポストについて仕事をしているようだった。勿論、それは実際の仕事をするわけではなく、唯今迄の「藤田」という名前だけで雇っているらしかった。熊本でいう「新聞ゴロ」だった。ジャーナリスト崩れ。まっとうな新聞人ではない。熊本の有名人や有名店の秘事をいろいろと知っており、それを種に、態のよい強請も過去に於てやってきている人物だった。

唯、普通のやくざの強請と違って、知が動くので、世間のある部分では、妙に尊敬され、且恐れられていた。軍の内情にも詳しく、そんなところから、新聞社は〝口ふさぎ〟に雇っている形だった。島崎の家も、ある軍人の旧居を貰ったものらしかった。

満洲では、馬賊の中へ入りこみ、その一味となって、人を殺したこともあるとか。その時の慚愧の気持が、今も絶えずあるとかで、一度は某三流新聞の四面の片隅に〝満洲彷徨の記、嗚呼、わが青春の傷あと〟などという大時代な表題で、一連の記事を連載した事もある。親分肌のところもあり、若い青年をたくさん可愛いがって来ているので、いわば一種のボスのような形の人物になりかねぬ男であった。実際、島崎の家には、いつも幾人かの若者が寄居していたのだ。

満洲では、幾度妻を代えたかわからぬと放言しているかたわら、現在では、内地で貰った夫人を実に大切にしてい

る男である。

——藤田について、鉄雄の言葉から姉が知り得たのはこのくらいである。それ以上の事は知らなかった。しかし、人の経験せぬことをして来たがためにどす黒いところのあるような、そしてそのどす黒さが頼りになるような、そんな男に感じられた。

姉と鉄雄は、その後も人目を忍んで、幾度か藤田の屋敷の門をくぐった。

藤田の家の荒れた庭の一角の沈丁花（じんちょうげ）が、甘い匂いを放つ時季になった。

藤田は姉達に「時期が来たら、自分が必ず明十橋のおじさんの方に正式に申し出てやろう」というようになっていた。

が、藤田の言う時期とは、鉄雄が人に後指さされぬほどの人間になる事である。それまでは、二人に「辛抱しろ」と言っている。

が、そこは若い者同志で、藤田の言うようにばかりはいかなかった。少くとも、姉の気持の中には（一日も早く、藤田先生から話を出して欲しい）という願いが、日ましに強まっていた。

結婚となると、鉄雄の方に遠慮があった。もしも結婚話などが曳地の耳に入ったら、それこそ直ちに仲を裂かれるのは必定だと思われた。曳地夫婦は勿論、あの偏屈（ひつじょう）な明十橋の「鶴松爺さん」が、自分のようなものを婿として迎えるなぞ、全く考えられない事である。一緒に逃げてしまう——そんな才覚も勇気もない鉄雄である。親分の娘と駆落する、それは渡世人同志では、とうてい考えられない極端な不義理である。女を捨てても、親分は裏切ってはいけない、これがこの世界の仁義、鉄雄の髄には、その仁義が強く通っているのである。だから一度は自ら身を引こうとした彼ではなかったか。——が、今はもうどちらを捨てるという判断もわからぬ位になっていた。彼としては、唯いつかは藤田にたのんで——それだけが薄い望みだった。

が、一方、曳地の事をよく知っている藤田は、その辺の事情を慎重に慮ってか、姉たちが思うようには、まだまだ、すぐに表へ出せずにいるらしかった。で、三人の中では、姉だけが純粋に、ひたすらに、一直線に、その日を夢見、願っていたのだ。

世間知らずの姉にとって、それは生れて初めて眼前にかかって呉れた、大きなこの世の虹であった。

その年の桜も、もう八割がた散り果てた四月のある日の事である。昨夜からいよいよ本気で考えつめていた鉄雄との事、今日こそ藤田先生に相談し、はっきりした話をつけて貰おうと決心して、姉は昼少し過ぎに、旅館を出かけたのであった。

女中には「美容院に行って来る」と言伝した。

段山で電車を下りると、すぐ向うが踏切である。そこを渡り、西へなお五分位歩かねばならない。

藤田の家のありかは、もう町はずれと言うにふさわしく、あたりは麦畑の青い穂波が、うららかな日光の中にゆらぎ合っていた。

節子夫人が玄関へ現れた。夫人は不美人の大型の顔に一ぱいの愛嬌をたたえて言った。

「あら——。おいでなさい」

「今日は」

「一人？　おや、今、そこで、鉄ちゃんと逢いませんでした？」

「いいえ」

「たった今来たんですよ。主人に相談があるらしく……それが、生憎(あいにく)主人が留守なんですのよ」

「………」

「御用なんでしょう。貴女(あなた)も」

「はあ……少し」

「妙ね。二人が一緒の日に別々で相談に来るなんて」

姉は、鉄雄の相談というのが、すぐに何であるか六感でわかるような気がした。

「主人は本山の知人のうちへ行ったんです。あの人の事だから、どこをどう回ってくるかわからないし。やがて帰って来ますわ。鉄ちゃんにも待ってなさいて言ったのに。きっと二人はそのうちここへ来ますから、どうぞ、上って……」

「ええ。はあ」

姉は頭をさげながらも、心は鉄雄のあとを追うか、又は藤田の行った先に行くかしたく、落着きなく、路の方を何度も振りかえっていた。

姉の気持を察した夫人は言った。

「鉄ちゃんも、主人の行った本山の家に行くとか言って行きました。追いかけてみたら？　逢えるかもしれませんよ」

姉は夫人から本山の住所を簡単に聞いてから、再び急ぎ足で段山の方へとひきかえした。

姉が、鉄雄の姿を見つけたのは、電車に乗ってからであった。段山の停車場あたりを見回したが、それらしい影もないので、電車に乗った。電車が、新町の長崎次郎書店の前で停った時、蔚山町(うるさんまち)の方から、西側の歩道を、青桐の並木に見えかくれしながらこちらへ歩いてくる鉄雄の姿が見えたのだ。動き出そうとする電車から姉はあわてて下りた。

四月の、カステーラ色のような感じの黄金の日ざしが充ちている町の、その歩道を、肩を並べて歩く姉と鉄雄であった。

姉の気持は、もうこのあと藤田と逢って話しさえすればどうかなる、という鷹揚な気分にふしぎとなってしまっていた。瑠璃色の空が、一そう姉にそう思わせた。

ところが、二人が訪ねて行った本山の家には、藤田はいなかった。すでに他の家へ行っていた。家人が「京町のどこそこ」と教えて呉れた。二人は京町へ行った。と、又そこで「たった今、先生はどこそこへ」と言われた。そこへ行った。と又、そこでも藤田とは行きちがいになってしまう始末だった。

社交家の藤田の多忙な一日のあとを追う事は大変だった。

而して又、二人には、こうやって人捜しをするという名目のもとに、寄り添い、話し合い、あちこち町をいく事自体に、気を奪われていた。別の日を選び、改めて島崎の家へ行けばいいものを、つい次へ、次へと、裏通りから表通り、坂の道、川筋、土手やらを、方々歩き通した。足が棒になるのもわからなかった。街の風物はあまり眼に入らない。入っても、それは春の日を受けた楽しい一齣に見えた。

こうして、この日は、二人は、丸半日一緒にすごしてしまった。とうとう藤田には逢えずじまいだった。気づいた時は、もうあたりは夕ぐれていた。

「もう、帰らなんど？　菊子さん」

ぽつりと鉄雄が言うと、姉は黙って頷いた。が、二人はまだ並んで歩いている……。鉄雄が別れることを暗示すると、姉はおし黙る。姉が本気で帰ろう、と言いだすと、鉄雄は、あの角まで送っていきますとついて来る。そうやっているうちに、もう街の灯は、ともりはじめていた。

姉は、自分がもう家に帰りそびれている事を漠然と感じていた。もうあわてて帰っても仕方がない、どの道、誰からか何とか言われるだろう、そんな覚悟をきめかかっていた。今ごろ帰れば、松代や宮子がどんな眼で見るか、女中らが何と蔭で言うか。――祖父が叱るだろう。母の耳に入れば、例のうとましい詮索が――。

いろいろ思うと、帰るのが嫌になって行くばかり。あと一刻、あと一刻とのばすうち、姉は完全に家へ帰れなくなっている自分を見出したのだった。

このまま離したくない鉄雄の気持が、姉に言わず語らず反応した。二人は疲れ果てた足どりを動かして、裏町から裏町を、あてどなく歩いて行った。何かに酔っているようだった。姉のフェルトにつっかけた白足袋が、ほこりでおびただしく汚れているのが、裏町の店から洩れてくる電灯の光りによくわかった。

9

私は、あの日の事を今も覚えている。丁度私が小学の六年になったばかりの時である。小学校では、その日は春の竜田山遠足であった。遠足を終えて疲れた足をひきずって、わが家へ帰りついた時はもう夕暮れ時だった。

「ただいま」水筒を肩からはずしながら、勝手口から入って行ったが誰の返事もない。台所には人影はなく、帳場あたりにみな集っているようだった。祖父の声、モトおばさんの声、母の声、女中の声――それらの妙に緊迫した声々がいりまじって、途切れ途切れに聞えてきた。帳場へ行こうと、台所を抜けて廊下へ出ると、その途中にある電話室の中から、板前の元村の太い声がした。電話をかけ、音たてて切り、又他のところへかけている様子である。

八畳の帳場の真中では、モトおばさんや良喜さん達に囲まれて、べったり坐った母が、袖で顔を覆うて泣きじゃくっていた。しぼるような声だった。と、祖父が、

「馬鹿が。泣いてばかりおってわかるか！」と吐き捨てるようにどなって、帳場から廊下へ出て来た。着物の裾をたくしあげ、大幅のがに股で歩いて来て、そこにぼんやり立っていた私を突きとばさんばかりにして、勝手口の方へ下りて行った。その荒々しい足どり、私のわきを吹き抜けた一陣の人風の気配には、震えんばかりの激しい怒りがこもっていた。

帳場と廊下の敷居のところに、女中達が重なり立って互に神妙に低声で話し合っていた。中で、ツル子は、かがみこんで、泣き腫らしたらしい赤い眼をじっと板の間の一点に注いで深くうつむいていた。

姉が昨日の昼すぎから、家を出たままなのだ。美容院に行くとか言って出て、遂に夜は旅館に帰って来なかった。無断で外泊するなぞいまだ一度もない姉である。

朝になって始めて家出したのではないかという疑いが生じ、母の銀杏通りにも直ちに連絡された。

母と祖父との気狂いじみた捜査がはじめられ、そしてそのまま何の手がかりもなく、この夕ぐれ時になってしまっているのだった。

心あたりの場所はすべて探したがどこにもいない。その他の？　第一、姉の行くところなど限度があった。

やがて、母の疑念通り、それをはっきり証明する人の話

が、あちこちから嫌でも耳にとびこんで来た。〝昨日の晩、鉄雄さんと二人で一緒に歩きよらしたのを見ました〟という、その事実を。

（やっぱ……鉄雄と手引して……）

高い崖の上から、暗黒の谷底へ、まっさかさまに突き落されていく気持——母のその時の心情は、正にそれだった。

皆が、慰める言葉もなく唯棒立ちになっている、その真中にいて、母は足の先を両方に開げてその間へ大きい尻をべったりつけた坐り方で、束髪の頭をたてに振り振り、人憚らぬ声をあげて、泣き続けた。途切れ、途切れ一人でこう口説きながら……

「……どういう事ばして呉れたか……ええも歯痒ゆか。見損のうた。……どういう事ば……」

大人がこうも身をねじらせて泣くものか、私は始めて目撃した気持で、廊下の隅で、驚きの眼を見張って立っていた。

かたわらで、モトおばさんが、

「民江しゃん、もう泣くのはやめなはり、見苦しか」

と、しきりと言っていたが、母はやめなかった。

その夜の八時すぎであった。電話がかかってきた。板前の元村が出た。

「は。は。そうですか。は」元村は緊張した声音で応待していた。みな一斉にそちらを向いていた。祖父はいなかった。

「奥さん。曳地さんからです。菊子さんはおりなはったそうです」

べったり坐っていた母の体が弾かれるように立ち、泳ぐように電話口へ行った。

「もうし。もうし」

顔一ぱい顰め、声がうわずっている。母は雇人達の手前もかまわぬふうであった。

「は？　うん？　そうですかいた。藤田さん？　はい。——はい。ふーん」

受話器をかけるのも忘れて、ぶらさげたままふらふらと来たので、元村がかけた。

母は一人合点の態で「ふむ、ふむ。鉄雄の奴が」と歯ぎしりして、懐の財布を取り出して中をみていた。

たかぶっている母へ、聞きたくとも聞けないでいるみなに代って、モトおばさんが尋ねた。

「何処、菊子はおったつかい？」

「島崎」母は面倒臭さいという表情を露骨に出して言った。

「島崎や？　なんでまた」

「藤田さんちゅう人の家」

「藤田しゃんて?」

「あたしゃ知らんばってん、省吾さんは知っとらすらしか」

「やっぱ、男とかい。菊子は」

　母はそれには返事せず、急に温和でしおれた声音で、板前へ「元村さん、すぐ自動車呼んではいよんか」とたのんだ。


　姉はその日の朝、小沢町の裏通りの、とある旅館の一室で眼をさました。同じ床の隣に、油気のない髪だけが蒲団の襟につけた付け毛のようにのぞいている。鉄雄が蒲団をかぶって、まだ眠っているのだった。仰向けに見える、枕の上の小窓の白いカーテンが、褐色のしみをつけて汚なくさがっていた。

　もうこれで家へは帰れない――その現実を、姉は嚙みしめていた。

　自分がひどく間違っているようでもある。しかし、勢のついた水流を、流れるままに流してしまったあとのような安堵感もあった。

　はじめての外泊――それは姉にとって大きな冒険であった。自分が生れてはじめて、自分でなした行為なのだと思うと、本質的な後悔や不安は、特別に湧いてはこなかった。もうこのあとは、隣に眠っているこの人と一緒に、行くところまで行くのだという、酔ったような漠然とした思いに浸っていた。

　この時の姉の念頭には、他の事は一切なかった。だから、この朝すでに姉と鉄雄との所在を捜すために、家では、母が祖父が曳地が狂奔している事など考えもしなかったのだ。

　そして、曳地の子分らが、夫々手わけして、蜘蛛手に方々捜しまわっている事なども。


　二人が小沢町の旅館を出て、小沢橋を渡り、高麗門から島崎の郊外へ出たのは、その日の昼近くである。

　菜の花が最盛りで、それが四角にくぎられた畠一ぱいに、濃厚な黄色を満たして、風にゆるく揺れているさまは、花の命が口を大きくあけて、歓声を一斉に張り上げているようだった。そんな四角な菜の花畠が、いくつも遠くまで幾何学模様的にひろがっていた。

　姉と鉄雄は、そこの間の小道を、四方池台の方へと、ぶらぶら歩いて行った。

　雲雀が、空の青さの中に溶けこんだのか、姿は見せぬままに、絶えず喧しく囀っていた。

　太陽にきらめいて流れる井芹川に、子供らが魚をすくっていた。姉と鉄雄は立ち止って、その様子をぼんやり眺めていた。

姉がふと面をあげると、丁度東の方に遠く、一新小学校の裏手の線路の上を、汽笛をひびかせ、白いけむりを吐いて、上熊本駅の方へ走っていく汽車の黒い箱の列が見えた。

「どこさんか、行こか。ね。あたしゃ、もう家さんは帰られんけん……」と、姉が呟やいた。


これから二人は、ぶらぶらと又西の方へ、野原を行き半日を四方池台の丘の上で過ごした。そして、井芹川のへりをさかのぼり、筒口の方から、藤田の家の前へ来た時は、すでに夜だった。

「まあ、あがれ」という藤田の言葉に、二人は上った。姉と鉄雄が座敷に坐るなり、藤田は急に改まった口調で言った。

「菊子さん」

姉は面をあげた。

「今日のところ、ああたは大人しゅ家さん帰って呉れんか」

「………」

「鉄雄」

「はあ」

「ぬしゃ、このまま北里のおっさんのうちへ行っとけ」

「………」

「さっきね。曳地さんから電話がかかってきたと」

姉と鉄雄との、二つの体に、夫々電流のようなものが青白く走った。

が、なお、二人はおし黙って坐っている。藤田が重苦しい口調で喋った事柄は、凡そ次のような事だった。

――三時間ほど前、藤田に曳地から電話があった。鉄雄がよくこの家に出入りする事を、誰か曳地の耳に入れた若者がいるらしかった。その時、昨夜の姉の外泊の事をまだ知っていなかった藤田は、鉄雄の事は特にかくす事もないので、電話口で（自分から言おうと思っていたが、二人はこれこれだから、何卒貴方からも奥さんと旅館の御主人に言って貰いたい）とまで言ったのである。と、どうも曳地の言葉遣いが違う。興奮している。よく事情を聞けば、昨夜から家出しているとか。で、曳地はこう言うのである。もしも、そちらへ二人が来たなら、その時は直ぐに連絡をして呉れ、と。

これには、藤田も承知せぬわけにはいかなかった。必ず知らせる。しかし、将来二人は一緒にさせるつもりで今夜は一応菊子さんを引きとってくれ。屹度連絡して、責任もって帰す。唯、鉄雄の方は見のがしてくれ。だが菊子さんに、嫌な思いをさせるなら知らせない。この場合、黙って連れて帰り、菊子さんを一切責めぬのなら必ず知らせる。私が一応別れさせて帰す。くれぐれも荒だてぬように――。こう返事を、電話でしておいたのだった。

　そして、そのあと一時間ごとぐらいに、この家へは曳地の若い者が様子を見に来ているとか。

「すまん。菊子さん。俺の顔たてると思うて、今夜は帰ってくれ。俺も、鉄雄とあんたば一緒にさせる道は知っとるばってん、そるがあんたが家のように、じいさんもおらすれば、省吾さんもおらすし、そこの事情の違う。家にさかろうち飛び出しても、よか事はなか。な。で、今夜は黙って……」

　姉は急に夢から醒めたような心地だった。

「それに今夜は一切文句いわんで連れて帰るという事。勿論あんた達に妙な事でん、若っか者どんがすれば、俺は一切わたさんけんと迄言うたけん……ね。よかろ?」

「はい」姉はかぼそく答えた。

「そんなら鉄雄、お前も、誰でんここさん来るなら具合の悪るかろけん、早(はよ)、外へ出とれ」

　鉄雄はむっつりと口をとがらし、青い顔をしていた。魂の抜けたような足どりで、鉄雄がふらりと座敷を出て行く気配を知りながらも、姉はうつむいたまま、畳の目をみつめていた。

かける言葉がなかった。力もなかった。のろくさと玄関へ行く足音。夫人が何か言いかけている。玄関を出ていくらしい格子戸のかすかな音。

　姉は急に心細く、身の中に穴があき、そこを風が吹き抜けるようで、がっくりと畳に手をついて、さらにうつぶせてしまった。

　追いかける事も、泣きふす事も、また心を変えて大人しく家へ帰る決心をする事も――どうしていいのか、こうしていいのか、決めかねている宙ぶらりんの瞬間だった。

　唯、やはり、藤田の言うままになるより他にない気持から、強く支配されていた。姉は片手を畳についてうつむいたまま、昨日から手をつけていない頭髪の額のみだれを、惰性的に幾度も上へ掻き上げていた。

　曳地のところの正春と良一が「今晩は」と大きい声をあげて玄関へ立ったのは、鉄雄が出て行って二十分ほどしてからだった。

　姉がいる事は、すぐに曳地へ連絡された。

　やがて、外でタクシーが停る音がした。玄関の格子戸があかった。あけ方がひどく荒かった。

　曳地は、出迎えに出た藤田夫人への挨拶もそこそこに廊下を通って、座敷へ入って来た。びっこの足音――姉はそれを夢心地で聞きながら、その強弱のある足の運びの中に、節くれだった感情が激しくにじんでいるのを感じていた。

　座敷には藤田が坐っていたが、曳地はそれには眼をくれず、体を上下にゆすって、真すぐ姉のところへ近づいて来た。曳地の眼は充血していた。額がてらてらと油ぎって光り、太い青筋が一本浮き出し、大眼玉がくわっとひらいていた。ふりむき仰いだ姉の眼の中に、その血相の変った義父の顔は、ゆれながらみるみる迫って来た。

「省吾しゃん。なんか。あんたは！」

と、藤田が、かすれた声で一喝した時は、すでに曳地の平手は、姉の頬に二度三度続けざまに飛んでいた。

　曳地は感情にまかせて、なお打ちかかろうとした。が、その節くれだって青筋の出た曳地の腕は、さらにそれより大きく肥えた鉄色の手によって、にぎられていた。

「省吾しゃん。それじゃ話が違わせんか」

　座をたって来た藤田が、曳地の手をにぎるなり、きびしくこう言った。曳地は、藤田からにぎられたその右手をはずして、だらりと下へさげ、姉を見下したまま黙って立っていた。なお、畳をみつめている姉の両頬は、腫れ上ったようにかっかっと燃えていたが、それよりも、心に燃える無念の情の方が、胸一ぱいにあった。

「省吾しゃん。大人しく黙って連れて帰ると言うたじゃにゃあか。忘れたか。あんたが娘だけけん、打とが蹴ろが勝手だろが、わしの顔も立てち呉れ。男同志の約束だ。ここで妙な真似されちゃ困る。それにここは俺の家。ここに俺がおるぐらいわかる筈。挨拶ぐらいして呉れ。曳地省吾は男だろ？　約束通り、静かに連れて帰って呉れ」

　藤田はそれだけ言うと、さっと身を動かして、座敷から出て行った。と、そのうしろ姿に曳池ははじめてこう吐きかけた。

「わっしが娘と、わっしが若い者に、妙な事教えて貰いみや！」

　姉はそれらのやりとりをうわの空できいていた。（何もかも駄目になってしまった）それだけを思っていた。

「菊子。いくぞ。じいさんの待っとらす」

　その義父の言葉に、姉は糸でつられた傀儡（くぐつ）のように、ゆらゆらと立ちあがった。


　曳地の言いつけ通り、タクシーの内は暗いままにしてあった。そのタクシーの後の席へ、姉は崩れるように体を置いた。その横に曳地がのり、続いて正春が。前席の助手台には良一が乗ったまま運転手と共に待っていた。車は動きだし、郊外の真暗な道を、右へ左へと曲って行った。

　段山の踏切りに来た。丁度、遮断機が下りていた。遮断機すれすれに車は停った。笛の悲鳴が、手前ひろがりに迫ってくるや、頭上にものの崩るるような音がして、眼前には煌々と灯をつけた夜汽車のいくつもの箱が、ぶっつかり合い、獰猛な鉄の音を跳梁させながら、すぎてゆく。

頭にかぶさるような音の中で、瞬間姉は、自分が今迄こまかに楽しく積み上げて来ていた積木の山が、一遍に崩れてしまってゆくのを感じていた。

めまぐるしく地面に映り動く灯影は、暗いタクシーの中にも映え、姉の頬に滂沱と流れている涙も、あらわに照した。

姉が泣き出したのは、車にのってからである。外に閉ざされていた心が、真暗な車内と、その石ころ道に大ゆれに揺れる震動とで、われにもなく緩るんだのか、火に溶けた蠟のように熱い涙が一滴、手の甲に落ちるや、あとは迫出すようにあふれて来ているのだった。頬から顎へ流れ、そこから滴となって、ひざの上へ落ちていた。唯それだけで、姉は別に泣き声もたてず、手も覆わず、拭きもせず、放心したように、奔走する列車の灯を仰いでいた。

曳地は、むっつりとして、ステッキに両手をささえたまま前方を見ていた。汽車は去った。タクシーの中は又暗くなった。遮断機が上った。車は踏切をこえて、段山の電車通りへ出た。

電車のレールが、蔚山町へカーブを描く、その角の外燈の下に、母が子分の銀次郎と二人で立っていた。電車を下りて、ここで待っていたのだ。

「あ、大将。姐さんと銀さんが……」と口走って、良一が一寸ふりかえったが、続いて彼は運転手にそこで停めるように命じた。涙で腫れぼったくなった姉の眼にも、ウインドーの向うに立つ母の姿が入った。

その、ぼんやりとこちらを向いている立姿。感情の底まで手放しに見せているその姿ににじんだ、言葉ではいいあらわせない、怒りと悲しみが姉にはよくわかった。

が、車が停まる寸前には、姉は咄嗟に身構える気持になって、頑なにうつむいてしまっていた。

曳地と正春の間に母、良一の傍に銀次郎と、多人数を無理につめこんだタクシーは新町を通り、明八橋の手前から朝市場の角を左に折れ、塩屋町の裏二番丁へ出た。誰も何も喋らなかった。

玄関さきの女中達のざわめきに、私は駆け出して行った。

タクシーが停まり、義父がステッキをついて出て来て、つづいて姉が、ぐったりした様子で、両方から同乗して来た若い男二人にささえられるように下り立つところだった。姉は色黒の顔に、大きい眼ばかりキラキラさせていた。くたぶれて、薄汚れた感じでもあった。出迎えた女中達を睨みつけるようにして、玄関へ入ってきた。後頭部のカールをつつんだ網がはずれて、乱れた髪と一緒に、襟にひっかかっていた。

板前が高い背を曲げ、小さい声で、

「坊ちゃん。あっちで遊んどきなっせ」

と耳にささやいて、見るのを禁じようとしたが、もうすでに見てしまっていた。

母は、私が眼の前に立っていても、何とも言わなかった。いや、わが娘の〝あまり名誉でもない〟帰宅の情景を、旅館の雇人達の眼にあらわにさらしているのさえ、念頭には全くなかった。唯、姉の件で、気も転倒していた。母の顔は、電灯の加減でか、張り子のようにデコボコで醜く見えた。

祖父は、姉が帰って来たという知らせをきいても、

「民江にまかせる」という言葉だけ伝えて、二階から下りてこようとはしなかった。

母は姉を連れて、中座敷へ入っていった。

二人だけになると、母は姉よりさきに畳の上にべったり坐りこんでしまって、泣きだした。

「……みそこのうた、みそこのうた……あたしゃあんたばみそこのうた……」

こう途切れ途切れに言って、一人で泣き続ける。その嗚咽（おえつ）の出し方には、姉へのあてつけがやや誇張してこもっていた。

姉は向うむきに立ったまま、窓によりかかって、夜の河を眺めていた。

姉の、その病上りの細い肩を、母は泣きながらも時々盗みみた。母の眼には、それは一切自己というものを開いて見せては呉れぬ堅い娘の心を表わしているようだった。

「立っとかんばってん、坐りなはる」

姉は静かに坐った。坐った姉の丁度真上の鴨居に、祖母の半身像の写真がかかっている。姉のうしろ姿に、母は言いかけた。

「ほら、あんたが上には、ばばさんの見とらす。あやん煩悩だったあんたが、まさかやくざ者とひっつこうてちゃ思わんだったてち見とらす。菊子！　もう今度からは一切承知せん。じいさんに代ってあたしが言う。鉄雄とだけは離れなはり。屹度ばい。よかね」

姉は無言だった。

母は畳に両手をついて、尻を浮かして、四つ這いの恰好で、姉に近づき、又坐り「菊子」とよんだ。

「離るるね」

姉の、鬢（びん）の乱れた頭は、かすかながら、横に小さくふられた。

「よーし」と力んだ思い入れをするや、母は何かに憑かれ

でもしたように、跳ねて飛上り「あたしが、あんたの体からテツば追い出してやる」と、息せき切ってあたりを見まわし、縁側にあった蝙蝠傘（こうもりがさ）をみつけるや、それをさかさににぎって、いきなり姉の背から打ちかかった。

「ええも。テツちゅう人間ば一切たたき出（じ）ゃち呉るる。これでもか。ええ。これでも、これでも失（う）せんか」

姉の細い体の中に巣喰う〝恋てふ悪魔〟を追い出すつもりの母は、下唇を大仰に噛んで、力一ぱい、蝙蝠傘の柄でちょうちゃくするのだった。

姉は向うむきに、畳に両手をついて、打たれるままになっていた。一言も発しなかった。打たれて殺されるならばそれでもよいと言うほどの決心を、その肩が、背がえり首が、見せているようであった。

母は打つのを止めて、大きく息をして、一寸の間立っていたが、蝙蝠傘を抛（ほお）って、今度は、姉の背後にちかぢかと屈みこんだ。急にやさしい歎願するような口調に変った。

「頼む、菊子。たのむけん、テツと離れてくんなはり。お母さんがたのみます。な？　菊子、な、な？」

這ったようになって俯（うつ）伏せになっている姉の首が、横に又ふられた。眼前がぼうとなった母は、はてはこんな事を口走ってしまうのだった。

「そぎゃん、あんたがテツに惚れとるなら、そぎゃんテツと離りゅうごとなかならば逢いなはり。ばってん、ここじゃ、あたしが逢わせん。二本木で逢いなはり。あたしゃあんたの体ば二本木に売る。これまで育てて来て貰うたじいさんに、今うちの若っか者とひっちいたとなれば、あたしが言いわけのたたん。いいわけたてるため、あんたの体ば二本木に売ってその金ばじいさんにやる。それでよかかい。あんたは二本木に売られたさきで、テツと逢いなはり。テツが金さえ出来れば、いつでん逢えるじゃなかか。テツから身受けでんなんでんさるるとよかたい。身受して貰うたそのさきで、夫婦（みょうと）になるならなりなはり。売るけんね、菊子。よかかい、売るけんね」

姉はここではっきりかぶりをたてに振るのだった。

10

次の日の昼下り、母は、姉の行先を方々捜して「御苦労」をかけてしまった幾人かの子分を犒（ねぎら）うために、画津湖（えづこ）の「江蟬」という料亭の座敷で宴（うたげ）をひらいた。

如何なる奉仕も、やはり犒いのための金は、はっきり捨てるのが、親分の面子（メンツ）である。

曳地に変って、母がよんだタクシー三台にみなは乗って来たのである。惜しみない晩春の日ざしのため、水中の浮島に密生した芭蕉は、暖い黄色をこめた緑の大きい葉を、幾重にも広げていた。

その向うも、いくつかの小島があって、どれも大きく芭蕉を繁らせているので、ごく手前の湖面しか見えない座敷だったが、竹製のベランダが設けられてあり、そのベランダの脚下には、冷く澄みきった清水が、ぎっしりとならぶ白と鼠色の小石の間から、こんこんと溢れて、湖の暗緑の深みへ流れこんでいるのが見えた。

ベランダの籐椅子に曳地が腰を下ろし、つづく座敷では、母が幾人かの若い者にビールを振舞っていた。

「さあ、さあ。あげなっせ、あげなっせ」

内心の苦しさを薄らせるつもりか、母の声は高く、濶達だった。又、自分も飲んでは、彼等を冷かしていた。

ここに姉も連れて来られていた。怒って二階から下りてこない祖父や、その他口さがない松代やモトおばさん雇人達と同じ屋根の下にいるのも辛かろうと、母が強引に連れ出した。この宴が終り次第、母は曳地と親子三人で山鹿温泉に行くつもりなのである。

曳地の椅子のかたわら、座敷とベランダを区切る簾の蔭に、姉は横坐りして、俯いていた。

苦しみも悲しみも表わそうとしない、凝然とした無表情さだったが、やはり眉の下と頬から口辺にかけて、紫色のやつれがうっすらと貼りついているようだった。ビールより遅れてもってこられたサイダーを、曳地が仲居からとって、自ら栓を抜き、畳の上に直接置いてある姉のコップに、腰を浮かして注いで呉れた。

母は優しく「ほら、お義父つぁんの注いでやらしたがな。サイダー飲まんかい。菊子」と促した。姉は唇にコップをつけて、ゆっくりと少し飲んだが、やめて、ひざの上に手で支えて置いたまま、又ぼんやり考えこんでいるふうだった。

子分達は子分達で、低い声で面白い事を夫々喋り出していた。が、誰もが、鉄雄の話は意識して避けていた。

車の一台は、母、曳地、姉を乗せて「江蟬」からそのまま山鹿へ向った。山鹿の竹之内旅館についたのが夕方だった。湯へ一緒に入ろうと母が言ったが、姉はどうしても入らなかった。鉄雄と共にした夜のままでいたいため湯に入りたくないのかなど思い、その動かし難い、堅い娘の気持に対して――更に自分のそんな勘ぐり方にも疎ましさを感じながら、母は湯殿へ下りて行った。

夜になって、八畳の間に三つの床が敷かれたが、曳地は外出して、まだ帰って来ていなかった。山鹿である興行の数は多い。そのための挨拶まわりにでかけていた。

　母と娘だけが床についた。灯は消しても、夜の町を照らす外灯が、障子に柔かい光りの模様をつくっていた。枕を並べて寝るのは、過去の十余年間には「無」にひとしい。今やにわに近づこうとしている母に、姉の心は固い殻をかぶったまま、おとがいまで蒲団のえりにかくして仰向けに行儀よく横たわった。母は、腹這いで、タバコをふかしていた。ほの暗い部屋に、タバコの火のゆっくりとした明滅があるだけで、沈黙がしばらく流れた。

「……出たら、いつ帰らすかわからせん。うちの人は」

　母がぽつりと言った。続いて低声で、姉へ、

「あたしゃね。この省吾さんと一緒になったことば、今しもうたと思いよると……」

　姉は眼を閉じて、答えない。

「やっぱ……遊び人の妻は苦労するね……こりゃ、わかっとる」

「………」

「ね、あたしが省吾さんと一緒になっとるとばなんて思うとるかい？」

「………」

「ね、菊子」

「なんても思わん……」姉がつれなく呟やいた。

「好きだけで一緒になったつじゃなか。うちの家ばたててゆくためにゃ、この人のごたる男一人おらんと、どうしてもいかんだったもんね」

「………」

「ばってん、あんたが何もやくざ者と一緒になることはなかろたい？」

「………」

「やくざ者がどぎゃんもんかは、あんたよう知らんね。そりゃ、最初のうちは面白かかもしれん。ばってん、あとはしちゃかちゃ。あたしばかりじゃなか。誰でん苦労しよる。梅が家の房子さん。大しゃんのお兼さん。のぶが嫁ごは乞食のごとして新市街ばうろつきよるじゃなかかい。婿の方はパリッとしておって……。バクチはする。実入りはない。女遊びはする。人の金をあてにして暮らす遊び人、風采ばかりかもうて、家庭の事は屁とも思わん、勝手ふじゃもんばかりの遊び人の嫁ごに、わざわざ好きこのんでなる女は馬鹿よ。あたしも馬鹿のうち。ばってん、あんたは違う。女学校迄行った女じゃなかか。そりゃ世間にゃ遊び人しか好かん女もおるのはおる。がそやん女は頭がカンポス。一寸した上皮の意気のよかところ、洒落とるところだけに惚れて——その裏は何もしらん低能女たい。あんたはそやん女とは違う筈」

「……」

「どぎゃん人でんよかけん、堅気の人と一緒になって真直ぐ行くのが一番しやわせたいね、菊子」

「……」

「ね、わかって呉んなはり。今度の事も、あたしが悪かったて思うとる。あたしと、じいさんのやくざの罪が出たてち……」

姉は低くぼそりと言った。

「否、私がしたっだもん……」

母は、タバコの火が消えてしまったのも気づかず、言い続ける。

「何にしても、あんたは体が弱い。そん体で、今結婚して苦労してみなはり。どぎゃんなるかわからん。死んでしまう。だけん、どうせ嫁に行くなら、少しぐらい金のあって、あんたば大事にして呉るる人にやりたかと。鉄雄と一緒になったら死んでしまう」

母の声には、哀願の響きがこもっていた。

夜更けの湯の町を通る按摩の笛の音が、障子の外に遠ざかってゆく。

母は、蒲団の中に仰向けになって、いつか男の欠点をならべたてていた。

「考えてみなはり。身うちは誰一人おらん独り者。社交口一ちょたたっきらんくせ、向う息ばかり荒うして喧嘩の時は一番にでてゆく……顔はチョーサクリンの如して……」

頭の働きの単純な母は、鉄雄という男をなにもかも扱き下す事によって、娘の心に貼りついている恋情の漆喰がぽろぽろとはげてゆくものと思っている。しかし、頑な横顔をみせてじっと聞いている娘の心に、それが逆に男いとおしさの火を吹く鞴の結果になっているとは知らなかった。

（祖父が曳地をふみつけに言うときに、ひとしお情をつのらせたのは、母自身ではなかったか）

曳地はまだ帰ってこない。母は再び黙りこくなって、タバコの火をつけてのんだ。もう宿は森閑と寝静まっている。一人は腹ばいにタバコをのみ、一人は眼をとじて眠りを装う。而して眠れぬこの母と娘の耳に、階下の方から間断のない湯の音がかすかに聞えた。

11

一週間は経った。姉は朝、祖父に従って魚市場へ行く以外は、一切外出しなかった。

泊り客大事のため、祖父自ら新鮮な魚を選りに行く。それにはかりかごをさげてついて行く姉の姿はかすりのうわはりを着た、大そう地味ななりだった。

姉の様子には、祖父に従順に、そして旅館のそんな仕事にも励もうとする、健気（けなげ）な風情がにじんでいた。

二週間、経った。姉は、自ら進んで帳場の仕事を受け持つようになった。

この頃である。人知れず一通の手紙が姉にとどいたのは。帳場の囲い格子越しにすぐ見える玄関の板の間に配達されてあった。裏には〝節子〟とのみある。節子――藤田夫人の名であった。姉は、その人影のない帳場で、すぐに封を切った。

「菊子様、その後如何お暮らしでございましょうか」云々と前置きし、

　藤田が貴女達を思う気持は少しも変らぬが、今持病のロイマチが出て臥（ふ）せっていて思うにまかせぬ。あの夜の、貴女のお父さんと藤田とのいきさつは、貴女が心配する事はない。さぞ切なかったろうと同情する。しかし、何事も時よ時節だから、じっと我慢して、今暫くお父さんお母さんの気持にさからわぬよう

などと書きなし、そして、二枚目の便箋の半ばからこう認（したた）められてあった。

――もっと早くお知らせすべきだったと思いましたが、鉄ちゃんには、召集令状が来たのです。今月の十六日の日でした。北里の伯父の家に籍があったもんですから、そこへ来たらしいのです。赤紙をもってすぐにうちへ来て主人に見せ、又かげでは私に是非菊子さん、貴女に見せに行くのだと言ってきかないのです。私がやっと止めたんですよ。あんな事があってまだいくらも経っていない時だと思って。でも鉄ちゃんとしては、赤紙を見せる親兄弟もないもんですから、うちの主人以外と言って貴女のほかはないと思ったのでしょう。貴女にだけは見せて、おめでとうとかなんとか言われたかったのでしょうね。私達ばかりうちでささやかな別れの宴を開きました。今鉄ちゃんは渡鹿（とろく）の十九部隊に入隊しています。まだ戦地へはいつ発つかわからないのですけど、私はね、よく考えてみてね、どうしても戦地へ鉄ちゃんが征く前に一度貴女と逢わせたいと思ったのです。他の事じゃない、出征なんですから。そう思うとやもたてもたまらず、こんな手紙をかいてしまったのです。落着いていらっしゃる貴女の心を乱してはいけないと思いながらも。どうか一度だけ十九部隊に面会に行って頂けませんか。唯の、出征軍人を励す銃後の娘の一人としてでも行って下さいませ。鉄ちゃんが喜ぶことでしょう。

姉は暫く立ったままで、ぼんやり格子から外通りを眺めていた。

二日あいだを置いて、姉は渡鹿へ面会に行った。ダブダブの軍服を着た鉄雄が、うれしいのかおこっているのかわからぬような表情で、のっそりと出て来た。姉は知っている。この無表情の中に、鉄雄のもろもろの感情が凝(こ)っている事を。

「おめでとうございます」

姉は頭をさげてこう言った。この言葉以外に言うべき挨拶を姉は知らなかった。

面会時間三十分はまたたく間だった。

この間に、姉は鉄雄の口から意外な事を聞いて帰って来た。

彼が入隊してからすぐ、曳地が面会にやって来たというのである。一人で、寿司などもって。その時、話のついでに曳地は鉄雄にこうもらしたとか。

「もし、今度お前が戦地から無事帰って来たなら、俺が明十橋のじいさんに言うて、菊子と添わせてやる」と。

……では義父(ちち)は、母と祖父への義理だてで、自分とあの人の仲をあのように強引に裂こうとしたのか。やはり内心は、自分の子分である鉄雄への可愛いさがあったのか。

しかし母の表現によると〝気まぐれ男〟である義父。その義父がふと思いついて言ったにすぎない、無責任な言葉かもしれない。

もしか……もしかすると、この戦争であの人は死んで来るかも知れないではないか。それを見越して義父は言ったのか。又はそんなあとさき考えぬ、死戦へ赴(おもむ)く子分への、親分の精一ぱいの餞別(せんべつ)の言葉の一つだったのか。

日を追って大規模になっていく戦争、その前線へ征く者に対して、発たす者は、どんな言葉でも使って、励まさねばならぬ時である。とにかく義父の本音はわからぬながら、姉としても、さきざきまで一応心は決めてはいた。たとえ、鉄雄がこれで戦死しようとも——と。

仕方のない事である。どうにもならぬ事だ。姉だけではなく、当時の日本人のすべてが、心に固く思いつめていた、いやいなければならなかった覚悟なのである。

お国のために、個人の愚痴など言ってはおられない。そういう不断の決意で引締められた日常を送っていかなければならない。

それは、次第と醸(かも)しだされて行った時局の風潮なのであった。当時の日本人には納得のゆく、きっぱりと一応型のついた、忍従の諦観。不幸などとは感じない。それは当然日本人として生れた時からして課せられたようなもの。長い間、厳しい献身的心情を重ねて来た果てに、立派に鋳り上げられた、案外に安定した感情であった。

　姉は旅館の仕事に唯励んだ。

　兵隊の団体も絶えない。それに時節柄、旅館業というものが、大そうやりにくくなって来ていた。間諜の用心のためか、泊り客の名簿をその日その日警察に届けねばならないし。又警察の方から突然やってきて「人検」なるものがあった。

　米も統制、砂糖、マッチ、酒、木炭類はキップ制になってしまうし、これらを買うためには、サービス業としての特別の申請が必要であり、その手続きは女中ではわからず、姉がせねばならなかった。魚市場は眼のさきにありながら、鮮魚も配給制度となっていた。で、日に一度市内の全旅館から一人ずつ出て来て、割あてられただけの魚を貰っていく。これも祖父がいかぬ時は、姉が行った。

　主婦というものがいない鶴之山旅館で、姉は次第と、その代りの地位についたようになった。テキパキと事を運ぶ様子は、女学生時代の勝気な優等生気質が出て来たように思えた。唯、接客はしなかった。ことに酔った客などが妙な事を言おうものなら、その眼の前で、帳場の襖をピシャリと締めてしまうほどの態度を示した。

　そして、この間に幾度か人目を忍んで十九部隊へ面会に行ったのである。

　税の申告の仕方が常に変っていた時なので、その講習会がよく銀杏通りの東本願寺で催されていたのだが、これに出席するついでを利用して、渡鹿まで行った。

12

　昭和十六年も青葉の季節となった。

　この頃から、急に、あれほど巷をゆるがしていた、熱狂的なバンザーイ、バンザーイの声や、華々しい楽隊の音が消えてしまっていた。

　即ち兵隊見送りの風景が、駅頭にしろ、電車通りにしろ、ふっつり見られなくなってしまっていたのだ。

　そして、市民の寝静まる真夜中に、真暗な軍用道路をサクサクサクと足音だけさせて、駅へ向うらしき様子——兵隊達は一般の眼を盗むように発たされて行っていた。

　突然「××部隊、今夜、十時、武装して集合」と命令が下り、集結する。

　最後の休暇は愚か、家族との面会も一切なく、そのまま忽ち人知れず発たされてゆく。

兵隊達も、自分らが何処へ行くのか、わけもわからず、あわただしく武装するのである。

これは軍の策略上、繰り出す兵隊の数や行く先などを、間諜に知られないためにしたのであろうか。家族に知らすれば巷に情報は流れるのだ。これほどスパイに神経を使っていた軍部は、一体何を企てていたのであろうか。

――やがては半年ののち、戦火はあのハワイの真珠湾にとぶようになるのである。

が、日本の興亡の折、総力あげてその途につくべき時であろうとも「死んで還れ」と励まされて発つ人の子が僅かに限られた数の家族とも逢わずに征く気持には、複雑な感慨、心残りがあったであろう。しかし、外から見ると彼等は、軍帽軍服に身を固め、鉄のような無表情の団体にすぎないようである。

唯、個々夫々の心を知るものは、夫々の家族でしかない。

で、公式に発表はないものと知った家族達は、何か裏からの連絡でも摑もうと焦るのだった。今日、何時、どこそこを何部隊が通るという情報を洩れ聞くと、家族はあらゆるものを打ち捨てて、その道へ、その駅へ、転（まろ）ぶように走ってゆく。せめて最後の見納めと、路傍に立って眺めるが、互にものを言いかける事もならず、「イッテオイデ」とのみ眼の表情で知らせるのが関の山、手にもって来た品物もやらずじまいのあわただしい別れとなってしまうのである。

運がよく、途中で市内の公園や神社の境内で、隊が休憩するとなると、一寸の問話も出来、ものもやる事が出来る。この時、家族の者は、最後に何かおいしいものを食べさせようと、あたりの飲食店などにとび込んで取って返す時、蹴躓（けつまず）いて手許から金を、菓子をぽたぽた路上にこぼすほどあわててもどってくる姿もあった。

或る場所にいまかいまかと待って、とうとう来ない……そんな時は、急に出発駅が変更になってしまって、すでに発った後なのである。が、こんな急の連絡を受ける事の出来るのも、熊本市内にいればこそで、十六師団に属する他の地方の人々はどうしようもない。で、中にはその機を待つため、市内の知人や旅館に滞在する人もいた。鶴之山旅館にも、時たまその家族が宿泊する事があった。

それは旅館の斜め前の曲り角のタバコ店吉川さんの長男が出発していく時の事だった。

すでに二ケ月ほど以前に、長男は十九部隊へ入隊していた。

夜の十一時すぎ、姉が玄関の灯を消し、戸を閉めようとして立った時、道路斜め向うの吉川さんの店にこうこうと灯がつき、何か人影があわただしく出入りするようなので、一寸窺がっていた。と、吉川さんのおばさんが姉の姿に気づいて駆けて来た。

「今頃、何かあるのですか」と姉が聞いた。玄関の奥の灯に半ば照らされたおばさんの眼は、かっと開かれて、ある興奮をあらわしていた。

「今夜、正博が発つそうです」

「あら――」

「十二時すぎに本荘の軍用道路ば通るそうですたい」

「そうですか。ようわかって……」

「たった今、人が教えて呉れました。危ない事逢わんまま発つところで……」

と、嬉しいのか、悲しいのか、変な語尾になって、

「じゃ、行って来ます」と去るところを、姉は「おばさん、あたしも見送りさせて下さい」と言った。

「まあ……ばってん真夜中ですし……よございます、ほんとうに」と言いかけたおばさんも、一寸考え、息子の最後ゆえ、見送りは一人でも多いがよいと思うのか「すんまっせん。それじゃ」と、有難そうに、灰色の毛の混じった頭を深く下げた。

時々客のタバコを買いに行く際見かける以外、話した事もない正博さんという息子だったが、姉は是非送りたかった。夜中、戦地へ発つ兵隊のさまを一度見ておきたかった。内地に誰か心残りの者を夫々置いて征くであろう兵隊達の一人一人を蔭ながら見送っておきたかった。

姉は着変えしてから、女中達にもその事を言った。女中達も「わたし達も」と二人ほど姉について出て来た。吉川さん一家は、おじさんおばさん、正博の姉さん、弟そしてその他近所の人々も何人かついて出ていた。吉川のおばさんは「夜中だから、やるもなんも出来んだろばってん、万が一のためタバコと菓子を」と、それらしい包みをしっかり胸に抱いていた。

十人ほどの一行は、深夜の町を小走りで行った。唐人町を上って右手へ折れ、順正寺前を横切り、長六橋を渡って、泉屋通りを突きぬけて……。いく道々に、やはりこれも聞いて来たのであろう、家族とおぼしき人々が小走るのと逢った。品物を手に手にもって、あちこちの道からやってきて、無言のまままみな一斉に軍用道路の方へ向って行く。

軍用道路は街灯も消してあって、真暗だった。が、その闇の中で、道わきの家の壁に添うて、かすかに蠢く人の気配は感じられた。

「菊子さん、こちらへいきましょう」おばさんは右の手で姉の手をとらえた。姉はのこった片手で又女中の手をとった。他の者も、互に低く名をよびあって、手をとりあい、

歩道の縁に並んで立った。が、そこに立っても、中央の幅広の車道をもし兵隊が通るとしたら、団体の姿の輪廓さえ捉らえられぬほどの墨のような暗さである。

やがてして、一台の民間のトラックが、砂埃りをたてて通りすぎた。これによって、向う側の歩道が照らし出されて消えた。瞬間、姉は見た。二十米も隔たった向う側にも、家族の者達が肩をならべて立ち並んでいる姿を。随分前から来ている人であろうか。路傍に筵を敷いて坐りこんでいる老人などの姿もあった。

大分待った。予定より遅れて、兵隊達はやって来た。静かなざわめきが霧のように闇を充たした。

ザク、ザクザク、ザク、ザク……規則正しく土を踏む靴の音が、遠くから徐々に近づいて来た。

「来たね」「来た、来た」「これじゃわからん」などと口々にぼそぼそ言いあっている中で、吉川のおばさんは息が止ったように、うんともすんとも言わず、固く姉の手を握り締めていた。

やがて間近かに来た。ダイナミックな軍隊靴の一団のひびきが、腹にこたえるように迫って来た。が、何も見えなかった。声をたてる事も一切出来ない。白い砂埃りが、低くぼうとたっている。

眼前をきざむようにすぎてゆく力強い足音——この中に、夫、父、息子がいるはずなのに……これが最後かもしれないのに……一刻一刻、現に眼前を歩いていると言うのに……。どれとはたしかめられず、人々は熊本駅まで続く軍用道路の両側の長い歩道に点々と佇ちすくんでいるばかり。タバコ屋の正博さんも、勿論どこにいるのかわからない。姉は正博さんを見出そうなどという気持はあきらめて、唯、ぼんやり虚ろな眼を夜の闇に放っていた。姉の心には、不安の錐が、薄い胸板に立って、静かに回りだしたような、何とも言えぬ空恐ろしい感じがあった。

（あの人も、いつか、こんな風にして、あわただしく征くのだろう。わたしの知らない間に）

姉の手から、おばさんの手はいつか離れてしまっていた。何気なく横をみると、おばさんの着物の胸元あたりに白いものが静かに上下して動いている。暗がりによくすかして見ると、もうすでに終り方に近いらしい兵隊の列に向って、見えぬそれを凝視して、しきりとハンカチを振っているのであった。

「もし、もし、鶴之山旅館でございますか」

「はい。そうです」

「あの……そちらのお嬢さん、おられますでしょうか。菊子さん……」

「わたしですけど」

「あら、菊子さん。まあ、ほんとに丁度よかった」

　女の声の主は、急き込みながらも、少し声を低めて口早に言った。

「あの、わたし……藤田の家内です」

「あら、奥さん」

「すぐ、出られますか。今日の午前十時半に、鉄ちゃんが征くんです」

「……」

「熊本駅の一番ホーム。うちの人が今聞いて来ました。話しはされないけれど、遠くからでも見てやりましょう。ね。十時半」

「は……はい。すぐ、いきます」

　やっと声が出た。電話が切れた。帳場の柱時計は十時を一、二分すぎていた。


　電車を下りたところから、熊本駅の正門までの空漠たる広場には、六月下旬の白い日射しがさしわたって、一めんの砂地を埃っぽく乾かしていた。そこを横切って小走る姉のフェルトの草履が、うっすらとした低い砂埃りをたてては、すぐ消えた。駅の木造り玄関正面の屋根妻にかかった時計が十時二十分を示していた。正面の右手の角柱の蔭に、日傘をさした藤田夫人が立って待っていた。藤田夫人は、姉を見ても笑わず、唯真面目な手招き一つして、さっと構内へ入って行った。姉もすばやくそのあとに続いた。

　構内には、家族らしい人々が、あちらに二人、こちらに三人と合せて十人ほど、夫々別々によりあって、ひそひそ立話をしていた。彼等も、やっと今聞きつけて駆けつけて来ているらしかった。人目を忍ぶふうである。駅からの見送りは、大体に禁じられてあったのだ。

　その人達を縫って行くと、改札口のところに藤田と、鉄雄には唯一人の伯父にあたる人とか言う、北里村の五十すぎの農家風の男が立っていた。

　姉は二人に黙礼した。藤田は「やあー」と少さく首を縦にふった。伯父にあたる人は、眼のふちが黒くて狸じみていて、歯が汚れ、褐色のシャツと兵隊ズボンをはいた、大そう垢抜けのしない人物だったが、姉を迎え見る眼が輝いて、素朴な感激の情がこもっていた。

　藤田が黙って改札口からホームの方を、姉にさし示した。そこには、すでに五輌ほどの汽車が入っていた。そしてその客車は、この暑いのに全部、木の鎧戸が下ろしてあった。

「もうこん中に兵隊が一ぱい乗っとる」

　藤田はいまいましそうに言って、舌打ちし、

「どぎゃんかならんかね」と、改札口に大きい体を乗り出

すようにして、しきりと汽罐車の方をみていた。

ホームを、腕章をはめた憲兵が二、三人、大またであちこちしていた。

鎧戸は兵隊達をかくすためなのだ。すぐ眼前にその車を見ながら、声かけるわけにもゆかず、改札口の隅に立ったまま唯眺めるだけの家族である。

姉も又、改札口によりかかり、額ににじんだ汗を拭くのも忘れて、その、ぎっしりと入って蠢めくらしき兵隊の気配を、せめて鎧戸の隙間からなりと見んものと、眼を凝らしていた。もう十時半は過ぎていた。

心は観念していた。（どうぞ、御無事で……）

汽車はなかなか発たなかった。家族の者は諦めて、二人去り、三人去りやがてはあたりには、姉達四人の他には、僅か五人ほどの二家族が残った。その家族の中に、中学生の孫息子に連れてこられた、金持らしい装の美しい白髪を断髪にした、上品な老婆もいた。

——憲兵の笛の合図のみで、汽車が音をたて、やがて動き出した。

残った八人の者は、改札口の柵に腹をおしつけて並びただ、じっとそれを見送るしかなかった。

老婆が、すぎゆく車輌に向って、合掌して何か低く呟やいていた。

三輌去り、四輌去り、最後の輌が眼の前をすべって行った。皆は期せずして、その最後の輌のうしろ口に眼を送った。

そこに三人の兵士が立って、こちらを向いていた。六月というのに、上衣をつけた上に毛布まで肩から斜めに背負った冬装束だった。

その三人の、向って一番左の兵士が野田鉄雄だった。

姉が、それをみとめたのと、藤田夫人が低く「あら、鉄ちゃん」と叫んだのが同時であった。看護兵のため、そこに立っていたのか。——姉は声もなく、柵からホームへ飛び出す才覚もなく、ぼうと鉄雄を見送っていた。

鉄雄は一笑もせず、木のような固い顔で、白い手袋をした片手をあげて、二、三度ゆっくり振ってみせた。

藤田夫人、北里村の伯父、それに断髪の老婆等も一緒になって、恰も神仏に対する敬虔さで、しきりと頭をさげていた。藤田は鳥打帽をぬぎ、それを静かに振った。

汽車は速度を早め、鉄雄達の姿は小さく——そして、鉄路はそこから北岡に添って右へ曲っていた。

第八章

1

鉄雄達の部隊の冬装束は間諜の眼をごまかすためだったのかもしれない。何故なら、彼等は——北支あたりへ向うかもしれないという予想に反して南方へ派遣されて行ったからである。

兵隊達自身が何処へ征くのか知りはしない。船の中でいよいよ暑さがまさるので不思議と思ったら、到着した所は台湾だった。台湾からの鉄雄の手紙を姉は貰った。

勿論、それも人の手から手に渡って藤田へ、そして姉へまわって来たのである。

秋の終り頃まで、台湾から三度ほど貰った。が、そのあと、ふっつり来なくなった。

私のクラスに「ハリス」という渾名をもった子がいた。手足がバッタのように細くて、長い痩せた青白い顔に大きい腺病質な眼がおびえたように見開かれている、そんな金持の子だった。顎や肩や腕の動かし方が、操り人形のようにギクシャクして、赤い唇から漏れる発音が舌足らずで、級友の笑いを買っていた。それに一番上等な服装をして来るためか、よく皆からいじめられていた。彼の指は長くしなやかで、透き通るほど白く、鉛筆をにぎっている時の手の恰好など、蠟で造った白い蜘蛛がからまったような感じだった。

その渾名は、彼が歴史の時間、「黒船来航」を読む時に「ハァリィス」と、その舌足らずのおかしな発声でやってしまって以来、そうついたのだった。

或る、薄霜の下りた寒い朝の事である。登校した私は靴をぬぐと、それをさげて、地下室へ石段を下りて行った。古いコンクリート建の校舎の地下室である。ここには全校生徒の靴箱がならんでいる。いつも墓のように暗く湿っぽく、それにゴム靴の放つ黴のような、いやな匂いがたちこめていた。

そこで級友達が集ってワイワイ言っている。登校時の生徒の出入が激しいときで、敷きつめられた板を踏み鳴らす音が天井に響いているが、それに混じって級友が言い合う言葉の断片が、私の耳にふと聞えた。

「ハリスと喧嘩するぞ」「ハリスと喧嘩」「やれ、やれ」「武者（むしゃ）んよかねィ。ジャーン、ジャーン、ジャンタララッタ、ジャン、ジャン、ジャン、ジャン、ジャン。守るも攻むるもくろがねの――」

五、六人がかたまり、寒いので、人の肩に手をこすりつけたり、ポケットに両手をつっこんでピンピン跳ねたりしながら、口早に言っている。

私は（又「ハリス」というあの子をいじめる計画をしているのだな）と思った。

そんなつもりで、三階の六年一組の教室へ入って行った。そして、友人の一人にこう聞いてみた。

「ハリスと喧嘩すると言いよるが、又ハリスばいじむるとかいね」

偶々（たまたま）それをわきの何人かの級友が耳にして、一斉に私の顔をみた。みな阿呆らしいという表情である。一人が冷かしたように大声で言った。

「汝（じゅん）は何も知らんね。ハリスはアメリカの事ぞ。今朝、戦争のはじまったじゃなかか。日本とアメリカと。そやんとも知らんで、今（いんま）、先生から非国民てち、叱（おご）らるるぞ」

そしてみなはわあわあと囃（はや）したてた。

私は自分の時局離れした迂濶さに、内心大いに恥じ入って、朝の気に冷えていた頬が、内側からじわっとあつくなるのを感じた。

――この頃になると、学生は一切娯楽施設に出入りを禁じられるようになっていた。

大学生などの、酒場出入りが厳禁。小中学生の映画館入場も警察が取締っていた。

しかし、私は、映画への魅力をどうしても断ち切る事が出来ず、義父のところの若い者から映画館のキップ嬢にうまい事話して貰って、どうにかすべりこんでいた。

もう眼前に中学の入学試験が迫って来ていたが――それはあまり念頭にはなかった。

私は洋画が大そう好きになっていた。外国の俳優にしきりと憧れていた。

日本人とは毛色の変った、大柄で鮮明な容貌。意味不可解なるが故に、かえってくすぐるような魅力をもった言葉。ドラマチックな表情。生活の垢（あか）のつかない贅沢な服装。それらを身に備えている人間達を。

中でも私は「米国人」のタイプが好きだった。雑誌を開いて、映画の写真をのぞいている時、この俳優は好きだと思って、記事のあとのカッコの中をみると、大抵コメコク映画と書いてあった。当時、私は米国をコメコクと、一人、頭の中で誤ったまま読んでいた。

ダニエル・ダリューなどの美しい女優がいたが、このような欧州の女優の美には、何かみなべっとりとした、あですぎるようなものを感じた。欧州映画の女優は、白痴美か、又は極端に個性のある、鋭く激しい感じの顔である。規格型ではない、人間の個々の美をむき出しにしたような顔だ。文芸的、或いは芸術的、そんな雰囲気を濃厚に漂わせたこ惑(わく)的感じのヨーロッパ人種。

が、生粋(きっすい)のアメリカの女優には、そんな粘液的な人間性を丸だしにした美はなく、それは何かあっさりとした美人の手頃なお手本と言ったような、セルロイド製の人工的な顔だち、そんなのが多かった。フランスの「特別的」「芸術的」と違う「日常的」「娯楽的」そんな表情で、しかも適当に美しい。男優も又、規格型美男が多く、欧州のように、牡(おす)そのもののようだったり、哲学的だったり、神話の主人公のようだったり、そんな個性のむんむんする顔は少なかった。

こんなところから、私は何故か米国人というものを外国的容貌の最大公約数的なものと思っていた。で、洋画でもことにアメリカ映画のファンだった。

対米戦争が始まってからは勿論、その直前もすでにアメリカ映画が上映禁止になっていた。そのギリギリの時に新市街の東のはずれにあった東宝劇場に「雨ぞ降る」というアメリカ映画が唐突に封切られた。

インドの大寺院が地震のため崩れかかり、その下の石段を白いターバンや白いヴェールを頭にした人々が大勢逃げ惑っている——そんな写真のある広告が一枚だけ遠慮深げに貼ってあったが、それは乾き切った喉に水をのまされたような歓びだった。私は、どんなにその映画を繰りかえしむさぼり見た事であろう。ランチプールという都の王子に扮するタイロン・パワー、イギリスの貴夫人に扮するマーナ・ロイ。この二人の俳優などが、対米戦争が激しくなったのちにも、私の中に「アメリカ憧憬」の念を象徴させた像として、残りつづけたものだ。

これよりやや前に見たアメリカ映画で、そのラストシーンを奇妙に強く覚えているのがある。

「カッスル夫妻」という映画だった。それはフレッド・アステアとジンジャー・ロジャースのダンスコンビが全盛を誇った時代の作品であり、ダンスが呼び物で、筋はつけたしだったのかもしれないが。

筋はこうである。カッスル夫妻はダンスのコンビとして名高く、且、私生活に於てもおしどり夫婦として幸福な生活を送っていた。と、夫の方に召集令が下る。航空兵として戦場へ飛ばなければならない。

　明日戦場へ発つという夜、夫妻は葛這い繁るバルコニーの上で、佇みながら語るのである。ロジャースの妻はきっと生きて還って来て呉れと言う。夫もそれに頷く。又妻はこうつぶやくのだ。

「どうして戦争というものがあるのでしょう。戦争があるために、貴方と離れ離れにならなければならないのだわ」

　夫は戦死する。ラストシーンは、独り思い出のバルコニーに佇んだ妻が、在りし日、夫と共に踊った二人の姿を回想するところである。妻のロジャースの、その葡萄のむき実のような透明な瞳に、涙をにじませた顔の大写し……それへ楽しく軽快に回転してゆく夫妻のデュエットの影が幻となって重なって……。

　私は、この映画をみている時、何だか「コメコク」の人間の方が、本当の事を言うような気がした。

　日本映画では、こんなときに、こんな事は絶対に言わなかった。送る者の気持は必ず（お国のために、天皇陛下のために、命を捨てて戦って下さい。生きて帰ると思うな）というのでなければならなかった。この考えをしたじきにして、いろいろな台詞が吐かれた。

　しかし、「カッスル夫妻」の言った事は違っていた。戦争を呪っている。学校の同級生の一人だって言わない事を、ここであっさりと言ってしまっている。どうして日本映画と米国映画とに出てくる人物の言葉がこう違うのか、一度人に聞いてみたくてしかたがなかった。

　が、教師にきこうが、学友にきこうが、誰にきこうが、相手が日本人である限り、日本映画で言う台詞が正しいと、即座に答えられてしまう気がした。

　そして、私はみんなが正しいと思っている事を、一人だけ「正しくない」と思っている自分にギョッとなった。

　自分一人だけが、他の日本人と違うのではないか。周囲にいる、あの〝お国のためや、天皇のために死んでよい〟と思っているような人々の心は、自分にはどうしても摑めない。自分に摑めるのは、アメリカ映画に出て来た人物だけだった。アメリカ人の心が、自分のそばにいる日本人よりも、自分に近い……。

　そして私は、子供の心として、こんな奇体な空想をした。

（自分はもしかすると米国人に生れるべきはずの人間だったかもしれない。いや、私はもともと米国人だったのだ。それが何かの間違で、日本人に生れてしまってきているのだ。人種をわけて生れさすべき神様の、手違いだったの

だ）

「お父つぁん」「お母さん」というよび名を、自分の口から改めて出す事も全くなかった少年時代、ために父母の存在の観念が非常に薄かった私は、この思いつきを本気になって考え続けた。

（私の父も母も、米国人だったに違いない……）

遂に、米国との交戦の火蓋がきられたあとも、私はこの気持を変えなかった。

町には米英撃滅のポスターが貼られ、K教師はその事を赤い唇に唾してまで、私達に言ってきかせた。

（……もし、自分が米国人の生まれ変りだと人にわかれば、どうなるだろう。周囲の人々は自分を生かしてはおくまい。これだけは絶対秘密にしておかなければならないぞ。用心しろ）異質感からくる恐怖に襲われながら、私はこう、真剣な気持で、自分に言い聞かせた。

昭和十七年になって、いよいよ中学受験の日が数ケ月後に近づいて来た時はK教師から職員室へよばれた。

Kはおだやかな眼鏡の光りと、ごく優しい口調で言った。

「山内、中学はどうするかね」

「……行きます」

「自信あるかね」

「……」

「どこにいくか決めたか」

「九州学院……」

九州学院はミッションスクールで、熊本市内の他の中学にくらべて、唯一の外国的雰囲気のあるにちがいないところと思われた。

Kは頭をかしげ、うすく笑った。

「君、うかりますかね。しっかり勉強せん事にゃ……」

「……」

「それにな、いいか、君の家は、とても複雑なんだからね、その点から考えても」

私は、咄嗟にそのKの言う言葉がわからなかった。

Kとしては、当時、家庭調査や面接を重んじていた私立中学に於て、ゆがんだ家庭の子の何人もが落ちているという事実を知っていて、そう漏らしたのに違いなかった。私にも、K教師の言った意味が、学校から帰る頃になって漠然とわかりかけて来た。

家が複雑なので、学校へ通らない！――自分の成績を棚に置き、他の一寸した欠陥をあげつらって、教師や家人を呪う気持は、少年時代によくあるものだが、私も又、この夜、一心に「家の複雑」だけを呪って荒れに荒れた。

丁度その夜は、祖父も姉も肉親のものは誰もいなかった。

私は泣きじゃくって、お膳をひっくりかえし、下婢のタバコ盆を足げにし、勝手口のガラス戸を破り、女中や板前があっけにとられている中で暴れた。

が〝触わらぬ神に祟りなし〟のような顔をして雇人たちは、あとかたづけはしたが、私が何故憑かれたように「騒動」したのか、その理由は、誰もきいては呉れなかった。

2

それは二月の恒例の高麗門の植木市が終ったばかりの、空は晴れながら底冷えのする昼下りの事だった。

鶴之山旅館の地下のバクチ場へ出入する大工稼業の辻という男が、あわてて勝手口からとびこんで来て、丁度水道口で「ノーシン」を飲んでいた松代に耳打ちした。

「大事ばいた、昼頃篠川屋の二階のバクチがバレたそうですばい。警察の人の何人か来て、今調べよらすげな」

松代は早速、祖父に告げた。万才橋の篠川屋のバクチがバレれば、眼と鼻の明十橋のここも危い。篠川屋出入りの誰が苦しまぎれに漏らすかわかったものではない。

祖父は、当然行われるはずだったニキゴソウを止めにした。そして出入の主な者にも、旅館へはこの二、三日近づかぬように言伝ての使いを走らせ、自分は松代と二人で何喰わぬ顔して、東雲座へ映画を見に出かけて行った。

突然の手入れで、篠川屋は騒然としていた。主な連中はみな数珠つなぎに拘引されて行った。そして、そのあとの空気は、火の消えたような静けさにもどったようでありながら、その底には異様に緊迫し、とげとげしくなった気配が漲っていた。

残された者達が、何故篠川屋だけのバクチ場が警察に知られてしまったのか不思議がり、詮議し始めていた。

そして、やがてして、ある者の口からふと漏れた言葉が、男達の神経を鋭く刺した。

「違いにゃ。鶴之屋の爺が警察に言うたつに違いにゃ。刑事のごたる者ばかり、近々しゅうしょる爺だもね」

はっきりした事もないのに、若い者ばかりいる座は、その男の言葉に頷く空気を持っていた。

累の及ぶのを避けて、祖父と松代とが外出した留守中の日の夜の事である。

三人の若い者が、旅館の玄関口にはいりこんできた。

「ごめん。ごめん」横柄なよびかけの声で、三和土の上に重なって立っていた。

女中が出たが「話がわからん。主人を出せ」と凄んで言う。留守と言ったが、信じない。板前が出ても取り合わぬ。で、とうとう最後は祖父の姉婿、即ちラクおばさんの夫の良喜さんが出て応対したのである。

良喜さんはバクチ打ちの世界とは、全く無縁の人だ。堅物で、温和で、しかも大そう悠長な老人である。

金壺眼(かなつぼまなこ)をしばたたき「何じゃいね」と、中国なまりで言った。恐ろしく耳が遠い。若者達がドスをきかせて言っているのを、良喜さんの方はふくろうのようなとぼけ顔で、オクターブ違えて念入りに聞きかえす。

啖呵を吐くつもりの彼等の調子が狂ったのも無理はない。若者の一人が、腹立ちまぎれに、良喜さんの、こけて汚点(しみ)のついた茶褐色の頬を二、三発張った。良喜さんは玄関のあがり口に尻もちをついた。面喰らいながら、

「な、な、なにするんじゃい！」

篠川屋から来たその若い者達はすぐ引揚げて行った。この事を知ったモトおばさんは、

「ええも、彼奴(あいつ)どん達が、祖父(じい)さんのおらっさんけんちゅうて、あたし達ば舐(な)めとる」と、歯ぎしりして口惜しがり

「よーし、省吾しゃんに言うちゃろ」

と、台所の炊事下駄をつっかけるなり、勝手口から外へとびだして行った。

銀杏通り「ひき舟」の二階では、これも又曳地の子分らが集って、花札バクチを打っていた。曳地は外出して留守だった。階下の店では、母、お幸さん、女給、飯たきのお斉さんが一緒になって、仕事をしていた。

おでんの湯気のたちこめるこの店の、その二階で現在やくざのバクチがあっていようなどとは露知らず、十人余りの客達が愉快そうに飲んでいた。

モトおばさんが入ってきて、母を外へよび出した。低い声音で、さも重大そうに呟やいた。

「今ね。篠川屋の若い者が因縁(いんねん)つけに来たつばい」腹にすえかねる口調で、そのいきさつを喋った。そして、

「省吾しゃんの帰らしたなら、早(はよ)う、早う、言うち呉(く)んなはり！」といきまいた。

母はこの癇癪(かんしゃく)おばさんをどうやらなだめて帰した。

――夫が帰って来たら、一応言っておかなければならない。しかし、今この事が二階にいる子分達に知れでもしたら大変な事になると思った。例の早合点の血気はやりをやらかすかもしれない。親分が帰らぬ間に、その単純な忠義心で、篠川屋へなぐりこみをかけるかもしれない。そんな危惧(きぐ)の念がある。定職もない、バクチと喧嘩より他に仕事もない彼等の、一触即発の無分別性を、母はよく承知していた。

母はそしらぬ顔で、再びスタンドの中へ入り、おでんの蓋をとって、カマボコの大切りを箸でとって手につまみ、客の見る前でうまそうにムシャムシャ喰った。

「幸ちゃん。よか味」

丁度この時分である。

一方、下河原公園を通って、本山の堤の方へと、泰平橋をわたりかけている三人の男がいた。吉岡、大乗寺、武田――これはいずれも、曳地の可愛がっている「若い者」だった。彼等は本山の堤を伝って、二本木の遊廓へ遊びに行こうとする道すがらだった。二月の夜風が白川から吹き上げてくる寒い橋の上、袂の東雲座の赤い外灯を背中に受けて、急いでいた。

と、向うから来る男がいる。石本だった。彼は曳地が加藤さんの子分時代の同僚であって、もう四十歳をすぎている。

「今晩は、石本さん」

「おう、ぬしどんは何処（どけ）行くか」

「よかところです」

こう高い声で挨拶し合って、又南と北へ橋の上を行きすぎようとした時だった。石本がふと立ちどまって、振りかえって呼んだ。「おい、ちょっと」三人も顔を振りむけた。

「おい、ぬし達は知っとるかい。さっき、明十橋の鶴之山のじいさんが篠川屋の小僧どんから、打たれらしたっは」

どうめぐって石本の耳に入ったか、彼は昼間の旅館での件は知っていた。

「いいえ、ちっとん……」

「馬鹿が。ぬしどんな二本木どころか。もしかすると今夜あたり大喧嘩のあるかもしれんぞ」

三人の若者は、それを聞くなり、体ごとぴしゃりと一斉にふりむいた。大喧嘩が始まると聞けば、背中から氷をつけられたようにヒヤッとして、何とも言えぬ興奮、陶酔的な武者ぶるいを感じるものばかりである。

「篠川屋は、二本木の関元一家の脈ば引いとるとだし、今日じいさんば打った小僧どんも、関元の身内が篠川屋に加勢しに来とったもんらしかちゅう話だけんで、省吾が知りゃ、只じゃ置くみゃ。早う、省吾のところさん帰ってみれ」

川下（かわしも）から吹く風に、石本のさびた声は、ちぎれちぎれて東の真暗な河原にとんだが、三人はその意を汲んだ。

三人はよく知っている。鶴之山と曳地との関係が義理の親子になる事。篠川屋と二本木の関元佐和吉とが親分子分に近い関係である事を。

――さては、関元がそそのかして、鶴之山旅館へ行かせたな——どだい、昔から相手方を強く意識し合っている曳地一家と関元一家の子分達だ。——関元の野郎、遠まわしに挑戦して来たな——。

石本の言うままに、一応「ひき舟」に帰ればよかったのだが、気の早い三人はこれから帰るのももどかしい、この足のままこの橋をさきへ行きたかった。どのみち喧嘩なら先手を打って——これが彼等の気性だ——二本木へ行けば、事情もわかろう。

彼等は頷き合って、橋を渡り切り、白川に添う本山の堤を西へ西へ、冷い風に緊張した顔をさらし、すたすたと歩き進んだ。もうすでに、何処やらで喧嘩が真最中、それに威勢よく加勢しに行くような錯覚の上の興奮が、彼等の身体の芯にしみだしていた。

噂というもの、事情へのいいかげんな推量が、次へ伝わった時はもうはっきりした事実と化している。この場合も、誰からか石本が聞き、それを三人が聞いた時は、もうすでに誤りがふくまれていた。打たれたのは爺さんでも、爺さん違いなのだ。石本も、この三人の若者も、鶴松じいさんは知っていても、良喜じいさんは知っていない。

一旦思いこんだらもうあとの思慮もなく、彼等はどんどん歩いて行って、二本木の大門をくぐった。そして、調子に乗りすぎて、遂に二本木の関元家の玄関に、下足のまま上りこんでしまったのである。

関元佐和吉は留守だった。勿論、喧嘩の気配もない。勢いをそがれた三人は、踏み出した足をそのままひっこめるわけにもいかず、代りに玄関へ出て来た夫人に向って、勇しいつもりの啖呵を切った。

「今度のな、鶴之山のおっさんば打った事件は、只じゃすまされんけん、そう親方に言うとくがよか！」

そして意気揚々と引揚げたのである。

何はさて、いわれもない事で、玄関先に下足のまま上られた事が夫人には大そうこたえた。夫人はすぐ電話にすがりつくようにして外出先の夫に知らせた。その声は怒りのため、ぶるぶる震えて勘高かった。この声が奥にいた子分達の耳に入った。泣かんばかりの大声で、くどくど訴える夫人の声は、子分達を異様に刺激した。彼等は光る眼をそっと見交していた。

——来た。新市街の者が因縁つけに、わざわざここ迄来たか。いつも目障りな新市街組。よーし——。

親分が帰ってきてからいろいろ詮議（せんぎ）の末、向うの侮辱に報復しているようでは遅い。親分の名誉にかけて、われわれが——。

例の、これら単純な若者達の頭には、いち早く血がのぼっていた。

「おい」
「よし」
「行くぞ」
「よし」

　と低い呟きで通じ合うお互いである。その意志表示をするや、すでに中の一人が立ち上っていた。彼等は夫人に黙って、一旦外へ出て、附近に住む関元家の身内のごく親しい若者ばかりに連絡した。そして侮辱への衝動的な血の騒ぎと、親分の帰らぬうちに事をなし遂げようという忠義心との混じり合った気持で、手に手に日本刀や匕首（あいくち）をもって、二本木の裏土手の暗がりに集った。九人だった。

　彼等は二本木橋を渡り、本山土手を進んだ。刃物は背広の胸蔭や着物の懐の中に入れたり、新聞紙で包んだりして行くが、やはり表からそれと知られた。しかし、自らの雄々しい使命感に胸を張っているところなので、道で逢う一、二の人に見咎められようと平気だった。雪駄（せった）草履の音も威勢のよい大股で、泰平橋から阿弥陀寺町を抜け、河原町へ出、山崎町慶徳幼稚園の前をすぎて、銀杏通りへと、踵（きびす）を重ねて歩いて行った。

「ひき舟」には曳地が帰ってきていた。と、そこへ大乗寺ら三人が帰ってきた。三人は、母がまだ曳地に言いそびれていた「鶴之山の爺さん殴打の一件」を得々と語り、そして、それを今自分らは仕返しして来たのだと言う事を話した。その行き過ぎた武勇談をきき、曳地は大いに怒った。かくて三人の若者は親分からさんざんに叱りつけられた。

　曳地はタクシーをよび、にがにがしい顔で乗った。曳地は直ちに二本木の関元佐和吉宅へ詫びを申し立てる必要があったのだ。

　面子（メンツ）を重んじる渡世人同志として、いきなり下足で玄関へ上りこまれた事が如何なる事か、もう親分をして幾年にもなる曳地としては、よくわかっていた。このままに絶対に済まされる事ではない。まかり違えば大喧嘩……何はさて、一刻も早くと、曳地のタクシーが呉服町の電車通りを疾走して行く時、関元家の九人の子分らは、すでに新市街裏の崖下の鷹匠町の暗い小路（こうじ）に足を早めている頃だった。

　彼等が歩く裏通りにひきくらべ、表の通りは――それも市内の表通りという表通りは、この夜、ある歓びのため騒然とわきたっていた。二日ほど前にシンガポールが陥落したのだった。

　米英への宣戦布告以来、僅か二ケ月間、日本軍は当時よく使用された語句の「赫々（かくかく）たる戦果」をいよいよあげていた。海軍の真珠湾奇襲成功ののち、一方陸軍は、南方へ南方へとめざましい速度で、その勢いを延ばしていた。十六年十二月十日のマレー沖海戦を経てグァム島、ウェーキ島、香港が漸次占領されてゆき、遂に十七年の正月二日にはフイリッピンのマニラを陥落させていた。更に当時の大本営は二月十五日に「シンガポール陥落。英軍無条件降伏」の報を国民に知らせたのである。

この前後こそ、日本人の南方征覇、亜細亜（アジア）独立の大いなる夢が――華々しい希望と、たくましい自信とに充ち溢れた日本国民の陶酔が――まさに頂点に達した時であったのだ。

……が、このように世の中が一斉に、軍国の勝利に酔っている最中（さなか）にも、一方下町の古い街並の蔭では、やくざの若者達は若者達で、やはり「国の面目」ならぬ「自分達一家の面目」のために、他を忘れて、懸命に日々を賭けていたのである。

――「国の面目」が、刺青（いれずみ）のない、真面目な幾多の青年の命を大量に消しつつあったその時に――。

「ひき舟」の店内は、七分の入りだった。

お幸さんが、スタンドに立って、おでんの煮え具合をみながらも、酒客らと雑談していた。母は、そのスタンドの蔭で、鉛筆をなめなめ金の計算を紙に書いていた。女給二人は客席におり、板前の白木は縄のれんの向うの台所で調理中だった。

と、舟をかたどった桟のはまったダイヤガラスの戸が、ガラガラッと強い音をたてて一ぱい開かった。賑うらしい外の通りから、冷たい夜風がさっと吹きこんで来た。

入口の戸のわきのテーブルに酔い伏していた一人の客が、無作法な開け方に文句を言うのか、閉じた眼、あけた口の髯面（ひげづら）をフラフラ動かして上げ、

「え？　誰？　一体、どなた？　寒いねぇ」

と言っていたが、他の者は、それが普通の開け方とは違うので、一斉に戸口の方をみつめたのである。母の近眼にはわからなかったが、その開け放たれた戸の蔭に、異様な緊迫感を漲（みなぎ）らせた幾人かの男たちの立っているのが、真正面にいたお幸さんの眼にとびこんできた。

そして、お幸さんが、闇にキラリと冷たく光る錫色（すずいろ）の長いものを見た……と思った瞬間、客席にいた一人が弾じかれたように椅子を立って、スタンドのわきの小座敷の奥にある階段を、狂った動物のように、ダダダダッと一気に駈け上って行った。それは二階で行われている花札の座を一寸はずして下りて来て、店で一杯やっていた子分の正春のようだった。

その男が、階段の上り切った場所あたりで「逃げろ！」と、ひきつった声で叫んだのが、母達のいるところまで聞

えた。一瞬とまどう顔の客達は、しーんと静まった。

急に不安におそわれた母は、大声で叱りつけるように外の暗がりへ叫んだ。

「どなたですか！」

角刈した、着物姿の一人の男が、抜身の日本刀を右手にぶらりとさげて、とぼけた声で「今晩は」と言いながら、店内へ入って来た。眼がすわり、口もとに不気味な微笑がただよい、色は幽霊のように青ざめている。と、この男が入ってくると、二階から三人ほどの曳地の子分らが続けざまころげ落ちるように下の板縁に降りて来、裸足のまま土間へとび降り、裏木戸への路へと、とんで姿を消したのとが同時だった。

その中の一人が、狭い通路に置かれていた炭俵に蹴躓（けつまず）き、音をたてて土間へ倒れ、又おきなおるなり、裏戸をこわさんばかりに押し響かせて、遅れてとびだして行った。

店内の客達は総立ちとなった。

と続いて、殺気だった表情の、若い男達が三、四人続けて入口の敷居をまたいで、入って来て、最初の男のうしろに重なるようにして立った。

お幸さんが、高飛車に「ああた達は何のまねすると！」と叫んだ。新しく入って来た男の中の一人が、一歩前へ出て、そこにあった丸椅子を蹴とばして言った。

「曳地省吾ば出せ」

「おらん」

とが母が答えようとして、つばのみしたその間に、二階に残っていた子分らが五、六人一度にふてくされた大きい足音をたてて、階段をゆっくり降りて来た。

茶のジャケツに紺の背広をひっかけた木村という男を先頭に、銀次郎、菊地、正春、村井、そしてさきほどの三人の中の二人吉岡、大乗寺ら手に夫々日本刀やその他の刃物を握りしめていた。

（わぁー、えらい事になった！）

母は眉をひそめ、われしらず、お幸さんの元禄（げんろく）袖のさきをわし摑みにしていた。

彼等がにぎっている刀は、二階の押入れにかくしてあるものらしかったが、これを思い出す余裕のなかった者が逃げ散ったものらしかった。とは言え、残った彼らとしても、あまり不意な斬り込みなので、心の用意もととのわぬのか、夫々の眼が何とも言えぬ嫌な凄みで底光りしていた。

のれんの外に立っていた関元からの連中も、どっと店内へ入りこんで立った。銀次郎達も階段の下の板の間にたちならんだ。そしてお互に瞬間睨み合った。銀次郎が「客を全部出せ」と言った。

相手方の尻の方に立つ幾人かが、眼はこちらへ向けたまま、入口をふさいでいた体をずらした。酔いは醒め、呆然となって店の片隅にかたまって立ちすくんでいた客達は先を争って一度に戸口へつめかけて外へとび出して行った。一緒に女給も悲鳴の断片を漏らしながら客達について駆け出た。椅子と共に土間へころがって、すぐには立ちあがれぬ客も一人あった。徳利やコップがおちて砕ける音がした。

母は泣き出すような声で、両方の男達へさけんだ。

「やめなっせ！　やめてはいよ！　あんた達は何するとな。人の商売しよる店口で！　うちの人の帰らしてから話し合うてはいよ！」

「心配しなすな。姐さん。——こん二本木のよごれどんたちが！」

大乗寺が吐き出すように言った。

「なんてちゃ？」と関元組の先頭にいる男が、憎々し気に面を上げなおした。鼻孔が開き、唇をすぼめている。

「来、来きるか、来」

そう言う木村の顔にも血の気が失せ、眼の上の皮がかすかに痙攣した。

関元組の中にいたガスジマの着物を着た若い男が一人するりと出て来て、藁草履をはいた足を仁王立にふんまえ、狂人のような眼をすえて、日本刀をかまえた。と、この気合が他の者にも電流のように通じたのか、一瞬、関元家の者は皆みがまえた。

明るい電灯の下で、夫々の抜身の刃が、濡れた白銀色の蛇の皮のような不気味さで、ずっしりとした光りを放った。

「できん！　銀！　するなら外出てしてくれ！」

母がこう夢中で叫んだ時は、男達の激しい声の断片が飛び散り、もう誰やらと誰やらとが交叉して、電灯が大波に揺れ、眼の前に「活動写真」のような影がちらつき動き、机のひっくりかえる音が、一度に、広くもない店内の天井にひびきわたっていた。

曳地の乗ったタクシーは、再び二本木からひきかえしていた。

石塘を走り、祇園橋の電車通りへ出ると、熊本駅の方角から、ほおずき提灯を手に手にもった群集の列が次々と進んで来ていた。その、一つ一つの芯をぽっかりと狐の霊のように赤くともらせた提灯が、夜の大通りに幾百も重なり揺れ、動き流れるさまは、あでやかで、艶めかしかった。人々は歓声をあげ、万才を唱し、勝利の歌を海のどよめきのように歌って歩いていた。

〽香港やぶれ、マニラ落ち
シンガポールの朝風に
今翻える日章旗……

電車通りを流れる火の大河は、交通整理によって止められたタクシーの窓にもあかあかと映え、曳地の鳥打帽の下のひきつった顔をも、うつし出していた。曳地の大きな眼玉は、いらだたしげにみひらかれ、口はとがり、提灯行列も眼に入らぬ形相だった。

　彼は二本木の関元宅へ行って来た。関元佐和吉はなお外出中で、その夫人に深く詫びを言い、のちほど又伺うと言って外へ出たところで、或る知人と出合い、偶然に聞いたのだった。関元一家の子分らが、すでに刀をもって銀杏通りへ乗り込みに行ったという事を。そこで曳地は、あわてて引き帰して来ていたのだった。


　逃げそこねた母とお幸さんと板前の白木は、炊事場の大俎台(まないた)のわきの、店からは見えない壁のへりに、はいつくばって隠れていた。

　さまざまなもののこわれる音にまじって、すぐ店先で戦っているらしい足音、おしせまった苦しい人の息づかい、瞬間的な唸り声が手にとるほどに聞えた。板前の白木は、白布でハチマキした頭を壁に押しつけて、ガタガタ震(ぶる)いしていた。

　母は、おそろしさもあったけど、それよりも腹立しさが一ぱいだった。お幸さんと抱き合う恰好で、壁に身をすりつけながら、歯ぎしりした。（ええも、これで、この店もおしまいか）

　一寸の間、騒ぎがおさまったようだったので、

「幸ちゃん。みな、立去(はって)いたごたるね」

と、母が面を上げて言うと、お幸さんは「シーッ」と三本指を母の口のそばに立て、低いささやき声で、

「否(いんね)、まだ、まだ。ちょっと、ちょっと、みなっせ。今チャンバラのありよるけん」と母の袖をひいた。

「ほら、ほら。めったに見られんよ。見ときなっせ。ここから見える、覗いてごらん。民江さん」

　気丈なお幸さんは、縄のれんの片隅の三、四本を指さきでそっとあけて、母に覗かせた。

　母もおそろしながら、生れて見た事もない本物のチャンバラをと「どら、どら、何処(どけ)？」と息を凝らし、眉をひそめて、覗くのだったが、例の近眼で、しかとわからない。

「ほら、すぐそこたい。菊しゃんが……」

　母は思い切って縄のれんから、顔を半分ほど出して、じっと見た。と、それこそすぐ眼前の土間で、菊地という子分と、相手側の一人とが一対一で対峙していたのだった。他の連中は、逃げつ追いつで裏木戸から、空地へ出て行ってしまったようで影がなく、今はただ、無惨に散乱した店の中で、この二人の男だけが、日本刀をかまえ、息をはず

ませ、足をにじり合っての真剣勝負だったのだ。

母は、向うむきの男が菊地康夫とわかるや、われを忘れて叫んだ。

「あんた達はやめなっせ。たのむけん、やめてはいよ」

その瞬間、「うっ」という声がした。関元組の男が、右手に日本刀をもったまま、左手で胸をしっかりおさえていた。そのわし摑みの指のあいだから血が流れ、又彼の着ているガス織の着物の胸一面にも、みるみる朱がにじみひろがるのがわかった。

少しよろめき、うしろの机に丸めこんだ背をあてて、刺した相手を恐しい形相で見たかと思うや、刃先を下へむけたまま、ふらりと体を転ずると、開け放たれたままの戸口からさっと通りへ駆け出た。瞬間、外で女の悲鳴がきこえたようだった。菊地も又、これを追って、戸口の向うへ消えた。

「菊地（きくっ）ぁーん」と、お幸さんが黄色く絶叫してよびとめたが、間に合わなかった。

曳地のタクシーは、「ひき舟」の前まで行く事は出来なかった。銀杏通りは提灯行列とは別な、異様な人だかりがあって、タクシーどころか、人も通れぬ騒ぎになっていた。タクシーを降りた曳地は、もの見高く集った黒山の人垣を力ずくで必死にかきわけて行った。人波を鳥打帽の頭がひどく上下しながら、もがくように縫ってゆく。騒ぎの中心は自分の店。彼は体をせわしくゆすって、店内へ入って行った。

店内はみなひっくりかえされ、さんざんの態であったが、曳地を腹の底から唸らせたのは、土間におちている生々しい鮮血だった。その血は曳地の足から、今入って来た戸口の方へ糸のようにつながっておちている。

「やったね！　俺がおそかった！」

吐き出すように独白する曳地の大きな眼は、血走ってギョロギョロと底光りしていた。母とお幸さんと白木とが丁度炊事場からおそるおそる出て来て、夫々の胸中に（わぁー、これは大事なったたね）とばかり、呆然とつったったその時、曳地が青すじたてて入って来たのである。

「誰や？」

血をあごで示して嚙みつくように言う夫に、母は「今菊地が二本木の者を追って行った事」を早口で述べた。と、曳地は「よし」と言って、外へ出て行こうとする。母は曳地の商人コートのそでをしっかりにぎった。

「危（あぶ）にゃ。あたは行きなすな！」

「なん言いよるか。離せ。とにかく、ぬし達三人は、明十橋さん行っとけ」

「一緒に行きまっしゅ」

「馬鹿。タクシーで退(の)いとけ」

「女(おなご)は斬りみゃけん……ああたこそ一番危なかつよ。ああたば目がけて来たつ。一緒にとにかく明十橋さん行ってはいよ」

母は、夫と一緒にタクシーにのるつもりで外へ出た。出て驚いた。通りは火事場のような人の山。それも一斉にこちらを向いて騒いでいる。向い側の飲み屋や商店の二階てすりには、好奇に輝く顔が、めじろ押しにならんで眺め下している。野次馬が「ひき舟」の店の前だけはあけた形で、遠巻きにしていたが、その衆目の中での、母と曳地との「先に行っとけ」「いいえああたも」の押問答も長くは続かなかった。

曳地はすぐに人垣に押し入って、それを分け――いや、おそれて人々が退いてあける道を――跛をひきながら、北の方向の三年坂通りへと走って行った。

「ああた!」母は叫んだが、大勢の人の手前、二度ともよべない。又、こんな場合、すがりついても止める事の出来ぬ曳地の激しい性格を知っている母は、諦らめて、お幸さんと白木にうながされるまま、曳地の去った方向と反対の人波をくぐって行った。立って眺める者の中には、よく知った人の顔もある。旭屋の手前で三人はタクシーにのった。

明十橋へ向う車の中で、母は(ああ、これであの店も終(しま)いか)と思ったが、それよりなお曳地の身の上が一番気にかかり、

「南無妙法蓮華経、南無妙法蓮華経。曳地省吾をお守り下さい。日蓮上人様。南無妙法蓮華経」と、車内の誰にも聞える声でつぶやき出した。

若い者達の喧嘩は、主に「ひき舟」の裏の空地で行われた模様だった。が、傷ついたりつけられたり、逃げ去ったりして、僅かの時間に終ってしまっていた。警官に捕えられたものもいた。

母達が明十橋について、旅館の玄関をあがりかけるや宮子が胸にくんだ両袖を〝ふりたくって〟出て来て言った。

「あらー、民江さん。たった今電話のあったつよ。千姫から。千姫の店の前の自動車の下に、誰か斬り殺されて倒れとるて」

「殺されとるて?」

千姫とは、三年坂通り寄りにある、銀杏通りのカフェの名である。

「省吾さんか家の若っか者かもしれんけん、すぐ来て見てくれて」

「……」

「ああたがこっちに来た事、誰か言うたとだろ」

母は険悪な表情で、そのまま又タクシーにのった。

「ちょっとみてくる。一人でよか。運転手さん大至急」

「民江さん、胸の開いて、がま口の落ちよるがな」と、お幸さんがあわてて注意したが、すでにタクシーは木炭の煙りを出して、動き去った。

（……もしも殺されたのが省吾さんの子分であれば、只ではすまされぬ。親兄弟や情婦(おなご)がおる。責任は曳地でも実際上の世話や弁償はあたしがせねばならん。えらい事になった）

だが、走っているタクシーの中で、ひょんな事を思いうかべた。

（もしかすると、うちの人が……）

たしか曳地は千姫の方へ走って行った筈。人だかりの中とは言え、あのむこうみずばかりの二本木組の誰かが勢いに乗じて派手な事をやらぬとは限らない。（ようと、様子はきき損(そこ)のうたが……）不吉な予感が体の中心を電火のように走ったとたん、急に胸が苦しく、吐き気さえするほどだった。袂をにぎりしめ、苛立つ気持をおさえて乗って行った。辛島町の電車通りまで来ると、そこから車は交通止めになっていた。

あらゆる方面から集ってきた提灯行列の波が、今最後で、記念碑をひと廻りし、花畑公園へと集まるべく、そこ一帯灯の海の渦が十重二十重(とえはたえ)にまきうごき、緩慢な流れながら、騒然とひしめきどよめいていた。人々は手に手に提灯をふり、小旗をふり、プラカードをかかげ、口々に「万才、万才、日本万才」と叫んでいた。

花畑公園で鳴るらしい軍楽隊のマーチの曲が聞え、冬の星空に、続けざま二つの花火が音たてて咲いた。

が、戦争の勝ち負けにはあまり関心もなかった母は、その騒ぎを見流し、甲斐之家の前でタクシーを降りた。

新市街から肥後勧業銀行へと流れる中を「すんまっせぇん」「とおして下さい」「すんまっせぇん」と極端に低い物腰で横に切って走ったが、銀丁から旭座へ曲る高橋金物店の角までの間が大変だった。身動きも出来ない。で、遠回りだが花畑公園の前の安全タクシーの角から曲って行こうと、北へ方向を変え、電車通り向きの銀丁前の人の列のうしろをくぐるようにして、母は急いだ。人を押し分けて、せかせかとゆく母を巡査がとがめたが、「今うちが火事ですけん、どうかお願いします」とその場しのぎのしおらしい声を出して、どうにか安全タクシーのところ迄来て右へ折れた。そこから夢中で千姫まで走った。

千姫の前にも、又人だかりがしていた。

「通して下さい。通して下さい」とわけて入った。と、その人だかりが遠巻きにしているのは、千姫の店前の一台の自動車だった。ドアが開け放しである。近眼をよくすかしてみると、誰かがうつぶせになっている。上半分を踏台に置き、下半分はアスファルトに跪（ひざまず）いた形で、両手はドアの中のシートへだらりと伸ばしてもたせかけている。その袖にまくれて出た両腕と言わず、着物の背と言わず、血のりがべっとりとくっついていて、外燈ににぶく光っていた。又その男のひざをついたアスファルトの丁度彼の腹の真下あたりに、葛湯のようにねばった血が、どす黒く、恰も水で溶いたメリケン粉を鉄板におとした瞬間のような厚みのある大円をつくって、ひとかたまり、妖しくべとりと流れていた。

一目みて、曳地でないことはすぐわかった。が、もしかすると、うちの方の子分ではなかろうか……着物ならば正春か……村井か……われしらず母は死体に近づいて項（うなじ）附近を覗きこんだ。人々は母を一斉に眺めていた。深くのぞきこんだその横顔は知った顔ではない。ほっとして身をおこした時、後から軽く肩をたたく者がいた。振返ると、茶色のソフトにオーバーのえりをたてた紳士だった。

「北署のものです。曳地省吾さんの奥さんですな」

「はい」

「一寸署まで来て貰います」

「……あの……今、うちの曳地がおりまっせんけん、さがしよるところですたい」

「御主人はもう署に来ておられます」

「……」

母はその私服刑事について歩き出した。重なっていた人々はさっと道を開いた。その中に、一人のいまいましそうに言い放つ、太い中年の男の声がした。

「ふーん。出来んぞ。今が日本の一番大事な時てかる。こやん祝いの日に何かい。こやつどん達は。汚にゃ喧嘩ばかりして。男でん女（おなご）でん、やくざは困るぞ」

刑事につれられてゆく、母の姿を見送る他の人々の眼光にも、やはり無言の非難がこめられているようだった。

母の束髪（そくはつ）に、何かぶっつかって、路（みち）へおちたものがある。誰かが投げた蜜柑（みかん）の皮だった。

3

この翌日、即ち昭和十七年二月十八日、夕刊に次のような記事が見出された。

血ぬられた銀杏通り

祝賀をよそにやくざの喧嘩

昨夜午後八時半頃二本木町関元佐和吉（五一）の子分金子道太（二七）他八名は、兼ねて反目しあっていた曳地省吾（三九）の経営する銀杏通り小料理店ひき舟に日本刀をもって殴込みをかけ、ひき舟の二階で賭博中の曳地組の子分堤銀次郎（二八）他九名と乱闘になった。新井勝治（一九）他三名は階段を駆け下りて裏口から逃げたが、逃げ遅れた堤等七名は押入れに隠してあった日本刀匕首（あいくち）を持って店内で争った。関元組の照岡益美（二四）は菊地康夫（二九）から日本刀で胸を斬られ、戸外へ飛び出し、四百米（メートル）離れたカフェ千姫の路上のタクシーに乗って逃げようとしたが、追って来た菊地から致命傷を受け即死。関元組の本田公弘（二五）はひき舟の裏口で曳地組木村稔夫（二四）と日本刀で渡り合ったが、木村に腕と肩を刺され四ケ月の重傷を負った。十五名内九名が逃亡、他の六名は直ちに北署へ拘引された。この夜はシンガポール陥落の為の祝賀で新市街は沸きたっていた時のやさきの出来事で、一時現場は混乱した。

又、新聞は他の欄に於て、この事件を〝非常時下をわきまえぬ言語道断なやくざの出入り〟として、ひどくたたいてあった。

母はその日の夜更けに、曳地は次の日の夕方に警察から帰って来る事が出来たが、それもいろいろと取調べられ、説諭されての上だった。そしてこれによって曳地の片腕だった木村稔夫が二年、菊地康夫が五年の懲役の刑を受ける事になった。

……これでもって、母の「ひき舟」の店も、何もかも駄目になってしまった。

散乱した店内をなおしたものの、客足は途絶え、警察から睨まれ、結局のところ、一週間とたたぬうちに閉店という事になってしまったのである。

定期場が華やかだった頃、お金で暖まった懐に白く肥えた手を入れて、丸髷、錦紗の着流しで、まだ純情だった曳地や、お幸さんを連れて遊んだカフェ街――

〽亭主持つなら堅気をおもち

とかくやくざは苦労の種よ……

という味でのんびりした唄などが流行（はや）っていた当時に比べると、今は銀杏通りもカーキー色の外套を着た兵隊達がぞろぞろと、それもすれちがう上官に間断（かんだん）なく挙手の礼をしては行く時代となった——いずれにしても、あの頃は、金でどこもかも占領したような豪気でおられたこの通りからも、今は挨拶もあまりされずに出てしまわねばならなくなった母だった。

その後のうるさい警察からの調査もどうやら終り、やっと転居したそのさきは、古城堀端の一角だった。

市の中心の東方へ出た筈なのが、母は再び西方の古い町並の界隈へ帰ってきたわけだ。

藤崎台の下の清爽園から南へ行くと町並は、昔を忍ぶ青桐が点々とあって、昼間から三味の音のきこえる閑散な場所である。

母が借りた所は、丁度角になった大きな家で、二階から古城の石垣が東西の方角に眺められた。二階の外観は土蔵風で、その小さな窓には唐草模様のついた鉄格子さえ嵌まった、どっしりとした構え。角が玄関で、そこから家をつつんで、両方へ木塀が伸びている。玄関の磨ガラスの戸をあけると、三和土のすぐ向うが、椿でつくった立派なカウンター。この家は質屋だったのである。このカウンターのさきの広い板敷が、曳地は大いに気に入った。

曳地は、この板の間を応接間兼事務所とすることにした。かつて練兵町でかけていた桜の板の「曳地興行部」と書いた大看板をさっそく玄関にかけさせた。

玄関が旅館のように幅広い。そこから真向いに大きな階段がのぼっている。家移りが済んでからすぐ、樫山さんが遊びに来て、その玄関に立ち、つくづく眺めまわして言った。

「ほほう。民江しゃん。ここはむごう、乗り込みによかところばい」

「ああ、気色の悪か事言いなはるますな」

母は眉をひそめて制した。これをかたわらでじっと聞いていた飯炊きのお斉さんが、さっそく次の日にこう申し出た。

「奥さん、あたしゃ、このごろ体のきつうございますけん、一時養生しようと思いますけん、やめさせて下はるませ」

お斉さんは、銀杏通りの乗り込みの時には、裏口から這々の態で逃げだした人であるから、新しい家に入るなり、その道の専門家から乗り込みによいと言われて、ゾーッとしたのである。母は笑ってとりあわなかったが、次の日も、又次の日も、真剣に言うので、仕方なくお斉さんには出て貰い、別に若い女中を雇った。よく肥えた大柄の、元気そうな女だった。春子と言った。

——それで、結局この堀端の家の家族は、母と曳地と小学四年の信正と、三歳の高子と、この春子という女中と、そして曳地の子分達が不定数に出入りした。

曳地は、この家に来てから、再び興行に手を染めだしていた。樫山さんからは「看板の木の代ぐらいは儲けて呉れよ」と冷やかされながらも。曳地はいざという時の資金は母を宛にしている。しかし、母の持金ももうすっかり失くなりかけていた。曳地の浪費、「ひき舟」の失敗、そして儲ける道はわかっても、在金（ありがね）を締める工夫はしない母の性分が加わって、定期場が終る時に貯めていたはずの金も、もう底が見えて来ていた。が、曳地の好きな興行のためならば、借金でもしてと思案めぐらす母であった。

4

私の手もとには、この頃、よく絵葉書が来るようになっていた。一組となった封入りのものや、一枚だけのものや。それも幾度も。

赤い花を頭につけ、色とりどりの短いスカートと肌着をつけたマライ半島の娘の姿や黄を含んだ緑のバナナの繁みの下で、日除け用の手拭を垂らした鉄兜をかぶった兵隊達がタバコを喫っている図や、ビンロウ樹の彼方に真白く聳える、尖（とが）った屋根の建物などを、水彩画で描いた美しい絵葉書だった。その他、真青（まっさお）な海や、妖しく大きな花や、孔雀（くじゃく）や豹の絵のもあった。

褐色じみた熊本の町で、しかも軍国主義にひきつっていた時代に、少年の日を送っていたせいか、私の眼にはその急に送られてきだした南方からの絵葉書の絵は、大そうみずみずしく、美しいものに感じられた。水彩は単に白地にあっさり書き流したものにすぎなかったが、そこには南の国の原色のかぐわしさが十分にじんでいた。これは軍隊用の特別な絵葉書でであったのだろうか。

文句は大抵決り文句だったが、非常に親しみのこもったものだった。

——泰ちゃん、毎日元気で、学校に行っていますか。

——よく勉強なさいね。

——体も大分大きくなったことでしょう。

そして向うの様子も子供向きの文で簡単に記（しる）されてあった。シンガポールが陥落した日の事。そこの住民の事。そこに生えているマンゴやドリアンなどの珍しい果物の味の事。この葉書の主は、私はよく知らなかった。姉からは「お義父（とう）さんのところにいた人」と聞かされて、そう言えばそうかなと思う程度、はっきり顔は思い出せぬが、漠然とした存在として頭のどこかにはあった。が、その、話した事もない人が、何故私宛に何度も葉書をよこすのか、それも弟か何かのように親しく書いて来る、それが不思議だった。が、私はまだかつて人から手紙など貰った経験もないし、ことにこれは年上の人からの親切な文句のかかれた便りである。何度か来るうちに私の気持の中では（ああまた来た）と言う嬉しさの方が、（何故呉れるのかな）という疑問などを追い越してしまっていた。

「ほら、又鉄雄さんという人から、葉書の来た」と、得意気に姉へ見せた。

姉は真面目な表情で「人から便りを貰ったら、必ず返事は出さなんよ」と言い、自分でわざわざ封筒、便箋まで買って来て私に与えた。

姉の国語大辞典を私がお下りとして得たのは、この時分である。

姉は、私を机の前にすわらせ、わきで、間違いの多い私の手紙にいろいろ注意を与えて、最後までかき上げさせた。

「よかね。……ボクハモウ十二貫モアルノデスヨ……はい、書いて……」

「いやばい。そやんとは書かん」

「そんなら、何ば書くね」

「今朝みた夢の話ば書く」

「そやん馬鹿な事は書いても、仕様んなかて」

「書く……」

「そんなら書きなっせ。先ず……」

「先ず」

「先ず？」

「ボクハヌルイヌルイ風呂ノ中デ、ケイトクマンジュウヲ食ベテイマシタ。スルト……」

「馬鹿ね。あんたは……あら、ちょっとちょっと、も少し字を綺麗に。あんたの字はこう踊りよる」

姉はいつになく朗らかに、両手を妙な具合にして踊る真似をしてみせた。私と姉はキャッ、キャッと笑い合った。シンガポールへ出す手紙を中にして、姉弟は珍しく仲のよい数分間を送るのだった。

が、何事につけても一体に冷たく無関心な姉が、この便りの返事の事になると、特別に熱心な反応を示す事を（何故か）と悟るほど、私は早熟ではなかった。

結局、私は中学は九州学院へ受ける事にした。モトおばさんは祖父から金を貰い、デパートから品物を買ってきては、私を連れて、中学の先生の家の門をくぐった。私は人形のようについて回って、お辞儀をして来た。

「あやしこしとったもね、大丈夫だろ」と、モトおばさんが祖父に語るのをきいていて、私も漠然と（大丈夫だろ）と一応思っていた。

が、その発表の日の朝の事である。私は足をなげだして、玄関と帳場の間の柱にもたれていた。（パスか）（落ちたか）私はそれを考えるとジリジリして来て、つい手もとの畳の上に置いてあった大きな裁ち鋏を、帳場の畳の中央めかけて投げつけてしまった。鋏は畳にぬからず、跳ねて障子の腰板にぶつかって落ちた。

格子囲いの中で事務をとっていた姉が、そんな私をみて、薄笑いして言った。

「あら――。泰さんも試験発表となると、人並に気の揉むるとばいね。どぎゃんもなかろうて思うとったが」

丁度、朝出の客の勘定をしに入ってきた女中も、これに「やっぱりねえ」と冷やかしたような感心顔でうなずき、続いておかしそうに笑った。

多分、自分の勉強で通ってみせるという意気込みの全くない、唯大人まかせの私が、姉としては不満で、その気持が言葉に出たのかもしれないが、女中なども一緒に笑うところから察すると、よほど及第などどうでもよいような、ぼんやりした子供に思われていたに違いない。一つは丸々と肥え太って、動作ののろい外形からも、そういう印象を与えたものだろう。

芝生で待つうちに、いよいよ発表の時刻が来た。梯子（はしご）をかついだ人と、手に巻紙をもった人とがやって来る。あちこちに散らばって待機していた者が一度に一ヶ所へ集ってきた。校舎の壁に梯子をかけ、その高みへ、巻紙を持った人がのぼった。最初の四、五名の名が見える位に紙をひろげ、しきりに押ピンの具合を試みている。下ではみな一斉にその手もとを仰ぎみつめている。ひどくもどかしい。私もその巻紙を直ぐに奪いとって、全部一度にひらいてみたい衝動にかられてジリジリしていた。と、その人の手から、巻紙のまるまった方がはずれて、するすると壁を伝い、垂直に落ちて来たのである。墨でかかれた字が横になって一ぺんにひらいた。

その時、群がった人間が放った、はらわたを震わせたような奇体な声のどよめき――私の眼は、不思議に、その羅列された字の中央のところで、自分の名前を咄嗟に見てしまった。

「わぁー、通った。通った」

私の前にいた、どこの誰だか知らない者が、こう叫んで走り出した。帽子を宙にとばしたまま、玄関めざして駆けていく。私もそれにならって「わぁーい」と叫んで帽子を宙にとばして駆け出した。

この壁の下から、玄関までの間の植込みの小径を駆けた時の夢中さ――これを大学へ行く頃になって振返ると（なんだ、中学に通ったぐらいで、気狂いのように喜んで）と、自分で自分を冷かしたい気持にもなったが、しかし今になってみると、少年時代の中で、やはりあの瞬間が最も嬉しかったものだと、しみじみ思う。あれほど純粋な喜びに張りつめた声を出し、人目かまわず駆け出すなどの嬉しさは——他に無かったようである。

私は中学に入学する事が出来た。

入学しての次の日、私達新入生は、校内を案内して貰った。別棟の剣道場の板敷にすわって、剣道と柔道の教師の話を聞いた。

「萩さん、萩さん」

柔道の教師が、熊のような体を悠然とあらわした時、わきでこうささやく声がした。それほど名のある柔道家だったらしいが、私は知らなかった。その萩八段が、話半ばに私を指さして大勢の前で言ったものだった。

「えー、そこにいるのは山内という男だが……成績が悪くて……そこを私がパスさせてやった……と言うのは……昔……十五、六年前…その青年は……惜しい事には、今からと言う時に死んでしまった……体つきといい、顔つきといい、他人の空似という言葉はあるが……こいつが眼の前に立った時ハッとした……こいつに柔道を教えて……」

帰ってから私はこれをモトおばさんに告げた。

「あら——。妙なもん。頼みもせん先生から入れち貰うてね。ばってん、よかったたい。そやん眼ばかけて貰うて。柔道着はいくら位するもんだろうか。わたしが民江しゃんに話してみゅう」

モトおばさんはさっそく堀端の母の家へとでかけて行った。

その夜、母が旅館へ、あわてたようにやって来た。

「ね、泰三、柔道なんか出来んばい。絶対に出来んよ。あぶなか。祖父（じい）さんは何てち言わすかしらんばってん、こるだけは私が許さん。その代り、他の欲しか物はなんでん買うてやるけんね」

懇願するように止めた母の心のうちを、十三歳の私が知る筈もなかった。結局、私は折角の萩氏の好意に添う事が出来なかった。私はブラスバンドに入った。が、そこで私が求めていたラッパは吹かれずに、図体の大きいのをみこまれて、大太鼓をあてがわれてしまった。

すでにこの頃は、どこの学園も、軍国調の渦にまきこまれていて、帯山の練兵場や公会堂前で、学生だけの閲兵式や行進の練習を、しばしばやるようになっていた。これには必ずブラスバンドが入った。

「軍艦」「旧友」「討伐隊」「少年兵」「双頭の鷲の下に」な

どの勇ましい曲で戦闘帽に巻脚絆、全身カーキー色の姿で、中学生らは手を大きく振りももを高くあげて行進したものだ。

私も楽隊の最後から、背中に十文字の革だすき、腹の上に大太鼓と、両方から責められながら、汗をだらだら流して、景気よくたたいて歩いた。

そんな行進の休憩の時などに、萩八段と隣り合せて立つ事がしばしばだったが、その時私は表情に困った。唯バチの先の綿でもって頭をしきりにかいて、ニタニタと挨拶した。萩氏はおだやかな微笑で私をじっとみつめていたが、口では何とも言わなかった。

5

曳地の弟の治人さんに「赤紙」が来たのは、この年の夏であった。

治人さんの商売は園芸である。少年時代から、花が所謂「三度の飯より好き」で、二十九歳になる今は、川尻の郊外に自分の花卉園を持って、好きな道に精進していたわけだ。

露地作りの花卉を、熊本市の長六橋の花市場におろしてくる仕事と、その他生花も巧みで、市内の料理屋などによばれ——それも金になった。

この川尻の家へは、曳地もよくでかけていた。私も二、三度、この義父から連れられて、魚釣りに行き、帰りにその家に寄った事もある。と言うのも、この川尻の家には、曳地兄弟の母親が居たからだった。この母親は、曳地兄弟が幼かった頃、若い男と駆け落ちした人である。ところが、その若い男との間に女の子までもうけながら捨てられてしまった。そして、十五年ぶりに母親はわが家へ帰って来た。夫はすでに死に、長男はやくざものになってしまっていた。で、母親は地道に花屋をやっている次男の治人さんにすがってきたわけである。

治人さんは、この母親と、連れ子の異父兄弟にあたる妹の萩乃さんとをひきとり、三人で暮してきた。

で、省吾、治人、萩乃と、三人兄弟になるわけだが、あと一人男の子がいた。それは妻に逃げられたあと、曳地の父親が後妻を貰い、その女に生ませた朝樹という息子である。

その朝樹さんは母親と二人で、今はやはり同じ川尻に家をもって、治人さんの手ほどきで花卉の商売をやっているのだ。すでにみな二十代になっていて、大そう入りくんだ兄弟関係ながら、仲よく地道にやっているのであった。

が、兄弟の中で唯一人、曳地だけが熊本に出て「遊び人の親分」になってしまっている。而して、見た眼は、曳地省吾が一番の金持のようで、長男の貫録を示していた。着るもの、履くもの、みな素人が驚く最上等品。熊本から川尻へタクシーで乗りつけてくる豪勢さ。母親にもって行ってやる金や品物の気前よさ。それは川尻という片田舎から見ると「一番の出世」のようであった。

一時捨てられたとは云え、やはり女親とは恋しいものなのか、治人さんは勿論、曳地にしてもなかなかの孝行ぶりを示した。

――母は、そんな夫をみて感心もした。しかし、又曳地が川尻の実母へ品物を買って行く段になると、滅法高いものを買いたがるので、その出資者たる母は、時々は心の中で（ふーん、ふん。この人は人の銭と思うて、買わにゃ損てち思うとらす。親孝行もよかばってん、少っとはうちの方の父さんにでん〝これはどぎゃんなお義父つぁん〟と、気のきいて買うていかすごたるならよかばってん）と思うのだった。

が、曳地には一こうそんな義理を考える様子はない。又、祖父にしても、曳地にだけは一歩としてゆずる気配はない。頑固者二人の間にはさまっている母である。

母が（……せめて子供になりとも、その実母に使う銭の半分でも）と思う事しばしばである。

（泰三にゃ、モトおばさんのついとらすけんよかばってん、信正位にゃ一月一ぺんあれが喜ぶごたるもんば、自分で買うてやらすぐらいになれば、ちっとは慕おうてかる）

しかし、曳地は信正に対しては父親らしい思いやりなど一片も見せようとはしない。（そこが遊び人というものだろうか）と、母はふと曳地の精悍な横顔を眺める。

信正も信正で「チンガトッテシャン、チンガトッテシャン」と、曳地の眼の前で跛の真似をしてみせる。曳地が餓鬼大将のような身振りで追う。囃して逃げる。そのふざけあっている様子をみて、母はさもおかしそうに笑ってはみせるものの、なさぬ仲の冷たさがひんやりと身をつつむ。

信正の小学校の運動会や学芸会に、弁当をして見に行っても、自分が気に喰わなければ、ぽいといつの間にか姿を消して、どこか遊びに行ってしまう曳地。

（これがほんとうの父親ならば……終るまで見てやる筈なのに。やっぱ……血というものは……）

こんな時、母はしんから淋しい思いがする。

（あたしが悪い……罪を重ねて来たあたしが悪い……）

――治人さんは出征した。

そして、萩乃さんも、熊本市の春竹町に嫁入った。結局、川尻の曳地の実母は、曳地が治人さんが帰還する迄あずかるという事になった。

――夫の母親である。働き者の女中もいるし、まあ金はどうにかなるだろうし、（よかたい）と母は思った。曳地の母親一人入れても入れなくても、大勢子分の出入りする家の出費は変わるものではない。

七十二歳になるその母親が、曳地に手をひかれて、始めて堀端の家へやってきたのは、この年の九月のはじめだった。

「民江さんですか。省吾が母ですたい。お世話になりますなあ」と、しおらしく下げた頭は、殆どが灰色じみた白髪だった。曳地に似た大きい二重のまなこ、それも皺に囲まれ、あらぬ方を見ているようだった。

この時すでにこの人の眼は、あき盲目（めくら）に近い状態だったのだ。もともと元気もので、六十をすぎてからも家事は勿論の事、治人さんの花卉（かき）の手入れまで手伝っていたほどの人だったらしいが、若い頃からの眼病が年につれて進み、もうこの堀端にくる半年前から殊にひどくなっていたのだった。

曳地が手を引いて玄関からはいってきたのは、このためだと、二、三日してからわかった。

「どーか。この家にゃ眼の薄かつの集まるよ」と、自分と、その老母の二人の事を冗談にして言って、蔭で女中の春子を笑わせたりしていた母だったが、内心ではふと盲であったあの総平さんの実母の事を思い出していた。

（めくらの母親に縁のあるよ）

だが、総平さんの母親とはちがい、曳地の老母には、一見しおらしい様子の蔭に、気性の強い、そして非常に負けぎらいなところがあった。

自分の眼が見えないという事を人にさとられまいとして「少しは見ゆるとは見ゆるとばな。民江さん」と言って、しなくてもよいお膳運びなどやって、襖（ふすま）につき当り食器をこわしたりした。又、省吾というわが子が可愛いため、母の手を借りずに自分で息子の世話をしようとあせって、畳を這いずりまわり、タンスによじのぼろうとして、ひらき戸で頭を打ったり、床の間の置物をころがせたりして「まあ、おっかさん、ああたがせんでよかてかる」と、母に大声で注意された。

相手が盲なので、声音さえ優しくすれば、顔は眉を思いきりひそめて言ってもかまわなかった。盲ながら、こうやって懸命に息子に尽そうとするのも、一つには自分が過去に於て、息子を捨てたという罪があるから、この可愛想な長男にすまないと思う気持が一ぱいで「省吾しゃん、省吾しゃん」というのであろうと、母は推察していた。

　子への償罪を感じる時、或る時は必要以上に、親をしてキリキリ舞いさせるものだということを、母は今度の自分の娘の件の時に感じて来た。

　而して、殊勝なことに、曳地はこの哀れな盲目の老母に対して、下へもおかぬ尽しよう。魚をむしって食べさせる。按摩をやとってとらせてやる。そのたんび老母は「ありがとうばい。省吾しゃん」と、白い頭を縦にふって応える。が、母としてみれば、この親子が「その酒の燗はぬるはなかかい、省吾しゃん」とか「おっかさん、何か食(く)おごたるとのあるなら言いなっせ」とか言いあっていても、その生活の土台はすべて自分にあると思うと感心ばかりもしておられなかった。

　曳地は経済の事には頓着なく（ちょっとでも俺のおっかさんに失礼な事をしたなら承知せんけんね）という態度を、春子だけではなく、母にまでしてみせるので（ふん、大威張りの親孝行息子。ほんなこつはあたしがこの婆(ばば)さんは養いよるとばい）と、舌を出してみせたい気持もあった。

　曳地が老母の手をとって、

「こっち、こっちばいた。お縁の方は」と、優しげな口調で、ちんばひきひき、座敷の真中を横切って行くと、老母は老母で「すまんね。省吾しゃん」と、有難そうにそろそろひかれて行って、縁側の椅子に腰をかける。このような労(いたわ)り合う親子の姿は、普通に見れば美しくもあろうが、生活の支えは全部こちら方。こちらは金の工面に「ふー、ふー」言っているのに、この二人は母の存在を無視して、いい心持で親子芝居の真似のような事をしていると見れば、阿呆らしく、母は「ふーん。どうか。どうか。めいくらさんとちんばさんと――御大層な事」と、ひどい事を、台所の隅で春子に言う。

「まあ、奥さんの言いなること」と、春子は軽くにらむが、すぐに口に手をあてて、肥った体を曲げ、ことこと忍び笑いをしていた。母はどの雇人ともすぐ仲よくなる方である。あけっぱなしに喋り尽すからである。

　――だが、曳地の老母は、やはり家の経済が母の手にある事は大体悟ったらしく、母を悪く言う事などは勿論なく、大そう遠慮していた。

6

玄関には、以前の練兵町の家と同じく「曳地興行部」という看板が下げてある。

　曳地は季節々々の興行を打っていった。このための金策は母が一人で動いた。定期場の頃の顔がまだものを言った。興行もどうやら商売になっていったが、その売上げを曳地が自分の遊興に使ってしまうのは、昔と変らなかった。派手好みの彼の事で、小さい興行でも宣伝がけばけばしく、その方に思わぬ金が入った。

又、自分の親分としての面子を保つために、只札ばかり配りすぎたり、知っている者を無料でどんどん小屋へ出入りさせたりするので、興行をする事がかえって損という時もあった。「お国のために」という思い入れで、兵隊の団体には無料で興行した。このため小屋代、役者代は丸損になる。が、これでよく軍から感謝状なるものが届いた。それを、曳地は、高価な額縁を購入してはめ、玄関さきの板の間にかざりつける。十以上も並んでいた。母はこれを見て（ふん、ええ気色で。金鵄勲章貰うたつもりでおらす。一銭にもなるばしすること。これば形に誰か金貸さんどか！）と思うのだった。

興行は好きであったが、商売としての真の情熱をそそぐほどの意志は、彼にはない。だからがっちりとした興行主の計算などなかった。「ひき舟」にしてもが、自分がそこの主人であるという大らかな意識のもとに、他人に振舞って、「親分」の、「旦那」のと、言われるのが大好きな性分だった。これも同じく、興行主という華々しい役割の中で、立派なステッキをついて劇場の廊下など歩きまわって、知った人が「これは、曳地の旦那さん」と愛想よく頭を下げてみせると、ついつい幅広にまいた総しぼりの帯から、鰐皮の紙入れを取り出し、次の興行の只札をぬいてやってしまう。

ステッキをつき、ゆっくりと跛をひいて行く和服姿が、かえってある種の、鷹揚な貫録を表わすのも不思議だった。

役者の方も、自分の気に入ると、出演の手当以外の法外な品物を与えたり、酒を飲ませたりして、満足を味った。だから、彼の興行は商売と道楽の紙一重の間を、その時その時の気分で上下する。

「省吾さんの興行はどうし、どうし。よっぽどの坊ちゃんのさす商売ばい。あやんなら、誰がしても楽しかろ」と言う人もあった。

こんな事で、曳地は地方巡業の芝居の座長などに知り合いが少くなかった。

中で〝米川雅夫〟という、剣劇役者がいた。三十四、五歳で、背の高い、色白の上に、髯が青々とした美男の座長であった。しわがれた声で、殺陣が健実で、芸が簡潔単純で、一般受けしていた。

「ね、省吾さん。おねがい。一遍でよか。一遍で。米川雅夫に逢わせて貰えんね」と、新町の桔梗という芸者から、両手を合せるようにして頼まれたのは一度ではなかった。

「どこか料亭にでも連れてくればいいでしょう。ねぇ。その時は省吾さんにも好きなほど御馳走してやるつもりばってん」

小柄な割に気は大きく、この芸者は役者買いをしようとしていた。米川雅夫に芯から惚れての依頼だとは知っている。で、口では「よかろばい。ぬしがごたる色黒芸者は米川はすかんぞ」と憎まれ口を言ってはみるものの、とうとう大いに恩を着せた揚句、曳地はたのまれてしまった。

「そんなら明日の晩の八時頃、桜町の城野屋へ米川ば連れち来るけんね」

「まあ、すんまっせん」

その夜、桔梗は自分の旦那の眼を盗んでやって来た。曳地も母には内緒で、待合「城野屋」まで行った。

曳地が連れて行った米川雅夫は、芸者の座敷に招ばれたのははじめてのようで、最初は変にぎこちなくしていた。そこを解きほぐし、酒を酌み交しながら、桔梗の気持を男に伝えるのが曳地の役目であった。しかし、そんな丁寧な事をするのは嫌いの曳地だから、只、同じ座敷へ桔梗と米川とを入れて、そこへ酒肴を運ばす段どりだけした。

そして自分は他の座敷で、桔梗のおごりの酒肴を楽しんだ。その時の相方の女も、桔梗が指名しておいた芸者だった。

さきほどの、米川との対面の時、素人娘のようなしおらしさで居た桔梗をおかしく思い出しながら、曳地は酒をのんだ。

「何をひとりで笑いよりなはると?」

「うん?」と面をあげた曳地の赤い顔に、

「あたしにも教えて頂戴」と、相方の芸者が、場馴れした甘え口調でささやいた。

やや顎のしゃくれた丸顔だが、整った小造りの鼻、品のいい朱唇、それにきつく切れあがっているが、一種の凄艶さをふくんだ糸眼をもつ、二十七、八の芸者である。一寸みとれた曳地が、名をきいた。彼女は、濡れた小さい唇を媚びるようにゆがめて言った。

「洗馬きみやの不二駒と申します。御贔屓にね」

――この夜、桔梗の念願は、遂にかなったらしかったが、彼女は一回では諦め切れず、その後もたびたび、米川との逢瀬を作って欲しいと、曳地に言ってよこした。

曳地も役得があるので、どうにか都合つけて米川を連れて行った。桔梗はそのたびにお礼として、曳地に芸者をさしむける。そうでもしなければ、忙しい体の人気座長の米川には仲々逢えそうにもなかった。その曳地の相手をする芸者はいつも同じ顔であった。

桜町城野屋では、役者と芸者、興行主と芸者、この二組の男女が、幾度も夫々別の座敷に入っていく姿があった。曳地の最初の興味は、芸者の金で只遊びするという事だった。

ところが、曳地自身が相手の芸者にことの外興味を覚えだしたのである。やがて、度重なる出逢のうちに、興味ばかりでなく、本当に好きになってしまったようであった。不二駒も満更ではない様子で、他の座敷を断っても、曳地の方へ来るようになっていた。そして、いつのまにか、桔梗と米川の二人は「城野屋」にまかせた形で、自分らは河岸変え他の場所で逢うところまで……深まって行った。こうなれば、払いも曳地がしなければならないわけだが、曳地は新鮮な情人(いろ)の不二駒と逢うからには、金の工面の労はいとわなかった。

面白半分だった曳地の気持も、いざ好きだとなると、その傾きは、普通の男のそれよりも早かった。

曳地は「興行にいるから」という理由で、母から金を貰って行く事が急に多くなった。

曳地から言われれば、絶対いやとは言えない母であって、どうにかして金をつくった。

それはその年の九月の末、日中はまだ単衣(ひとえ)でも暑さを感じる時の事である。

母は一人で荒尾まで金策に行った。十月に打つ曳地の興行のための資金である。曳地が「今度こそはよか仕事をしてみせる」というからの事であった。まとまった金を懐にして熊本へ帰ってきた。丁度四日間、堀端の家を留守にしていたわけだ。

「ただいま」

玄関の戸をあけた。

「おかえりなさあーい」

奥から肥えた体をゆすって、春子が出て来た。

「おきつうございました」

「うちの人は？」

「島崎の井芹川でっしょ。魚釣りに行きなはりました」

「どーか。のんきさ」

額ににじんだ薄い汗を、袖で押しぬぐって、

「人にゃ金つくらせて、自分は魚釣り。ええ気色」

と小言をいいながら、上へあがって懐を探っていたが、

「あら、あたしだろ。また電車の中にタバコ打忘れて来た。春子さん、シキシマば一ちょ買うて来てはいよ」

「はーい」

春子は、勝手口から、高下駄をならして出て行った。

――巻タバコに火をつけると、ホッとした気持で、母は畳の上に横坐りして、吸いはじめた。春子がお茶をついで

来て、母のすぐ前に坐った。

「ああ、あたがそばに来ると暑か、そん肥えた体で」

と、笑いながらたもとをはたはたあおいで言う母へ、

「まあ、奥さんも肥えとらっしゃるてかる」

とうらめしげににらむ真似してから、春子は急に真面目な顔になった。

「な、奥さん」

「なんな?」

「わたしがですね。今から言う事ば決して誰にも言いなはらんですか」

大変慎重な低声である。

「……言いなはらんなら、言いますばってん」

「なんな? 突然(ひょくっと)。誰にも言わん。言わんけん言うてみなっせ」

放任主義の親が、時たまの子供の陳述を聞くような、あらぬ方を向いてのしたり顔で、タバコの煙りを強く吹かしながら、母はそう答えた。

「ほんな事、言いなさらんね」

「はい、はい」

春子は、母によく念を押してから乗り出した。玄関わきの八畳の座敷には、曳地の母親がいるので、声の骨を抜かしたようなひそひそ声だ。

「わたしはね。奥さん。曳地さんの女の人ばみました」

「なんてちな?」

とたんに母はタバコをのむのをやめて、くぼみの深い二重瞼の眼を、春子の顔に据えた。

「どこで?」

「この家に連れて来なはったもの。奥さんが留守の間、その女の人はこの家に出入りしとんなはったつですよ」

「……まあ……。で、その女が、うちの人の女てち確かだろか」

「奥さん、声ば高(た)こせんで。……確かもなんも……わたしはその女と大将とが二人で、二階の部屋で寝とりなはったつば見たっですもん」

母の巻タバコの灰がくずれて、琉球がすりの膝の上に落ちた。母はそれに気付かず、眼を細めて何か思案中のようであったから、春子が手をのばして、その灰を払った。

「奥さん、たのみます。言わんでおいてな」

「言わん。言わん。絶対に言いまっせん。ちゃんとああたと約束したっだけん……」と言いながら、眼は一点を睨みつけ、唇揉み、歯ぎしりして「ばってん……あんまりな……う、う」と、堪えるに堪えられぬように漏らす。

ハラハラして春子は、又「言わんでな。言わんで下さいな」と念を押した。

母はその座敷で着物を着更えた。煮えたつような腹を博多帯で（ええもくそ）と、強くひきしめ、又もそこへ坐ってタバコをのみはじめた。胸が一ぱいだった。曳地が芸者と馴昧になったという噂は、母もうすうす耳にはしていた。しかし、あらだてる年でもないのだから、そのままにしておいた。いつもの曳地の病気がおこった位に思わざるを得ない。相手の芸者の顔も名も知らない。又知りたくもなかった。だが、この家にまで、その女を連れてくるとは。

こちらを金策に荒尾くんだり迄行かせたその留守に。踏みつけも度がすぎる。この金も本当はその女との遊興に使うのではないのか。自分は夫の情人（いろ）のために金作りに行って来たのか。さまざまな邪推が、母の脳裡に暗躍した。タバコをすぱすぱのんだ。春子との約束なので、絶対に言ってはいけないと心に決めて、落ち着こう、気を静めようとして、煙を大きく吐いた。

と、玄関の戸のあく音がした。あける音で、曳地が帰ってきたのだとすぐわかった。

どうせ夜にしか帰ってこないと思いこんでいた母の前に、ひょっこり早目に、いかにも簡単に曳地が帰って来たのだ。母はのみかけのタバコを庭先にほうりだすや、さっと立ちあがった。そして玄関へ出て行った。

曳地は麦藁帽をかぶり、半袖の白シャツに国防色のズボン、そして長靴といういでたちで玄関にいた。腰の曲りも、着物ならさほどでないが、ズボンをはくとあらわだった。（が、時局に準ずるため、最近はカーキー色の白カラーの高いステン襟の国民服などを愛用するようになっていた）右手に釣竿、左手に魚籠（びく）をさげていて、今それを三和土（たたき）に置こうとして、腰をかがめたところだった。

「おい、こら！」

曳地は、麦藁帽のひさしの上方で、いきなりこんな大声をきいたので、おどろいて顔をむけた。

高目になった玄関正面のカウンターの板敷に、母が腰に両手をあてがい、肩をいからせ、仁王立ちになって見下していた。聖母マリヤ型のぽっくりまなこが、暗緑色に底光りしていた。

曳地はしばらくポカンとしていた。女から「おいこら」とよばれたのは生れて初めてだった。自分に言われた気がしなかった。曳地をみた瞬間、われにもあらず母の口からとびだしてしまった言葉だった。

続いて、母の口からこんな言葉がすべって出た。

「まさか。人間じゃあるみゃね。ぬし達は畜生だろ！」

「ぬし達とは何の事か」

曳地は上半身をおこすと言いかえした。ここまでくると、もう春子との約束も、カッとなった頭から、跡かたなく消えてしまっていた。堰を切ったように母の口から怒りに充ちた罵倒の言葉が吐き散らされた。声音も太く低く、力がこもっていた。

「こっちが黙っておればつけあがって、ふん、あんまり莫迦(ばか)らしかぞ。ぬしゃ、家の中まで女(おなご)ば連れこんで来たてちねィ。女もつなら外で遊べ。自分が銭(ぜに)で女ば持ちきるごとなれ。遊ぶ事ばっかりは知っとる。このサデコケモンが！　妻(おみや)ば金つくらせにやっとるそのあいだに、畜生のごたる事ばしよる。……そるで、ぬしゃ、男かい？　むごう立派な男ねィ。芸者遊びは料亭でやったい。おもさんやったい。ばってんが、この家さん連れて来る事は絶対に出来まっせん。ちっとは恥ば知ったがええ」

　曳地は黙っていた。（ばれた）という困惑の顔色が一瞬ほおを走ったようだったが、傲慢な冷たい表情で、横をむいたままだった。一寸言う事が途切れ、母は曳地の横顔を、なお睨み下していた。

　――この時だった。妙にあわただしい気配が、奥座敷の方にした。

　母は、曳地に言うことが一段落ついたところだったので、何事かと小走りで座敷の方へ行ってみた。と、どうであろう。表の座敷から這い出して来たらしい曳地の母親の、その奥の座敷を横切って、今、縁側に這い出してゆく姿があったのだ。薄い白髪を顔やえりくびに乱し、枯枝のような腕と皺だらけの手をしきりに動かしさぐって縁を這ってゆく。

「春子さーん。春子さーん」

　そう呼ぶ声は変にうわずって、気味悪いほどの優しい猫撫声だった。が、その体は、丁度毒をのまされた動物のように気狂じみてバタバタと動き、一刻も早く前へ行こうとあせって、手を板の上にまさぐって、もがく様子だった。

　曳地を驚かせてきた母は、今度は自分がこの奇異な現象にあきれて、手前の敷居の上に立ちすくんでしまった。

　母が見ているともしらぬ盲目の老婆は、体の動きに、抑えに抑えた黒々とした怒りをにじませながら、縁を這って行って、ガラス障子の蔭の向うの縁へ入った。

「春子さーん。どこにおりなはると。ちょっと。ちょっと。春子さーん」

　真綿のような、奇妙な優しさをもつ声音。腰板の上の障子の部分に、その亀のような背がうつって動いていたが、その影絵も母の視界からすぐに消えた。

　それから、ものの五つも数えきれないうちに「きゃーっ」という春子の黄色い悲鳴がひびきわたった。

　母は、縁先まで行った。そこには、曳地の老母から、後髪を握られひっぱられ、両手で頭をおさえてつっぷしている春子の姿があった。その縁の先は、すぐ台所への下り口になって、春子はその石段に桶をのせて、向うむきに腰を下ろして、洗濯をしていたのである。そこをうしろから、手さぐりで這って行った老母が、いきなり春子のパーマずれで赤ちゃけてかさばった髪の毛を、両手でわし摑みにして力一ぱい引っぱったのだった。

春子は心中この老婆にいくらかの反感もあったし、大女の勘の鈍さで、曳地の老母が遠くで呼んでいるものと思って、唯「はーい、はーい」と薄い返事をしていただけで、一心に洗濯をやっていたのだ。

横だおしの形でうつぶせて悲鳴をあげる春子の髪を、老いの力をふりしきって、ひきまわしていた。

「おっかさん。ああた、何をしょりなはると！」

母は走りよって、そのわし摑みの手を力ずくでもぎ放そうとした。

黒いしみの斑点のついた皮が、骨に直接弛(たる)みながらくっついているような手の、意外に強い力を一瞬感じてぎょっとなった。

が、次の瞬間は、老母は手をはなし、へなへなとそこにくずれてしまった。

「馬鹿な事はせんで下さい。ああたは気でも狂いなはったとですか」

母は胸を大きくふくらませて、息を一度に吐き出すような口調で言った。春子はうつぶせた儘(まま)泣き出した。頭をかかえた手が、石鹸水で濡れていた。曳地の母親は母に知られた事をまずいと思った様子だったが、すでにふてくされて、見えぬ眼を白黒させて、憎しみに震える声で、

「春子が……春子が……このお喋りめが！」と本音を吐いてしまった。

爛(ただ)れた母性愛のおそろしい形相を眼前にみた母は、一寸息をのんで立っていたが、曳地が座敷の中に入って来たのをうしろに感じとりながら、板の間に這いつくばった老婆へ、大声でどなりつづけた。

「何で、ああたが春子さんに手をかけなはらなんとですか。春子さんはあたしが雇うとる大切な女中さんです。あたしの女中さんですばい。春子さんが気に入らんならああたがこの家ば出て行ってはいよんか！　家内持ちの息子が、他に女(おなご)持つのを内緒にしてやるごたるおっかさんは、大変良(むごうよ)かおっかさんですな」

気性の強い曳地の母は、これで震え出した。白髪のびんを小刻みにゆすって「省吾しゃあん。省吾しゃあん」と、ひきつった声でよんだ。「あたしゃ、この家ば出て行くばい。すぐ出て行くばい。省吾しゃん、早(はよ)、あたしの荷物ば片付けてくんなはり」と、言うなり、銘仙の袖を眼にあて

て泣き出した。曳地は、

「よし、おっかさん、心配せだったっちゃよか。川尻の家さん行っときなっせ。俺があとからすぐ自動車で迎えに行くけんな」と言っている。

頭を振って苦しがる母親をつれて、玄関わきの八畳の間へ去ったが、やがてして、手荒くタンスをあけたり、閉めたりする音が聞えて来た。曳地が母親の荷物をまとめているのである。（ふん、出るなら出なはり）とうそぶく気持で、母は奥の座敷にべったり坐ってタバコをふかしていた。台所へ引っ込んだまま出てこない春子にはすまないと思ったが、今詫びる気持のゆとりもなかった。

――玄関の戸があく音がした。

「今日は」という朗らかな女の声。

「今日は。にいさぁん。にいさぁん居ると?」

彼女は、曳地親子があわただしく荷物をまとめている玄関わきの座敷へ入って行った様子で、しばらく何か問答をする声がとぎれとぎれにきこえて来た。

「今日は、義姉さん。すんまっせえん。なんかあったとでしょう?」

曳地の異父妹で、春竹に嫁に来ている萩乃さんが、母のいる座敷の襖のかげから顔を出した。母はふりかえり苦笑いして、

「あたがえのおっかさんは出ていかっしゃるそうですばい」

と言って、続いて大声で「喧嘩、喧嘩。あたしが出て行けと言うたとだもん」

萩乃さんは顔を曇らせ「何か、義姉さんの気に喰わん事でもしたとでしょう? すんまっせえん。すんまっせえん」と、座敷の中へ入って来て、母の前に坐りこんだ。

「何ですか。ようと知らんばってん。どうかかんべんして下さい。何か言うたとでしょう? 大体にうちのおっかさんは年寄のくせ気の強かっだもん。すんまっせえん」

膝をにじり寄せてくる萩乃さんに、母は手早く事の内容を話した。萩乃さんは男のような太い眉をひそめて、

「まあ、できん! あきれた。兄貴も、おっかさんも。義姉さんの腹かきなはるともあたりまえ」大げさに息をのんで見せて、立ち上った。そして又、すぐに座敷を出て行った。そして、このしっかり者の萩乃さんは、無理に「ちょっと、おっかさん、こっち来なっせ。ちょっとちょっと。にいさんも」と二人をよんで来て、廊下のところに立ち、奥座敷にいる母の耳にはっきり聞える位の大声で、命令口調に喋り出した。

「第一、にいさんが悪かっだもん。にいさんのする事はいつも普通の人間のする事じゃなかもん。義姉さんだけんこ

そ口喧嘩ですみもしようばってん、わたしがうちの人からそやん真似さるるなら、どぎゃんなるか判らん。ちいっとは考えんとあかんよ。それを庇うおっかさんもおっかさん。……それにここから出て行くてな？　おっかさん、これからどうしなはると？　馬鹿な事はいいなすな。民江さんのごとしてやりなはる人のおろうかい。にいさんが迎えに行くて、ふてえ事言わしたっちゃわかるもんな。ここよりよか所のどけあるな。おっかさん、ああたが方が謝（あや）まらなんよ。にいさんもよ」

　母親が、嫁入り先にでも転がり込むようになったらと思ってか、萩乃さんの口調は断固としていた。

　――これで、何やら曳地の老母はぐずついて、その夜は堀端の家で寝た。そして、次の日、母に一言詫びたのだった。

　春子は「もう、この家にはおられまっせん。やめさせて下さい」と、母に申し出たが、母は意地になっていて、「ああたが気に入らんなら、省吾さんでも、おっかさんでも、あっちの方から出て貰います。ああただけは、うちにおってはいよ」と、一心にたのんで引き留めた。

7

「木山の塘田（とうだ）さんという女学校友達の家へ行って来る。一泊して来るかもしれない」という事を女中に言い置いて、姉が旅館の玄関を出たのは、十七年の十月二十日の朝であった。

　二尺袖に切ってしまった銘仙に羽二重の帯。バッグ一つもった地味ないでたちだったが、丁寧にひきつめた髪型や、足袋の新しい白さは、すがすがしい外出の装いだった。

　熊本駅で切符を買う時から、すでに抑えがたい不安、期待、歓び、それが混淆（こんこう）しておきる一種のときめきが、胸中に動くのをどうする事も出来なかった。

　乗客もまばらな汽車、その西側の席に坐ると、窓には有明海があり、その干潟には海苔をとるためのさし木の列が、次々に視界へあらわれては、後へ流れて行った。

　終点間近かになって、急に海の眺めが、東側へ移り、坐っている席の反対側の窓から、朝日に燦然（さんぜん）ときらめく三角湾が見えだして来た。三角駅のホームを出れば、すぐに水ぎわで、左手に埠頭があった。空には雲一つなく眼前にはまぶしく光る紺碧（こんぺき）の海がひろがり、その彼方には天草の島が、秋の琥珀色の霞にかすんで横たわっていた。

天草……姉には、生れてまだ行った事もない、遠い島だった。

電報は打ってある。富岡港まで迎えに来てくれる事になっている。姉の念頭には、他の事柄は一切なかった。唯、天草のあの島へわたるのだという事があった。

――鉄雄は、シンガポールから帰るなり、そのまま天草の炭坑へ行っている。彼は八月三日の暑い盛りに帰還した。この時秘かに連絡はあったが、姉はその日に限って出られず、とうとう迎えずじまいになった。続いてすぐ天草の都呂々村、和久登炭坑というところから便りがあった。

和久登炭坑の労務係として働くことは、除隊前に凡そわかっていたらしく、帰還するやすぐに天草へ向っている。藤田の親友であるヤマの労務主任から、一日も早くという言伝も来ていたのだ。

都呂々とは、天草も西側である。天草灘の白波が牙をむくさい果ての地。そこからなお山峡をトラックで縫っていかねばならぬとかいう無煙炭坑。鉄雄の便りでは、小高いところにのぼれば、北方に遠く長崎も見えるという。そこへ今姉は一人で訪ねて行こうとしている。熊本駅頭で送って以来、一年四ケ月の月日が流れている……。

が、いずれにしても、姉には大きな安堵があった。夏に出迎え損ねた事など、彼が仕事についた事への喜びに比ぶれば、軽い事だ。

ブリキの魚箱を背負った老人達のあとから、人目を忍ぶようにして汽船へのった。

汽船は痙攣するように震え出し、やがて半円を描いて三角港を出帆して行った。柳港から大浦港、そして本渡の港へ……姉は途中からデッキに上ってみた。

底のない青いドームの天心に、晩秋の大きな黄金の太陽が輝き、その日ざしが、白い甲板一面にねっとりと熱っぽく溶けひろがっていた。又同じ日ざしは凪の海にも散って、波のひだに従って、あたかもガラス粒子が帯状にきらめくように反射していた。風が快い。眼前をすぎる天草の山肌や浜辺には人影は全く無く、箱庭をみるようだった。黄に紅に色づき出した樹々の繁みが、すぐ手に届く感じであった。

北西は海原広く、遠くに島原半島だけが、紫に浮かんでいた。天地は夢のように美しかった。このような秀麗な自然を現に持っている日本が、国を賭し、死もの狂いで他国と戦っている最中であるなど、嘘のようである。

汽船に乗り合せている人々の戦闘帽やゲートル姿がそれを示してはいるものの、なお海を眺めている人々の顔には、戦いという緊迫感は、ものうい汽船の発動機の音でゆり出されたのか、秋の日ざしの暑さに溶けて消えたのか、この眼前に在る〝自然〟に近い安らぎがあった。

（半年前には、東方のいくつかの大都市が米機の大空襲に遭遇している筈だった。では、この安らぎは、大都市から遠い南の果てのせいでもあるのか。——すでにこの年の六月、ミッドウェー海にて日本軍は惨敗を喫している。これをきっかけに戦局の輪は大きく逆転していくのである。八月には米軍のガダルカナル島上陸。事実上、この秋あたりから受身の態勢に余儀なくなっていく日本である。しかし、相つぐ凱旋のみ聞かされて、真相には耳を掩われていた国民だ。国民の顔色に——殊に日本の片隅の人々の顔色に〝平和な自然〟と同質のもの——いや、それ以上の或る勇ましい期待があったのも、不思議ではなかっただろう）

が、人はとにかく、姉は唯一つの期待を嚙みしめながら、発動機の震動でかすかにゆれる白塗のデッキによりかかって、西南の方を眺めていた。

8

曳地は、不二駒の件が妻にバレてしまってからは夜遊びをしなくなっていた。興行の方へ神妙に身を入れている風情である。みせかけの身振りだけでもなさそうだ。

（ああ、もうあきの風か、ええ按梅（あんばい））

熱し易くさめやすい曳地の性格から察して、母はこう思っていた。

と、ある日電話がかかって来た。

板敷を通って、カウンターから玄関へ下りようとしていた母が出た。

「もしもし、曳地さんのお宅でしょうか」

女の声である。

「はい、そうですが」

「省吾さんは家においでですか」

（来たな）と母は思った。たしかに例の芸者に違いない。しなやかな玄人（くろうと）の声だ。

「はい、おられますが」

母は女中の声音のところで言った。

「すんまっせんが、一寸（ちょっと）電話口までよんで下さいね」

「どちらさんでしょうか」

「あの……ちょっとだけ……とにかく、ちょっとよんで下さい」

「ああ、そうですか」

母は受話器を置くと、次の座敷へ行った。そこでは曳地が、子分等四、五人と卓台をかこみ、今度やる興行のポスターをかぞえたり、券に印を押したりしていた。

「ちょっと電話ですばい。女の人からです」曳地は直感で誰からの電話か悟ったらしかった。うるさそうに手を振って言った。

「おらんと言え」

「おらんと言えて言うても、もうおると言うてしもうたもね」

「馬鹿が。今外（そと）さん出て行ったと言うとけ」

「いやですばい。ちょっとでてみなっせ」

嫌がらせの気持もあって、大げさに母はすすめた。それでも印を押す手をやめようとしない。出ない積りだ。本当に女を飽いたのか、――又妻の前でのゼスチュアか。

母は面倒臭くなって受話器を取った。

「あの……只今……曳地さんはおられませんが」

ところが、相手の声が急にムキになったように勘高く響いた。

「たった今、ああたはおると言われたでしょうが。おるならおるごと電話口まで出して頂戴」

如何にも鼻息の荒い、癇性（かんしょう）の女のようだった。いや、それほど、冷たくなってゆく曳地を思いつめているのか――

（ええもさいさい）と思った母は、座敷の曳地達にもまるまる聞える大声で言い放った。

「さっきはおったばってん、今はおりまっせん！」

「……まあ……あきれた……」

一寸息をのんで、大げさに驚く声が受話器に聞えた。

「嘘と思うなら来てみるとよかですたい。なんですか。人の亭主を電話で呼び出しかけるちゅうは。顔のみえん電話でこそこそするより、堂々とでむいて来なはりまっせ！この淫売！」

相手の女の声が、途絶えたのを耳でたしかめてから、音をたてて受話器を置いた母は、しばらく座敷の様子をうかがっていた。

曳地はウンともスンとも言わずに、黙然と印を押しているようだった。子分等も、母の突然の気勢にシーンとなって仕事をしていた。


不二駒という芸者は、その日、本当に堀端の家にでむいて来た。それも夜更けのことだった。縁の籐椅子にねて、ラジオをきいていた曳地に、使いから帰ってきた若い者が言った。

「大将、今そこの道の角に、女の人がいて、大将ばよんで来てくれと言いなはったですばい」

阿蘇あたりの村長の末ッ子とかで、まだ曳地の家に入ってきたばかりの、色白な童顔の子分吉海という子が、無邪気な大声で言っていた。

曳地がつとおきあがって、襟もとを一寸なおして、外へ出て行った。逢びきに出てゆく男にしては、玄関の戸のあけ方が荒かった。

曳地が出て行ったあと、母はその吉海に「その女は芸者じゃなかったね」ときいた。彼は口をとがらせ、坊主に近い角刈の頭をひねり、困ったように答えた。

「さあー。暗うしてよう判りませんでした。ばってん、ふつうの女の人じゃなかったごたるです」

ふつうの女とは素人の女を言うつもりか、さては来たねと母はさすがに胸が締まった。

隣組の回覧板まわしや、防空演習のためにと、板塀の一部をはずしたところから、母はこっそり出て、隣りの裏庭にはいりこんだ。

そして、隣に住む爺さんに小声で「今、うちの人の女が来とりますけん、様子ば見ます」と、わけを言って、二人が立話しているあたりの板塀のすぐ内庭へ入れて貰った。

その隠居は、母がいつも曳地の情事を大っぴらに話して聞かせるので、よく呑みこんでいた。隠居は二人の話声の一番近いところを、ゆび指して教えた。

体裁も忘れ、母は朽ちかかった板塀に身を寄せて、外をうかがった。青桐の葉が、高空にある月のため、くっきりと黒い輪郭をうきださせて、重なりあっていた。その塀向うの青桐の幹のところで二人は話し合っているようだった。

ところが、静かな月夜の中に聞える二人の立話の声は意外に高く、何かを言い争っているようだった。

女の声がせっぱつまっていて多く喋り、曳地の声はぼそぼそと、それも途切れ途切れに低く聞えて来るだけだった。

女が「早いいなっせ。今言って来ればいいじゃありませんか。わたしも一緒について来ます」と熱心に言っている。

聞いているうちに、母には大体の事は推量できた。曳地は女には〝民江と別れて、お前と一緒になる〟という口約束をしているのである。一時は本当にそう思ったかもしれぬが、醒めやすい曳地の心は急に方向を変えはじめた。この煮え切らぬ男の態度に、業を煮やしていたが、今日の昼間の電話口での女同志のやりとりをきっかけに、思い切って出て来た不二駒だったわけだ。

その声音は大そう思いつめた感じだった。母はふと昔の自分を頭にうかべ、こんな浮気な男を懸命に思い焦れて、亭主にしようとしている女の身を可哀想だと思った。女を不幸にさせずにはおかない曳地の本性を、教えてもやりたかった。

曳地の不気嫌そうに二言、三言叱っている低い声がした。そのあと女は無理に曳地の家の玄関の方へさっさと歩いて行き、またそのあとを曳地が追うような気配がしたので、母は塀から身を離し、爺さんに「お邪魔しました」と、挨拶して家へ帰って待った。

　母が、玄関から外をうかがおうと襖をあけた。と同時だった。「御免下さい」と、玄関のガラス戸をあけて不二駒が入ってきた。声音は丁寧で優しかったが、顔は何かを言わんと意を決したらしい、肉の少ない頬が青ざめて、細い眼のすわった表情だった。

　玄関の高い板敷に立った母を、カウンター越しに見上げるようにじっと見据え、

「あなたが曳地さんの奥さんの民江さんでいらっしゃいますか」と言った。勝気ながら、神経の細い女らしく、切口上の口調のはしがちょっと震えていた。彼女は先ず丁重に出ようとした様子だった。

　が、母は若い相手を見るなり、その丁重さへ、崩れた調子でかぶせた。

「はい。あたしが曳地の奥さんですたい。ばってん、明日から、ああたが省吾さんの奥さんになりなはったっちゃよかですたい」

「………」

「そやん、好きな男なら、熨斗つけてやりまっしゅ。どうぞ連れて行って下はり。あたしゃもう男ちゅうもんはこりこり……」

　不二駒は、母ののっけからの勢いにつまって、眼を伏せた。この時、玄関から曳地が体をゆすって入って来て「おい、ぬしゃ何ば言いよるとか」と、不二駒の頭越しに、真向うの母を睨んだ。ところが、その〝ぬし〟を、不二駒は自分が曳地からよばれたのだろうと思って振り返り、

「あたしゃ、まだ何も言いまっせん」と言った。

　これが母の癇に触れた。夫があたしの知らぬところで、この女をぬしよびにしていて、あたしの眼の前で、よくも夫婦気取りの反応を示したなと思ったとたん、先程の女への同情や、男はこりこりという言葉とはうらはらに胸一ぱいの憎さがひろがった。

「ええも、此奴が」と、母は曳地の方を振り返っていた不二駒の髷をカウンター越しに、いきなりつかんで引いた。不二駒は突然自分の頭にはまってきた、ずんぐりと太く肥えた両腕の手首を声もたてずに、その華奢な手で上から握りしめた。母は相手の髪のピンが掌に喰いこんで痛かったが、そのまま離さず、唇をしぼった表情でぐいぐい引きまわした。と、不二駒は、母の左手のちょっとゆるんだ隙をみて、それへ強く歯をたてた。

「痛っ！」と、口走って、母は手を離し、今度はカウンターをまわって玄関の三和土へはだしで飛び下りて、不二駒

の正面から取りくんで行った。頭の毛、えりくび、肩そで、手あたり次第にぎってひっぱりまわし、遂にそこへ組み伏せた。

「このアマ！」とか「こやんしてくるる」とか、母の方は口走っているが、不二駒は音一つたてず、その白く細い手で必死に抵抗した。そしてはては、二人はその三和土の上に打ち重なって、あられもない格闘の恰好になっていった。

不二駒の片えりが押し開かれ、桃色の長襦袢の肩があらわれ、母の前褄の片方の下腿が出るほど乱れた。どちらかの着物の裂ける音がかすかにした。力はあってもそれがふしぎに思うようには使えないもどかしさの中で夢中で争っていた母は、突然上から水がざっとぶちまけられたのを感じた。冷たさが全身へ打ちつけられたと思う間もなく、続いてもう一ぺん、ざんぶり水をかぶった。曳地がバケツで水をかけたのだった。

彼は、二人の女がとりくみあうのを見るや、丁度出て来た吉海に命じて、風呂場から水を汲みださせて来たのだ。吉海は忠実にも、又次の水を両手のバケツに入れて板敷の間へ入って来るところである。

濡れ鼠になった母と不二駒は、お互の体から争いの手を離して、曳地の方をみた。身をおこした女達の顔や首には、格闘でくずれた髷の毛が、水でぴったりくっついて、水滴をおとしている。この曳地の突発的行為に肝をぬかれた表情だった。

そのぐっしょり濡れて垂れさがっている髪ののれんから、瞬間、母が見上げた曳地の顔。それは奇妙に無表情で、唯眼だけが、ある薄気味悪い微笑を含んでいたようだった。

曳地は、その微笑を次第とふくらませながら、顎を前へしきりとしゃくり（さあ、もっとやれ。もっとやれ）という意味の表情をした。吉海からうけとった、水の入ったバケツを一つカウンターの上に、載せてそれへ指さした。（やれ、やれ、どんどんくりかけてやるけん）といういたずらそうな仕草である。だが、いたずらというには、残忍さがにじんだ、冷たい眼の表情。——それは醜くあさましい女同志に対しての、男らしい怒りの結果の「成敗」とは全く異質のもののようであった。自分の妻と情人が争っている痴情のあわれな姿、それを冷静に見て嘆く——と言った思考など微塵もなく、単純な嗜虐心、底意地の悪い好奇心だけが動いているような、それ故に一種の動物的妖しささえ浮かべている眼と口の表情だった。

例の、曳地という男の中に棲む得体の知れぬ怪物をみた思いがして、水をかぶった体の冷えよりも、この方が胸にヒヤリと来た。肩で大きく息を急きながら、首にぴったりついた濡れ髪を掻き上げ、見下げはてたという口調で「なんだろか！　この人は」と吐いた。

母が感じた曳地の残忍な妖気を、不二駒も感じたかどうかわからない。が、とにかく、これも雫る髪を両耳の上にさげたまま、乱れる息の胸を手で押えて立ち、何とも言えぬ切ない恨みの眼で、母と曳地を等分に見、そして最後に曳地へ視線をじっと注いで、

「この事は忘れまっせん！」

と一言強く呟くや、草履をはきなおし、外へとびだしていった。

このあと母は急に気力が無くなったように、濡れた三和土の上にべったりすわりこんでしまった。情なさで、すぐには立ち上りたくなかった。

（……亭主の女と摑み合うて……亭主から水ひっかけられて……こやんところにすわりこうどる姿ば、死んだ母さんの見らすなら……）と、ふと思ったら、急に激しい悲しみがおそってきて、水に濡れた袖を顔に覆うて泣きだした。

この時ばかりは、座敷で聞き耳をたてていたらしい曳地の老母が板の間へ這い出してきて「民江しゃん。かんにんしてくんなはり。かんにんしてくんなはり」と、玄関のあがり口に両手をついて、――まさかまだ濡れ鼠のまま三和土にすわりこんでいるとは知らず――やや違う方向へ盲の眼をむけて、しきりと詫びた。

「省吾、省吾、そけおっとだろ？　民江しゃんばかり苦労をかけて、省吾、あんたはちっと考えんといかんばい」

9

〃ぬしゃ必ず省吾のよか方の足で濁川さん蹴落さるるごとなるけんね〃と言った祖父の言葉を思い出しながら、ぼんやりした足どりで、母は明十橋の方へ、中央郵便局の前の電車通りを横切って歩いていた。フェルトをべたりべたりと音させて歩く。午後三時頃の秋の日がアスファルトにさしている。その光りが、水気も色気もないように、妙に白々として見えた。

――勝手口のガラス戸をあけると、板前が夕べの調理にかかったらしく、煮物をしていた。

「こんにちは。いかがですか、元村さん」

と声をかけ、「父さんなおらすどか？」と言いながら、板の間へ上りかけたその時である。向うの障子があき、宮子があわてて入って来た。

「丁度よかとき来らした。民江さん。ちょっと、ちょっと」と近づいた。

「なんかな？」

宮子は低い声で早口に言った。

「早(はよ)、早、今座敷で菊子さんの、じいさんから大変叱(しっかりおご)られよらす」

「何で?」

「菊子さんの、鉄雄さんに逢いに行っとらすとたい。天草さん。この二、三日留守さした。今帰ってこらしたばっかり」

鉄雄が帰還しても、曳地の家には寄りきれず、そのまま天草へ行っているという事は、勿論母は知っている。

「馬鹿がね」と、母は呟いて、唇を噛み、続いて強い舌打ちをした。

「やっぱ諦めきれんとばいね。あの子は。……そっで、何て言うて家は出て行ったとだろか?」

「木山の友達のところへ行くちゅうて」

「そるが何でじいさんの知らしたっかい?」

「知らん」

「あんたが言うたとだろ?」

「あたしゃ言わん」

「松代が言い込んだとだろう」

「……知らん」

他人の多い家ゆえ、まずそんなところへ頭が働く。

立話している間もなく、台所の開けた障子のさき、廊下の突き当りになる中座敷で、二、三度人の頬の肉を打ったような音がした。ドンと倒れる音。低い女の悲鳴。断片的な怒声は祖父の声だった。

(おや?)とばかり宮子と顔を合せる暇もなかった。母は廊下を走って、中座敷の襖をあけた。

座敷の真中で、祖父はそこに倒れた姉をあらあらしく足で蹴っていた。お召の着物の裾から臑を見せて「うんうん」と、自分で口の中で唸って蹴る。外出着のままの姉は蹴られるまま俯(うつぶ)せて、じっとしていた。

病いのまだ抜けきらぬ感じの、銘仙を着た肩が、蹴られるごとにチリチリと動くのが眼に入るや、母はいきなりころげこむようにして祖父と姉の間に割り込み、祖父の前裾のはしを両手でしっかりにぎっておさえた。姉を蹴るつもりの祖父の足が、とりすがった母の前股(もも)をしたたか蹴ったが、この突然の闖入者に祖父は次の瞬間うしろへよろよろとした。

「父(つと)さん、ちょっと、待って下はり!」

「馬鹿、そこどけ」祖父は、前にしがみついている手をふりほどこうとしたが、母ははなさず叫んだ。

「待って下はり。あたしが――あたしが菊子にゃ話します」

母が強く引っぱっているので、祖父は、着物の前合せがずれ、帯はそのままだが、表おくみと中おくみの線が平行になって、胸や腹のメリヤスのシャツがあらわに見えた恰好でつったっていた。四角な顔が充血し、肩で大きい息をしている。精悍な体も、この腹だちととっさの行動によって、六十八の「息がバカウ」（荒くなる）のである。口をすぼめてそれを抑えている。そして低く吐き出すように言った。

「ぬしが言うたっちゃわかるか。こん親不孝者が」

親不孝者――それが、母は自分に言われたのか、姉に言われたものか、とっさにわからなくなったくらい胸にこたえた。自分も男のため親にそむいて来た娘である。その結果が……めぐりめぐって……この菊子に……。

「菊子。あやまりなはり。じいさんに、今度の事はすんまっせんてちあやまりなはり。ね、菊子」

祖父にまだすがったままの恰好で、母は首だけうしろを向いて姉に訴えるように言った。が、姉は俯むいたまま、何の音も出さなかった。さきほど祖父からにぎって引かれたらしい、ゆがんで開けた胸元に頤を埋めるようにして、じっと畳へ眼を凝らしているその横顔には明らかに（詫などしない）という堅い気持がにじんでいた。

「離せ」祖父はひざをうるさそうに振った。母はにぎっていた手をずるずると離しながら、頭をさげて「今度の事は一応こらえてはいよ。父さん」と言った。

三人の間に沈黙が流れたが、すぐに祖父が口惜しさをおさえた声で、

「満洲の規久男のところへ、断り状まで書き送って……禄な奴じゃ無や。民江、俺は一切菊子の事は知らんぞ。ぬしが娘だ。よかごとせえ」と言うなり、すたすたと座敷を出て行ったのである。

残された母と娘に又しばらくの沈黙が流れた。横坐りに俯むいた姉に尻をむけ、母は、祖父の出て行った襖の方へむいたままべったり坐り、しぶい顔で考える風だった。

何から先に言っていいのかわからない。

（誰がこの事を父さんに告げ口したのか。松代に違いにゃ。祖父さん抱きこんだ悪道女）先ずわが娘より他に対する女らしい邪推が――。而してやはり胸一ぱいにわいてくるのは、あれほど言って聞かせた自分を裏切って、同じ事を繰り返そうとする娘への怒りである。

「……菊子」

尻をむけたまま名をよんだ。姉は黙っている。母は畳に両手をつき、尻をまわして、姉の方へ向いた。そこにはいつもの、あの思いつめたら翻す事もない姉の、高い鼻がせりだした、頑な横顔があった。

「あんた、天草に行って来たねィ？」

姉はかすかにうなずいた。

「それで叱られよっとだろ?」

姉は又うなずいた。

「何しに行ったと?」

「……」

「やっぱ、あの男と一緒になるつもりかい?」

「……」

「ね、何とか言いなはり。あやん、あたしが言うて聞せた筈だったてかる」

母は姉の近くへにじり寄った。

姉は表情もかえず、じっと体を傾けたままだった。

「……あんたが規久男さんに断り状出したちゅ話だが……それはそれで……あたしゃあんたにしゃり無理規久男さんとは思いよらんだったつ。唯、誰でんよか。堅気でありさえすれば。今こそあんたが思いつめとるかもしれんが、さきは知れとる。あたしも一時はじいさんからそう言われてね……ばってん、聞きもせんで省吾さんと一緒になってしもうた。みてみなはり、あたしゃ……あたしゃ……ほんなこと、今は濁川さん蹴こかされた女と同じ事。今は……今は……こやん苦しまなんてちゃ……思わん……だった……」

そう言っている間に、母の方が自分を哀れむような細々とした泣き声をだし初めた。

「だけん、あたしがええ見本。それにあたしがごと体の強かなら荷車どん引いて働す事も出来ゆうが、あんたの体は炭坑に行く体じゃなか。たのむけん鉄雄とは一緒になって呉んなはるな。おっかさんがたのみます」

「……」

「はっきり別れると言うて呉るるかい? ね、菊子、別れて呉れ。あんたが別れるなら、あたしも省吾さんと別れます」

「……」

「今度こそは省吾さんと別れてみせる。ね、あんたも鉄雄ときれいに切れて、二人で何処さんか行こ、行こ。熊本から出て——東京でんどこでんよかけん、二人で行こ」

母は涙を拭いて、急に何かに憑かれたように、更に姉ににじりよった。そして繰り返し、二人で熊本の地を逃げて行こうと、たかぶった口調で言った。思いつくと、それをその場の興奮にまかせて口走ってしまう母の性分である。が、曳地との離縁は、もうすでに前日の不二駒との争いによって、決定的なものになったと思っているのだ。

「おっかさんだけ、行きなっせ」

姉がつれなく呟やいた。われにかえった母は、肩を引いて、

「まあ、この子は」とあきれて言った。

「あんたが可愛いばっかりに言いよってかる！　この子の言いごと」

「うそ。可愛いのは一体誰ね？　わたし？　泰三ね？　信正？　おっかさんは何ちゅうたっちゃお義父（とっ）つぁんが一番大事かと」

「馬鹿！」

　母の平手は姉の左の頬にとんだ。

　姉は頬を左の掌で押えて、瞬間燃えた眼を大きくひらき、じっと母をみつめた。唇がわなわな震え、又何か反抗の言葉を吐こうとした気配だったがつと面をふせた。

「う……う……う……そやん……あんた……思うとったつか……そやん……」

　母は袖を顔に覆うて、再び辛そうに泣きだした。三日月型に剃った眉の眉尻に、乱れたびんを垂らしている姉は涙もみせず、何か考えていた。母の嗚咽が座敷に流れ親子は又しばらくものもいわずにそこへ坐っていた。

「……おっかさん」

「……なんかな？」母は袖をはずすと、赤い眼を娘へ向けた。

　姉は二、三度、額のびんを上へ搔き上げる手つきをしていたが、つと坐り直した。姉の上半身が前へぐらりと崩れるように見えた。が、次の瞬間、両手を畳の上にきちんとそろえてつき、伸ばした腕で上半身を支えた。

「おっかさん、許して……下さい……」

　改まった口調だった。

「……別れて呉るるかい？」

　母は、姉がやっと気づいて、手をついてそれを言うのかと思って、乗りだすようにして次の言葉を待った。姉の口調はかぼそく、途切れ途切れだったが、芯にしっかりした響きをこめていた。

「どうか……おっかさん……おねがい……します。わたしと……鉄雄さんと……どうか……夫婦にさせて下さい。……決してお世話はかけません……」

「………」

　母は泣くのも忘れて、空ろで暗い眼を、窓外にすえたま
ま、坐っていた。

10

　古城堀端の家の玄関で、不二駒との一件があって十日ぐらいした日の事、役者の米川雅夫が母の家へやって来た。又、次の日から彼の一座が大和座で蓋をあけるのだ。こ

のたびは曳地の興行ではなかったが、熊本では一番世話になる曳地の家へ挨拶かたがた一束の招待券をもってきたのであった。曳地が留守で、母が米川と逢った。

米川は、曳地に言って貰うべき礼言を述べたあと、

「どうか明日の晩是非おでかけください。初日は奥さんのお好きな〝瞼の母〟を、特別芸題に入れておりますから」

と、しきりとすすめて辞して行った。

しかし、母はその夜芝居へは行かなかった。曳地はよく大和座へでかけて行く。それに米川雅夫の芝居ともなれば、大抵は米川の楽屋へ行っている。そうすれば、招待された自分も米川の楽屋へ顔を出さぬわけにはいくまい。そしてそこで不二駒と又顔を合せるような気がしたからである。

もう女同志いがみ合うのは懲り懲りだった。見てしまっていらざる悋気（りんき）をするよりも、浮気な鳥の放ち飼い、ことさら鳥の行方をさぐって思わぬ掘出物などをする事を避けたかった。

ところで、米川の芝居を見ずに過ごした次の日のことだ。明十橋通り「なげ石」の店に寄った時、定期場でスンカキ仲間だった、そこの店主のお巻さんから、こんな事を聞いた。

「昨夜は何ごとですか。ああたが家（え）の省吾さんの、大変女（むごうおなご）ば芝居所（どころ）で打ちよらしたですばい。どこの女か知らんばってん」

この話は、後日再び堀端の家を訪れた米川の口から詳しく聞く事が出来た。

――その夜、米川の楽屋に曳地がやってきていた。そこへ着飾った不二駒が曳地の行き場所を推量して来たものらしかった。

不二駒は曳地を離れぬつもりで、寄り添って坐り、袂からタバコを取りだそうとしていた。丁度、楽屋には米川はいず、米川の妻と、二、三人の役者がいた。米川の妻は普段から、小柄な癖に押しの強い不二駒に反感を抱いていたので、こんな事を言った。

「不二駒さん。気の毒ですけど、今夜はここへ奥さんが来られるのですよ」

「誰の？」

「誰のって――曳地さんの奥さんですよ」

不二駒はキッとした表情になって、曳地の顔をみた。曳地はニヤニヤして、あらぬ方を向き、黙っていた。

「まあ、この人は。呼びなはったと？」とあきれたように言いかける不二駒へ、米川の妻はかぶせて言った。

「不二駒さんは今夜だけは遠慮なさった方がいいんじゃないですか」

「いいえ。わたしはここにおります」

タバコに火をつけた不二駒は、一吹きして又こんな事を言った。

「どうせ、あの人がここに来らしても、わたしが居るちゅうことはわからっさんよ。大体が眼の薄か人だもね。見えはせん」

　横坐りしていた曳地が左手を畳の上についた。そして急に腰を宙にうかせて、上半身を不二駒の方へ横へなびかせた。と、彼の右手はのびて、不二駒の襟首をしっかりにぎっていた。そして、その手は強く荒く手前へ引かれた。

「あら、何するとね」と傾きながら不二駒が言った瞬間、曳地の右手は襟首を離れて、横ざまに飛び、女の頬をしたたか打った。二度打った。三度目も続けて打とうと身構える曳地の眼の中に、あの、母がよく感じる得体の知れぬ影がひらめているのをみてとったのか、彼女は「きゃっ！」と叫んではねあがり、楽屋の宇治茶色ののれんをはねるようにして廊下へとび出して行った。と、曳地も又立ちあがり、それを追って出た。

　米川の妻と、そこに居た役者等は、女を追って出て行った時の曳地の表情の、眼光鋭く額が充血した唯ならぬさまを見てとって、これも顔を見合せてたち上り、米川の妻が先に、あとは遅れて廊下へ出「曳地さあーん、曳地さあーん」「大将ォ。大将ォ」と口々に言いながら、暗く狭い廊下を追った。大道具、小道具のたてこんだ、膠と枯笹の臭気のする廊下を行くと、手摺があってそこは奈落へのおり口。そこをおりずに少し行くと、もうそこは上演中の役者の姿がわきから遠く瞥見されるほど舞台に近い場所である。

　曳地は不二駒をそこまで追いつめたのだった。幕内の天井にいた道具方が怪訝そうに見下していた。その天井から垂れさがった黒幕に背をすりよせて立つ不二駒に顔を近づけて、

「おい、さっき、ぬしゃなんて言うたか。え、もう一ぺん言うちみい」

「あら、なんても言わんよ。ただ……」

「ただ？」

「……」

「家んとが眼の薄かのどうのと言うたろが」

「民江さんは眼が薄……」みな迄言わせず、曳地の手は不二駒の頬にとんだ。

　その肉を打つ、ピシャッという音が、上演中の舞台の上にも、その黒幕をへだてた客席にも聞えた。が、演技している役者も、観客も、ただ（おや）と思っただけでその芝居はもうすでに終りで、左手向うから幕が引かれて来た。曳地は不二駒をつづけざまになぐった。不二駒は悲鳴をあ

げた。そしてその白い細い腕で必死に男につかみかかった。曳地は女を床へ引きすえた。そして足で蹴った。不二駒はわけのわからぬ細い声を断発させて、なお懸命に抵抗していた。

　舞台から扮装した役者等が一せいに走って来て立ちならんだ。楽屋裏の方では、米川の妻や道具方達が手のつけようもなくて、立ったままあきれて眺めていた。この気配は、黒幕附近の客にも知れて、彼等は引幕をくぐって舞台へ上り、次々とのぞきに来た。はては他の客達も「何だ。何だ」と花道にあがり、そこを走って舞台へ乱入した。そして、舞台横の狭い通路に黒山のように折り重なってさわいだ。

「おーい。芝居より、こっちの方が面白えぞ」と、引幕から顔を出して大声で客席によびかける老人もいた。見ていた役者の一人が愉快気に呟やく声が聞えた。

「面白えね。あれは情女（いろ）の方が、反対奥（あっちゃこし）さんに悋気（りんき）して、打たれよるとがね。止めるな。止めるな」

　――米川が話したこのありさまを「なげ石」のお巻さんは客席から舞台裏に一番口にのりこんで直接みて来たのだった。だからさも感心したように、

「やっぱ民江さん、曳地さんは心の中じゃああたば好いとりなはるとですばい」

と言った。が、続いて次ぎのような事も満足気に言った。

「大変なところば見たもんじゃある。あたしゃ、とんとん前のマスにおったもんだけん……運のよかったとですねィ」

　――曳地と不二駒の仲は、この事件で終止符を打たれた。熱くなる時も急だが、一旦切れようと思ったら、人間が変ったように冷たくなる性の男である。

　女と切れて貰うのは有難い。が一方、その掌（てのひら）かえすような曳地のエゴイスチックな冷酷さに、母はひとごとながらヒヤリとした。

　この後も、二度三度不二駒は、曳地によびだしをかけたが無視された。衆目の中で打たれ、殴られ、恥さらされ、惨めな別れをさせられ、なお諦めきれずにいる不二駒を、母は哀れと思った。

　が、よく考えてみれば、切れた不二駒よりも、曳地のような男と長く長く添っていかなければならぬ自分の方が、一そう哀れな女ではないかという気もされるのだった。

　母は曳地の中で、自分への愛と他の女への愛が、どういう量や質で混淆（こんこう）しているのか見当がつかなかった。いっそ別れようかと思っていると、そのあとこんな出方をされる。

　その曳地のやり方が、色男風の、見せつけるような衒気

や細工がなく、粗野で露骨で無計画なだけに、母の体内には強い未練が電気のように走る。
とにかく母は一緒にいればいるほど曳地の正体がわからなくなるような気がされた。
弱きを助け、強きを挫く、仁侠の正義漢のようでもあり、又それがとてつもなくひねくれた腹黒の性の男というようにも見られる。やくざ同志の義理の為には命もいらぬ向うみずの剛直な男であるようだが、又相手次第では意地悪くずる賢くなり、癇癪持だが、その底には薄気味悪い虚無を持っている。自分の老母や気に入った子分には人の真似の出来ぬこまごました親切を尽すが、相手次第では非人間的に突き離して表情一つ変えぬ。女に於ては同一人に対して、昨日は恋のとりこ、今日は赤の他人という変り方。時々大きな眼にうかぶあのニヤニヤした不思議な笑い、ヒヤリとする冷たさ、不遜な光り——どうしてもその正体がつかめない。(こやん男てちあるだろか？　美男でかたわの男は……ほんにおそろしか)
だが、考えれば考えるほど摑めないという気持の原因は結局(曳地に惚れている)——そこにあるのかと思うのだった。そして、母は翼にとりもちをつけてしまった鳥がバタバタするだけの姿を自分に見出すのであった。すでに曳地とのつながりは暗い宿命のように感じられる。この男と一緒になって以来、湯水のように費って来た金——金策のやりくりは出来ても、もう母の懐には、纒った金は無くなって来ている。(罰かぶったつかもしれんね……)曳地との結びつきが出来た当座の有頂天——そのために踏みつけにして来た田上と島という二人の男——ことに田上の柩が運び出されていく時に、鴨居にぶっつけた時のにぶい音と、うしろでそれに意味づけをしてささやいた誰かはしらぬ男の声と——それが何かのはずみにか、水ごけで淀んだ深い池に時折うかびあがる魚の背のように、母の意識の上にふとうかびあがってくる時があるのだった。

11

私は女中等から「蓄音器きちがい」と言われていた。愛用の藍色のポータブルを、日曜日など朝から「ねじきれるようにジャンジャン」かけていた。彼女等は「そのくらいの熱で勉強すればたいしたもん」と言った。

月のはじめに必ず西辛島町の高柳レコード店に電話をかける。その月のレコードの新譜を取り寄せるためだ。高柳の丁稚(でっち)が持ってきた二十枚ぐらいのレコードを二、三日手もとに置いて、その中から二、三枚選んで買う。この頃は流行歌がほとんど軍国調になっていたが、やはり愉しかった。

　一度、鶴之山旅館の地下の風呂場から火が出た時がある。夜明けの事だったが、私の枕もとまでけむりが漂ってきた。モトおばさんから揺り起された私は、はねおきるなり、先ず蓄音器とレコード入れを両手にさげた。そして台所への階段をかけ上り、一番に外へ飛び出した。路まで飛びだしたのは私一人で、他の者はがやがや家の中で騒いでいたが、その火は風呂場の一部を焼いただけで、十分もたたぬうちにきれいに消えた。風呂場わきの地下室にねていた板前と良喜さんの気転で消えたのだ。

　この時、興奮から醒めた女中等は、服を着ずに蓄音器をさげて再び勝手口から入ってきた私を見て、大いに笑った。が中でも一等大げさに笑った竹子という女中は、次の日板前から「あんたも柄杓一ちょもってうろうろしとったじゃなかかい」と言われ、大勢の爆笑を買い、それから二、三日は板前に口をきかなかった。

　ところでこの竹子も歌謡曲ファンで、私に「ね、今度は何ば買いなはったと？　聞かせなっせ」と言いに来た。彼女はやりの歌に敏感で、それもすぐ覚えたが、中でも「新妻鏡」がお得意で、これを歌う時は〽たとえこの眼は見えずとも……のところで、眼から十糎位離れたところに、手をしなやかにもって行ったりするような思い入れのある歌い方をした。それもステージに立ったつもりでついしてしまうのだから、わきで私が「わぁー、むしゃつけよらす」と大声で言うと、「知らん！」と私を睨みつけて歌を止めた。私が一度「ああたは服部富子と大変似とる」と言ったら、大変な喜びようで、女中部屋からすぐ菓子をもってきて呉れ、「ばってん、声は、わたしの方が細うはなか？」など言って、その場で「満洲娘」を歌いはじめた。

　彼女もやがて旅館をやめて、個人の家の女中に行ってしまった。

　そしてそのあと彼女の聞きたがっていた「伊那の勘太郎」という歌のレコードを買ったので、私はそれをすぐ聞かせたいと思った。

　それは十月の末、日曜日の朝だった。

　私は蓄音器を電話室へもちこんでいた。そして電話をかけた。

「もしもし、そちらに竹子さんという人がおりなはるですか」

「はい、わたしです」

「なあんか。あたか」

「泰三さんじゃなかとですか」

「そやん」

「あらー。なんで？　朝から」

「あのな。今から伊那の勘太郎ば聞かするけんな……」

「あらー。買いなはったと？　よさ。聞こごたる」

「今」

「今？　どぎゃんして聞かすると？　今はよか。掃除せなんけん」

「否、聞かする。待ってはいよ」

　私はすぐに作業にとりかかった。――と言うのも簡単で、湯殿からもってきた一米あまりの筒（水を湯槽へ入れるための）の鉤形に曲ったところをラッパ型に開いた電話の口にひっかけ、床の上でかけている蓄音器のレコードの上へ、その筒の反対口をあてがうのである。こうすることによって、水が流れるように、音がその筒の中を上へ通って行って、電話の口から相手の受話器へより一そうはっきり聞えるにちがいないと思ったからだった。

　が、結局この試みも成功したかどうかわからない。レコードを二回続けてかけてやって、一応ブリキ筒をはずし「もしもし、聞えたかいた？　な、よかどがいた」なんて言っている私の耳に、かすかな早口で「もしもし、もしもし、お話中ですか」という交換嬢の声がしきりにしていた。竹子は電話を切ってしまっていたのである。

　こんな事をやっている時、電話室のガラス戸をあけたのは、女中の鈴子だった。

「まあ、ぼっちゃんは何ばしよりなはると？」

「竹子さんにレコードば聞かせよった」

　鈴子は（困った息子）という風に、唇をへの字に曲げて、首を横ふりしてみせた。

「電話かけるけんすんまっせん」

　急用らしい彼女の様子である。私は蓄音器やブリキ筒を電話室から廊下へ出した。

　鈴子は電話をかけはじめた。私は少しひらいたガラス戸から漏れる鈴子の声を、聞くともなしに聞いてしまった。彼女は堀端の母の家に電話しているのだ。――少しおかしい、すぐにこちらへ来て貰えないか。そんな意味の事を言っている。

「はい、まだ御主人さんには言うとりまっせん。松代さんと昨日から立願寺におでかけですもん。ほっだけん一だんと心配になって。わたくしが調べるのはいかんですけん、どうかここまで来て菊子さんの部屋を見てもらえんですか。は？　はい。そうです。菊子さんがおでかけになったのは、今さきでしたばってん……」

　朝、姉がハンドバックと小さい風呂敷包をもって、旅館の玄関を何もいわず、すーっと出て行くところを見たという。そのうしろ姿に何となく妙な予感がしたと、この中年の女中が心配のあまり、母に電話した訳だった。

　母はすぐタクシーでやって来た。母がつくなり、女二人は姉の部屋へ長い廊下を小走って行った。私も何事がおきるのかと、好奇心からバタバタとついて行った。

　廊下の曲り角で「坊ちゃんはあっちへ行っといて」と鈴子がふりかえって眼で止めたが、私はかまわずついて行った。母は一心に考えている風で、眼が哀し気にすわり、私の存在は眼にもうつらない。

　母は奥座敷へ駆け込むや、その八畳の間をぐるりと一回転して見まわしたが、すぐに鏡台の引出しをあけた。何もない。続いて洋服ダンス。和ダンスと片はしから開いて行った。どこにも着物が一ぱいつまった儘だった。祖母が生きていた頃からの、金にあかせて作った着物類である。

　抽斗（ひきだし）を引き出して中へ手でかきまぜるのが母で、鈴子はそのあとを遠慮深気にあちこち触れてみていた。

　母は「鈴子さん、手紙かなんか書いとらんどかみてはいよ」と気難しく早口に口走って、自分は抽斗の着物をもちあげては気狂のように振ってみていた。

　姉の置手紙は、桐ダンスの抽斗、衣類が重ねてあるその間にさしはさんであった。

> 祖父様
> 母上様
> いろいろお世話になりました。
> 今日まで無事に育てて頂いておりながら、御恩にそむいて家を出る不幸を許して下さいませ。
> けれども、家を出て行く私に不安や悲しみはございません。自分の生きる道がはっきりしたからでございましょう。
> 何卒御心配下さいますな。今迄買って頂いた着物の類はみんな置いて参ります。もしも不如意の時がありましたらお金にして下さい。
> それに何卒祖母様の供養の物としてもそのお金を使って頂きたく思っています。毎月二日が祖母の命日ですので、今迄は私がお坊さんの世話をしていたのですが、それをよろしくお願い申します。
> 祖父様、母上様、何卒お体をくれぐれも大切になさいませ。
> 菊　子

　綺麗な達筆でしたためられてある二枚の白い便箋——それにひどく眼を近づけ、噛みつくようなしがめ顔で読みふける母の口もとが、容易に入ってこない文章の内容を無理にわが心に沁みこませるようにブツブツと動いていた。

12

「泰三！　ちょっとあんた用意しなはり」

　突然母がこうよびかけたのは、その手紙を読み終え、しばらく座敷の真ん中に棒立ちになって思案し、ふとわれにかえった時である。

「鈴子さん、ああたも加勢してはいよ」

　そして、自分は先ほどから引き出したままになっているいくつものタンスの抽斗から、両手で着物を摑みだしては、畳の上へ投げ出しはじめた。

「鈴子さん、すんまっせんばってん、風呂敷見つけ出してはいよ」

　ふってわいたような母の言動に私と鈴子とは座敷の中を瞬間うろうろした。

「泰三はすぐMKタクシーに電話して呉れ」

　――鈴子がいち早く母の意を察して、私へ、

「よかね。泰さん、番号は四六五四ですよ」と言いながら、自分は衣桁（いこう）にかけてあった風呂敷を引っぱってひろげ、畳の上に置いた。

「わたしが包みましょう」

「否（いんね）、よか。あたしがする。ああたはあの鏡台ばはずして下はり」

　――私は「四六五四」「四六五四」と復誦しながら廊下を走った。MKタクシーに電話をすると、再び奥の部屋へ行ってみた。姉の幾枚かの着物を包んだらしい風呂敷が二つタンスの前に出来ていて、今度は彼女等は二人がかりで、鏡台をはずしていた。耳捻子（ねじ）をはずす鈴子のわきから鏡をにぎっている母が、

「これは女の魂てち言うけん……やっぱ」と呟やくのが聞えた。鏡面と台とがばらばらになって畳の上に置かれたのを、母は一寸考える風で眺めていたが、「よし」と言うや立ち上り、押入れを手荒くあけて、そこから姉の白い浴衣をひっぱり出して来てひろげた。

「これ包もう」

「大丈夫ですか」

「泰三に抱かえさせるけん大丈夫だろ。泰三あんたこの鏡持ってこなんばい」

　鏡の額は浴衣でぐるぐる巻にされた。その上から又毛布でつつみ、鈴子がそこに散在していた姉の帯締を三本とって、丁寧に結びかためた。

鈴子が、さきでの荷物のもち運びについて気を揉んだが、母は懐から出した金を調べながら、こう言った。

「よかろ。どぎゃんかなろ。どうせ泰三と三角の港までは見送って行くけん。さきで船に乗る時にゃ、船の誰かに金やってたのんで、向うまで世話して貰おう。向うの港まで届けばあとはよか。天草に行けばもうなかなか帰ってこられんけん、せめて一応このくらい持たせんと」

再び金をふところへおさめて、

「そんなら鈴子さん、行ってくる。祖父(じい)さんの帰らしたっちゃ言わんで下はり。あたしから改めて言いますけん」

そういう母の口調には、心を決めてしまったものの乾いた濶達(かったつ)さがあった。

「そうですか。そんなら、急いで。玄関迄わたくしが」

と、鈴子は、鏡の入った板形の荷造りの品を抱きあげて、廊下へ先に立った。両手に荷物をもった母は、敷居を出ようとするとき、もう一度姉の部屋を真面目な顔でぐるりと見廻したが、すぐに廊下へ出た。

着物の風呂敷二個を右手にさげた母が先にタクシーへ乗った。続いて乗った私の膝の上に鈴子が鏡をのせた。

「泰さん。われんごとしっかり抱いて行きなっせ。姉さんの嫁入道具よ」

「熊本駅。大至急。運転手さん」

母の声で車はすべり出した。すぐに明十橋をこえ、電車通りへ……。

膝と胸の中にななめに毛布入りの鏡を抱いた私の眼には、どんよりとした曇り空の下にひしめく商店街の軒の並びが、そしてそこを通る電車や自動車や通行人が、すばやく後へ流れ去って行った。

祇園橋をこえ、春日通りを真っ直ぐに南へ走らせながら、ふと運転手が向うむきのまま、のんきな低声で、

「雨かもしれんですな」と言った。


【初出】

『現車』日本談義社、一九六一年

福島次郎略歴

一九三〇年、熊本市生まれ。

一九五三年、東洋大学国文科卒業後、八代工業高校に赴任、その後、国語教師として熊本県内の公立高校に勤務。

一九五七年、「阿武隈の霜」で第八回九州文学賞受賞。

一九六一年、『現車』(日本談義社)で第三回熊日文学賞受賞。

一九六四年、「現車」を『日本談義』(日本談義社)二月号より、六六年十二月号まで連載(三十三回)

一九八七年、教職を退く。以後、執筆活動に専念。

一九九六年、「バスタオル」を『詩と眞實』二月号に発表、『文學界』六月号に転載。第一一五回芥川賞候補になる。同作品で第二五回詩と眞實賞受賞。

一九九八年、三島由紀夫とのかかわりを描いた小説『三島由紀夫――剣と寒紅』(文藝春秋)刊行。三島の未公開の手紙を無断掲載したとする遺族の提訴で出版差し止めとなる。

一九九八年、「蝶のかたみ」を『文學界』一一月号に発表。第一二〇回芥川賞候補になる。『蝶のかたみ』(文藝春秋)刊行。

一九九九年、「奇腹讀」を『詩と眞實』六月号に、「華燭」を『文學界』七月号に発表。

二〇〇〇年、「霜月紅」を『文學界』三月号に発表。

二〇〇一年、「淫月」を『文學界』九月号に発表。

二〇〇三年、「缶燗酒」を「詩と眞實」八月号に発表。九月より自伝的小説「いつまで草」を『熊本日日新聞』に連載(二〇〇五年一月まで、四〇八回)

二〇〇四年、「三島由紀夫の心、その深奥――全書簡を読む」を『文學界』五月号に発表。

二〇〇五年、『花ものがたり』(熊本市現代美術館)、『淫月』(宝島社)刊行。四月より「花のかおり」を『熊本日日新聞』に連載(四五回)

二〇〇六年二月二二日、死去。享年七六。

二〇〇六年八月、『華燭』(海鳥社)刊行。

現車（うつつぐるま）　前篇

2017 年 4 月 20 日　初版第 1 刷印刷
2017 年 4 月 25 日　初版第 1 刷発行

著　者　福島次郎
発行人　森下紀夫
発行所　論　創　社
東京都千代田区神田神保町 2-23　北井ビル
tel. 03（3264）5254　fax. 03（3264）5232　web. http://www.ronso.co.jp/
振替口座　00160-1-155266
装幀／宗利淳一＋田中奈緒子
企画・編集／宮下和夫
印刷・製本／中央精版印刷　組版／フレックスアート
ISBN978-4-8460-1580-0　©2017 printed in Japan